U0488865

國家社會科學基金重大項目（18ZDA248）
「十四五」國家重點圖書出版規劃項目
國家出版基金資助項目

查清華　主編

東亞唐詩選本叢刊

第一輯　四

中原出版傳媒集團
中原傳媒股份公司
大象出版社
·鄭州·

圖書在版編目(CIP)數據

東亞唐詩選本叢刊. 第一輯. 四 / 查清華主編. —
鄭州 : 大象出版社, 2023. 8
ISBN 978-7-5711-1276-9

Ⅰ. ①東… Ⅱ. ①查… Ⅲ. ①唐詩-詩歌研究-叢刊
Ⅳ. ①I207. 227. 42-55

中國版本圖書館 CIP 數據核字(2021)第 264323 號

東亞唐詩選本叢刊 第一輯 四

出版人 汪林中
項目策劃 張前進 郭一凡
項目統籌 李建平 王軍敏
責任編輯 宋 偉
責任校對 萬冬輝 張紹納 牛志遠
裝幀設計 王莉娟
出版發行 大象出版社
鄭州市鄭東新區祥盛街27號 郵編450016
印 刷 北京匯林印務有限公司
版 次 2023年8月第1版第1次印刷
開 本 720mm×1020mm 1/16 40.75印張
字 數 440千字
定 價 164.00元

前言

《東亞唐詩選本叢刊》（第一輯）十册，選入日本江户、明治時代學者注解評釋的唐詩選本十二種：《三體詩備考大成》《唐詩集注》《唐詩解頤》《唐詩選夷考》《唐詩兒訓》《唐詩絶句解》《唐詩通解》《通俗唐詩解》《唐詩句解》《唐詩選講釋》《三體詩評釋》《唐詩正聲箋注》。

這些選本具有一定的代表性。南宋周弼選編的《三體唐詩》不僅流行於元明時期，成書不久亦即傳入日本，因便於讀者學習漢詩創作法則而深受歡迎，遂産生多種新的注解評釋本。熊谷立閑（？—1695）《三體詩備考大成》、野口寧齋（1867—1905）《三體詩評釋》均在此基礎上集注增評。明初，高棅編《唐詩正聲》，在明代影響深遠，《明史·文苑傳》稱：「其所選《唐詩品彙》《唐詩正聲》，終明之世，館閣宗之。」東夢亭（1796—1849）撰《唐詩正聲箋注》，菅晉帥《序》曰：「夫詩規於唐，而此則其正統宗派，足以救時體之冗雜。」明後期，李攀龍編《古今詩删》，並作《唐詩選序》，自豪地宣稱「唐詩盡于此」。該書一度成爲明代格調詩派的範型選本，傳入日本後，受到古文辭學派推崇，服元喬於享保九年（1724）校訂《唐詩選》，即係從該書截取而單行的唐詩部分，此舉居功至偉，以至「海内户誦家傳，以爲模範準繩」。宇士新（1698—1745）、竺顯常（1719—1801）《唐詩集注》，竺顯常《唐詩解頤》，千葉玄之（1727—1792）《唐詩選講釋》，新井白蛾（1725—1792）《唐詩兒訓》《唐詩絶句解》，入江南溟（1682—1769）《唐詩句解》，莫不以服元喬所訂《唐詩選》爲宗，對其進行注解講釋。至明末清初，著名文學批評家金聖歎作

《貫華堂選批唐才子詩》《唱經堂杜詩解》，葛西因是（1764—1823）《通俗唐詩解》所選詩目即多與此二書相重合，其解説也多襲用金氏評語。各選本之間淵源有自，顯示了清晰的理論脉絡和學術統緒，便於我們把握古代日本詩學觀念與學術思潮的變遷。尤其像熊谷立閑《三體詩備考大成》這樣集大成式的選注本，簡册浩瀚，材料富贍，引用了不少國内已佚或罕見之古籍，具有較高的文獻價值。

上述諸書編撰者均爲日本精研漢學的著名儒學家和詩人，編撰《唐詩通解》的皆川淇園（1734—1807）、編撰《唐詩選夷考》的平賀晋民（1721—1792）亦然。他們不僅學殖深厚、創作經驗豐富，還持有異域文化視野，使得這些選本具有獨特的詩學批評和文學理論價值，從而拓展了唐詩的美學藴涵和文化意義。諸人廣參中國自唐至清各代學者對唐詩的選編、注解和評釋，立足於自己的價值取向、美學宗趣，博觀約取，集注彙評，考辨糾謬，發明新意。附著於選本的序跋、凡例、小引及評解，集中體現出接受者對詩作的審美體驗與理性解讀，注重發掘每首詩潛藏的生命意趣、文化信息、風格特徵及典型法則。

這些選本不僅具有較高的學術價值和文化意義，還因其具有蒙學、普及等性質，大都在日本傳播廣泛，影響深遠，極大促進了唐詩在日本的傳播，推進了東亞文明的建設。諸編撰者爲擴大讀者群體，在詩歌選擇、編排體例、語言形式等方面做了大量努力。首先，詩歌選擇名篇佳作。其次，編排格式上，正文、夾注、眉批、尾注、分隔符、字號等的使用錯落有致，標示分明。再次，或在漢文旁添加和訓，方便不諳漢語的日本讀者誦習；或如《唐詩兒訓》《唐詩絶句解》《通俗唐詩解》《唐詩選講釋》《三體詩評釋》等五種選本，除原詩爲漢文外，注解、評釋多用江户時期和文；或如《三體詩評釋》，適時引用日本古代俳句、短歌來與所點評的唐詩相互印證；或如《唐詩選講釋》，在講解官職、計量單位、風俗、名物等語詞時，常以日本相近物事類比。諸如此類的努力直接促成了唐詩的普及，也推進了社會文明的建設，恰如《唐詩兒訓序》所稱：「今爲此訓之易解，户讀家誦，天下從此言詩者益多，更添昭代文明之和氣焉。」

叢刊在整理時，主要做了斷句標點、校勘、和文漢譯的工作，體例上儘量沿用原書格式，保留舊貌，並在每種選本前撰有《整理説明》一篇，簡要介紹編撰者生平著述、時代背景、書名、卷數、編排體例、基本內容、主要特點、學術價值及版本情況等。

本項目的整理研究對象，固爲東亞各國友好交流的歷史文化資源。歷史川流不息，東亞各國人民之間的友誼亦綿延不絶。本輯的編撰，得到日本學界諸多學者的大力支持，也得到日本國立國會圖書館、公文書館、御茶水女子大學、京都大學圖書館、早稻田大學圖書館等機構的無私幫助，讓我們真正領悟到「山川異域，風月同天」的文化意味，在此謹致謝忱。《東亞唐詩選本叢刊》（第一輯）是國家社科基金重大項目「東亞唐詩學文獻整理與研究」之子項目階段性成果，又幸獲「十四五」國家重點圖書出版規劃項目、國家出版基金資助項目支持，感謝諸位專家的信任和鼓勵，感謝大象出版社各位編輯的艱辛付出。

本團隊各位同人不辭辛勞，通力合作，除書中所列編委及整理者，尚有郁婷婷、徐梅、張波協助校對。克服資料獲取的不便及古日文解讀的困難，歷數年終得第一輯付梓，斷不敢以「校書如掃塵」自寬，但因筆者水平所限，疏誤自然難免，祈請讀者諸君不吝賜教，以便日後修訂再版。

查清華

二〇二三年五月於上海師範大學唐詩學研究中心

目録

唐詩集注

[明]李攀龍 選編
[日]宇士新 纂輯
[日]竺顯常 集補

〔明〕李攀龍　選編
〔日〕宇士新　纂輯
〔日〕笠顯常　集補

唐詩集注

翁其斌
翁　源　整理
閔定慶

整理説明

《唐詩集注》由日本著名漢學家宇士新纂輯、大典竺顯常集補。該書以明代蔣一葵箋注李攀龍《唐詩選》爲底本，彙集歷代學者有關箋注評語。內容豐富，徵引有據，體例完備，考辨精詳，被譽爲涉獵百家的集大成之作。

宇鼎（1698—1745），字士新，小字三平，號明霞軒，平安人，本姓宇野，裁爲宇氏。著書豐富，有《語字解》《七才子近體詩考》《滄溟近體集解》《唐詩集解》《唐詩正律》《明霞遺稿》等。其弟宇鑒，字士茹，後改字士朗。士新、士朗兄弟先纂輯蔣一葵、唐汝詢二家對李攀龍《唐詩選》的注解，並有所增訂，惜未果而没。竺顯常承其師遺志，最終完成七卷本《唐詩集注》。

竺顯常（1719—1801），俗姓今堀，俗名大次郎，字梅莊，號大典。享保十四年（1729）依相國寺塔頭慈雲、獨峰慈秀和尚剃度，師從獨秀參禪問道，另拜黄檗僧大潮和尚修習文學，同時入名儒宇士新之門，後成爲相國寺住持。其漢學著述主要有《初學文軌》《詩語解》《唐詩解頤》《唐詩集注》等。

《唐詩集注》目前存安永三年（1774）平安書林文林軒刊本。卷首署「明　濟南李攀龍于鱗選　晉陵蔣一葵仲舒注　華亭唐汝詢解　日本近江宇鼎士新纂、弟鑒士朗訂　竺顯常大典集補」。等距四眼，細綫裝訂，書簽題「唐詩集注」。白口，無魚尾，版心記書名、卷數和頁碼，四周單邊。正文每半頁十行，行二十字。詩歌正文頂格書寫，作者降一格，詩題降兩格，注釋小字雙行，降一格，注釋中引書書名及注用單綫黑框標識。

卷首有菅原世長序。據《序》所述，竺顯常有感於諸家注解頗夥，且有可互相增補、改定者，便在蔣、唐二家注基礎上，旁采諸家，疏釋互取，加以私説，編成是書。旨在方便學詩者「本其事、原其語」，更深入地閲讀和理解唐詩。

是書前有《凡例》，詳細説明纂輯諸家注解的體例、原則。其中注文多以雙行夾注形式布列；評語、論説則主要以眉批形式出現，我們在整理時概將眉批置於本詩注文之後。因該書主要面對普通學詩者，編撰時往往於正文中插入一二字外加方框以補釋疏通，便於讀者領會。如魏徵《述懷》「縱横計雖不就，慷慨志猶存」，張九齡《感遇》「矯矯在珍木巔，豈得無金丸懼」，「雖」「在」「豈」即爲編注者所加。此書整理改方框爲括弧，以便於閲讀。

《唐詩集注》按體分爲七卷：五言古詩、七言古詩、五言律詩、五言排律、七言律詩、五言絶句和七言絶句；選詩四百六十七首，涉及一百二十八位唐代詩人。該書彙集名家注釋，搜羅詳盡繁富。書中有名姓的評論者六十餘家，但參考蔣一葵及鍾惺評注最多，引蔣注文約占全部注釋的28%，引鍾惺評語約占23%。此外，宇氏兄弟及大典禪師按語百余處，有補充、考辯、糾謬等。

本書整理時還參校了清華大學圖書館藏明刻本《唐詩選》、明萬曆七年（1579）寶翰樓寫刻本《增訂評注唐詩正聲》、民國十五年（1926）上海掃葉山房影印本《評注唐詩選》，以及上海古籍出版社1986年10月影印《全唐詩》等。整理過程中，得李定廣、劉曉、秦夢弟、段江雁、黄安琦諸君協助，謹致謝忱。

整理者

目録

卷之一　五言古 ……………… 〇六七

卷之二 七言古 …… 〇九二

卷之四　五言排律

卷之五　七言律

卷之六　五言絶句 …… 四三五

序

唐詩之有選也，楊伯謙著《正音》，高廷禮著《正聲》，不可謂不精且盡。及乎于鱗之《選》，天下學者皆宗之。捨彼取此，豈非以其人重哉？張震注《三音》，郭濬注《正聲》，蔣一葵注《選》，皆未悉也。至唐汝詢作《解》，稍爲博且詳。其後注家滋多，其詩用于鱗之《選》，間出入一二。夫古人作詩，豈必待後世解吾所賦者乎？即于鱗之《選》，亦豈在待注而後行乎？然學詩者從于鱗所選誦之，以思繹作者之旨，苟非本其事、原其語，安得通徹其旨所在耶？大典禪師恒曰：「今人作詩，語弗親，事弗覈，要在於覽古人詩膚淺，不識其語親、其事覈。」不其然乎？夫詩，不解則已，解則不可不悉矣。昔近江宇士新兄弟厭飫唐詩，左祖于鱗，嘗欲纂蔣、唐二注，有增訂，不果而没。禪師禪餘好文，嘗遊士新之門，續其遺緒，著爲《唐詩彙注》七卷。毋論蔣、唐二家，凡百注家，皆涉獵之，疏釋互取，遺漏交補，省繁重而極著明，其有未悉，更加考定，所謂集大成者，非耶？古者仲長統作《昌言》，未竟而亡，董襲次之；桓譚作《新論》，未備而終，班固爲之；至如陸平原爲子書未成，終爲身後之恨。乃禪師，方外人，其續士新之緒，不獨此也，士新有一爲十之，士新有十爲百之，諸所著作，業已富有，則其功豈出董、班下哉？士新之不爲陸平原，豈非幸哉？余嚴君亦嘗就士新學，余所鄉往，豈有它哉？且承東睿大王雅賞之餘，命刻府中，踴躍盛事，不得不弁以邇言。

安永甲午二月癸巳

右大辨菅原世長撰

凡例

一、于鱗之《選》，蔣仲舒爲注，未悉也。及唐仲言爲《解》，考事引辭，爲博且詳。今斯書一依仲舒本，且取《解》中詩在《選》者注，盡布列之。更復有所補考，是宇士新之志也。

一、斯書既依仲舒本，無所移易，但字有謬，當改改之。其諸本有異，涉兩可者，注出之。

一、每篇有諸家評論，亦依蔣本存之，間或一二因襲宋人甚失風人之旨者，去之，使學者勿惑。其通論諸作，旁載它詩者，及與附録詩論，欲别爲三卷，以附斯書之後。

一、詩人爵里，蔣注簡甚，今取仲言所載，列之卷首。至其行事有關於詩，則隨篇叙之。

一、仲言自言：「屬辭比事，則博引群書，遵李善注《文選》之例。」夫詩家用材，必取諸古，片言隻語，必有源流，此學者所當識也，故所援引不憚其繁，即令非作者必所以爲據，亦欲使學者知語有類例已。但太涉冗長者，摘要而録之。

一、仲言又言：「揣意摸情，則自發議論，遵朱氏傳《詩》之例。」夫詩以含蓄爲妙旨，豈可直下開演，如尋常説話耶？故今不取也。詩中所可疏解者，旁采諸家，加以私説，逐條注之，或隨便就文間訓釋。士朗有辨仲言謬者，取録之，以解初學惑。

一、注中蔣、唐外所援引諸家，暨宇氏以至私所補，不復識別其名。至於論説，則皆舉姓名矣。但蔣、唐及宇止舉其姓係編名也。宇氏兄弟不復識別者，所見固不異也。如標注，概稱其姓，從簡也。其吴吴山、吴娗，徐震、徐增，黄道周、黄家鼎，姓相混，則娗、增及家鼎以名矣。

一、詩中有一事同語再見者，不復繁引，止注「見某詩」，或云「見上」「既見」，殊省篇帙之浩。至於常熟之語數出，不須復注，要在學者淹通諳熟而已。

一、藕益大師注佛經，多插入一二語，以補本文，簡而易解。物氏作絶句解，一以斯法。今亦往往用之，使易領會也。

一、仲言之所注，其有比蔣注其事更核、其語更親者，以此易彼，不用重出。

一、《選》有數本，曰晉陵蔣一葵箋釋而有其跋，是原本，即斯書所依也。《解》亦二本，刻於萬曆者，其原本也；刻於順治者，趙氏校本也。今據趙本云，《選》本多同蔣注而易其名者，率屬僞本。然一二評語可取，取之。獨吴吴山本注略於蔣而頗有所補，且辨文字異同甚多，今多取用。

一、余既從士新之志，又更探諸本，又廣取它書注家，涉獵采用。凡事之可援，解之允當，評之發明，一一收録無遺。猶有所不足，更加考按，私意分疏。誠所謂「枯岸之民，果於輸珠」者，要於唐詩箋釋集大成之矣，學者知之。

考引書目

《唐詩選》　竟陵鍾惺評注，潭陽劉孔敦批點。與蔣注同而没蔣名，有評。

《唐詩選》　竟陵鍾惺、譚元春同評。亦同蔣本而有評。

《唐詩選》　榕檀石齋黄道周參評。亦與蔣本無異而有評。

《唐詩選》　晋陵蔣一葵箋釋，海上黄家鼎評訂。題曰《郤庵重訂唐詩選》，而黄有評。

《唐詩選》　吴吴山附注。吴不詳其人，而無序跋。

《唐詩選彙解》　晋陵蔣一葵箋釋，雲間唐汝詢參注，檇李徐震重訂。徐號秋濤，有評。

《唐詩選平》　震澤葉弘勛儀汝著。一本作「江城潘禾稼堂評」，而無有少異。

《唐詩合選箋注》　虞山錢謙益箋釋，江東劉化蘭增訂。詩多增入。

《唐詩三音》　襄城楊士弘伯謙編次，新淦張震文亮輯注。一本作「曲江張震維南注」。

《唐詩正聲》　新寧高棅廷禮輯選，海昌郭濬彦深點定，周明輔孟純、周明翊仲羽參訂。

《唐詩直解》　西泠吴烶韋庵選注。

《唐詩合解》　吴郡王堯衢翼雲注。

《説唐詩詳解》 吴門徐增子能父述。號而庵。

《唐詩别裁》 長洲沈德潜確士、陳培脉樹滋同選。

竺常 識

詩人爵里詳節

此一依《品彙》所記。

帝王二人

玄宗皇帝

五律一

諱隆基，由臨淄爲平王，再清内難，樂善好賢。開元之間，海内富貴，幾致刑措。不能保治，以侈召亂。天寶十四載，安禄山陷京師，七月幸蜀，太子即位于靈武。明年，上皇還京，居西内。上元元年崩，年七十八，在位四十七年。

文宗皇帝

五絶一

諱昂，憲宗子。恭儉文雅，有志治功。然優遊不斷，受制家臣，不能紹貞觀、開元之美。崩，年三十二，在位十五年。

公卿名士一百十人

魏徵

五古一

字玄成，魏州曲城人。少孤，落魄有志膽，通貫書術。初爲隱太子洗馬。太子敗，事太宗，拜諫議大夫。每犯顏進諫，或引至卧内訪天下事。貞觀三年，以秘書監參預朝政，封鄭國公。多病，辭職，乃拜特進、知門下省事。十七年薨，贈司空，謚曰文貞。

王績

五律一

字無功，絳州人，文宗子通之弟。隋大業中爲六合丞，世亂解官，遊北山東皋著書，自號「東皋子」。高祖武德初，待詔門下省。性嗜酒，著《五斗先生傳》，貞觀間以疾罷。

王勃

七古一、五律一、七絶一

字子安，絳州人。六歲善文辭，九歲得顔師古《漢書》讀之，作《指瑕》以擿其失。麟德初，對策授朝散郎。年未及冠，沛王召署府修撰，作《鬥鷄檄文》。高宗怒，斥出府，客劍南。父福時坐勃故，左遷交趾令，勃往省，渡海溺水卒，年二十九。有集三十卷。時與楊炯、盧照鄰、駱賓王皆以文章齊名天下，號「四杰」。炯嘗曰：「吾愧在盧前，耻居王後。」

楊炯

五律一、五排一、五絶一

華陰人，舉神童，遷盈川令。武后時，與宋之問分直習藝館，卒。有《盈川集》三十卷。

盧照鄰

七古一

字昇之，范陽人。調鄧王府典籤，王愛重之，謂人曰：「此吾之相如也。」後居太白山，得方士玄明膏餌之。於具茨山下預爲墓，偃其中。武后時尚法，照鄰已廢，著《五悲文》以自明。病久，與親屬訣，沉潁水死。有集二十卷，又《幽憂子》三卷。

駱賓王

七古一、五排二、五絶一

義烏人。七歲能賦詩。武后時，數上書言事，下除臨海丞，怏怏不樂，棄官去。徐敬業起兵，署爲府屬，傳檄天下，斥后罪狀。后讀至「一抔之土未乾，六尺之孤安在」，乃矍然曰：「誰爲之？」或以賓王對，后曰：「宰相那得失此人？」及徐敗，賓王亡命，不知所之。有集十卷。

劉庭芝

七古二

字希夷，汝州人。武后時，苦於篇咏，善爲閨帷之作，詞多古調，與時不合。好酒色，落魄不拘常俗，後爲宋之問所殺。有詩十卷。

蘇味道

五排一

趙州欒城人。九歲能屬辭，與友人李嶠俱以文翰顯，時號「蘇李」。及冠，舉進士，調咸陽尉。聖曆初，同三品。坐張易之黨，貶眉州刺史，卒。有集十五卷。

李嶠

五律一、五排一

字巨山，趙州人。兒時夢人遺雙筆，自是有文辭。擢進士第。神龍初，爲中書令。玄宗立，貶滁州，改廬州別駕，卒，年七十。嶠富於才，爲文章宿老，學者法焉。有集五十卷。

陳子昂

五古一、五律三、五排二、五絶一

字伯玉，梓州射洪人。少讀書金華山，尤善屬文。文明初，舉進士。武后時，擢靈臺正字，遷右拾遺。嘗上書勸武后興明堂、太學。后稱帝，改周，子昂上《周受命頌》。數召問政，論詳切，奏上輒罷。聖曆初，解官歸。縣令段簡貪暴，聞其富，欲害之，捕送獄中，憂憤死。子昂輕財好施，篤朋友。有集十卷行于世。

杜審言

五律四、五排一、七絶三

字必簡，襄陽人。擢進士，爲隰城尉。恃才高，以傲世見疾。嘗語人曰：「吾文章必得屈、宋作衙官，吾筆當得王羲之北面。」武后將用之，問曰：「卿喜否？」審言辭謝。神龍初，坐交通張易之，流峰州。入爲修文館直學士，時與李嶠、崔融、蘇味道爲「文學四友」。有集十卷。

崔惠童

七絶一

開元時人，尚明皇晋國公主。

崔敏童

七絶一

惠童之弟。

沈佺期

五排一、七律六、七絶一

字雲卿，相州内黄人。上元二年，登進士第。嘗對武后曰：「身名已蒙齒録，袍笏未賜牙緋。」后即賜之，累遷考功郎。張易之敗，長流驩州。中宗立，召拜修文館學士，卒。集十卷。

宋之問

七古二、五律二、五排四、七絶一

字延清，汾州人。偉儀貌，雄于辯。甫冠，武后召，與楊炯分直習藝館。睿宗立，以獪險盈惡，賜死。有集十卷。

郭振

五絶一

字元振，魏州人。少有大志，舉進士，授通泉尉。嘗掠賣部中口以餉賓客，百姓厭苦。武后召，欲詰之，既與語，奇之，遂得擢用。後同中書門下，封代公。有集二十卷。

盧僎

五絶一

中宗時人，自聞喜尉入爲學士，終吏部員外郎。

韋元旦

七律一

京兆萬年人。擢進士，補東阿尉，遷左臺御史。與張易之有姻屬，張敗，貶感義尉。俄召爲主客員外郎，遷中書舍人。

劉廷琦

七絶一

開元初人，字、里闕。與岐王範友善，常飲酒賦詩相娛樂。

蘇頲

五排一、七律三、五絶一

字廷碩，雍州人。幼敏悟，一覽至千言。第進士，武后舉賢良方正，馬載曰：「古稱一日千里，蘇生是也。」遷監察御史、中書舍人。玄宗愛其文，起爲工部侍郎，襲封許國公。頲以文章顯，於張説稱望略等，故時號「燕許大手筆」。卒，謚文憲。有集三十卷。

張説

五律三、五排一、七律三、五絶一、七絶一

字道濟，洛陽人。垂拱中，武后策賢良方正。説所對第一，遷左補闕。中宗立，遷工部侍郎。睿宗立，擢中書侍郎。玄宗爲太子，説爲侍讀，尤見親禮。踰年進同平章事。玄宗即位，以佩刀獻帝，請先決策。誅太平公主之亂，召爲中書令，封燕國公。後爲林甫等巧文詆毁，帝聞，令説致仕，遷左丞相。卒，謚文貞。有集二十卷。

賀知章

五絶一

字季真。擢超拔群類科，遷太常博士。開元初，遷禮部侍郎。晚節誕放，號「四明狂客」。

張若虚

七古一

開元初人。與包融、賀知章、張旭號「吴中四士」。

賈曾

七律一

河南洛陽人。少有名。景雲中爲吏部員外郎。玄宗爲太子，以曾爲舍人，數有諫疏，徙諫議大夫。與蘇晋同掌制誥，并以文稱，時號「蘇賈」。坐事，貶揚州刺史，遷禮部侍郎，卒。

王翰

七絶一

字子羽，晉陽人。少豪邁，喜哺酒。擢進士第，調昌樂尉。張説輔政，召爲正字。開元中貶道州司馬，卒。有集十卷。

李邕

七律一

字泰和，揚州人，李善之子。少知名，既冠，李嶠薦邕文高氣方，拜左拾遺。玄宗即位，爲御史中丞。後枉法下獄，當死，得減死，出爲北海太守，以文名天下，時稱「李北海」。李林甫忌之，傅以罪，杖殺之。集七十卷，行於世。

張九齡

五古一、五排四、五絶一

字子壽，韶州曲江人。七歲知屬文，擢進士，始調校書郎。玄宗即位，遷右補闕，進中書侍郎，以母哀奪喪，拜同平章事。及爲相，諤諤有臣節。雖以直道黜，不戚戚嬰望，唯文史自娱。久之，病卒，謚文獻。有集二十卷。

孫逖

五排一、七律一、五絶一

博州人。屬思警敏，年十五，見崔日用，令賦《土火爐》，援筆成篇，理趣不凡，崔駭嘆。開元十年，舉賢良方正，爲集賢修撰，改考功員外，遷中書舍人，典詔誥，卒。有集二十二卷。

右自武德至開元初得二十八人爲初唐

王灣

五律一

洛陽人，登先天進士第。開元初爲滎陽主簿，後爲洛陽尉。

孟浩然

五律二、五排一、五絶三、七絶一

名浩，襄陽人，以字行。少好節義，喜振人患難。隱鹿門山。年四十乃遊京師，失意於玄宗，因放還。開元末，病疽，卒。有詩三卷。

蔡希寂

七絶一

曲阿人。官至渭南尉。

李白

五古二、七古二、五律五、五排一、七律一、五絶五、七絶十七

字太白，蜀人。母夢長庚星而生，因名之。十歲通《詩》《書》，喜縱横術、擊劍，爲任俠，輕財重施。天寶初至長安，賀知章言於玄宗，有詔，供奉翰林。因失意於貴妃，賜金放還。禄山反，永王璘節度東南，白時卧廬山，璘迫致之。及璘敗，白坐繫潯陽獄，流夜郎。遂泛洞庭，上峡江，至巫山以赦得釋。憩岳陽、江夏，久之。復如潯陽，過金陵，族人陽冰爲當塗令，白過之。以病卒，年六十四。有《草堂集》二十卷。

李適之

五絶一

常山王之後。天寶元年，代牛仙客爲左相，爲李林甫所中，罷，貶死袁州。

李頎

七古一、五律一、五排一、七律七、五絶一、七絶一

東川人。開元十三年進士，調新鄉縣尉。有集傳于世。

萬楚

七律一

字、里闕。有詩贈李白。

崔顥

七古一、七律二、五絶一

汴州人。開元十一年進士，才俊無行，好蒱飲，娶妻擇美者，不愜，即去之。李邕聞其名，虚舍邀之。顥獻詩，首云：「十五嫁王昌。」邕叱曰：「小兒無禮。」不與接而去。終司勳員外郎。

祖咏

五律二、五排一、七律一、五絶一

洛陽人。開元十三年進士。張説引爲駕部員外郎。集一卷。

崔署

五古一、七律一

宋州人。開元二十六年進士。

崔國輔

五絶二、七絶一

吴郡人。初授許昌令，累遷集賢直學士、禮部員外郎。後坐王鉷近親，貶竟陵郡司馬。

綦毋潛

五律一

字孝通，荆南人。開元十四年進士，由宜壽縣尉入爲集賢待詔，終著作郎。集一卷。

王維

五古一、七古一、五律八、五排三、七律八、五絶五、七絶五

字摩詰，太原人。九歲知屬辭。開元九年，擢進士第一，遷尚書右丞。工草隸，善畫，名盛於開元、天寶間，寧、薛諸王待若師友。有別墅在輞川，嘗與裴迪遊其中，賦詩爲樂。孤居三十年，上元初，卒。代宗求其樂章，其弟縉集數十百篇上之。

李憕

七律一

并州人。通《左氏春秋》，舉明經，高第。天寶末，遷東京留守，爲禄山所執。贈司徒，謚忠懿。

儲光羲

五絶三、七絶一

魯國人。天寶末爲監察御史。坐禄山僞官，貶死。有集七十卷。

王昌齡

七古一、五律一、七律一、五絶二、七絶十九

字少伯，江寧人。第開元十五年進士，補秘書郎，遷汜水尉。晚節不矜細行，貶龍標尉。以世亂還鄉，

爲刺史閭丘曉所殺。有集五卷。

丁仙芝

七古一、五律一

曲阿人。官至餘杭尉。

王之渙

五絶二、七絶二

并州人。少有俠氣，中折節工文，與王昌齡、高適暢當忘形爾汝。

吴象之

七絶一

爵、里闕。

鄭審

五排一

開元時人。大曆初爲秘書監，三年出爲江陵少尹。

裴迪

五絶二

關中人。與王維同倡和。

丘爲

五絶一

嘉興人。事繼母孝，嘗有靈芝生堂下。累官太子右庶子。卒，年九十六。有集行世。

賈至

七律一、七絶六

字幼鄰，洛陽人。父曾。開元初掌制誥，至擢明經策，解褐單父尉。玄宗拜起居舍人、知制誥，從幸蜀。肅宗登極，至撰策進藁。帝曰：「先帝誥命，乃父爲之，今兹命策，又爾爲之，兩朝盛典，出卿父子，可謂盛矣。」歷中書舍人，至德中坐小法，貶岳州司馬。寶應初召復故官，大曆七年，以右散騎常侍，卒，年五十五。贈禮部尚書，謚曰定。有集二十卷。

高適

五古一、七古二、五律五、五排二、七律二、五絶二、七絶四

字達夫，一字仲武，滄州人。舉有道科，授封丘尉。禄山反，爲哥舒翰西河從事。由左拾遺遷侍御史，擢諫議大夫。出爲蜀、彭二州刺史，代崔光遠爲西河節度使，入爲刑部侍郎。廣德中，以左散騎常侍封渤海侯。年五十始爲詩，即工，每吟一篇，好事者輒傳布。永泰初卒，謚曰忠。有集十卷行于世。

岑參

五古一、七古二、五律三、五排一、七律六、五絕二、七絕十二

南陽人。天寶中進士，至德二載試大理評事，攝監察御史。杜甫薦之，轉左補闕，累遷侍御史。出爲嘉州刺史，退居杜陵山中。屬中原多故，卒死于蜀。有集八卷行于世。

杜甫

五古二、七古八、五律十二、五排七、七律十五、五絕二、七絕五

字子美，襄陽人。舉進士不第，因遊長安。玄宗朝，奏賦三篇，帝奇之，使待制集賢院。數上賦頌，高自稱道。肅宗立，拜右拾遺，坐房琯事，出爲華州司功。屬饑亂，棄官客秦州，負薪采橡栗自給。流落劍南，嚴武表爲參謀，檢校工部員外郎，往來夔、梓間。大曆中，客耒陽，一夕大醉，卒，年五十九。甫曠放不自檢，好論天下大事，高而不切。數嘗遭喪亂，挺節無所污。爲歌詩，傷時撓弱，情不忘君，人憐其忠云。有集六十卷。

嚴武

七絕一

字季膺，華州人。幼豪爽，擢成都尹、劍南節度使，與杜甫厚，永泰初卒。

張巡

五律一

鄧州人。博通群書，曉戰陣法，氣志高邁，略細節，所交必大人長者。開元末，擢進士第，爲真源令。禄山反，巡率吏士哭於玄元廟，起兵討賊。至睢陽，與太守許遠合。賊攻睢陽，圍四十日，城陷，不屈，遂遇害，與南霽雲等死者三十六人。大中間，圖像凌煙，與許遠並祠，號「雙廟」。巡長七尺，鬚髯每怒盡張。讀書不過三復，終身不忘，爲文章，不立稿。

張謂

七古二、五律一、七律一、七絶二

字正言，河南人。登天寶二年進士第，奉使長沙。大曆間爲禮部侍郎。

常建

五古一、五律一、七絶四

開元十五年進士，大曆中爲盱眙尉。詩一卷。

張均

五律一

洛陽人，丞相燕國公説之子。自太子通事舍人，累遷主爵郎中，後襲燕國公。禄山監國，授僞官，肅宗以説舊勛，詔免罪，流合浦。建中初，贈太子少傅。集二十卷。

蕭穎士

五絶一

字茂挺，四歲能屬文，十歲補太學，觀書一覽即誦，通各家譜系、書籀學。開元中舉進士，補秘書正字，名播天下，號「蕭夫子」。後客死汝南逆旅，門人謚「文元先生」。有集十卷。

李華

七絶一

字遐叔，趙州人。中進士，天寶中遷監察御史。禄山反，僞署鳳閣舍人，華自傷踐危亂，不能完節。上元中，以左補闕召，不拜。大曆初卒。有前集十卷，中集二十卷。

張潮

七絶一

潤州曲阿人，不仕。

薛業

七古一

天寶間人，爵、里闕。

右自開元至大曆初得三十五人爲盛唐

劉長卿

五律一、五排二、七絶二

字文房，河間人。開元二十一年進士，至德中爲監察御史，改轉運使。吴仲儒誣奏，貶南巴尉，會有爲辨之者，除睦州司馬，終隨州刺史，卒。有集十卷傳於世。

韋應物

七律一、五絶四、七絶二

長安京兆人，周逍遥公韋瓊之後。李肇《國史補》云：「爲性高潔，鮮食寡欲，所居焚香掃地而坐。」其爲詩，馳驟建安已還，各得風韻。王欽臣《集序》云：「天寶時，扈從遊幸，疑爲三衛。」永泰中，任洛陽丞、京兆府功曹。大曆十四年，自鄠縣令除櫟陽令。建中二年，除比部員外，出刺滁州，改刺江州。追赴闕，改左司郎中。貞元初，又歷蘇州。詩十卷。

皇甫冉

五絶一、七絶二

字茂政，潤州人。十歲能屬文，張九齡嘆異之。天寶間，與弟曾俱登第，授無錫尉，避難，居陽羨。大曆中，爲王縉掌書記，後爲左金吾衛兵曹參軍、左補闕，卒。有集三卷行世。

錢起

七律二、五絶二、七絶一

字仲文，吴興人。天寶十年及第，授秘書郎，終考功郎中。與郎士元俱以詩名，士林爲之語曰：「前有沈宋，後有錢郎。」時公卿出牧、奉使，二人無詩祖行，人以爲耻。集二十卷。

郎士元

七律一

字君胄，中山人。天寶十五年進士。寶應元年，選京畿縣官，詔試中書，補渭南尉。歷右拾遺，出爲郢州刺史。時與錢起齊名，卒。有集一卷。

韓翃

七絶三

字君平，南陽人。天寶十三年進士。侯希逸表佐幕府，府罷，十年不仕。李勉任宣武，復辟之。建中初，以駕部郎中知制誥，終中書舍人。集五卷。

朱放

五絶一

字長通，襄州人。隱於越之剡溪，貞元初召爲拾遺，不就。詩一卷。

包何

七絶一

字幼嗣，潤州延陵人。大曆間爲起居舍人。

盧綸

七律一、五絶一

字允言，河中人。天寶亂，客鄱陽。大曆初，舉進士不第，元載取其文，以補閿鄉尉，遷監察御史，輒稱疾，去。綸舅韋渠牟表其才，召見禁中，帝有所作，輒使賡和。時與韓翃等十人皆有詩名，號「大曆十才子」。卒，有集十卷行于世。

李端

七絶一

趙州人，嘉祐之侄也。大曆五年進士。從郭曖遊，曖嘗進官，大集賓客賦詩，端最工。錢起曰：「此素爲之，請賦起姓。」端立獻一章，又工於前，客乃服。曖賜帛百匹。後移疾江南，仕至杭州司馬。有詩三卷。

司空曙

五絶一

字文明，廣平人。登進士第。貞元初，爲水部郎中，終虞部郎中。有集二卷。

耿湋

五絶一

河東人，代宗寶應二年進士。爲大理司法，終于左拾遺。有詩二卷。

張繼

七絶一

字懿孫，兖州人。登天寶十二年進士第。大曆末，授檢校户部員外郎。詩一卷。

顧況

七絶三

字逋翁，姑蘇人。至德進士。性詼諧，與柳渾、李泌爲方外友。德宗時，渾輔政，召爲秘書郎。及泌爲相，遷著作郎。坐詩語調謔，貶饒州司户。居華山，以老壽終。有集二十卷。

張南史

七律一

字季真，幽州人。少好奕，中歲感激，苦節學文，數載間，稍入詩境。以試參軍，避亂居揚州。再召，未赴而卒。詩一卷。

李益

七律一、五絶一、七絶四

字君虞，隴西姑藏人。大曆四年登第，受末秩。從事十八載，多在兵間。有心疾不見用，嘗有「感恩知有地，不上望京樓」之句。憲宗聞其名，召爲秘書少監，遷太子賓客，以禮部尚書致仕，卒。集二卷行于世。

戴叔倫

五絶一、七絶一

字幼公，潤州人。師事蕭穎士，爲門人。貞元中及第，劉晏奏爲主運湖南。德宗建中中，守撫州刺史，後遷容管經略。德宗嘗賦《中和節詩》，遣使寵餞。代還，卒于道。

武元衡

七絶二

字伯蒼，河南人。建中四年進士。元和二年，以門下侍郎平章事秉政。早朝，遇盗從暗中射殺。有《臨淮集》十卷。

羊士諤

七絶二

泰山人。貞元初進士，拜監察御史。性傾險，坐誣論宰相，出資州刺史。有集行。

張仲素

七絶四

字繪之。元和中爲翰林學士。

王表

七絶一

貞元、元和間人。其詩多與竇常倡和。

令狐楚

五絶一

字殼士。五歲能文，及冠舉進士，後爲太原書記。德宗喜文，每省太原奏議，能辨楚所爲，由是名重。累遷爲中書侍郎、同平章事，後拜山南節度使，卒。是夕有大星隕寢上，其光燭廷，坐與家人訣，乃終。有《漆園》等集一百三十卷。

劉禹錫

五絶一、七絶四

字夢得，中山人。貞元九年進士，登博學宏詞科，爲監察御史。時王叔文得幸，禹錫與交。叔文敗，貶朗州司馬。召還，復出刺播州，易連州，又徙夔州，後徙和州，入爲主客郎中，裴度薦爲翰林學士，遷太子賓客，以檢校禮部尚書卒。禹錫恃才而廢，不無怨望，年益晏，偃蹇寡所合，乃以文章自適。晚節尤精，樂天常推爲「詩豪」云。有集四十卷。

柳宗元

五古一、七律一

字子厚，河東人。貞元九年舉博學宏詞科進士，授校書郎，累遷監察御史，擢禮部員外郎。王叔文得政，引入内禁與計事，俄而叔文敗，坐貶永州司户。元和十年，徙柳州刺史，十四年卒于官。有集行。

韓愈

七律一

字退之，南陽人。少孤，隨兄官嶺表。兄卒，愈自知刻苦學儒，比長，通六經百家。貞元八年，擢進士。累調四門博士，遷監察御史。上疏論宮闈，貶陽山令。元和初擢知國子博士，分司東都，改都官員外郎，尋復爲博士。既才高數黜，官又下遷，乃作《進學解》以自喻。執政奇其材，改比部郎中，進中書舍人。爲裴度行軍司馬，伐蔡。蔡平，遷刑部侍郎。上疏論佛骨，上怒，貶潮州刺史，量移袁州。召拜國子祭酒，轉兵部侍郎。穆宗時宣撫鎮州，歸奏，遷吏部侍郎，轉京兆尹兼御史大夫。爲李紳劾，罷。未幾，復吏部侍郎。長慶四年卒，年五十七。贈禮部尚書，謚曰文。有集行，四十卷。

孟郊

五絶一

字東野，湖州人。少隱嵩山，性耿介。五十登進士第，爲溧陽尉，日賦詩，曹務多廢，令白府以尉代之，分其半俸。鄭餘慶奏爲參謀，卒。謚貞曜先生。有集十卷。

吕温

五絶一

字和叔，河中人。從陸贄治《春秋》，擢進士第。藻翰精富，流輩推尚。奏李吉甫陰事，憲宗怒，貶均州刺史，再貶道州刺史。有集十卷。

王烈

七絶一

大曆中人，爵、里闕。

張籍

七絶一

字文昌，蘇州人。貞元十五年及第，歷官太祝、秘書郎、國史博士、水部員外郎、國子司業。晚年失明，卒。有集七卷行于世。

王建

七絶一

字仲初，潁川人。大曆十年進士，太和中爲陜州司馬，與韓愈、張籍同時，而尤相友善。工爲樂府歌行，思遠格幽。詩集十卷。

歐陽詹

七絶一

字行周，泉州人。舉進士，與韓愈、李絳等聯第，皆天下選，時稱「龍虎榜」。閩人第進士自詹始。事父母孝，與朋友信。其文章深切復明辯，終四門助教。卒年四十餘。集十卷。

元稹

七絶一

字微之，河南人。太和間，爲尚書右丞，卒。有《元氏長慶集》百卷傳于世。

張祜

五律一、七絶三

字承吉，清河人。賢俊之士多與之遊，或薦于天子，書奏不下。受辟諸侯府，性狷介不容物，輒自劾去。以曲阿地古淡，遂種樹築室而家焉。性嗜水石，常悉力致之，後知南海間，罷職，載羅浮石筍還。不蓄善田利産爲身後計。太和中卒于丹陽。集一卷。

賈島

五絶一、七絶一

字浪仙，范陽人。連敗文場，遂爲浮屠，名無本。來東都，韓愈教其爲文，遂去浮屠，舉進士。大中末爲長江主簿，有《長江集》十卷、《詩集》《詩格》傳于世。《劉公嘉話》云：「島爲僧，居法乾寺。宣宗嘗微行至寺，聞鐘樓有吟聲，遂登樓，於島案取詩覽之。島攘臂睨曰：『郎君何會此耶？』遂奪取詩卷。帝慚，下樓而去。後遂除島爲長江簿。」

右自大曆至元和末得三十四人爲中唐

李商隱

七絶三

字義山，懷州人。文宗開成二年登進士第，調弘農尉。王茂元表掌書記，以子妻之。除侍御史，後爲檢校吏部員外郎。歸滎陽，卒。有《樊南甲集》二十卷、《乙集》二十卷並傳。商隱爲文章，瑰邁奇古，長於律詩，咏史尤精。自稱「玉溪子」云，與温庭筠等號「三十六體」，亦號曰「西昆體」。

許渾

七絶一

字用晦，丹陽人。太和六年進士，爲太平縣令，後辟監察御史，歷睦、郢二州刺史。有《丁卯集》二卷行于世。

趙嘏

七絶一

字承祐，山陽人。會昌三年進士，大中間仕至渭南尉。有《渭南集》三卷，又《編年詩》二卷。

段成式

七絶一

字柯古，會昌時人。博學强記，多奇篇秘籍。著《酉陽雜俎》，書數十篇。官終太常少卿。

温庭筠

七絶一

字飛卿，并州祁人。少敏悟，工爲辭章，與李商隱皆有詩名，時號「温李」。然薄於行，多作側詞艷曲，數舉不第。大中末上書，授方山尉。有詩集五卷。

于武陵

五絶一

杜曲人。與李頻同時，有詩一卷。

司馬禮

七絶一

大中時人，工詩。時稱爲先輩。

張喬

七絶一

池州人。昭宗大順進士。黄巢亂，隱九華。有集三卷。

李拯

七絶一

字昌時，咸通末進士，累遷考功郎中。黄巢亂，避地平陽，僖宗召爲翰林學士。

崔魯

七絶一

僖宗廣明進士，有《無机詩》四卷。

韋莊

七絶一

字端己，京兆杜陵人。昭宗乾寧元年進士，授校書郎。王建開僞蜀，莊時在華州駕前，奉使入蜀，李詢辟爲判官、掌書記，遷起居舍人，後爲蜀相，卒。有《浣花集》。

薛瑩

五絶一

唐末人。有《洞庭詩集》三卷。

李建勳

七絶一

隴西人，仕南唐，爲丞相。集三卷。

右自開成至五季得十三人爲晚唐

有姓氏無字里世次者九人

張子容

七絶三

唐曰：「襄陽人，與孟浩然友。」盛唐。

樓潁

七絶一

陳祐

七絶一

衛萬

七古一

盧弼

七絶二

王周

七絶一

蔣曰：周有《志峽船具詩》自序云，庶幾魯望《茶經》者也，當是晚唐。

荆叔

五絶一

宇曰：「疑是萬楚字。」

張謂

七絶一

張敬忠

七絶一

無姓氏三人

西鄙人

五絶一

太上隱者

五絶一

無名氏

七絶二

衲子三人

皎然

七絶一

姓謝，字清晝，湖州人。靈運十世孫，顔真卿撰《韻海》，皎然豫其論著。居杼山。有集十卷，又有《詩式》，并傳。

靈一

七絶一

越中雲門寺律師，持律甚嚴，以清高爲世所推。與劉長卿、皇甫冉、嚴維相倡和。

處默

五律一

越僧，羅隱同時人。詩一卷。

原目録

卷之六

五言絶句七十四首

卷之七

七言絶句百六十八首

李攀龍《唐詩選序》

唐無五言古詩，而有其古詩。唐五言古詩，非古之古，乃唐之古。**陳子昂以其古詩爲古詩，弗取也。**陳子昂作《感遇詩》三十首，以古風雅正自負，然亦弗取也。**七言古詩，唯子美不失初唐氣格，而縱橫有之。**七言古詩，初唐創體，但守其氣格則乏縱橫，能縱橫則易失氣格，是所以獨取子美也。**太白縱橫，往往强弩之末，間雜長語，英雄欺人耳。**《戰國策》曰：「强弩之末，不能穿魯縞。」謂勢既盡也。太白過於縱橫，動成冗長，如《北風行》末云：「箭空在，人今戰死不復回。不忍見此物，焚之已成灰。」凡此類不免爲長語。太白非不知也，目下無人，故意欺謾。**至如五、七言絶句，實唐三百年一人，蓋以不用意得之，即太白亦不自知其所至，而工者顧失焉。**如太白《杜鵑花》《白胡桃》絶句，是以工顧失者。**五言律、排律，諸家概多佳句。七言律體，諸家所難，**唐創律體，而七言律其最也，故雖唐人，有所未十成。**王維、李頎，頗臻其妙。**頗，能也。**即子美，篇什雖衆，憒焉自放矣。**子美大家，人只知尸祝而不知其敝，故茲拈出。**作者自苦，**子美猶如彼，則是詩之難，作者自苦。**亦惟天實生才不盡。**承上言起。**後之君子乃茲集以盡唐詩，而唐詩盡于此。**言天實生才不盡，則必有後之君子猶能興起者。

後之君子興起，有志于唐，則第以此集盡唐詩，而唐詩實盡于此集也。吴吴山以「才」字爲句，以「君子」爲句，大非。按王元美論斯序，以七絶不及王龍標、七律不推子美爲難。然余則謂李、杜大家，迥出盛唐諸公上，况太白仙才，以不用意得之，未可以龍標比稱也。子美可宗，何須言之？此特拈出其敝耳。于鱗何曾不推子美？故二公獨稱其字，其它以姓名，意自可見。且元美之言説，説可以詳悉，于鱗之言文，文不得不顧於辭也，何責備爲？

【原眉批】

僅僅一百六十六字，論括唐詩七體，是這老手段。有抑揚，有頓挫，短文之妙者。

説太白，次便叙了五、七言絶句，却覺筆力陡健。

卷之一　五言古

五言起於蘇、李，然夏歌、楚謡間用五字成句，雖詩體未全，是五言之濫觴也。

魏徵　**述懷**

述懷，《唐詩紀事》作「出關」。《唐書》本傳：徵少有大志，從李密來京師，未知名。自請安輯山東，乃擢秘書丞，馳驛至黎陽。此詩蓋馳驛出關時作。黎陽，明北直隸大名府濬縣。按長安東華陰縣外有潼關，靈寶縣南有秦函谷關，自靈寶東三百餘里至河南府新安縣東有漢函谷關，魏所過或潼，或函谷。

中原還逐鹿，「還」字比古言之。**投筆事戎軒。縱横計**（雖）**不就，慷慨志猶存。杖策謁天子，驅馬出關門。**已下每句皆承上起。**請纓繫南越，**憑，據也。**軾下東藩。**假故事以言己之志。

《詩》：「中原有菽。」猶言「原中」。《左傳》：晋楚治兵於中原。謂河南、江北之間也。它或以謂中國，或以謂京師，此謂中國也。《六韜》：取天下者，若逐野鹿，而天下共分其肉。《史記·蒯通傳》：秦失其鹿，天下共逐。謂失國如虞人之失鹿也。《後漢·班超傳》：超家貧，嘗爲官傭書以供養，久勞苦，嘗輟業，投筆嘆曰：大丈夫無它志略，猶當效傅介子、張騫，立功異域，以取封侯，安能久事筆研間乎？後平西域，以功封定遠侯。《晋書》：石勒曰：朕若遇漢高，當北面事之，若遇光武，當并驅中原，未知鹿死誰手。徐震云：中原有聖主，而群雄猶然逐鹿。此以「猶然」解「還」字，非也。此詩至第四句，始見有天子，首端未可説出聖主。《説文》：軒，曲輈轓車。按載車直輈，乘車曲輈，轓車，兩旁藩也；戎軒，謂兵車也。《後漢・朱祐傳贊》：有來群后，捷我戎軒。〇戰國蘇秦説六國合從，張儀説五國連衡。關東地從長，六國共居之，秦相六國，令合從而擯秦，故曰合從。關西地横廣，秦獨居之，儀相秦，破關東從道，欲連秦之横，故曰連衡。王堯衢云：「縱横計不就。」謂其未遇唐主以前，説諸豪杰不成事功。《楚辭》：「好夫人之忼慨。」注：慷慨，激昂之意。〇《後漢・鄧禹傳》：光武安集河北，禹即杖策追及，曰：願明公威德加于四海，禹得效尺寸，垂功名於竹帛爾。陸機《猛虎行》：「仗策欲遠尋。」「杖」「仗」通。《白虎通》：王者，父天母地，爲天之子也。《詩》：「驅馬悠悠。」杜篤《論都賦》：「懼關門之反距。」注：關，境上門也。〇《漢書》：漢遣終軍使南越，軍請願受長纓，必羈南越王而致之闕下。《漢書》：酈食其曰：臣請得説齊王，使爲漢而稱東藩。乃説齊王田廣罷歷下兵。韓信聞食其憑軾下齊七十餘城，乃夜渡兵平原襲齊。注：軾，車前横板隆起者也。云憑軾者，言其不及下車而説成也。本傳：徵至黎陽，時李勣尚爲密守，徵與勣書云云，勣遂定計歸唐。且是時新羅、突厥諸夷侵亂中國，徵復安輯山東，故有斯二語。藩，謂四方邦國，於京師猶藩屏也。

鬱紆山路盤鬱而紆折。**陟高岫，出没望平原。**陟高岫之鬱紆，望平原之出没。**古木鳴寒鳥，空山啼夜猿。既傷千里目，**應「望」。**還驚九折魂。**應「陟」。**豈不憚艱險，深懷國士恩。季布無二**

諾，侯嬴重一言。人生感意氣，功名誰訓「何」。**復論。**

王融詩：「留雜已鬱紆。」《文選》劉良注：鬱紆，曲深貌。杜篤《首陽論》：高岫帶乎巖側。《爾雅》：山有穴爲岫。謝朓詩：「出没眺樓雉。」《子虛賦》：「楚有平原廣澤。」曹植詩：「朝夕見平原。」○江總詩：「古木斷縣蘿。」《樂府·子夜歌》：「寒鳥依高樹。」江淹詩：「誦經空山坻。」謝靈運詩：「噭噭夜猿啼。」○《楚辭》：「目極千里兮傷春心。」《漢書·王尊傳》：琅琊王陽爲益州刺史，行部至邛郲九折阪，嘆曰：奉先人遺體，奈何數乘此險？後以病去。及尊爲益州刺史，至其阪，叱其馭曰：驅之。王陽爲孝子，王尊爲忠臣。○《蜀志·關羽傳》：羽隨先主周旋，不避艱險。《史·刺客傳》：趙襄子滅智伯，其臣豫讓欲爲報仇。襄子曰：子不嘗事范中行氏乎？豫讓曰：范中行氏以衆人遇我，我故衆人報之；至於智伯，國士遇我，我故國士報之。本傳：徵宣慰山東，有曰：吾既蒙國士之遇，敢不以國士報乎？○《漢書》：季布爲氣任俠，有名於楚。楚人諺曰：得黄金百斤，不如得季布一諾。《戰國策》：魏侯嬴爲夷門監者，公子無忌用其計竊符救趙，嬴請數公子行日，以至晉鄙軍之日，北鄉自剄以送公子，後果然。《史記·陳世家》：楚莊王輕千乘之國而重一言。○《左傳》：申公巫臣曰：人生實難。魏武帝《短歌行》：「人生幾何？」謝承《後漢書》：楊喬曰：侯生爲意氣刎頸。意氣，謂恩顧也。《史記·商君傳》：功名藏於府庫。陸機詩：「但恨功名薄。」鮑照詩：「孤績誰復論？」

【原眉批】

鍾云：此已具盛唐之骨，離陳、隋之滯靡，想見其人。

黄家鼎云：英雄胸次，吐氣如虹。

又云：含蓄雄渾，當是初唐第一，于鱗以此壓卷，知言哉。

葉云：山曲，故隱現不定。

鍾云：「出没」二字，深得遠望之神。

徐云：「既」字「還」字，相呼應甚。

又云：「豈不」二字，反下有力。

王云：徵一見天子，授秘書，是懷國士恩也。

沈云：「國士」句是主意。

張九齡　**感遇**

《唐音》注：感遇云者，謂有感於心而寓於言，以攄其意也。又云：感之於心，遇之於目。余謂感遇言感於所遇已。《唐書》本傳：九齡遷於中書令，李林甫内忌之，帝將以牛仙客爲尚書，九齡執不可，林甫進曰：仙客，宰相才也，乃不堪尚書耶？帝由是遜仙客，罷九齡政事。故托爲孤鴻之詞自比。

孤鴻海上來，鴻志高舉，孤飛無侣。**池潢不敢顧**。小水，非所息。**側見**「見」自鴻言，故下亦曰「我」。**雙翠鳥，巢在三珠樹**。比三公位。**矯矯**（在）**珍木巔**，（豈）**得無金丸懼**。**美服患人指**，應「翠鳥」。**高明逼神惡**。應「木巔」。**今我遊冥冥，弋者何所慕**。

阮籍詩：「孤鴻號外野。」吴筠詩：「一燕海上來。」《隋書》：虞道武爲武陽太守，非其志也，爲《孤鴻賦》以寄其情。宇云：曲江南海人，故云。《左傳》服虔注：畜小水，謂之潢水。《説文》：潢，積水池也。○蔡邕《翠鳥詩》：「翠鳥時來集，振翼修形容。」《漢·南粤傳》：南粤王因使者獻翠鳥十。《山海經》：三珠樹，生赤水上，其樹如柏，葉皆爲珠。《淮南子》：海外三十六國，三珠樹在其東北方。唐云：蓋指林甫、仙客據三公位也。○《漢書·叙傳》：賈生矯矯，弱冠登朝。矯矯，高舉貌。陸賈《新語》：楩楠豫章，立則爲衆木之珍。劉楨詩：「珍木鬱蒼蒼。」《西京雜記》：韓嫣好彈，以金爲丸。車操詩：「柘彈落金丸。」○《莊子》：高明之室，鬼神惡之。揚雄《解嘲》：高明之家，鬼瞰其室。高明，謂貴顯也。○揚子《法言》：鴻飛冥冥，弋人何慕焉？蔣云：「慕」作⿱莫云，猶取也。吴吴山云：此大謬，字書無⿱莫云字，而顧不察耶？

【原眉批】

鍾云：平正冲淡，雅合風騷。

又云：佳處與子昂敵。

陳子昂　**薊丘覽古**[一]

子昂序云：「丁酉歲，吾北征出自薊門，歷觀燕之舊都，其城池霸迹已蕪没矣。乃慨然仰嘆：憶！樂生、鄒子群賢之遊盛矣。因登薊樓，作六首以志之。寄終南盧居士，亦有軒轅遺迹也。」《一統志》：薊丘，在順天府，舊燕城西北隅，即古薊門也。傍多林木，蓊鬱蒼翠，爲京師八景之一。舊燕城在順天府城西南。又云：古燕國在保定府易州東南，蓋易州東南即順天西南。在唐時，爲幽州范陽郡之地。《唐書》：盧藏用，字子潛，幽州范陽人。能屬文，隱終南山，與陳子昂友善。吴吴山云：按序中寄詩之意，隱然以樂生、鄒子期藏用，故因覽古而贈之也。

南登碣石館，遥望黄金臺。丘陵盡喬木，昭王安在哉？用阮句。**霸圖悵已矣，驅馬復歸來。**用阮句。

《史記》：騶衍如燕，昭王請列弟子之座而受業，築碣石宫，身親往師之。《史記正義》：碣石宫，在幽州薊縣西三十里，寧臺之東。按薊縣於明爲順天涿州地，即薊丘所在。黄金臺，在保定府易州東南，昭王置千金其上，以延天下士，故名。王粲詩：「南登霸陵岸，回首望長安。」諸葛亮詩：「步出齊城門，遥望蕩陰里。」〇《禮記》：從長者而上丘陵。《詩》：「南有喬木。」《論衡》：觀喬木，知舊都。阮籍詩：「簫管有遺音，梁王安在哉？」○《晉書·李暠傳》：暠爲群雄所奉，遂啓霸圖。圖，謂定有土域也。謝朓詩：「心事俱已矣。」阮籍詩：「驅馬復來歸。」按唐《解》以「復歸來」爲重遊，謬矣。此言覽古訖還已，而其蕭條惆悵之意可見。

【原眉批】

蔣云：多少感慨。

鍾云：直寫其胸中、眼中。用阮句不露痕。

【校勘記】

［一］薊丘覽古：《全唐詩》卷八十三作「薊丘覽古贈盧居士藏用七首·燕昭王」。

李白　　**子夜吴歌**

子夜吴歌，《樂録》：清商曲。晉女子名子夜，造此歌，歌聲過哀。後人更爲四時行樂詞，謂之《子夜四時歌》。謂吴歌者，東晉都吴地故也。

長安一片月，萬户擣衣聲。砧聲不絶。**秋風吹不盡，**砧聲不絶。**總是**應上「萬户」。**玉關情。何日平胡**

虜，良人罷遠征。

唐都長安，秦漢故都也。《漢・地理志》：長安，高帝五年置。《一統志》：陝西西安府長安縣，唐都于此。王褒《燕歌行》：「無復漢地長安月。」徐陵詩：「片月窺花簟。」《丹鉛録》：《字林》云：直舂曰擣。古人擣衣，兩女子對立，執一杵，如舂米然。今易作卧杵，對坐擣之，取其便也。梁簡文帝詩：「欲知妾不寐，城外擣衣聲。」○《楚辭》：「悲秋風之動容。」阮籍詩：「秋風吹飛藿。」《唐書・地理志》：沙州敦煌郡壽昌縣，西北有玉門關，去長安三千六百里。○《詩》：「何日忘之。」《史記・李廣傳》：胡虜易與耳。《詩》：「今夕何夕，見此良人。」毛曰：良人，夫也。曹植詩：「妾身守空閨，良人行從軍。」陸機詩：「苦哉遠征人。」

【原眉批】

蔣云：前四句是最妙絶句。

鍾云：畢竟是唐絶句，妙境一毫不像晋宋，然求像則非太白矣。

又云：太白善用「吹」字。

經下邳圯橋懷張子房

《元和郡志》：下邳縣，有沂水，號長利池。池上有橋，即黄石公授張良素書處也。蔣云：按《史記》子房授書圯上，圯音怡，楚人謂橋爲圯，二字不應複用。《唐書·地理志》：徐州彭城郡有下邳縣。《一統志》：邳州在淮安府城西北四百五十里，本夏邳國。秦置下邳縣，屬郯郡。漢屬東海郡，至唐屬徐州彭城郡。又曰：圯橋在邳州城東南隅，年久湮没。吴吴山云：《説文》「東楚謂橋爲圯」，然淮邳州《郡志》皆稱「圯橋」，當自唐時已然。或以二字不應複用嗤白，未考志也。

子房未虎嘯，未得其君。**破産不爲家。滄海得壯士，椎秦博浪沙。報韓雖不成，天地皆震動。潛匿遊下邳，豈曰非智勇？**以秦之威搜求不得。

《史記》：張良，本韓人，五世相韓。秦滅韓，良悉以家財求客刺秦王。東見滄海君，得力士，爲鐵椎，狙擊秦皇於博浪沙中，誤中副車。索之急，乃亡匿下邳。常遊圯上，有一老父墮履圯下，命良取履。良取履，跪進之，老父與良期。後五日，夜半至其所，出一編書，曰：讀此則爲王者師矣，後十年興，十三年孺子見我，濟北穀城山下黄石即我也。良後十三年從高帝，過濟北，果見穀城山下黄石，取而祠之。王褒《聖主得賢臣頌》：「虎嘯而風冽。」喻君臣際會也。○《西都賦》：「覽滄海之蕩蕩。」荆軻歌：「壯士一去兮不復還。」《漢書·地理志》：陽武縣有博浪沙。《一統志》：河南開封府陽武縣，秦爲博浪沙地。○良本傳：不愛萬金之資，爲韓報仇强秦，天下振動。按吴吴山云，當改「地」字爲「下」，改「震」字爲「振」，非也。天地震動，言得更妙。《史記》：藺相如之處智勇，可謂兼之矣。

我來圯橋上，懷古欽「慕」也。**英風。唯見碧流水，曾無黄石公。**二句只作對語，或以爲此段又懷黄石公，非也。**嘆息此人**(亡)**去，蕭條徐泗空。**

《西征賦》：「眄山川以懷古。」《北山移文》：「張英風於海甸。」○《史記・范雎傳》：昭王臨朝嘆息。《楚辭》：「山蕭條而無獸。」徐泗，即下邳地也。《孟嘗君傳》注：梁惠王三十年，下邳遷于薛，改名徐州。唐時，徐州、泗州俱屬河南。《一統志》：泗水，出山東泗水縣陪尾山，源有泉四，因以爲名，西南過徐州，又東南過邳州，入淮。按此言古迹蕭條爾，王徐輩皆以項羽都彭城，即徐泗地，謂「徐泗空」爲佐漢滅項事，大失詩意矣。

【原眉批】

蔣云：爲英雄生色。

蔣云：目空古今。

杜甫

後出塞

杜有《前出塞》九首，《後出塞》五首，此其第二。《分類》注：《前出塞》，乾元二年，公至秦州，思天寶間而作。《後出塞》亦同年作，追咏天寶十四載安禄山及契丹戰于漢水敗之之事。然詳詩意，似不必然，只是樂府《出塞》之題。

朝進東門營，暮上河陽橋。落日照大旗，旌高，故落日反照。**馬鳴風蕭蕭。**四句叙軍容，在路。**平沙列萬幕，部伍各見招**（而聽將令）。**中天懸明月，令嚴夜寂寥。悲笳數聲動，壯士慘**（然）**不**（敢）**驕。**六句叙軍容，在營。**借問大將誰？恐是霍嫖姚。**應是良將。

本集注：東門，洛都之門也。河陽，洛邑也。《一統志》：河陽橋，在河南府閿鄉縣西門外河水濱。以二句審之，東門應謂長安東門。王粲《從軍詩》：「朝發鄴都橋，暮濟白馬津。」○謝靈運詩：「落日次殊方。」《詩》：「蕭蕭馬鳴。」毛曰：言不歡譁也。《荆軻傳》：風蕭蕭兮易水寒。○《拾遺記》：岱輿山南有平沙千里。范雲詩：「平沙斷還續。」《史記・李廣傳》：廣行無部伍行陣。《西京賦》：「結部曲，整行伍。」《後漢・百官志》：大將軍營五部，部有校尉一人，部下有曲，曲有軍候一人。《周禮》：五人爲伍。○賈誼《旱雲賦》：「屈卷輪而中天。」《長門賦》：「懸明月以自照。」《老子》：寂兮寥兮。《楚辭》：「寂廖兮收潦而水清。」注：寂，無人聲；廖，空虛也。與寂寥同。〇李陵書：胡笳互動，牧馬悲鳴。「胡笳」，詳見七言古注。「壯士」，見前。〇曹植詩：「借問嘆者誰？」《漢書》：霍去病爲嫖姚校尉。荀悅《漢紀》作「票鷂」，「票」與「飄」同。飄鷂，皆勁疾鳥也，此作平音。吴吴山云：按師古云嫖姚，勁疾之貌，本讀平聲，《漢書》作「票姚」，或因荀悅《漢紀》作「票鷂」，謂李杜因俗誤，不知古字通用也。按此篇諸解謂諷刺内寵鄙臣，恐非。

劉會孟曰：此詩之妙，可以招魂復起。

【原眉批】

沈云：寫軍容之盛，軍令之嚴，如干、莫出匣，寒光相向。霍去病勤遠開邊，故以爲比。

玉華宮

《唐書》：貞觀二十年，作玉華宮，在坊州宜君縣西北四里鳳皇谷。永徽二年，廢宮爲玉華寺。《寰宇記》：玉華宮，正殿覆瓦，餘皆葺茅，當時以爲清涼勝於九成宮。《一統志》：玉華宮在陝西延安府。

溪回松風長，蒼鼠竄古瓦。不知何王殿，遺構（在）**絶壁下。陰房鬼火青，壞道哀湍瀉。**哀謂清激。**萬籟**謂秋聲。**真笙竽，秋色正瀟灑。**「真」字「正」字，大有感慨。

《寰宇記》：玉華宮前有溪曰醽醁，取溪色如酒色之碧也。本集注：溪回，言回遠也，惟回遠，故松風不歇。顔延之詩：「松風遵路急。」○鄒陽書：何王之門不可曳長裾乎？謝靈運詩：「晨策尋絶壁。」唐云：「何王」，不言太宗，諱之也。宇云：曰「何王」有味，非必諱曰太宗。○《淮南子》：人血爲燐。許慎注：兵死之血爲鬼火，燐者，鬼火之名。《楚辭》：「鬼火兮熒熒。」《尚書傳》：傅氏之巖，有澗水壞道。《説文》：湍，疾瀨也。○《莊子》：子綦曰：汝聞人籟而未聞地籟，汝聞地籟而未聞天籟。子游曰：地籟則衆竅是已，人籟則比竹是已，敢問天籟？子綦曰：夫吹萬不同，而使其自己也。注：謂風之自起自止。張正見《咏風詩》：「聊因萬籟響。」《墨子》：彈琴瑟，吹笙竽。《説文》：笙，十三簧，象鳳之身也。竽管，三十六簧也。王褒詩：「秋色照孤城。」《北山移文》：「瀟灑出塵之想。」瀟灑，清曠貌。

美人爲黄土，乃當時弄笙竽者，**況乃粉黛假。**豈有一遺。**當時侍金輿，故物獨石馬。**此獨遺在。**憂來藉草坐，浩歌淚盈把。**謂淚落而滿掌中。**冉冉征途間，誰是長年者？**

《詩》：「美人之貽。」江淹詩：「美人歸重泉。」《龜策傳》：生于深淵，長于黄土。《列子》：鄭衛之處子，粉白黛黑。《樂府》：「粉黛不加飾。」○《史記·禮書》：人體安駕乘，爲之金輿錯衡，以繁其飾。張正見詩：「金輿映緑川。」《古詩》：「所遇無故物。」《西京雜記》：張丞相墓前有石馬。舊解謂：玉華宮近有晋苻堅墓，此段傷苻堅。非也。「當時侍金輿」，分明是叙太宗遊幸，石馬或是宮中所有物。○魏文帝詩：「憂來無方，人莫知之。」謝惠連詩：「藉草繞迴壑。」《説苑》：晏子寋草而坐。《楚詞》：「臨風怳兮浩歌。」王徽詩：「傾筐未盈把。」○《楚詞》：「老冉冉其將至。」冉冉，漸也。徐陵詩：「征途愁轉旆。」陶潛詩：

「惟酒與長年。」按此公趨鄜州路所經見，故末句及之。

劉會孟曰：哀思苦語，轉換簡遠，有長篇餘韻，末更自傷。

又曰：起結淒黯，讀者殆難爲情。

【原眉批】

蔣云：「蒼鼠」，奇語。

又云：「陰房」，惡景。

蔣云：末更自傷，非意所及。

送別

王維

只曰「送別」，是古風題，非必有其人。

下馬飲君酒，問君何所之。君言不得意，歸卧南山陲。二句是答。（君）**但去**（吾）**莫復問，**一句斬住。**白雲無盡時。**深意在問答之外。

《史記》：漢王下馬踞鞍而問。《焦仲卿妻詩》：「下馬入車中。」《古樂府》：「蕩子何所之？」〇《史記》：虞卿不得意，乃著書。《漢書·張敞傳》：絮舜歸卧於家。《詩》：「幽幽南山。」〇《詩》：「英英白雲。」《淮南子》：白泉之埃上爲白雲。《南齊·高逸傳》：褚白玉居瀑布山，王僧達答丘珍孫書，褚先生從白雲遊舊矣。陶弘景詩：「山中何所有，隴上多白雲。」王堯衢云：「莫復問。」不須復問也。是承上問答掉轉之詞。

【原眉批】

鍾云：感慨寄托，盡此十字。

常建　西山

《一統志》：西山，在南昌府城西大江外三十里。

一身爲輕舟，一句總起。**落日**（在）**西山際**。**常隨去帆影，遠接長天勢**。二句咏西山，曰「隨」，曰「接」，皆以山言。**物象歸餘清**，西山爽氣有餘，故曰「餘清」。滿目景物皆在其中，故曰「歸」。**林巒分夕麗**。以下言日晚至夜之景，次第叙列。**亭亭碧流暗**，亭亭，蓋謂縣泉之貌，言其望稍暝也。**日入孤霞繼**。**洲渚遠陰映**，半見半不見。**湖雲尚明霽**。

孔子《猗蘭操》：「一身將老。」《國策》：蘇代曰：乘下水浮輕舟。曹植詩：「惜哉無輕舟。」○何遜詩：「去帆若不見。」○《左傳》：物生而後有象。《北山移文》：「望林巒而有失。」《說文》：巒，山小而鋭也。郭璞曰：山形長狹者，荆州謂之巒。○《西京賦》：「狀亭亭以岧岧。」注：亭亭，高貌。陶潛詩：「亭亭明玗照。」《擊壤歌》：「日入而息。」○《楚詞》：「望大河之洲渚。」水中可居曰「洲」，小洲曰「渚」。

林昏楚色來，岸遠荆門閉。荆門，故貼「閉」字，言望隔。**至夜轉清迥，蕭蕭北風厲。沙邊雁鷺泊，宿處蒹葭蔽。圓月逗**訓「在」。**前浦，孤琴又摇曳。泠然夜遂深，白露沾人袂。**

《荆州記》：郡西溯江六十里，南岸有山，名曰荆門。上合下開，路達山南，有門形，故以爲名。《一統志》：荆門山，在荆州宜都縣西北五十里。○鮑照《舞鶴賦》：「抱清迥之明心。」《詩》：「北風其凉。」蔡琰詩：「北風厲兮肅泠泠。」○《詩》：「蒹葭蒼蒼。」疏：蒹似萑而細，高數尺，即蘆葦也。《說文》：葭，葦之未秀者。○江淹詩：「紈扇如圓月。」梁元帝詩：「初言前浦合。」鮑照詩：「摇曳高帆舉。」○《莊子》：列子御風而行，泠然善也。《詩》：「白露爲霜。」《說苑》：孺子不覺露之沾衣。王粲詩：「白露沾衣襟。」

【原眉批】

蔣云：平鋪直叙，自是出世語。

鍾云：起句妙在「爲」字，用「如」字則膚矣。

譚云：妙不在「歸」字，在「餘」字。

又云：「至夜」接得老。

高適　**宋中**

明河南商丘，古宋地，漢代梁孝王都之，即睢陽。《一統志》：河南歸德府，周封微子於此，爲宋國，漢改爲梁國，梁園在府城東。唐云：按《唐史》，適少落魄，不治生事。客梁宋間，嘗與杜甫登吹臺，慷慨懷古，時人莫測。

梁王昔全盛，賓客復多才。悠悠一千年，陳迹惟高臺。寂寞向秋草，悲風千里來。臺上所眺。

漢梁孝王廣睢陽城七十里，大修宮室，複道自宮連屬於平臺四十餘里。司馬相如、鄒陽、枚乘之徒，客遊其門。平臺，在梁東北離宮所在，本師曠吹臺。梁孝王增築，班史稱平臺，唐稱吹臺。又因謝惠連嘗爲《雪賦》，名雪臺。鮑照《蕪城賦》：「當昔全盛之時，車掛轊，人駕肩。」《西京雜記》：梁王築兔園，中有雁池，日與賓客弋釣其中。○左思詩：「悠悠百世後。」《莊子》：夫六經，先王之陳迹也。《嘯賦》：「登高臺以臨遠。」○《楚辭》：「蟬寂寞而無聲。」《古詩》：「秋草萋已緑。」曹植詩：「高臺多悲風。」悲風，疾風也。

【原眉批】

蔣云：草枯風慘，無限傷懷。

與高適薛據同登慈恩寺浮圖[一]

岑參

寺在長安曲江池側。貞觀中，高宗在春宮爲文德皇后立，故名。永徽中，沙門玄奘建浮圖於寺西院，六級，高三百尺許。詳見《三藏法師傳》。薛據，河中寶鼎人。開元、天寶間，與弟播、揔相繼登科，終禮部侍郎。一云荆南人，官至太子司議郎。

塔勢如涌出，孤高聳天宮。言如天宮也。**登臨出世界，磴**梯也。**道盤虛空。**左右轉登，乃盤在空中。**突兀壓神州，峥嶸如鬼工。**非人力可成。「鬼」字對「神」字。**四角礙白日，七層摩蒼穹。下窺指高鳥，俯聽聞驚風。**耳待聲曰「聽」，耳受聲曰「聞」。**連山若波濤，奔走似朝東。**下剩「似」字，構句乃爾。

《法華經》：爾時佛前有七寶塔，高五百由旬，從地湧出，住在空中。又：梵天宮殿，光明照耀。蕭慤詩：「天宮初動磬。」○庾信詩：「遊客喜登臨。」「世界」「虛空」，俱佛家語。《西都賦》：「陵墱道而超西庸。」注：墱，閣道也，與磴同。王堯衢云：由閣道而盤入虛空。○木華《海賦》：「突杌孤遊。」注：突兀，高貌。神州，謂王畿。《河圖括地象》：昆侖東南五千里名曰神州。帝王居之。《楚辭》：「下峥嶸而無地」。注：峥嶸，高貌。○蘇伯玉妻《盤中詩》：「當從中央周四角。」《楚詞》：「白日出之悠悠。」《爾雅》：

穹蒼，蒼天。郭璞曰：天形穹隆，其色蒼蒼，因名。按慈恩寺塔，《三藏傳》爲五級，此云七層，未詳。○《淮陰侯傳》：高鳥盡，良弓藏。陶潛詩：「望雲慚高鳥。」曹植詩：「驚風飄白日。」《西京賦》：「俯聽聞雷霆之相激。」○《海賦》：「波如連山。」謝朓詩：「未辨連山色。」《曹娥碑》：「或逐波濤。」江總詩：「丹水波濤泛。」《楚辭》：「忽奔走以先後。」《書・禹貢》：江漢朝宗于海。王堯衢云：從塔上望，則山勢相連起伏，有波濤之狀，若奔走而朝宗者。

青松夾馳道，宮觀皇城。**何玲瓏。秋色從西來，蒼然滿關中。五陵北原上，萬古青濛濛。**

净理清净之妙理。**了可悟，勝因**殊勝之因緣。**夙所宗。誓將掛冠去，覺道**妙覺之道。**資無窮。**

《漢・賈山傳》：秦爲馳道于天下，樹以青松。陶潛詩：「青松夾道生。」《始皇本紀》：宮觀二百七十。《相如傳》：虚宮觀而勿仞。《甘泉賦》：「和氏玲瓏。」晋灼注：明見貌。○謝朓詩：「平楚正蒼然。」《漢・高祖紀》：懷王與諸將約，先入關中者王之。關中，即雍州，今陝西。東有函谷關，南有嶢關，西有散關，北有蕭關，居四關之中，故曰關中。○漢高、惠、景、武、昭五陵，俱在長安北。《西都賦》：「南望杜陵，北眺五陵。」庾信詩：「北原風雨散。」顔延之詩：「萬古陳往還。」《楚詞》：「雲濛濛而蔽之。」○《前漢書》：王莽殺子宇，逢萌解冠掛東都城門[二]，歸，將家屬浮海，客于遼東。又《陶弘景傳》：吾仕宦，期四十左右作尚書郎，投簪高邁，今三十六，方奉朝請，頭顱可知。掛冠神武門，上表辭禄。

【原眉批】

蔣云：極狀塔高，布勢有馳騁。

《海賦》曰「波如連山」，見波之高；此曰「連山若波」，見山之低。各得其所，妙。

蔣云：「秋色」四句，寫盡空遠之景。

「夙」，是過去；「了」，是未來。

【校勘記】

［一］與高適薛據同登慈恩寺浮圖：《全唐詩》卷一百九十八作「與高適薛據登慈恩寺浮圖」。

［二］逄萌：《漢書》作「逢萌」。

韋應物　**幽居**

貴賤雖異等，出門皆（各）**有營**。不得幽居。（我）**獨無外物牽，遂此幽居情**。**微雨夜來過，不知春草生**（否）。**青山忽已曙，鳥雀繞舍鳴**。四句曉寤未下床時語。**時與道人偶，或隨樵者行**。雖有出門，非有所營也。**自當安蹇劣，誰謂薄世榮**。

《易》：三與五[二]，同功而異位，三多凶，五多功，貴賤之等也。《漢・尹翁歸傳》：治民異等。《易》：出門同人。《東門行》：「拔劍出門去。」○《莊子》：外物不可必。嵇紹詩：「不爲外物惑。」《禮記》：幽居而不淫。陶潛詩：「樂是幽居。」○潘岳賦：「微雨新晴。」陶潛詩：「微雨從東來。」《楚辭》：「春草生兮萋萋。」謝靈運詩：「池塘生春草。」○阮籍詩：「北望青山阿。」《左傳》：若鷹鸇之逐鳥雀。謝靈運詩：「空庭來鳥雀。」○《漢・京房傳》：道人當逐死。注：有道術之人。○《先賢行狀》：徐幹輕官忽禄，不耽世榮。

劉會孟曰：古調本色，「微雨」一聯，似亦以痴得之。

何元朗曰：左司性情閑遠，最近風雅，其恬澹之趣不減陶靖節。唐人中，五言古詩有陶、謝遺韻者，獨左司一人。

【原眉批】

蔣云：説得透。

又云：「微雨」二句，胸中元化。

王云：學道人口氣，恬退自抑如此。

蔣云：結句多所自得。

【校勘記】

[一]三與五：底本作「二與五」，據《周易·繫辭傳》改。

柳宗元

南磵中題

公永州諸《記》：自朝陽巖東南水行至袁家渴，西南行不百步，得石渠。石渠既窮，爲石磵。石磵在南。集有《石磵記》，即此詩所題者也。

秋氣集南磵，清寥之景。**獨遊亭午時。迴風一蕭瑟，林景久參差。始至若有得，稍深遂忘疲。羈禽響幽谷，寒藻舞淪漪。**

《月令》：仲秋之月，天子乃難，以達秋氣。《楚詞》：「悲哉，秋之爲氣也，蕭瑟兮！」《詩》：「南磵之濱。」任昉詩：「無爲嘆獨遊。」《天台山賦》：「羲和亭午，遊氣高褰。」注：午，日中；亭，至也。梁元帝《纂要》：日光曰景，日影曰晷，日氣曰晛，日初出曰旭，日昕曰晞，日溫曰煦，在午曰亭午，在未曰昳，日晚曰旰，日將落曰薄暮，日西落光反照於東，謂之反景，景在下曰倒景。○《楚詞》：「乘回風兮載雲旗。」注：旋轉之風也。沈君攸詩：「金户半入藂林影。」《詩》：「參差荇菜。」參差，不齊等也。○《詩》：「鳥鳴嚶嚶，出自幽谷。」又：「河水清且淪猗。」毛曰：淪，小風水成文，轉如輪。《爾雅》：瀾漪，水波也。《廣韻》：水文也。又通「猗」，與「兮」同。

去國魂已遠，懷人淚空垂。孤生易爲感，失路少所宜。索莫竟何事，徘徊祇自知。四句申説「獨」字。**誰爲後來者，**不得于今而望于後。**當與此心期。**上曰「祇自知」，可見一時無同心，故言後之來遊此者，或能與吾遊此之心相期否？

樂毅書：忠臣去國，不潔其名。《詩》：「嗟我懷人。」《荆軻傳》：士皆垂淚涕泣。○陸機詩：「忘此孤生悲。」《楚詞》：「欲横奔而失路兮。」阮籍詩：「失路將如何。」○鮑照詩：「意中索莫與先異。」謝朓詩：「問我劳何事？」《家語》：孔子徘徊而望之。李陵詩：「徘徊徑路側。」徘徊，行不進貌。○江總詩：「後來暝暝同玉床。」

蘇子瞻曰：柳儀曹南礀詩，憂中有樂，樂中有憂，妙絶古今矣。

【原眉批】

蔣云：子厚每詩起語如法，此更清峭奇整。

鍾云：精神在「始至」二句，遂覺一篇蒼然，結得平淡。

早發交崖山還太室作

崔署[一]

交崖山，未審。《西征記》：嵩山三十六峰，東謂太室，西謂少室，相去十七里。嵩，其總名也。謂之室者，其下各有石室焉。

東林氣微白，將旦。**寒鳥忽高翔。吾亦自茲去，**承上句曰「亦」。**北山歸草堂。杪冬正三五，日月遥相望。肅肅**意不舒。**過潁上，朧朧**景不明。**辨夕陽。**

陶潛詩：「戮力東林隈。」《漢・天文志》：江淮之間氣皆白。阮籍詩：「寒鳥相因依。」曹植詩：「施翮起高翔。」○《詩》：「北山有萊。」孔稚珪《北山移文》：「鍾山之英，草堂之靈。」○梁元帝《纂要》：十二月季冬，亦曰杪冬。《古詩》：「三五明月滿。」十五夜曰三五，本《禮記》。謝靈運詩：「期在三五夕。」《書》：二月既望。孔安國曰：謂十五日，日月相望也。阮籍詩：「是時鶉火中，日月正相望。」○《詩》：「肅肅宵征。」潁上即潁川。按嵩山在河南登封縣境。登封，古陽城，禹避舜之子於陽城，即此。漢屬潁川郡。《地理志》：潁水出陽城。漢有潁陽、臨潁二縣。《唐・地理志》：潁川，汝陰郡有潁上縣。明屬鳳陽府。潘岳詩：「朗月何朧朧。」《詩》：「度其夕陽。」劉琨詩：「夕陽忽西流。」

川冰生積雪，野火出枯桑。獨往路難盡，窮陰人易傷。傷此無衣客，如何蒙雨霜？

宋玉《笛賦》：「其陰則積雪凝霜。」陸機詩：「仰憑積雪巖，俯涉堅冰川。」《列子》：人血之爲野火也。《抱朴子》：山中夜見火光者，皆久枯木所作，勿怪也。按詩中多言野火，非必人血，木火之謂也。《古樂府》：「枯桑知天風。」○《莊子》：江海之士、山谷之人，輕天下，細萬物，而獨往者也。何遜詩：「自知懼獨往。」謝靈運詩：「且申獨往意。」《舞鶴賦》：「窮陰殺節，急景凋年。」《月令》：季冬之月，日窮于次，月窮于紀。○《詩》：「豈曰無衣。」曹植詩：「狐白足禦冬，焉念無衣客。」應瑒詩：「遠行蒙霜雪。」鮑照詩：「北風驅雁天雨霜。」

【原眉批】

鍾云：絶似孟浩然。

【校勘記】

［一］崔署：《全唐詩》卷一百五十五作「崔曙」。

卷之二　七言古

七言沿起，咸云柏梁，然歌謡等作出自古也，聲長字縱，易以成文，故藴氣調辭與五言略異。至於唐，則體制大變，不可與古詩比也。謂之「古詩」者，與律詩別爾，故又通曰「歌行」。

王勃　**滕王閣**

《唐書》：高祖子滕王元嬰爲金州刺史，遷洪州都督。洪州豫章郡城西漳江門外有滕王閣，元嬰建，於明爲江西南昌府。本傳：咸亨初，閻伯嶼爲洪州牧，九日大會滕王閣。宿命其婿作序，以誇客。席間，出紙筆索客，客莫敢當。勃年最少，受之，不辭。閻怒，遣使伺其文輒報。一再報，語益奇，閻矍然，曰：「天才也。」因請成文并賦此詩，極歡而罷。

滕王高閣臨江渚，佩玉鳴鸞罷歌舞。畫棟朝飛南浦雲，朱簾暮捲西山雨。閑雲潭影日悠悠，物换星移幾度秋。〔一〕**閣中帝子今何在，檻外長江空自流。**

潘岳《秋興賦》：「高閣連雲。」謝朓詩：「高閣常晝掩。」《詩》：「江有渚。」《詩》：「佩玉將將。」《東都賦》：「大輅鳴鑾。」阮籍賦：「桂旗翠蓋，佩玉鳴鑾。」《説文》：人君乘車，四馬鑣，八鑾鈴，象鸞鳥聲。《詩》：「式歌且舞。」王粲詩：「歌舞入鄴城。」《禽經》注：鸞者，天下太平則見，其聲如鈴。吴吴山云：鸞，鈴名也，乘車在軾，輶車在鑣，動則有聲，以爲疾徐之節。自許慎《説文》「鑾鈴從金」，後遂通用。若此詩。就閣中歌舞言，似指帶佩之鈴，非車鑾也，如鸞旂、鸞刀，非獨車鈴也。余謂此以爲滕王來遊，車鑾可通。○羊球《登西樓賦》：「畫棟浮細細之輕雲。朱栱濕濛濛之飛雨。」《拾遺記》：貫細珠爲簾幌，朝下以蔽景，夕捲以待月。謝朓詩：「夕殿下朱簾。」《豫章志》：南浦山在今廣潤門外，西去郡城二十里。余安道《記》：南浦山，巖岫四出，千峰北來，嵐光染空，高二千丈，屬連三百里。《一統志》：西山，在南昌府城西，大江之外三十里，一名南昌山。按此二句連上句，諸注皆以爲叙滕王没後事，獨吴吴山云滕王昔日盛時，佩玉鳴鸞，作樂歌舞，棟宇珠簾，極其壯麗。此説可從。且二「雲」字，不相犯重。罷，猶言成也。○顔延之詩：「空城凝閑雲。」庾信詩：「星移空殿迴。」○《楚詞》：「帝子降兮北渚。」湯僧濟詩[二]：「此人今何在，此物今空傳。」阮籍詩：「湛湛長江水。」

胡元瑞曰：《滕王閣序》，神俊無前，六代體裁，幾於一變。即畫棟朱簾四韻，亦唐人短歌之絶。

【原眉批】

蔣云：三、四秀麗。

鍾云：神俊無前。

又云：結語開後來多少悟門。

譚云：流麗而深静，所以爲佳。

蔣云：與盧《長安古意》，局面雖闊，機致則同。

【校勘記】

［一］幾度秋：底本作「度幾秋」，據《全唐詩》卷五十五改。

［二］湯僧濟：底本作「陽僧濟」，據《玉臺新咏》卷八湯僧濟《咏渫井得金釵》改。

盧照鄰　　**長安古意**

唐都長安，秦、漢故都也，明陝西省城。吴吴山云：此詩起二句，已包涵一篇。貴幸遊俠，聲伎之盛，末惜豪華之易逝，而擁書寂寥，非今人所尚也，故以「古意」名篇。

長安大道連狹斜，三字有態。**青牛白馬七香車**。其所往來。**玉輦縱横過主第，金鞍**一作「鞭」。**絡繹向侯家**。**龍銜寶蓋**蓋首作龍形。**承朝日，鳳吐流蘇**五彩盤綫，故比鳳形。**帶晚霞**。**百丈遊絲争繞樹，一群嬌鳥共啼花**。説車馬。

梁元帝《春賦》：「洛陽小苑之西，長安大道之東。」《樂府・長安有狹斜行》：「長安有狹斜，狹斜不容車。」狹斜，多指娼家所在。《世説》「滕達道就狹邪飲」是也。《拾遺記》：魏文帝所愛美人薛靈芸，以文車十乘迎之，鏤金爲輪輞，丹畫其轂軛，駕青色之牛，日行三百里。《後漢・張湛傳》：湛拜光禄勛，常乘白馬。《古樂府》：「白馬金鞍去未返。」曹公《與楊太尉書》：謹贈足下四望通幰七香車一乘。注：以七種香木爲車。《唐書》：公主出降，乘七香步輦。梁簡文詩：「青牛丹轂七香車，可憐今夜宿娼家。」〇《拾遺記》：穆天子御黄金璧玉之輦。《藉田賦》：「天子乃御玉輦。」鮑照詩：「冠蓋縱横至。」崔浩《衍義》：公主下嫁，别立第舍。顧野王詩：「出入王宫公主第。」沈炯《長安少年行》：「陳主裝腦勒，晋后鑄金鞭。」張華詩：「賓從焕絡繹。」《史記》：衛青壯，爲侯家騎。〇《宋・五行志》：桓玄，四角金龍銜五色羽葆。曹植詩：「容華耀朝日。」《東京賦》：「飛流蘇之騷殺。」《西京雜記》：武帝時，長安始盛飾鞍馬，競加雕鏤。或加以鈴鑷，飾以流蘇。摯虞《決疑要注》：凡下垂爲蘇。《海録碎事》：盤綫繪綉之毬，五彩錯爲之，同心而下垂者，曰流蘇。一作流溯。江總詩：「銀床金屋掛流蘇。」〇沈約詩：「遊絲映空轉。」庾信詩：「洛陽遊絲百丈連。」遊絲，謂春日晴時，空中摇曳之氣。魏武帝詩：「繞樹三匝。」庾信詩：「山鳥一群驚。」唐太宗詩：「喬柯囀嬌鳥。」

啼花承上，謂啼花之鳥，一作「遊蜂」。**戲蝶千門側，碧樹銀臺萬種色。複道交窗作合歡**，複道兩藩互爲窗所，故曰交窗；兩邊對掩，故曰合歡，合音通「鴿」，對「鳳」。**雙闕連甍**檐瓦。**垂鳳翼。梁家畫閣天中起，漢帝金莖雲外直。樓前相望不相知，陌上相逢詎相識。**言人物之繁盛。〇説宫室。

蕭大圜《竹花賦》：「遊蜂集而銜蕊，戲蝶飛而帶英。」《史記・封禪書》：作建章宮，度爲千門萬户。《淮南子》：昆侖有碧樹。注：碧，青玉也。《張衡傳》：聘王母于銀臺。注：銀臺，仙人所居也。梁武帝詩：「草樹非一香，花葉百種色。」○《漢・高祖紀》：上居南宮，從複道上。《叔孫通傳》注：複道，閣道也。架木空中，以通往來，上下有道，故名。漢宮闕有合歡殿。《史記》：高帝八年，蕭丞相作未央宮，立東闕、北闕。《古詩》：「雙闕百餘尺。」《説文》：闕，門觀也。蓋爲二臺於門外，作樓觀於上，中央闕而爲道。《文選》五臣注：甍，屋檐也。《西都賦》：「列芬橑以布翼。」《光武紀》：攀龍鱗，附鳳翼。○《後漢・梁統傳》：順帝崩，冲帝在繈緥，梁冀爲大將軍，參録尚書事，益封冀萬三千户，封妻孫壽爲襄城君。冀乃大起第舍，而壽亦對街爲宅，殫極土木，互相誇競，臺閣周遍，更相臨望。簡文帝詩：「綺窗臨畫閣。」《史記・封禪書》：上又作柏梁、銅柱，承露仙人掌之屬。《三輔故事》：建章宮承露盤，高二十丈，大七圍，以銅爲之，上有仙人掌承露，和玉屑飲之。《西都賦》：「抗仙掌以承露，擢雙立之金莖。」注：金莖，銅柱也。○《老子》：鄰國相望。鮑照詩：「一息不相知。」陶潛詩：「飄如陌上塵。」《古樂府》：「相逢狹路間。」謝尚詩：「車馬不相識。」

借問吹簫向紫煙（之人），（則是）**曾經學舞度芳年**（者也）。言歌妓新召入宮者。芳年，妙年也。**得成比目何辭死，願作鴛鴦不羨仙。比目鴛鴦真可羨，雙去雙來君**（豈）**不見**（之耶）。**生憎**生，助語。**帳額綉孤鸞**，惡其不雙。**好取**取，助語。**開簾帖**貼着。**雙燕**。兩鈎各鏤爲燕形，故開簾處雙燕貼之。

《列仙傳》：簫史者，秦穆公時人，喜吹簫。穆公有女，字弄玉，好之。公遂以妻焉。一旦，皆隨鳳凰飛去。江淹詩：「畫作秦王女，乘鸞向煙霧。」郭璞詩：「駕鴻乘紫煙。」《漢·外戚傳》：趙皇后本長安宮人，屬陽阿主家，學歌舞，號曰飛燕。昭明太子詩：「學舞漢成宮。」劉鑠詩：「芳年有華月。」○《爾雅》：東海有比目魚，不比不行，其名謂之鰈。郭璞注：狀似牛脾，鱗細，紫黑色，一眼兩片，相合乃得行。江東又呼爲王餘魚。《信陵君傳》：如姬之欲爲公子死，無所辭。《詩》：「鴛鴦于飛。」《毛傳》：鴛鴦，匹鳥。疏：匹鳥，言止則相耦，飛則爲雙，性馴耦也。《古今注》：鴛鴦，水鳥。嶋雄未嘗相離，人得其一，則其一思而死。○沈約詩：「雙去雙還誓不移。」費昶詩：「雙去雙歸長比翅。」○張正見詩：「自對孤鸞向影絶。」《雪賦》：「終開簾而入隙。」謝脁詩：「風簾入雙燕。」開簾，鈎簾也。

雙燕雙飛繞畫梁，羅帷翠被鬱金香。片片行雲著蟬鬢，纖纖初月上鴉黄。鴉黄粉白車中出，含嬌含態情非一。妖童寶馬鐵連錢，娼婦盤龍（釵）金屈膝。說聲色。

庾信詩：「畫梁雲氣繞。」簡文帝詩：「羅幃翠被任君低。」《左傳》：楚子翠被豹舄。注：以翠羽飾被。《香譜》：鬱金香生大秦國。二三月，花如紅藍，四五月，採之。其花十二葉，爲百草之英。《古詩》：「博山爐中百和香，鬱金蘇合及都梁。」○陳阿《處士詩》：「香雲片片多。」《列子》：響遏行雲。《古今注》：魏文帝宮人莫瓊樹製蟬鬢，縹緲如蟬。《古詩》：「兩頭纖纖月初生。」范靜妻沈氏詩：「雙蛾擬初月。」虞世南詩：「學畫鴉黄半未成。」吴吴山云：按額黄，漢宮妝也，自宮女智瓊爲之。王安石詩「漢宮嬌額半塗黄」，黄山谷又用「智瓊額黄」，可證。此智瓊非下嫁魏弦超之神女也。或引後周天元帝令宫人黄眉墨妝，其風流于後世，不知梁簡文帝詩「同安鬟裏撥，異作額間黄」早有之矣，然其塗黄亦自不同。庾信《鏡賦》：「靨上星稀，黄中月落。」《酉陽雜俎》云「如射月者，謂之黄星靨」是也。温庭筠詩：「雲髻幾迷芳草蝶，額黄無限夕陽山。」子山又曰：額角輕黄細安，則不止一星月矣。東坡詩：「雙鴉畫鬢香雲委[二]。」杜牧詩：「新鬢學鴉飛。[三]」則塗黄直侵入于髻，正與温句合。而雙鴉似指髻言，非謂塗色如鴉也。余謂以温、杜及蘇句按之，似鬢際施鴉色者。謂之指髻，未是。蓋鬢際鴉色，額間鴉黄，其妝各别。鴉黄，蓋黑黄間色。○《魏志》：何晏粉白不去手。簡文帝詩：「含嬌聚態傾人目。」陳後主詩：「出帷含態笑相迎。」○仲長統《昌言·治亂篇》：妖童美妾，填乎綺室。成公綏《洛禊賦》：「妖童媛女，嬉遊河曲。」《李斯傳》：中厩之寶馬，臣得賜之。沈炯詩：「長安好少年，驄馬鐵連錢。」蔣云：鐵連錢，謂馬文點綴如錢也。杜甫《驄馬行》注：連錢鐵，所作如今馬鈴之類。此以對「金屈膝」，則當從杜注説。鮑照詩：「桂柱玉盤龍。」《古今注》：盤龍釵，梁冀妻所製。陸翽《鄴中記》：石季龍作金鈿屈膝屏風。屈膝，當是屈戌。梁簡文詩：「織成屏風金屈戌。」李商隱詩：「鎖香金屈戌。」李賀詩：「屈膝銅鋪鎖阿甄。」田子藝謂：即今之蝴蝶扇鉸，可以屈伸摺疊，故名。亦書鋸鉞。《輟耕録》：人家窗户或銅或鐵，名曰環紐，即古金鋪之遺，北方謂之屈戌。李賀詩：「屈膝銅鋪鎖阿甄。」注：金鋪爲門飾。屈膝，蓋鉸鏈，上二乘爲鋸，下三衡爲鉞，此以言釵，則屈戌通謂鉸具也。

御史府中烏夜啼，廷尉門前雀欲栖。天將暮。**隱隱朱城臨玉道，**玉言其净。**遥遥翠幰没金**

堤。承上句，言日暮所望。**挾彈飛鷹杜陵北，探丸借客**以身許人。**渭橋西。俱邀俠客芙蓉劍，共宿娼家桃李蹊。**説遊俠。

《漢·朱博傳》：御史府中列柏樹，常有野烏數千，栖宿其上，晨去暮來，號曰朝夕烏。庾開府《烏夜啼》詩：「御史府中何處宿，洛陽城頭那得栖。」《史記·汲黯傳》：下邽翟公爲廷尉，賓客闐門。及廢，門外可設雀羅。吴吴山云：御史所以糾彈邪慝者，而府有啼烏；廷尉所以執法繩衍者，而門可栖雀。此可見上下荒亂，法度廢弛也。○沈約詩：「上瞻既隱隱，下睇亦濛濛。」鮑照詩：「朱城九門門九閨。」《左傳》：遠哉遥遥。車網曰幰。《子虚賦》：「盤姍勃窣上金堤。」注：言水之堤塘，堅如金也。○《戰國策》：公子王孫左挾彈，右攝丸。《魏太祖紀》：太祖少好飛鷹走狗，遊蕩無度。《漢·地理志》：杜陵，故杜伯國，宣帝更名。《一統志》：漢宣帝杜陵，在西安府城東一十五里。《漢書·尹賞傳》：長安中奸猾浸多，閭里少年群輩殺吏，受賕報仇，相與探丸爲彈，得赤丸者斫武吏，得黑者斫文吏，白者主治喪。《漢·朱雲傳》：雲通輕俠，借客報仇。《三輔故事》：咸陽宮在渭北，興樂宮在渭南，秦始皇通兩宮之間，作渭橋，長三百八十步。梁元帝詩：「日暮徙倚渭橋西。」○《列子》：俠客相隨而行。《越絶書》：越王勾踐有寶劍五，拂揚，其華捽如芙蓉始出。《古詩》：「昔爲娼家女。」《説文》：倡，樂也。謂作妓者。《詩》：「花如桃李。」《李廣傳》：桃李不言，下自成蹊。薛道衡詩：「花飛桃李蹊。」

娼家日暮紫羅裙，清歌一囀口氤氳。發聲之氣。**北堂夜夜人如月，南陌朝朝騎似雲。**并謂

多。南陌北堂連北里，五劇三條控三市。弱柳青槐拂地垂，佳氣紅塵暗天起。

李陵詩：「日暮不垂帷。」《樂府古詞》：「采桑不裝鈎，牽環紫羅裙。」劉楨詩：「清歌製妙聲。」梁元帝《白紵歌》：「含笑一囀私自憐。」《易》：天地絪縕。注：絪縕，交密之狀。○陸機詩：「安寢北堂上，明月入我牖。」梁武帝詩：「十四采桑南陌頭。」《風俗通》：東西曰陌。○《史記》：紂使師涓作新聲北里之舞。左思詩：「南鄰擊鐘磬，北里吹笙竽。」花街，名北里，見《北里志》。五劇，無考。《爾雅》：三達謂之劇，又七達謂之劇，旁出歧多，故曰劇。左思《魏都賦》：「廓三市而開廛。」《周禮》：司市掌市之治，大市日昃，朝市朝時，夕市夕時。長安城面三門，門三道，六市在道西，三市在道東，凡九市。《西都賦》：「披三條之廣路。」注：三達之路也。○祖孫登詩：「弱柳垂江翠。」《魏都賦》：「羅青槐以蔭塗。」注：古之表道，或松或槐。沈約詩：「高楊拂地垂。」《光武紀》：「氣佳哉，鬱鬱葱葱然。」李陵《録別詩》：「紅塵蔽天地。」

漢代金吾千騎來，翡翠屠蘇鸚鵡杯。暗用光武帝事，以言居位勢縱佚淫。**羅襦寶帶爲君解，燕歌趙舞爲君開。別有豪華稱將相，**更説一段權勢。（其勢可以）**轉日回天不相讓。**各自争勢。**意氣由來排灌夫，專權判不容蕭望。**作相，非。○説權勢。

沈炯《少年行》：「自言生漢代，少小見豪雄。」《漢·百官志》：中尉，秦官，掌徼循京師，武帝太初元年，更名執金吾。金吾，鳥名，主辟不祥。天子出行，職主先導，以禦非常。《後漢·陰皇后紀》：光武至長安，見執金吾，車騎甚盛，因嘆曰：「仕官當作執金吾，娶妻當得陰麗華。」徐伯陽詩：「欲識東方千騎歸，藹藹日暮紅塵起。」《禽經》：背有采羽曰翡翠。《異物志》：翠鳥形似燕，翡赤而翠青，其羽可以爲飾。《玉篇》：屠蘇，庵也。《通俗文》：屋平曰屠蘇。《歲華記麗》：屠蘇，草庵名。一曰孫思邈庵名，俱以造酒名。《博雅》：屠蘇，酒名，元日飲之，能除瘟氣。薛道衡詩：「共酌瓊酥酒，同傾鸚鵡杯。」《酉陽雜俎》：以海螺如鸚鵡形爲酒杯。《史・滑稽傳》：日暮酒闌，男女同席，羅繻襟解，微聞薌澤。《説文》：繻，短衣也。謝朓詩：「輕歌急綺帶，含笑解羅繻。」湯惠休詩：「思心長爲君。」何揖詩：「趙舞即凌人。」〇庾信詩：「金谷盛豪華。」《史記》：將相和調，則士豫附。左思《吴都賦》：「將轉西日而再中。」《唐・張玄素傳》：張公論事，有回天之力。《漢書》：灌夫，景帝時人，剛直使酒，不好面諛，貴戚諸有勢在己之右，不欲加禮，必陵之。諸士在己之左，愈貧賤，尤益敬。《戰國策》：奉陽君專權擅勢。蔣云：蕭相，即相國何也，吴吴山本作「蕭望之」。按轉韻既用「將相」，又押「蕭相」，初唐用韻謹嚴，必不其然，且蕭何未嘗有專權不容事，此乃用蕭望之爲恭顯韻許史輩所傾軋耳。古人剪裁姓氏，如馬卿、孫弘甚多，則稱望之爲「蕭望」更無疑義。余按《文海披沙》引古碑「司馬慕藺相」，庾信詩「無復申包」，王維詩「人疑列禦至」，杜甫詩「劉牢出外甥」，然則蕭望之删「之」字，何怪也。

專權意氣本豪雄，青虬紫燕坐生風。自言歌舞長千載，自言驕奢凌五公。節物風光不相待，轉入感慨。**桑田碧海須臾改。昔時金階白玉堂，只今惟見青松在。**

王訓詩：「好勇自秦中，意氣本豪雄。」《楚詞》：「駕青虬兮驂白螭。」《説文》：虬，龍之無角者。《揚子》：獨不思翠虬絳螭之將乎？《尸子》：馬有紫燕蘭池。曹植《七啓》：「揮袂則九野生風。」《晉・傅玄傳》：貴遊懾伏，臺閣生風。○嵇康《秋胡行》：「千載長生。」《左傳》：驕奢淫佚，所自邪也。《西都賦》：「冠蓋如雲，七相五公。」張湯、蕭望之、馮奉世、史丹、張安世爲五公。○陸機詩：「踟躕感節物。」謝朓詩：「風光浮草際。」《神仙傳》：麻姑謂王方平曰：吾自接以來，見東海三爲桑田。向到蓬萊，水又清淺。方平曰：海中行復揚塵矣。東方朔《十洲記》：扶桑東一萬里，復有碧海。○魏武帝《樂府》：「乃到王母臺，金階玉爲堂。」

寂寂寥寥揚子居，以下自叙。**年年歲歲一床書**。**獨有南山桂花發**，人不相依，而花相傍。**飛來飛去襲人裾**。暗用招隱意。

《漢・揚雄傳》：家素貧乏，無儋石之儲，晏如也。人希至其門，雄方草《太玄》，有以自守。左思詩：「寂寂楊子宅，門無卿相輿。寥寥空宇內，所講在玄虚。」庾信詩：「隱士一床書。」○梁簡文詩：「桂花那不落。」薛道衡詩：「願作王母三青鳥，飛來飛去傳消息。」

顧華玉曰：語有來歷，非學問之力不及此。

【原眉批】

唐云：主第侯家，一篇諷刺綱領。

鍾云：每段轉落，有蛛絲馬迹之妙，説盡豪華，末只將數語打疊，何等具眼。

又云：「百丈」二句，雖是摸景，實有悲思，微吟自覺。

譚云：「天中起」「雲外直」，對得整。

「著」字、「上」字，下得見形容之妙。

每每疊上文，轉下文，只是好手，不覺冗衍。

鍾云：一切豪華終歸於盡，其言富麗，足以闡之。

譚云：衰颯氣象，就在盛滿中，奈何不早回頭也。

蔣云：末段見得歌舞驕奢，不及清貧遠甚。

【校勘記】

［一］雙鴉畫鬢香雲委：底本「鬢」作「髻」，據《蘇軾詩集》卷十六《次韻答舒教授观余所藏墨》改。

［二］新鬟學鴉飛：底本作「新鬟受鴉飛」，據《全唐詩》卷五百二十三改。

劉廷芝　**公子行**

公子行，樂府題。遊俠二十一曲之一。

天津橋下陽春水，天津橋上繁華子。謂公子。**馬聲回合青雲**只謂晴色。**外，人影摇動緑波裏。**摹寫公子氣焰。**緑波清迥玉爲砂，青雲離披錦作霞。可憐楊柳傷心樹，可憐桃李斷腸花。**

《一統志》：天津橋，在河南府城外西南界，架洛水，隋煬帝建，即唐人所謂洛橋也。《楚詞》：「不得見乎陽春。」阮籍詩：「昔日繁華子，安陵與龍陽。」○《焦仲卿妻詩》：「新婦識馬聲。」《楚辭》：「涉青雲以泛濫遊。」《李斯傳》：水搖動者萬物作。曹植《樂府》：「仰泛龍舟緑波。」○謝靈運《長溪賦》：「始鏡底以爲玉，終積岸而成砂。」張鎖《離別賦》：「不離披於霜露。」《拾遺記》：嶿支國人貢列堞錦，文似雲霞覆於日月。○《詩》：「楊柳依依。」《古今合璧》：樹低枝立葉小者曰楊。樹高條弱葉細而長者曰柳。蘇武詩：「俯仰内傷心。」《詩》：「花如桃李。」蔡琰《胡笳》：「空斷腸兮思暗暗。」梁簡文詩：「桃含可憐紫，柳發斷腸青。」徐增云：心切在楊柳上，若不見楊柳，則心爲傷；腸繫于桃李上，若不見桃李，則腸若斷。余謂楊柳桃李并比美人，言其能令人煩惱已。

此日遨遊邀美女，此時歌舞入娼家。娼家美女鬱金香，飛去飛來香袖翩翩。**公子傍。的的朱簾白日映，娥娥玉顔紅粉妝。花際徘徊雙蛺蝶，池邊顧**相視。**步兩鴛鴦。**

《詩》：「以遨以遊。」陸機詩：「敖遊放情願。」曹植詩：「美女妖且閑。」《古詩》：「昔爲倡家女。」《説文》：倡，樂也。○「鬱金香」，既見上。薛道衡詩：「願作王母三青鳥，飛去飛來傳消息。」《詩》：「振振公子。」○《新序》：的的然若白黑。《古詩》：「娥娥紅粉妝。」《方言》：秦晉之間，美貌者謂之娥。陸機詩：「玉顔侔瓊蕤。」○《楚詞》：「焉乃逝以徘徊。」梁武帝詩：「飛飛雙蛺蝶。」崔豹《古今注》：蛺蝶，一名野蛾，一名風蝶，色白背青者是也。路喬如《鶴賦》：「宛修勁而顧步。」《蒼頡篇》：顧，視也。《楚詞》注：步，徐行也。「鴛鴦」，既見。梁武帝詩：「六安雙玳瑁，八幅兩鴛鴦。」

傾國傾城漢武帝，爲雲爲雨楚襄王。古來容光人所羨，況復今日遙相見。願作輕羅著細腰，願爲明鏡分嬌面。入底裏。

《漢·外戚傳》：孝武李夫人兄延年，性知音，善歌舞，武帝愛之。延年侍帝，酒酣，歌曰：「北方有佳人，絶世而獨立，一顧傾人城，再顧傾人國，不惜傾城國，佳人難再得。」帝聞之，乃召入宫，是爲李夫人。《詩》：「哲婦傾城。」宋玉《高唐賦》：楚襄王宿於高唐，夢見神女曰：「妾本巫山之神，朝爲行雲，暮爲行雨，朝朝暮暮，陽臺之下。」○鮑照詩：「古來皆歇薄。」張華詩：「佳人處遐遠，蘭室無容光。」○《墨子》：楚靈王好細腰，而國多餓人。秦嘉詩：「明鏡可鑒形。」張華《同聲歌》：「思爲莞蒻席，在下蔽匡床。願爲羅衾幬，在上衛風霜。」

與君相向轉相親，與君雙栖共一身。願作貞松千歲古，誰論芳槿一朝新。百年同謝西山日，千秋萬古北邙塵。末轉到傷感處。

曹植詩：「仰見雙栖禽。」《子華子》：子華遇孔子於途，終日甚相親。楊方《合歡詩》：「惟願長無別，合形作一身。」○任昉詩：「貞松擅嚴節。」《淮南子》：千歲之松，下有茯苓。王僧孺詩：「妾意在寒松，君心若朝槿。」《埤雅》：木槿，五月始花，花如葵，朝生夕隕，名橓。○《養生論》：中壽百年。揚雄《反騷》：「恐日薄於西山。」《國策》：楚王謂安陵君曰：寡人千秋萬歲之後，誰與樂此矣。陶潛詩：「一旦百歲後，相與還北邙。」張載詩：「北邙何壘壘，高陵有四五。」《一統志》：北邙山，在河南府城北一十里，綿亘四百里。東漢諸陵及唐宋名臣墳多在此。余謂結末轉言百歲繁華遄謝，千歲長爲黄土，以警世人。此詩人諷旨也。唐《解》以爲約誓之言，抑何淺也。謝茂秦曰：秦嘉妻徐淑曰「身非形影，何得動而輒俱，體非比目，何得同而不離」，楊方曰「惟願長無别，合形作一身」，劉希夷曰「與君相向轉相親，與君雙栖共一身」，張籍曰「我今與子非一身，安得死生不相棄」，何仲默曰「與君非一身，安得不離别」，數語同出一律。

【原眉批】

譚云：此語似自評其詩。

鍾云：兩「可憐」，及「此日」「此時」，便是急口熟調。

「傍」字有情。

蔣云：天然偶語。

鍾云：情中妙語，從陶公《閑情賦》語討出。

李云：通篇氣格條暢，描得俠情淋漓，而感慨亦倍。

代悲白頭翁

洛陽城東桃李花，飛來飛去落誰家。洛陽女兒惜顔色，落花，白頭翁事之不類者，且插入「女兒」，妙。**行逢落花長嘆息。今年花落顏色改，明年花開復誰在。已見松柏摧爲薪，更聞桑田變成海。**

《漢・地理志》：河南郡，故秦三川郡，高祖更名雒陽。「雒」「洛」同。師古曰：魚豢云，漢火德，忌水，故洛去「水」而加「隹」。《一統志》：洛陽縣本成周地，居洛水之北，故名洛陽。隋煬帝詩：「洛陽城東路，桃李生路旁。」《古樂府》：「蒿里誰家地。」鮑照詩：「從風簸揚落西家。」○《史記・灌夫傳》：乃效女兒呫囁耳語。《樂府古辭》：「大堤諸女兒，花艷驚郎目。」鮑照詩：「今日見我顏色衰。」蕭慤《春賦》：「落花無限數。」梁邵陵王詩：「野衫受落花。」魏武帝詩：「延頸長嘆息。」○江淹詩：「花落豈留英。」《漢・杜欽傳》：婦人四十改前顏。庾信詩：「園裏對花開。」○《詩》：「如松柏之茂。」《古詩》：「古墓犁爲田，松柏摧爲薪。」桑田事，見上。

古人無復洛城東，今人還對落花風。轉成古人可知。**年年歲歲花相似，歲歲年年人不同。寄言全盛紅顏子，**點醒少年。**應憐半死白頭翁。此翁白頭真可憐，伊昔紅顏美少年。**思昔紅顏，看今白頭，而後真誠可憐。（與）**公子王孫**（在）**芳樹下，**（同）**清歌妙舞**（于）**落花前。光禄池臺開錦綉，將軍樓閣畫神仙。**四句説少年時敖遊之事。

《詩》：「我思古人。」丁六娘詩：「寄語落花風，莫吹花落盡。」○宋玉《舞賦》：「紅顏曄其陽華。」曹植詩：「紅顏韡韡。」《七發》：「其根半死半生。」《漢・車千秋傳》：臣嘗夢見一白頭翁。卓文君《白頭吟》：

「白頭不相離。」○陸機詩：「伊昔有皇，肇濟黎庶。」顔延之詩：「伊昔遘多幸。」注：伊，惟也。阮籍詩：「朝爲美少年，夕暮成醜老。」○《戰國策》：莊辛曰：公子王孫左挾彈，右攝丸。阮籍詩：「芳樹垂緑葉。」劉孝綽詩：「燕姬奏妙舞，鄭女發清歌。」謝朓詩：「清歌留上客，妙舞送將歸。」《漢書》：成帝元延元年，曲陽侯王根爲光禄勳，上微行出，過曲陽侯第，見園中土山漸臺，似類白虎殿。《郊祀志》注：漸，浸也。臺在池中，爲水所浸。張正見詩：「池臺間羅綺。」《齊職儀》：秦置郎中令，掌宮殿門户。至漢武帝太初元年，更名光禄勳。光，明也。禄，爵也。李斯上書：錦綉之飾。「將軍樓閣」，梁冀事，見上。《靈光殿賦》：「神仙岳岳于棟間。」

一朝卧病無相識，三春行樂在誰邊。宛轉蛾眉能幾時，映前「洛陽女兒」。**須臾鶴髮亂如絲。但看古來歌舞地，惟有黄昏鳥雀悲。**

班固《終南山賦》：「三春之季，孟夏之初。」謝靈運詩：「日玩三春荑。」《漢·楊惲傳》：人生行樂耳。○鮑照詩：「寒光宛轉時欲沈。」梁武帝《蘭詩》：「婉轉迎節生。」《詩》：「螓首蛾眉。」曹植詩：「離别在須臾。」《老子·内傳》：太上老君鶴髮龍顔。《趙典傳》：大儀鶴髮。注：白髮也。○庾信詩：「正是古來歌舞處。」《淮南子》：日至虞淵，是謂黄昏。《楚辭》：「黄昏以爲期。」

王元美曰：宋延清集中《靈隱寺》一律，見駱賓王集；「落花」一歌，見劉希夷集。好事者遂謂宋作《靈隱》起聯，爲駱所續成；劉吝「落花」二句，爲宋所撲死。今究其詞氣、格調，則《靈隱》自當屬宋，「落花」故應歸劉。

【原眉批】

「誰家」二字有情。

鍾云：「已見」「更聞」「年年歲歲」「歲歲年年」，桄調亂熟。

蔣云：半雅半俗，政佳。

宋之問　**下山歌**

下嵩山兮多所思，便伏下語。**携佳人兮步遲遲。松間明月長如此，君再遊兮復何時。**月長如此，而人不如此。

《一統志》：嵩山，在開封府登封縣北一十里，五岳之中岳也。《詩》：「百爾所思。」《楚詞》：「折芳馨兮遺所思。」又：「惟佳人之永都兮。」阮籍詩：「出門望佳人。」《詩》：「行道遲遲。」〇曹植詩：「明月澄清影。」陶潛詩：「但願長如此。」《茅山父老歌》：「白鶴翔青山，何時復來遊。」

【原眉批】

蔣云：河清可待，人壽難期，一言兩語道盡。

黄云：短簡中氣自長，神自旺，意自足。

至端州驛見杜五審言沈三佺期閻五朝隱王二無兢題壁慨然成咏

《唐書·文藝傳》：則天時，張易之烝昵寵甚，之問與閻朝隱、沈佺期、杜審言傾心獨附。及易之敗，貶龍州，朝隱崖州，佺期驩州，審言峰州。《唐·文藝傳》：閻朝隱，字友倩，趙州欒城人。王無兢，字仲列，神龍初爲蘇州司馬，坐張易之貶廣州。《一統志》：廣東肇慶府，梁置高要郡，隋廢郡置端州，唐因之，屬嶺南道。

逐臣北地謂京。**承嚴譴，調**吴本作「謂」。**到南中每相見。豈意南中岐路多，千山萬水分鄉縣。雲摇雨散**譬。**各翻飛，海闊天長音信稀。**非唯不能相見，音信且不可每得。**處處山川同瘴癘，自憐能得幾人歸。**庶幾得一歸，相見乃復不可期，如此末稍，一段悲痛。

《戰國策》：梁之大盗，趙之逐臣。陸機詩：「逐臣尚何有。」《史·匈奴傳》：三將軍屯北地。調，謂命官也。江淹詩：「南中氣候暖。」○《列子》：楊子之鄰人亡羊，追之，楊子曰：「何追者之衆？」鄰人曰：「多岐路。」曹植詩：「采桑岐路間。」孫萬壽詩：「數歲辭鄉縣。」○《西都賦》：「風舉雲摇。」楊雄《劇秦美新》：「雲動風偃，霧集雨散。」陸機詩：「翻飛遊江汜。」王粲詩：「海闊故難飛。」庾信詩：「陽關音信絶能疏。」○《詩》：「山川悠遠。」《後漢・桓帝紀》：郡縣阡陌，處處有之。《吴志・華覈傳》：蒼梧、南海，歲有癘風瘴氣。《廣州記》：夏謂青草瘴，秋謂黄茅瘴，中之者多死，舉體如墨。

【原眉批】

蔣云：情苦語直。

唐云：此詩如五盤嶺，愈轉愈深，一字一淚。

鍾云：即遥同過嶺之意，真正交情。

譚云：凄苦語，復帶宛篤之思，真是明友性命。

李白　**烏夜啼**

《樂録》：烏夜啼者，清商曲也。周房中樂之遺聲，江左所謂梁宋新聲也。宋元嘉中，徙彭城王義康於豫章郡，義慶時爲江州，相見而哭。文帝聞而怪之，召還宅，義慶大懼，妓妾聞烏夜啼，叩齋閣，云明日應有赦。及旦，改兗州刺史，因此作歌。故其詞云：「籠葱窗不開，烏夜啼，夜夜望郎來。」蓋咏其妾也。

黄雲城邊烏欲栖，歸飛啞啞烏格反。**枝上啼。機中織錦秦川女，碧紗如煙隔窗**（而）**語**（聞）。應是怨别語。**停梭悵然憶遠人，獨宿空房淚如雨。**

《淮南子》：黃泉之埃上爲黃雲。江淹詩：「黃雲蔽千里。」黃，黃昏之黃，謂暮雲也。梁簡文《烏棲曲》：「倡家高樹烏欲棲。」《詩》：「歸飛提提。」《虎賁郎射烏辭》：「烏啞啞引弓射。」賀循詩：「好烏和鳴枝上啼。」《禽經》注：烏失雄，雌則夜啼也。○鮑照詩：「看婦機中織。」《晉書・列女傳》：竇滔妻蘇氏，名蕙，字若蘭，善屬文。滔苻堅時爲秦州刺史，徙流沙。蘇氏思之，織錦爲《迴文旋圖詩》以贈滔。宛轉循環以讀之，詞甚悽惋，凡八百四十字。崔鴻《前秦録》：秦州刺史竇滔妻，彭城令蘇道之女也。有才學，織錦制《迴文詩》以贖夫罪。庾信詩：「織錦秦川竇氏妻。」《三秦記》：長安正南秦嶺，限水流爲秦川。鮑照詩：「玉鈎隔瑣窗。」唐云：隔窗而與烏聲，若偶語也，非也。吴吴山云：碧紗之窗如煙，而喁喁私語。余謂「隔窗語」言隔窗而其語聲外聞也。下句「獨宿」謂良人不在已。○劉琨詩：「停梭續斷絲。」《詩》：「無思遠人。」又：「敦彼獨宿。」《古詩》：「獨宿纍長安。」《詩》：「泣涕如雨。」魏武帝詩：「惋嘆淚如雨。」

劉會孟曰：語有深於此者，然情之所至，皆不如此，則亦不必深也。凡言樂府者，未足以知此。

范德機曰：漢魏書多不可點。李詩好處，亦難點，點之，則全篇有所不可擇焉。若此篇與《烏棲曲》，可謂精金粹玉矣。

【原眉批】

郭云：烏啼已自感人，必曰「黃雲城邊」，更覺黯淡。所語何事，又隔煙窗，令人咀味不盡。

蔣云：無非語外見情。

沈云：蘊含深遠，不須语言之煩。

江上吟

木蘭之枻沙棠舟，玉簫金管坐訓「置」。**兩頭。美酒尊中置千斛，載妓隨波任去留。仙人有待乘黃鶴，海客無心隨白鷗。**二句叙己優遊。

《楚詞》：「木蘭爲檝沙棠舟。」《蜀都賦》：「木蘭梫桂。」注：木蘭，大樹，葉似長，生冬夏榮。《楚辭》：「蘭枻兮桂舟。」任昉《述異記》：木蘭川在潯陽江中，多木蘭樹，魯般刻爲舟。昆侖山有沙棠木，食其實不溺，爲舟不沈。銘曰：安得沙棠，刻以爲舟，泛彼滄海，以遨以遊。《山海經》：昆侖之丘有木焉，名曰沙棠，可以禦水。《洞冥記》：虬泉池中，有追雲舟、待仙舟，或以沙棠爲枻檝，或以木蘭文柘爲櫓棹。梁元帝詩：「沙棠作船桂爲檝。」《梁州記》：咸寧中，盜發張駿冢，得白玉笛、紫玉簫。沈約詩：「金管玉柱響洞房。」〇《晉書·畢卓傳》：卓謂人曰：得酒滿數百斛船，四時甘味置兩頭。右手持酒杯，左手持蟹螯，拍浮酒船中，便足了一生矣。孔融詩：「尊中酒不空。」曹植詩：「美酒斗十千。」《穆天子傳》：天子西征，至于赤烏，赤烏之人，獻酒千斛于天子。陳琳檄：隨波飄流。《歸去來辭》：「曷不委心任去留。」〇「仙人」「黃鶴」，見七律。《莊子》：列子御風而行，猶有所待者也。余謂「有待」二字，只對下句「無心」，以言仙人用鶴爲駕耳，不可必據本義穿鑿也。「仙人」「海客」，只以自比耳。浮丘公《相鶴經》：鶴者，仙人之騏驥也。

《列子》：海上之人，有好鷗鳥者，每旦之海上，從群鷗遊，鷗鳥之至者百數而不止。其父曰：「取來吾玩之。」明日之海上，鷗鳥舞而不下。鮑照詩：「翻浪揚白鷗。」《南越志》：江鷗，一名海鷗，在漲海中隨潮上下。《歸去來辭》：「雲無心以出岫。」

屈平詞賦懸日月，楚王臺榭空山丘。二句說己志氣。**興酣落筆搖五岳，詩成笑傲凌滄洲。**二句吐己豪放，「滄洲」不必謂仙境。**功名富貴若長在，漢水亦應西北流。**傾盡磊落之蘊。

《史記》：屈平憂愁幽思而作《離騷》，推此心也，雖與日月爭光，可也。《漢·藝文志》：不歌而誦謂之賦。《後漢·后紀》：勒勛金石，懸之日月。《楚世家》：楚靈王作章華臺。宋玉《風賦》：「楚襄王遊於蘭臺之宮。」《禮記》：范金合土以爲臺榭。《爾雅》：闍，謂之臺，有木者，謂之榭。曹植詩：「生存華屋處，零落歸山丘。」〇五岳：東岱、南衡、西華、北恒、中嵩。《桓譚傳》：欲搖太山而蕩北海。《詩》：「謔浪笑傲。」《杜陽雜編》：隋大業中，元藏幾爲過海使判官，風飄至洲島間，洲人云：此滄洲，去中國已數萬里。其洲方千里，花木常如二三月，人多不死。阮籍《勸晋王牋》：臨滄洲而謝支伯。謝朓詩：「復協滄洲趣。」〇《山海經》注：漢水，出隴坻道縣嶓冢山，初名漾水，東流至武都沮縣，始爲漢水，即漢江也。沈約詩：「若欲寄音息，漢水向東流。」

【原眉批】

鍾云：太白氣魄磊落，故詞調豪放，此篇尤奇拔入神。

又云：只在末語見楚王，終不若屈平。

譚云：反結是弄丸手。

杜甫

貧交行

翻手作雲覆手雨，紛紛輕薄何須數。君不見管鮑貧時交，此道今人棄如土。

《史・貨殖傳》：范蠡三致千金，再分散，與貧交，疏昆仲。

《史・陸賈傳》：漢使一偏將臨越，則殺王降漢，如反覆手耳。《孟子》：何爲紛紛然與百工交易？《漢・張放傳》：放行輕薄，連犯大惡。張華詩：「末世多輕薄。」〇《史記》：管仲少與鮑叔牙遊。仲貧困，常欺叔，叔善遇之。仲嘗曰：生我者父母，知我者鮑子。《後漢書》：宋弘曰：貧賤之交不可忘。范雲詩：「思舊昔言有，此道今已微。」《楚詞》：「吾又何怨乎今之人？」

劉會孟曰：只從俗諺，略證古意。

【原眉批】

譚云：世途嶮巇，交態儇薄，可慨。

短歌行贈王郎司直

王堯衢云：樂府有《長歌行》《短歌行》，蓋言人壽命不可妄求。唐人每用樂府題，不必用其意，謂之「今樂府」。子美此作，以王郎欲收公，公以吾老辭，正與此題合，故特用之。余謂王説鑿矣。此篇以王郎所歌命題爾。《唐·職官志》：東宮官屬，有司直一人，正九品，掌彈劾官僚，糾舉職事。

王郎酒酣拔劍斫地歌莫哀，拔劍斫地，畫出醉中狂態。**我能拔爾抑塞**不遇于世。**磊落之奇才**。二句俱十一字爲句。**豫章翻風白日動，鯨魚跋浪滄溟開**，二句説奇才。**且脱劍佩休徘徊**。勿徘徊它求。

《史記》：荆軻及高漸離飲於燕市，酒酣以往，高漸離擊筑，荆軻和而歌于市中。《後漢·齊武王傳》：將軍張邛，拔劍擊地。《東門行》：「拔劍出門去。」《江賦》：「衡震磊落以連鎮。」磊落，魁礧貌。《商君傳》：公孫鞅年雖少，有奇才。○陸賈《新語》：夫楩柟豫章，天下之名木。《續博物志》：豫章城南有樟，高七丈五尺，大二十五圍，垂陰數畝，因名豫章。崔豹《古今注》：鯨魚，海魚也，大者長千里。以五六月就岸邊生子，至七八月導引其子至海。鼓浪成雷，噴沫爲雨，水族驚畏，皆逃匿。徐防詩：「不測滄溟。」○鮑照詩：「虛容遺劍佩。」

西得（遇賢）**諸侯棹錦水，欲向何門趿珠履**。不用它往。（方）**仲宣樓頭春色深**（之時），（我將）

青眼高歌望吾子。已上王郎語。**眼中之人**呼王郎。**吾老矣**。一句子美答。

《一統志》：成都二江，一名汶江，一名流江。蜀守李冰所鑿，蜀人以此水濯錦鮮明，故又名錦江。《説文》：跋，進足也。春申君上客皆躡珠履。徐增、王堯衢并云：「西得諸侯」言子美遊蜀遇嚴武，如仲言《解》王郎謂「它日我爲蜀郡，則爲子西得諸侯也」，此以下有「望吾子」語也。余謂王郎年少，司直官卑，未可俄有爲蜀郡之望，以爲嚴武似當。又應言王郎與杜將同入蜀遇嚴武，下文「望吾子」，蓋謂王郎先去俟杜已。○《魏志》：王粲，字仲宣，以西京擾亂，依劉表於荆州。嘗登樓而賦，因名仲宣樓。謝朓詩：「春色滿皇州。」《晉·阮籍傳》：能爲青白眼。見禮俗之士，以白眼對之。嵇康齎酒挾琴造焉，乃見青眼。《舞賦》：「抗音高歌爲樂之方。」《儀禮》：望吾子之教也。注：吾子，相親之辭。陸雲詩：「彷彿眼中人。」謂相知也。《論語》：景公曰吾老矣，不能用也。王郎蓋是少年，故應之曰「吾老矣」，終不能從君有爲也。

劉會孟曰：豪氣激人，堂堂復堂堂。

范德機曰：此詩法度，與《醉歌行贈公安顔少府篇》合，結句七字，而含無限之意，勢力如截奔馬。

【原眉批】

黄云：王郎贊己之詞甚古。

蔣云：起語掉弄有筆意。

沈云：上下各五句，復用單句相間，此亦獨創之格。

鍾云：通篇飛舞，末收住有力。

譚云：豪氣激人，結句含無限之意，勢力如截奔馬。

高都護驄馬行

高仙芝，高麗人，開元末，爲安西副都護。《六典》：都護掌憮慰諸蕃，輯寧外寇，覘候奸僞，征討攜貳。《漢·鄭吉傳》：吉威震西域，遂并車師以西北道，改號都護，都護之置，自吉始焉。注：并護南、北二道，故謂之都。

安西都護胡青驄，(固有)**聲價**(而)**欻然來向**訓「於」。**東。此馬臨陣久無敵，與人一心成大功。功成惠養隨所致，飄飄遠自流沙至。**所以欻然來東。**雄姿未受伏櫪恩，猛氣猶思戰場利。**「未」字、「猶」字有意。

《唐·地理志》：安西郡去交河七百里，東至烏耆，南鄰吐蕃，西連疏勒，北距突厥。貞觀中，初平高昌，以其地置西州，因建安西大都護府。《隋書》：西域吐谷渾，在青海中有小山，其俗至冬水合，輒放牝馬於其上，言得龍種。嘗得波斯馬，放入海，因生驄駒，日行千里，故時稱青海驄馬。《蘇小小歌》：「我乘油壁車，郎乘青驄馬。」《後漢·北海敬王傳》：由是聲價益廣。《赭白馬賦》：「聲價隆振。」《法華經》：欻然火起。欻，飄忽也。○《項羽紀》：吾騎此馬五歲，所當無敵。《廉頗傳》：有攻城野戰之大功。○顏延之

《赭白馬賦》：「願終惠養，蔭本枝兮。」《水經》：流沙地，在張掖居延縣東北。《天馬歌》：「天馬徠，從西極，涉流沙，九夷服。」○《赭白馬賦》：「弭雄姿以奉引。」《漢・李尋傳》：馬不伏櫪，不可以趨。注：伏櫪，謂伏槽櫪而秣之也。魏武帝詩：「老驥伏櫪，志在千里。」宋玉《笛賦》：「悲猛氣兮飄疾。」《戰國策》：魏之地勢，固戰場也。蘇武詩：「行役在戰場。」

踠促蹄高如踣鐵，交河幾蹴層冰裂。五花散作雲滿身，萬里方看汗流血。長安壯兒不敢騎，走過（猶如）**掣電傾城知。**言非君不能騎，以生「爲君老」三字。**青絲絡頭爲君老，何由却出横門道？**

《相馬經》：馬腕欲促，促則健。蹄欲高，高則耐險峻。《齊民要術》：馬腕欲促而大，其間纔容靽。蹄欲得厚二三寸，硬如石。本集注：踣，踏也。《一統志》：西州，蕃火州，本漢時車師地，治交河城。唐貞觀中，以其地置西州。天寶初，改爲交河郡。交河源出天山，分流繞城下，因名交河。《楚詞》：「增冰峨峨。」○本集注：五花馬，言其毛色也，如九花、三花之類也。隋《丹元子步天歌》：「五個吐花王良星。」亦謂馬之紋上應星宿也。宇云：蔣注以爲馬鬣，未是。《漢・武帝紀》：貳師將軍廣利，斬大宛王首，獲汗血馬來。注：大宛舊有天馬種，蹋石汗血。汗從前肩髆出，如血，號一日千里。《天馬歌》：「體容與兮馳萬里，沾赤汗兮沫流赭。」○《隋書》：長孫晟爲總管，突厥畏之，見其赤馬，稱爲閃電。孫楚詩：「傾城遠追送。」注：善曰傾，猶盡也。○《古樂府》：「青絲纏馬尾，黄金絡馬頭。」《三輔黄圖》：長安城北出西第一門曰横門。横，音光。言「惠養隨所致」，是以「爲君老」，安得再出横門復臨戰場與人成大功乎？此言馬以惜仙芝之才也。

【原眉批】

鍾云：其音韻移换合轍，讀者當認。

譚云：雄風俊骨，万古不可磨滅也。

蔣云：此氣骨不可少。

譚云：摹得雄壯。

蔣云：只如此結，絶是！

沈云：結隱然爲老將寫照。

又云：結二語用韻，戛然而止，此又專取簡捷。

送孔巢父謝病歸遊江東兼呈李白

巢父，少與李白、韓準、裴政、張叔明、陶沔隱徂徠山，號「竹溪六逸」。永王璘以從事辟之，巢父察其必敗，側身潛遁，由是知名。白受璘辟爲府僚，璘敗，白坐流夜郎。葛常之謂子美兼呈李白，不無微意。《杜詩詳注》：此詩乃天寶中在京師作。時李白居會稽，舊注以永王璘事解之者，大謬。時蔡侯餞別巢父，公在筵上賦之也。「謝病」，稱病辭謝也。

巢父掉頭不肯住，東將入海隨煙霧。詩卷長留天地間，非徒汩没無聞者。**釣竿欲拂珊瑚樹。深山大澤龍蛇遠，**歸隱之迹。**春寒野陰風景暮。**別去之時。**蓬萊織女**（爲君）**回龍車，**一作「雲車」。**指點虛無**（之境以）**引歸路。**

《莊子》：鴻蒙拊髀爵躍掉頭曰：吾弗知。淵明詩：「彭祖愛永年，掉頭不肯住。」江淹詩：「乘鸞向煙霧。」○《古詩》：「人生天地間。」《詩》：「籊籊竹竿，以釣于淇。」《南州異物志》：珊瑚樹，生大秦國，有洲在漲海中，距其國七八百里，名珊瑚洲，底有盤石，水深二十餘丈，珊瑚生于石上，初生白，軟弱似菌，國人乘大船，載鐵網，先没在水下，一年便生網目中。其色尚黄，枝柯交錯，高三四尺，大者圍尺餘。三年色赤，便以鐵鈔發其根，繫鐵網於船，絞車舉網還裁鑿，恣意所作，若遇時不鑿，便枯索蟲蠹。《述異記》：珊瑚樹，碧色，生海底。○《左傳》：深山大澤，實生龍蛇。《漢・成帝紀》：陽朔元年二月，春寒。庾肩吾詩：「春寒極晚秋。」顏延之詩：「庭昏見野陰。」《晉・羊祜傳》：每風景，必造峴山。《宋・武帝紀》：粵值風景和。《述注》：巢父長往高蹈，如彼深山大澤，龍蛇真得其所。按諸注多拘《左傳》本義，以龍蛇爲亂賊，似失詩意。○《史・封禪書》：蓬萊、方丈、瀛洲，海中三神山也。《天官書》：織女，天女孫也。《詳注》：織女爲吳越分野，故用之。王鑒《七夕觀織女》詩：「六龍奮瑶轡，文螭負瓊車。」《抱朴子》：莫不指點之。《大人賦》：「乘虛無而上假。」蔡琰《胡笳》：「雲山萬里兮歸路遐。」

自是君身有仙骨，世人那得知其故。惜君只欲苦死竭情之辭。**留，**（而君意謂）**富貴何如草頭露。蔡侯靜者意有餘，清夜置酒臨前除。罷琴惆悵月照席，**其意有不忍遽別者。**幾歲寄我空中書。**將別而預問寄書，寫得有情致。**南尋禹穴見李白，道甫問訊今何如。**

《神仙傳》：嚴青居貧，忽有人以一卷素書與青曰：汝有仙骨，應得長生。○《述異記》：八月一日，作五明囊，盛草頭露洗眼，眼明。○舊注：靜乃蔡侯名。吴吴山云：當作靜者之人解，細味「意有餘」三字，非靜者不能也。謝靈運詩：「拙疾相倚薄，還得靜者便。」《長門賦》：「徂清夜於洞門。」陶潛詩：「佳人美清夜。」《始皇紀》：置酒咸陽宫。阮瑀詩：「置酒高堂上。」○《楚辭》：「惆悵而自悲。」惆悵，憂悲貌，又無聊貌。陳琳詩：「惆悵忘旋反。」蔣云：「空中書」用史宗事，乃蓬萊仙人也，見姚寬《西溪叢話》。謂雁足書者，非是。《詳注》：按《梁高僧傳》：蓬萊道人，寄書小兒至廣陵白兔埭，令其捉杖飄然而往，足下時聞波濤。或云有商人海行，見一沙門求寄書史宗。及至白兔埭，書飛起就宗，宗接而將去。宗後憩上虞龍山寺，會稽謝邵、魏邁之等皆師之。吴吴山云：空中書，猶言天邊，只是飛書遠來耳。或謂雁足，或引蓬萊仙人事，皆支離無當。余謂「空中書」亦從上「虛無歸路」句來。○《史記·自叙》：上會稽，探禹穴。《前漢書》注：禹巡狩至會稽而崩，因葬焉，上有孔穴，禹入此穴。

劉會孟曰：其跌蕩創體類，自得意，故成一家言。

【原眉批】

蔣云：起句便奇。

譚云：「巢父」句，劈頭便妙。

鍾云：「詩卷」「釣竿」二聯，莊絶。

蔣云：「深山」二句，不必有所從來，不必有所指。玄之又玄，衆妙之門。

沈云：李、杜多縹緲恍惚語，其原蓋出于《騷》。

「故」字有味，謂巢父所以不住。

飲中八仙歌

本集注：按《唐史》，李白自知不爲親近所容，益驁放不修，與賀知章、李適之、汝陽王璡、崔宗之、蘇晋、張旭、焦遂爲「酒八仙」。《錢箋》：《新書》此言，因杜詩附會耳。

知章騎馬似乘船，眼花落井（似）**水底眠。**一。**汝陽**（飲）**三斗**（罷）**始朝天，道逢麴車口流涎，**因麴又思酒。**恨不移封向酒泉。**二。**左相日興費萬錢，飲如長鯨吸百川，銜杯樂聖稱避賢。**三。**宗之瀟灑美少年，舉觴白眼**醉態。**望青天，皎如玉樹臨風前。**四。

賀知章傳別見。《晉・山簡傳》：時時能騎馬，倒着白接羅。《史記》：禹水行乘船。梁簡文《箏賦》：「耳熱眼花之妃。」按此二句諸説紛紛，未能解頤。僞蘇作王祥、阮咸二事，虛誣無據。或謂浙人習船不習馬，或謂醉眼望井渴極思飲，總涉牽强。大抵古人作詩，率就現前光景，叙致將來，乃其事，故有自後世考繹不得者。此篇蓋當時事實，子美所嘗睹見者。知章醉中騎馬，左右摇曳，略無把持，若乘船然。第二句言知章醉卧井傍不醒也，或是自馬上墮在井傍就便眠卧也。「眼花落井水底眠」，見其影入水，似在水底眠也。影，何以眼言耶？眼開水中，言影尤的，眼開而心眠，形容醉態，尤妙。徐增云：知章醉中騎馬，馬蹄顛動，翻身墮井，如在它人，則吃驚便醒，而知章恬然不覺在井底，穩穩地打眠，此真八仙第一等人，故以居首。此亦一説，惡知然，惡知不然。然井廣多少，水深多少，恐不至使墮來穩穩成眠也。○《唐書》：讓皇帝子璡，眉宇秀整，性謹潔，善射。帝愛之，封汝陽王。《唐書拾遺》：汝陽王嘗於明皇前醉，不能下殿，上遣人掖出之，璡謝罪曰：臣以三斗壯膽，不覺至此。《説文》：麴，酒母也。《一統志》：陝西行都指揮使司，古酒泉郡地。唐時屬隴右道，明置甘肅衛。《漢・地理志》：酒泉郡，武帝太初元年開。注：師古曰：城下有金泉，泉味如酒。《拾遺記》：羌人姚馥嗜酒，群輩呼「渴羌」，武帝擢爲朝歌宰，遷酒泉太守。○《唐書》：李適之，恒山愍王孫也，喜賓客，飲酒至斗餘不亂。天寶元年，代牛仙客爲左相。嘗與李林甫争權，不協，乃上宰政求散職，以太子少保罷，忻然自以爲免禍。有詩曰：避賢初罷相，樂聖且銜杯。子美正用其語。天寶元年，改侍中曰左相。《晉書》：何曾奢豪，日食萬錢。木華《海賦》：「魚則横海之鯨突杌孤遊，嗡波則洪連踧蹜，吹澇則百川倒流。」司馬遷《書》：僕與李陵素非相善，未嘗銜杯酒。劉伶《酒德頌》：「銜杯漱醪。」

《魏志》：尚書郎徐邈，私飲酒，至沈醉，校事趙達問以曹事，邈曰中聖人。酒客謂清者爲「聖人」，濁者爲「賢人」。《史記》：石慶上書曰：慶幸得待罪丞相，罷駑無以輔治，願歸丞相侯印，乞骸骨歸，避賢者路。○《唐書·崔日用傳》：子宗之，好學，寬博有風檢，與李白、杜甫以文相知。《北山移文》：「瀟灑出塵之思。」《列子》：景公舉觴自罰。《莊子》：絶雲氣，負青天。《世説》：毛曾與夏侯玄并坐，人謂之蒹葭倚玉樹。庾肩吾詩：「風前細塵起。」

蘇晉長齋綉佛前，醉中往往愛逃禪。五。**李白一斗詩百篇，長安市上酒家眠。天子呼來不上船，自稱臣是酒中仙。**六。**張旭三杯草聖傳，脱帽露頂王公前，揮毫落紙如雲煙。**七。**焦遂**（飲）**五斗**（後）**方卓然，高談雄辯驚四筵。**八。

《唐書》：蘇珦，雍州藍田人，子晉數歲知爲文，舉進士及大禮科，皆上第，歷户部侍郎。《續晉陽秋》：謝敷信佛，以長齋供養爲業。唐《弘明集》：宋劉義隆時，靈鷲寺有燕共銜綉佛像，委之堂内。《輯注》：舊注云：晉學浮屠術，得胡僧綉彌勒佛一本，寶之，嘗曰：是佛好米汁，與吾性合，吾願事之，他佛不愛也。彌勒即布袋和尚，常於市中飲酒，食豬頭，人無識之者。逃禪，謂逃去而禪坐也。按彌勒好米汁，曾無是事。布袋之出，在于唐末，梁貞明二年化去，年代不當。《詳注》以爲僞撰，是矣。此蓋晉好酒而傍信佛也。○《李白傳》：玄宗詔供奉翰林，白猶與飲徒醉於市，帝坐沈香亭子，意有所感，欲得白爲樂章，召入，而白已醉，左右以水頮面，稍解，授筆成文，婉麗精切，無留意。《三輔黄圖》：長安市有九，六市在道西，三市在道東，凡四里作一市。《列仙傳》：酒客者，梁市上酒家人也。《輯注》：范傳正《李白新墓碑》：爲供奉時，玄宗泛白蓮池，召白作序，時已被酒，命高將軍扶掖登舟。説者以船爲襟紐，近鑿。○《唐·文藝傳》：張旭，蘇州吴人，善草書，每大醉，呼叫狂走乃下筆，或以頭濡墨而書，及醒，自以爲神，因呼曰顛。《後漢書》：張芝工草書，韋仲將謂之草聖。《李白傳》：文宗時，詔以白歌詩、裴旻劍舞、張旭草書爲三絶。《後漢·班超傳》：單于脱帽徒跣。《古樂府》：「少年見羅敷，脱帽著帩頭。」陸倕《劍閣銘》：「穿胸露頂之豪，箕坐椎髻之長。」李頎《贈旭詩》：「露頂據胡床，長叫三五聲。」高允《徵士頌》：「揮毫頌德。」江總詩：「飛文綺縠來，落紙波濤流。」潘岳《楊荆州誄》：「翰動若飛，紙落如雲。」高彪詩：「抗志凌雲煙。」○《唐史拾遺》：焦遂口吃，對客不出一言，醉後酬酢如注射，時目爲酒吃。《史·滑稽傳》：飲不過五六斗，徑醉矣。江淹詩：「卓然凌風矯。」陸機詩：「高談一何綺。」劉孝標《廣絶交論》：縱碧鷄之雄辯。謝朓詩：「四筵沾芳醴。」

蔡寬夫曰：此歌重疊用韻，古無其體，嘗質之。叔父元度曰：此歌分八篇，人人各異，雖重押韻，無害，亦《三百篇》分章之意也。

劉會孟曰：八篇近之吾意，復如題畫，人目一二語，集之成歌。

又曰：不倫不理，各極醉趣，古無此體，無此妙。

【原眉批】

譚云：此歌妙在簡潔切實，更痛得諸人豪爽之氣。

吴云：賦八人之飲，錯雜無叙，各極其醉中之趣，皆不合於世而逃名於酒，故子美彙《八仙歌》以美之，各極其妙。

黄云：揣摩出酒人心事，是贊是記，是譜是畫，覺八子須眉，宛在目前。

哀江頭

曲江池，爲京都勝賞之地。池南有南苑，明皇與貴妃嘗遊其間。禄山反，帝西幸，行次馬嵬，賜貴妃死，而曲江亂後荒凉矣，公故有感云。

少陵野老吞聲哭，賊間不敢發聲。**春日潛行**二字有深意。**曲江曲。江頭宫殿鎖千門，細柳新蒲爲誰緑？憶昔霓旌下南苑，苑中萬物生顔色。**

《雍録》：少陵，原在長安縣南四十里。宣帝陵在杜陵縣，許后葬杜陵南園，謂之少陵。杜甫家焉，自稱杜陵老，亦曰少陵也。江淹《别賦》：「自古皆有死，莫不飲恨而吞聲。」庾信詩：「野老時相訪。」鮑照詩：「吞聲躑躅不敢言。」《詩》：「春日載陽。」《韓非子》：臣請試潛行而出，見韓、魏之君。司馬相如《吊二世賦》：「臨曲江之隑州。」注：曲江在杜陵西北五里。康駢《劇談録》：曲江池，本秦隑州，開元中，疏鑿爲妙境。花卉周環，煙水明媚，都人遊玩，盛于中和節。江側菰蒲葱翠，柳陰四合，碧波紅蕖，湛然可愛。《西京雜記》：曲江，秦時爲宜春苑，漢爲樂遊苑。《一統志》：曲江池，在西安府城東南一十里，漢武帝所鑿，其水曲折，因名。○《後漢・順帝紀》：修飾宫殿。王筠詩：「千門皆閉夜何央。」枚乘《柳賦》：「吁嗟，細柳流亂輕絲。」○宋玉《高唐賦》：「霓爲旌，翠爲蓋。」《杜集注》：霓旌，天子之旂，羽毛染五色，似雲霓之氣。《杜述注》：曲江有芙蓉苑，内有宫殿，明皇嘗築夾城通之，與貴妃遊幸其間。南苑，即芙蓉苑也。《淮南子》：光輝萬物。《長歌行》：「萬物生光輝。」

昭陽殿裏第一人，謂貴妃。（行則）**同輦随君**（坐則）**侍君側。輦前才人**女官。**帶弓箭，白馬嚼齧黄金勒。翻身向天仰射雲，一箭正墮雙飛翼。**皆言昔時御遊之盛。

《漢・外戚傳》：趙皇后寵少衰，其弟絶幸，爲昭儀，居昭陽宫。《唐書》：貴妃楊氏，始爲壽王妃，或言姿質天挺，宜充掖庭，遂召内禁中，號太真。既得幸，遂專房宫中。李白《宫中行樂詞》：「宫中誰第一？飛燕在昭陽。」亦指貴妃也。《漢・外戚傳》：成帝與班婕妤同輦。○《漢・翼奉傳》：未央、建章、甘泉宫，才人各以百數。唐女官才人，正五品。《説苑》：翟黄乘軒車，黄金之勒。《明皇雜録》：上幸華清宫，貴妃姊妹各賜名馬，以黄金爲銜勒。何遜詩：「白馬黄金勒。」《集注》：勒，馬銜外鐵。○《蘇耽歌》：「翻身雲外，却返吾居。」潘岳《射雉賦》：「昔賈氏之如臯，始解顔於一箭。」按一本作「一笑」，楊用修以爲用賈大夫妻事，恐不是。相如《琴賦》：「雙翼俱起翻高飛。」

明眸皓齒今何在，血污（馬嵬路上）**遊魂歸不得**。謂貴妃自盡。**清渭東流劍閣深，去住彼此無消息**。渭水在長安，劍閣在蜀。時帝尚留蜀，未還長安。**人生有情淚沾臆，江水江花豈終極。黄昏胡騎塵滿城，欲往城南忘南北**。從「潛行」字説出。

傅玄詩：「明眸發清光。」《大招》：「朱脣皓齒，嫭以姱只。」《易》：遊魂爲變。《唐書》：安禄山反，以誅國忠爲名。及西幸，過馬嵬，國忠已死，而軍不解，帝遣力士問故，曰禍本尚在。帝不得已，與妃訣，引而去，縊路祠下。○《毛萇詩傳》：涇渭相入而清濁異。《山海經》注：渭水，出隴西首陽縣鳥鼠同穴山，東至高陵，與涇水合，經秦、漢之都。《吕氏春秋》：水泉東流，日夜不休。《蜀都賦》：「緣以劍閣。」《水經注》：小劍去大劍三千里，連山絶險，飛閣相通，故謂之劍閣。蔡琰《胡笳》：「去住兩情兮難陳。」釋寶月詩：「一去無消息。」○謝朓詩：「有情知望鄉。」《樂府古詞》：「拾得楊花淚沾臆。」《楚詞》：「使江水兮安流。」曹植詩：「相思無終極。」○《楚詞》：「黄昏以爲期。」《史・李廣傳》：胡騎遂不相擊。《樂府》：「戰城南，死郭北。」《述注》：時史思明連結吐番入寇也，「欲往城南忘南北」，寫其倉皇際，心曲錯亂如此。杜家居城南。

蘇子由曰：《大雅・綿》九章，事不接，文不屬，如連山斷嶺，相去絶遠，而氣象聯絡，此最爲文之高致。若杜《哀江頭》詩，其詞氣如百金戰馬，注坡驀澗，如履平地，得詩人遺法。白樂天詩詞甚工，拙於記事，寸步不遺，猶或失之矣。

李耆卿曰：此詩妙在「清渭東流」二句，明皇在蜀，肅宗在秦，一去一住，兩無消息，父子之際，人所難言，子美獨能言之，非但「細柳新蒲」之感而已。

【原眉批】

鍾云：叙哀清切。

韋諷録事宅觀曹將軍畫馬圖引

本集注：韋諷居成都時爲閬州録事。《白石詩説》：載始末曰引。《文體明辨》：述事本末，先後有序，以抽其臆者謂之引。

國初以來畫鞍馬，神妙獨數江都王。將軍得名三十載，日久論定。**人間又見真乘黃。**江都以後，故曰又。**曾貌**莫角反。**先帝照夜白，龍池十日飛霹靂。**妙手畫得龍種，可感雷雨。**內府殷**衣山反。**紅瑪瑙盤，婕好傳詔才人索。**從内府中索出。**盤賜將軍拜舞歸，**以爲潤筆。**輕紈細綺相追飛。**副盤賜之。**貴戚權門得筆迹，始覺屏障生光輝。**妙手更得天寵，所以聲價倍重。

魏吴質《書》：情踴躍于鞍馬。孔藏《柳賦》：「固神妙之不如。」《明皇雜録》：陳人馮紹正、曹霸、鄭虔皆善繪畫，時稱神妙。《名畫記》：江都王緒，霍王元軌之子，多才藝，畫鞍馬擅名。○《竹書紀年》：帝舜元年出乘黃之馬。《符瑞圖》：騰黃者，神馬也，色黃。一名乘黃，有肉角。○本集注：明皇有馬，名照夜白，嘗命曹將軍以爲圖。《唐會要》：明皇在藩邸，居興慶里，宅有龍池。詳見七言律。揚雄《羽獵賦》：「霹靂列缺，吐火施鞭。」《釋名》：劈歷，折也，所歷皆破折也。○《淮陰侯傳》：糧食竭於內府。《唐書·百官志》：內府局令二人，丞二人，掌中藏寶貨給納之數。《玄中記》：瑪瑙，出月氏國，非玉非石，自是一類。《唐書》：裴行儉平都支、遮匐，獲瑪瑙盤，廣二尺，文彩粲然。《漢·外戚傳序》：漢興，因秦之稱號，妾皆稱夫人。至武帝，制倢伃，位視上卿，爵比列侯。注：倢，言接幸于上也。伃，美稱也。「才人」，見上。《吳越春秋》：采葛婦作詩曰：群臣拜舞天顔舒。劉鑠詩：「坐見輕紈緇。」紈，素也。綺，細綾也。《說文》：繒也。○《漢書·息夫躬傳》：躬交遊貴戚，趨權門爲名。《古樂府》：「萬物生光輝。」

昔日太宗拳毛騧，近時郭家獅子花。今之新圖有二馬，復令識者久嘆嗟。可見畫馬如生。**此皆騎戰一敵萬，縞素漠漠開風沙。**就畫絹之素，形容風沙之景。**其餘七匹亦殊絶，**分開二馬七馬，甚明劃。**迥**超遠。**若寒空動煙雪。**輕輕形容，讀者須神會。**霜蹄蹴踏長楸間，馬官廝養森成列。可憐九馬爭神駿，顧視清高氣深穩。借問苦心愛者誰，後有韋諷前支遁。**以好畫馬，比好真馬，愈見畫妙。

唐太宗有六駿，皆平盜時所乘。拳毛騧乃平劉黑闥時乘也。《杜陽雜編》：代宗命御馬九花虬并紫玉鞭轡以賜郭子儀，即范陽節度使李德山所貢，蹄高九寸，毛拳如鱗，真虬龍也。以身被九花文，號九花虬。○《六韜》：以車與騎戰，一車當幾騎，幾騎當一車。《留侯世家》：宜縞素爲資。謝朓詩：「生煙紛漠漠。」注：漠漠，布散也。○《漢・張放傳》：寵愛殊絶。○《莊子》：馬蹄可以踐霜雪。《維摩經》：龍象蹴蹈，非驢所堪。曹植詩：「走馬長楸間。」王堯衢云：養馬處種楸以爲蔭也。《張耳傳》：趙有廝養卒。注：如淳曰：廝，賤者也。韋昭曰：折薪爲廝，炊烹爲養，此謂騶御之類。《左傳》：不鼓不成列。○《世説》：支遁好養馬，人問之，曰：「貧道愛其神駿耳。」《高士傳》：鄭樸，世服其清高。《古詩》：「晨風懷苦心。」

憶昔巡幸新豐宮，翠華拂天來向東。此下感天寶以後事。**騰驤磊落三萬匹，皆與此圖筋骨同。**謂真馬同畫馬，愈見畫妙。**自從獻寶朝河宗，**謂河伯朝而獻寶也，影借八駿。**無復射蛟江水中。君不見金粟堆前松柏裏，龍媒去盡鳥呼風。**

《漢・地理志》：京兆新豐縣，高祖七年置。《水經注》：高祖王關中，太上皇思東歸，故象舊里制兹新邑社，樹枌榆，置豐民以實之，故民謂之新豐。《唐・地理志》：京兆府昭應縣本新豐，有宮在驪山下。貞觀十八年置，咸亨二年始名温泉宮，天寶六載更温泉曰華清宮。《上林賦》：「建翠華之旗。」注：翠華，以翠羽爲葆也。《東都賦》：「旌旗拂天。」○《西京賦》：「乃奮翅而騰驤。」注：騰，超也。驤，馳也。《文選》注：磊落，衆多貌。蕭子顯詩：「漢馬三萬匹。」《舊唐書》：王毛仲知監牧使，扈從東封，以諸牧馬數馬匹從，每色爲一隊，望如雲錦。《列子》：良馬可形容筋骨相也。○《穆天子傳》：天子至陽紆山，馮夷河伯之所居，是爲河宗，沈璧禮焉。河伯與天子披圖視典，以觀天下寶器。此况明皇入蜀也。《前漢志》：元封五年，漢武自潯陽浮江，親射蛟江水，獲之。此况明皇巡幸也。○《長安志》：明皇嘗幸睿宗橋陵，見金粟山岡有龍盤虎踞之勢，謂侍臣曰：吾千秋萬歲後葬此。暨升遐，群臣遵先旨葬焉。又：明皇泰陵在蒲城東北金粟山。《春秋含文嘉》：天子墳高三仞，樹則松。諸侯半之，樹則柏。《古詩》：「松柏夾廣路。」《漢·禮樂志》：天馬徠龍之媒。《楚詞》：「遵懋莽以呼風。」

劉會孟曰：長篇意外，淪痛險絕。

【原眉批】

鍾云：畫非馬矣，詩非畫矣，至今色動，何故？

鍾云：數得有景有情。

又云：「風沙」何以曰「開」，妙，妙。

蔣云：寫出都似活的。

譚云：天馬歌云「志倜儻」，可以言識矣；此詩曰「氣深穩」，可以言美矣。

蔣云：以主人對支遁，豪氣横出。

唐云：子美睹一物，必想及時事，昔人快心，今人切齒。

丹青引贈曹將軍霸

將軍魏武之子孫，於今(雖)**爲庶**(姓)**爲清門。英雄割據雖已矣，文采風流今尚存。學書初學衛夫人，但恨無過王右軍。丹青不知老將至，富貴於我如浮雲。**

《左傳》：三后之姓，于今爲庶，主所知也。宇云：曹氏，前代國姓，于唐爲庶姓也。舊注謂削爲庶人，謬矣。清門，猶言華胄也。〇《人物志》：獸之特者爲雄，草之秀者爲英。《蜀志》：天下英雄，喁喁有望。《漢書·叙傳》：割據山河，保此懷民。《後漢·樊英傳》：漢世之所謂名士者，其風流可知。此言曹氏父子皆有文章，其風流尚存于霸也。〇《法書要録》：衛夫人，名櫟，字茂漪，晋汝陰太守李矩之妻，善鍾法，能正書入妙，王逸少師之。《晋書》：王羲之善隸書，爲古今之冠，爲右軍將軍。王堯衢云：右軍之書，已推獨步，我恨不能過之，乃去學丹青，至思立極。〇《李斯傳》：西蜀丹青不爲采。《論語》：不知老之將至。又：不義而富貴，於我如浮雲。

開元之中嘗引見，承恩數上南薰殿。凌煙功臣少顔色，年久彩落。**將軍下筆開生面。良相頭上進賢冠，猛將腰間大羽箭。褒公鄂公毛髮動，**略相而詳將，爲其及馬也。**英姿颯爽來酣戰。**戰必有馬，此爲下畫馬作過度。

《漢・王商傳》：單于來朝，引見白虎殿。徐陵詩：「承恩豫下席。」《家語》：舜造《南風》之詩，曰：「南風之薰，可以解吾民之愠矣。」《長安志》：南内興慶宮内正殿曰興慶殿，前有瀛洲門，内有南薰殿，北有龍池。○本集注：唐貞觀中，太宗嘗畫功臣李靖等二十四人於凌煙閣。玄宗時，顔色已暗，而曹將軍重爲之畫，故云「開生面」。《南部新書》：凌煙閣在西内三清殿側，畫功臣皆北面。《漢・賈捐之傳》：君房下筆，言語妙天下。《左傳》：先軫入狄師，死焉。狄人歸其元，面如生。○《魏世家》：國亂則思良相。《舊唐書》：武德中，製有爵弁、遠遊、進賢、武弁、獬豸諸冠。《後漢志》：進賢冠，古緇布冠，又儒者之服。《留侯世家》：黥布，天下猛將也。本集注：太宗嘗自製長弓大羽箭，皆倍常製，以旌武功。○褒公段志玄、鄂公尉遲敬德，俱太宗功臣，傳見《唐書》。《淮南子》：疾風勃木而不能拔毛髮。《後漢・馬武傳論》：至使英姿茂績，委而不用。《韓非子》：楚師酣戰之時。

先帝天馬玉花驄，畫工如山貌不同（于真）。**是日牽來赤墀下，迥立閶闔生長風**。見神駿氣象。**詔謂將軍拂絹素**（而圖之），**意匠慘澹經營中**。「慘澹」二字，可見凝神、定睛、入思，惟三昧。**斯須九重真龍出**，以畫爲真。**一洗萬古凡馬空**。

《明皇雜録》：上乘照夜白、玉花驄。《龍城録》：寧王善畫，華萼樓下壁上有《六馬滚塵圖》，内有明皇最眷愛玉面花驄。沈約詩：「如嬌如怨貌不同。」○《梅福上書》：願壹登文石之陛，陟赤墀之塗。應劭曰：以丹淹泥塗殿上也。《楚辭》：「倚閶闔而望予。」王逸注：閶闔，天門也。《三輔黄圖》：建章宮之正門曰閶闔。陸機詩：「長風萬里舉。」○陸機《文賦》：「意同契而爲匠。」《詩》：「經之營之。」《歷代畫品》：畫有六法，五曰經營置位。《世説》：風霜固不論，乃先集其慘澹。○《樂記》：禮樂不可斯須去身。《楚詞》：「君之門九重。」注：天子有九門，謂關門、遠郊門、近郊門、城門、臯門、雉門、應門、庫門、路門也。按九重，猶九天、九淵之類，以極數言之，不須一一數當。王充《論衡》：葉公好龍，墻壁盂樽，皆畫龍象，真龍聞而下之。

玉花却在御榻上，畫底奪真。**榻上庭前屹相向。至尊含笑催賜金，圉人太僕皆惆悵。**自失貌。**弟子韓幹早入室，亦能畫馬窮殊相。幹惟畫肉不畫骨，忍**訓「堪」，豈堪也，自子美言之。**使驊騮氣凋喪。**

相如《難蜀父老文》：奉至尊之休德。劉琨詩：「含笑酒壚前。」《周禮》：圉人，掌養馬芻牧之事。《漢・百官表》：太僕，秦官，掌輿馬。○《歷代名畫記》：唐韓幹工畫馬，忽有人詣門，稱鬼使請馬一匹，幹畫馬焚之，他日鬼使乘馬來謝。《論語》：由也升堂，未入室也。○驊騮，八駿之一。陸機詩：「舊齒皆凋喪。」

將軍善畫一作「盡善」。**蓋有神，必逢佳士亦寫真。**謂未遇佳士。**即今漂泊干戈際，屢貌尋常行路人。**謂凡常人。**途窮反遭俗眼白，世上未有如公貧。但看古來盛名下，終日坎壈纏其身。**慰之語。

梁簡文《咏美人看畫詩》：「可怜俱是畫，誰能辨寫真。」《唐書》：閻立本善于圖畫寫真，《秦府十八學士圖》，乃立本之迹。○謝靈運《鄴中詩》序：應瑒頗有漂泊之嘆。劉繪《咏萍詩》：「漂泊終難測。」《五帝紀》：軒轅乃習用干戈，以征不韋。蘇武詩：「四海皆兄弟，誰爲行路人？」○《晉書》：阮籍率意獨駕，不由徑路，車轍所窮，輒慟哭而返。○《後漢·黄瓊傳》：盛名之下，其實難副。《楚詞》：「志坎壈而不進。」注：坎壈，不平也。

劉會孟曰：首尾悲壯動蕩，皆名言。

葛常之曰：元微之《去杭州》詩「房杜王魏之子孫，雖及百代爲清門」，則知老杜於當時已爲詩人欽服如此。

【原眉批】

鍾云：此語非負真癖人不知。

又云：直語亦自有生動處。

蔣云：名言。

沈云：反襯霸之盡善，非必貶幹也。

壈，盧感切，坎壈，不得志也。

貧士失職而志不平。

高適

邯鄲少年行

邯鄲少年行，樂府題，舞曲。

邯鄲城南遊俠子，自矜生長邯鄲裏。千場縱博家仍富，幾處報仇身不死。二句其所以矜。**宅中歌笑日紛紛，門外車馬如雲屯。**吴本作「屯雲」，曰或作「雲屯」，誤，初盛七言古，未嘗出韻。**未知肝膽向誰是，令人却憶平原君。君不見今人交態薄，**「今人」二字，從上「却憶」字生來。○「人」一作「日」。**黄金用盡還疏索。以兹感嘆辭舊遊，更於時事無所求。且與少年飲美酒，**「且」字可見非以此爲至者。**往來射獵西山頭。**

《一統志》：廣平府邯鄲縣，本戰國時趙都，秦置邯鄲郡，漢廢郡爲縣。《史記》：立氣勢，作威福，結私交，以立强於世者，謂之遊俠。曹植詩：「借問誰家子，幽并遊俠兒。」《項羽紀》：自矜功伐。《高祖紀》：豐，吾所生長。○《史·遊俠傳》：郭解以軀借交報仇，適有天幸，窘急，常得脱，若遇赦。○王融詩：「所知共歌笑。」曹植詩：「齊謳楚舞紛紛。」《詩》：「子有車馬。」《列子》：望之若雲屯。○《史記》：蒯通曰：臣願披腹心，輸肝膽。《胡笳》：「不知愁心兮説向誰是？」《史記》：平原君趙勝者，趙之諸公子也。喜賓客，賓客至者數千人。○《史記·汲黯傳》：翟公署其門曰：一貧一富，乃知交態。阮籍詩：「黄金百鎰盡，資用常苦多。」蕭子雲詩：「一水終疏索。」○《魏志·文帝紀》：士人凋傷，帝深感嘆。何承天詩：「桑梓思舊遊。」鮑照詩：「時事一朝異。」○《季布傳》：季心爲任俠，少年藉其名以行。曹植詩：「京洛出少年，美酒斗十千。」《古詩》：「不如飲美酒。」《史記》：李廣居南山中射獵。此詩舊解紛紛，未見破的。余以爲初八句叙遊俠少年，氣象可取。「君不見」以後叙己之去舊遊，從少年遊。「未知」二句言遊俠之子豪盛交廣，但未知頗有肝膽相輸者否，乃就其地憶出平原，嘆今之非古也，因謂吾亦以今日交態之薄，辭謝舊遊，不求于時事，且須與遊俠少年飲酒、射獵自遣耳。

【原眉批】

鍾云：少年豪氣難羈如此。

蔣云：感慨之語自別。

又云：終歸少年，不失故步。

人日寄杜二拾遺

《唐書》本傳：禄山亂，拜適左拾遺，轉監察御史。李輔國惡其才，數短于上，出爲蜀、彭二州刺史，時甫初構草堂于成都。東方朔《占書》：歲後八日，一日为鷄，二日爲狗，三日爲豕，四日爲羊，五日爲牛，六日爲馬，七日爲人，八日爲穀。」

人日題詩寄草堂，遥憐故人（之）**思故鄉。柳條弄色不忍見，梅花滿枝空斷腸。身**自謂。**在南蕃無所預，心懷百憂復千慮。今年人日空相憶，明年人日知何處。**

《杜年譜》：乾元二年，公入蜀，裴冕爲成都尹，爲卜浣花草堂居之。《一統志》：草堂，在成都府城西南五里浣花溪上。《禮記》：孔子之故人曰原壤。《古詩》：「相去萬餘里，故人心尚爾。」《楚辭》：「去故鄉而就遠。」《高祖紀》：遊子悲故鄉。魏文帝詩：「綿綿思故鄉。」梁元帝詩：「故人懷故鄉。」○《燕歌行》：「楊柳拂地數千條。」庾肩吾詩：「葉破柳條空。」劉義慶詩：「梅花覆樹白。」○蔡琰《胡笳》：「心有懷兮愁轉深。」《詩》：「逢此百憂。」張協詩：「歲暮懷百憂。」《史記》：廣武君曰：智者千慮，必有一失。○梁邵陵王詩：「知人相憶否，淚盡夢啼中。」沈約詩：「昨宵何處宿。」

一卧東山三十春，言己未出仕時。**豈知書劍老風塵。龍鍾還忝二千石，**謂爲蜀、彭。**愧爾東西南北人。**

《晉書》：謝安屢違朝志，高卧東山。《史記》：項籍少時，學書不成，學劍又不成。陸雲詩：「飄飄冒風塵。」宇云：詩用「風塵」，其義不一。郭璞《遊仙詩》「高蹈風塵外」，泛言世事也；杜甫詩「風塵三尺劍」，言兵亂也；高適詩「豈知書劍老風塵」，又「誰能去京洛，鶢鶋對風塵」，此對京官言郡縣者，蓋謂其喧濁也。○《埤蒼》：龍鍾，行不進貌。荀子《議兵》：案角鹿埵隴種東籠而退耳。注：其義未詳，蓋皆摧敗披靡之貌。《新序》作「隴鍾」。《徐氏筆精》：今人謂年老曰龍鍾。按裴度曰見我龍鍾相戲耳，時裴尚少也，然則龍鍾不專指老人而言。蔣云：龍鍾，竹名，言人衰老之態如竹之枝葉摇曳不能自禁持也。按「龍鍾」意與「潦倒」相似，音亦相近，猶「逍遥」與「徜徉」之類，蔣説鑿矣。如淚龍鍾，當以竹比耳，見七絶岑參詩注。《漢·百官表》：郡守，秦官，掌治其郡，秩二千石。隋唐改郡爲州，太守爲刺史。《檀弓》：今丘東西南北之人也。子美詩有曰：「甫也東西南北人。」

【原眉批】

蔣云：情真意懇，詞亦足達。

唐云：真率不覺其淺，寫出性情。

譚云：此詩當于换韻處相其妙。

岑參　**登古鄴城**

《一統志》：鄴城，在彰德府臨漳縣西二十里。本戰國魏之鄴邑，三國時魏以長安、譙、許昌、鄴、洛陽爲五都。

下馬登鄴城，城空復何見。東風吹野火，暮入飛雲殿。可見荒凉。**城隅南對望陵臺，漳水**

東流不復回。武帝宮中人去盡，遺令何在。**年年春色爲誰來**？

王粲詩：「眷眷思鄴城。」《漢·劉盆子傳》：三輔大饑，城郭皆空。○《月令》：孟春之月，東風解凍。《古詩》：「東風摇百草。」「野火」，既見。漢宫闕名，長安有飛雲殿，吴旲山云：當是效長安爲此殿于鄴都。○《詩》：「俟我于城隅。」望陵臺，即銅雀臺。《魏志》：建三臺於鄴都，前名銅雀，中名冰井，後名金虎，相去各六十步，其上複道，樓閣相通，鑄大銅雀，高一丈五尺，置之樓頂，臨終遺令曰：「施繐帳於上，朝晡使宫人歌吹帳中，望吾西陵。」西陵，操葬處也。《一統志》：銅雀臺，在彰德府臨漳縣治西。《穆天子傳》注：彰水，今在鄴縣。《一統志》：漳河，其源有二：一出山西潞州長子縣，名濁漳；一出平定州樂平縣，名清漳，俱東至林縣，合流入衛河。○《水經注》：魏武帝封於鄴，爲北宫，宫有文昌殿。《淮南王傳》：臣亦見宫中生荊棘也。梁簡文詩：「春色映空來。」

【原眉批】

蔣云：隻字片語不盡欷歔，結有無邊光景。

鍾云：末二句無限幽思。

韋員外家花樹歌

今年花似去年好，去年人到今年老。始知人老不如花，可惜落花君莫掃。花非可惜，以人之不如花，故可惜也。**君家兄弟不可當，列卿御史尚書郎。朝回花底恒會客，花撲玉缸春酒香。**言惜落花，則當不惜酒也。

《後漢·和帝紀》：去年秋麥入少，今年秋爲蝗蟲所傷。〇《漢·楊惲傳》：惲家方隆盛時，朱輪者十人，位在列卿，爵爲通侯。唐時太常、光禄、衛尉、宗正、太僕、太理、鴻臚、司農、太府十一寺爲列卿，各有官屬，御史大夫屬亦有御史中丞、侍御史監察等，尚書六曹二十四司，各有郎中、員外郎。〇《信陵君傳》：公子大會賓客。《詩》：「爲此春酒。」

【原眉批】

蔣云：感慨健羡，情辭俱到。

譚云：前截有儆意，後截有羡意。

黃云：淺淺説無限。

李云：冲淡中有風味。

蔣云：結語蕩起一篇之意。

吴云：後四句，美其貴顯而不俗，好客而不驕。

胡笳歌送顔真卿使赴河隴

樂府有胡笳曲，鼓角横吹十五曲之一也。《一統志》：河州衛在臨洮府西界，唐爲河州，即秦、漢隴西之地。《舊唐書》：顔真卿，字清臣，瑯琊臨沂人，忠直孝友，羽儀王室，開元中，以監察御史使河隴。

君不聞胡笳聲最悲，紫髯緑眼胡人吹。吹之一曲猶未了，愁殺樓蘭征戍兒。凉秋八月蕭關道，再提來説。**北風吹斷天山草。崑崙山南月欲斜，胡人向月吹胡笳。**

李陵《答蘇武書》：胡笳互動。杜摯《笳賦》序：笳者，李伯陽入西戎所作也。一説胡人捲蘆葉而吹，謂之胡笳。《太平御覽》：胡笳者，張博望入西域，傳其法於西京，唯得《摩訶兜勒》一曲。《獻帝春秋》：紫髯將軍，孫會稽也。○鮑照詩：「一曲動情多。」《古詩》：「蕭蕭愁殺人。」《漢・西域傳》：鄯善國，本名樓蘭，去陽關千六百里。蕭子顯詩：「傳道黄龍征戍兒。」《詩傳》：戍，屯兵以守也。○李陵書：凉秋八月，塞外草衰。虞羲詩：「凉秋八九月，虜騎入幽并。」《史・匈奴傳》：孝文十四年，單于入蕭關。使兵入燒回中宫，候騎至雍甘泉。何遜詩：「候騎入蕭關。」蕭關，秦北關也，在陝西平凉府鎮原縣西北一百四十里。范雲詩：「風斷陰山樹。」《一統志》：火州天山，在交河城北，一名祁連，唐天山縣以此爲名。又：祁連山，在陝西行都司城西南一百里，甚峻廣，本名天山，匈奴呼天爲祁連，因名。唐云：一山二名，《一統志》不宜重見，况陝西火州，地不甚遠，而華夷隔絶，豈其共一山乎？姑兩存之，以俟博聞。〇《河圖括地志》：昆侖山，去中國五萬里，廣萬里，高萬一千里，神物之所生，聖人、仙人之所集也。」《離騷》：「邅吾道夫昆侖兮。」朱注：《後漢書》注：昆侖，在肅州酒泉縣西南地之中也。蔡琰《胡笳》：「攢眉向月兮撫雅琴。」

胡笳怨兮將送君，秦山別處。**遥望隴山**赴處。**雲**。**邊城夜夜多愁夢，向月胡笳誰喜聞**。

《一統志》：西秦山、秦嶺山，俱在隴州隴安縣。然此所云秦山，指秦地之山耳。《古詩》：「遥望秦川，肝腸斷絶。」《秦州記》：隴山東西百八十里，登山嶺東望，秦川四五百里，極目泯然。山東人行役升此而顧瞻者，莫不悲思。故歌曰：隴頭流水，分離四下。念我行役，飄然曠野。登高遠望，涕零雙墮。《三秦記》：其坂九迴，不知高幾許。欲上者，七日乃越高處，可容百餘家，頂有泉四注下。《通典》：天水郡有大坂，名曰隴坻，亦曰隴山，即漢隴關也。《一統志》：隴山，在鳳翔府隴州西北六十里，西北至河州衛，凡六百里。〇《史·李牧傳》：匈奴不敢近趙邊城。陸瓊詩：「邊城與明月，俱在關山頭。」

【原眉批】

蔣云：第五句以下又詳説一番。

沈云：只言笳聲之悲，而惜別在言外矣。

王云：詞采音律俱入妙境，感慨悲歌，尤多戀戀之意。

轉入送詞，看它承接處。

崔五丈圖屏風賦得烏孫佩刀[一]

李頎

「賦得」以下，一作「各賦一物得烏孫佩刀」。

烏孫腰間佩兩刀，刃可吹毛錦爲帶。握中枕宿言常不去身。**穹廬室，馬上割飛蠮螉**音謁翁。**塞。**「割飛」二字，映帶「蠮螉」。**執之魍魎誰能前，氣凜清風沙漠邊。磨用陰山一片玉，洗將胡地獨流泉。**

《史記・大宛傳》：烏孫，在大宛東北可二千里。《漢・西域傳》：烏孫國，大昆彌治赤谷城，去長安八千九百里。烏孫使使獻馬，願得尚漢公主爲昆弟。元封中，遣江都王建女細君，爲公主以妻焉。哀帝元壽二年，大昆邪來朝，公主歌曰：吾家嫁我兮天一方，遠托異國兮烏孫王，穹廬爲室兮旃爲墻。韓文《炭谷湫祠堂》詩：「吁無吹毛劍。」注：杜詩「突騎劍吹毛」，引《吴越春秋》「干將之劍能决吹毛遊塵」，今《吴越春秋》無此語。○《文選》注：穹廬，氈帳也。《史記》：高祖曰：乃公居馬上而得之。《晉・載記》：慕容皝率騎出蠮螉塞。「蠮螉」，細腰蜂也，塞形險隘，因名。北魏温子昇詩：「蠮螉塞邊絶候雁，鴛鴦樓上望天狼。」《古今注》：塞者，塞也，所以擁塞夷狄也。○《左傳》：魑魅罔兩，莫能逢之。魍魎，水石之怪鬼也，好效人聲而迷惑人。或曰顓頊氏三子亡而爲疫鬼，一居若水，爲魍魎蜮鬼。張華詩：「清風動帷簾。」《漢・蘇武傳》：李陵歌曰：「徑萬里兮度沙幕。」注：沙土曰幕，漠通。曹植《白馬篇》：「揚聲沙漠垂。」《説文》：漢，北方流沙也。○《漢・匈奴傳》：塞外有陰山，東西千餘里。陰山，在韃靼國東千餘里，漢時冒頓單于依阻其中，治作弓矢，後爲漢所奪。又：胡地冬甚寒，獨流河在興濟縣北，至静海縣四十五里。然此所云，只謂一條流水耳。

主人屏風寫奇狀，鐵鞘金鐶兩一作「儼」。**相向。回頭瞪目時一看，使予心在江湖上。**言胸中蕩滌之狀。

《禮記》：主人肅客而入。《古樂府》：「主人前進酒。」《漢・五行志》：涿郡鐵官鑄鐵鞘。曹植詩：「皓腕約金環。」○劉琨詩：「回頭堪百萬。」《廣韻》：瞪，直視貌。《莊子》：魚相忘乎江湖。宇云：心在江湖上者，謂其飛越耳，不必説將佩而横行也。

【原眉批】

鍾云：奇警响亮。

黄云：一片昆吾鍊成，絶不見有缺陷處。

鍾云：得力在末四句，玩之自識。

【校勘記】

［一］丈：《全唐詩》卷一百三十二作「六」。

王維

答張五弟諲［一］

終南有茅屋，前對終南山。終年無客長閉關，終日無心長自閑。不妨飲酒復垂釣，自上「終日」句生。**君但能來相往還。**自上「終年」句生。

《詩》：「終南何有？」終南山，長安南山也，一名太乙。潘岳《關中記》：其山一名中南，言在天之中，居都之南，故曰中南。《左傳》：清廟茅屋。《漢・許皇后傳》：幸得免離茅屋之下。○《子夜歌》：「終年不西顧。」《易》：先王以至日閉關。《詩》：「終日七襄。」○《楚詞》：「下垂釣于溪谷。」《詩》：「在泮飲酒。」《王母白雲謠》：「將子無死，尚復能來。」《列子》：五山常隨潮波，上下往還。《宣帝紀》：往還幾時，對百日，還百日。

【原眉批】

蔣云：四「終」字弄出奇趣，然亦非安排可得。

郭云：只在筆端，拈弄奇情繚繞。

黃云：略不構思，語極清迥，無《考槃》《衡門》心胸，拈此不出。

【校勘記】

[一]答張五弟諲：《全唐詩》卷一百二十五作「答張五弟」。

崔顥

孟門行

孟門行，樂府題，都邑三十四曲之一。此詩爲迫于讒諛而作，題曰「孟門」者，言人心之險于山水也，若諸葛亮「梁甫」名篇之意。《呂氏春秋》：通乎德之情者，孟門、太行不爲險矣。《尸子》：龍門未辟，呂梁未鑿，河出於孟門之上。《唐·地理志》：慈州文城縣有孟門山。《一統志》：孟門山在平陽府吉州西七十里。

黃雀銜黃花，翩翩傍檐隙。本擬報君恩，如何反彈射。初四句喻己。

《續齊諧記》：後漢楊寶行華山，見一黃雀被瘡，因收於巾箱，采黃花餧之，瘡愈，旦去暮來。一日，變爲黃衣少年，與玉環一雙，報曰：「好掌此環，累世爲三公。」此詩起語，暗使此事。《蔡邕論》：昔者黃雀報恩而至。《詩》：「翩翩者雛。」吴吴山云：或謂崔用楊寶事，而易玉環爲黃花，是隱映古事而小變之，避常徑也，不當以誤用駁之。余謂用故事如此，乃見其妙。按顥才俊無行，好蒲飲，娶妻擇美者，不愜即去之者三四。李邕聞其名，虛舍邀之，顥至獻詩，首章云「十五嫁王昌」，邕叱曰：「小兒無禮！」不與接而去。此詩或是其時所作也。○吴筠詩：「君恩未得報。」《漢・宣帝紀》：毋得以春夏彈射飛鳥。

金罍美酒滿座春，平原愛才多衆賓。滿堂盡是忠義士，何意得有讒諛人。諛言反復那可道，能令君心不自保。中六句賦讒。

《詩》：「我姑酌彼金罍。」「平原」，見上。鮑照詩：「賢君信愛才。」江淹詩：「衆賓還城邑。」○《九歌》：「滿堂兮美人。」《信陵君傳》：賓客滿堂。《史記・自序》：忠臣死義之士。《楚詞》：「信讒諛之溷濁。」○《詩》：「畏此反覆。」《史・蘇秦傳》：左右賣國反覆之臣。

北園新栽桃李枝，又設譬。**根株未固何轉移。成陰結實君自取，若問傍人那得知。**非傍人所能代爲籌計者。○後四句諷聽讒者。

陸機詩：「種葵北園中。」虞茂詩：「綺檐花簟桃李枝。」《樂府・豫章行》：「根株已斷絶。」木根在土曰根，土上曰株。宋玉《風賦》：「離散轉移。」《韓詩外傳》：春樹桃李，夏得陰其下，秋得食其實。王筠詩：「李花春發彩，結實下成蹊。」鮑照詩：「心自有所存，傍人那得知？」

顧華玉曰：古辭中意自佳。

【原眉批】

譚云：入座便寫，大快心目。

鍾云：末語宜告養士者，堅其念頭。

又云：以恬細結纔妙。

沈云：比體作結，委曲深宛，耐人尋繹。

張謂　贈喬林

絶句有張謂《題長安主人壁》詩，疑是前後作。起二句，舊説以爲言喬事，然亦似是張自言者。豈張以喬爲主人，始相善而終相背，因復有題壁之作耶？

去年上策不見收（用），**今年寄食仍淹留**。**羨**欣羨。**君有酒能便醉，羨君無錢能不憂**。**如今五侯不待客，羨君不入五侯宅**。**如今七貴方自尊，羨君不過七貴門**。**丈夫會應有知己，世上悠悠安足論**。

《漢書音義》：作簡策難問，例置案上，在試者意投射，取而答之，謂之射策。若録政化得失顯而問之，謂之對策。此謂登試而下第也。《戰國策》：馮諼使人屬孟嘗君，願寄食門下。《楚詞》：「又何可以淹留。」○《詩》：「有酒湑我。」應瑗詩：「貧子語窮兒，無錢可把撮。」○漢成帝同日封舅五人，王譚、王商、王根、王立、王逢時爲侯，世爲五侯。《後漢・宦者傳》：桓帝封單超、徐璜、具瑗、左悺、唐衡五人同日爲侯，世謂五侯。《史記》：田嬰使文主家待賓客。「七貴」謂漢后族呂、霍、上官、趙、丁、傅、王也。《西征賦》：「窺七貴於漢庭。」戴暠詩：「五侯同拜爵，七貴各垂纓。」按此指王家五侯，非謂宦者五侯也。○《風俗通》：《禮》云：十尺曰丈，成人之長也。夫者，慮也，言其智慮敏弘教也，故曰丈夫。曹植詩：「丈夫志四海。」司馬遷《書》：士爲知己者用。鮑照詩：「追憶世上事。」《孔叢子》：天下悠悠，士無定所。《後漢・崔駰傳》：悠悠罔極。注：悠悠，衆多也。

【原眉批】

蔣云：可想其人。

鍾云：此詩似只平鋪，而輕快之韻，飄逸之致，殊不可及。

又云：讀此可愧狐媚狗趋者。

湖中對酒作[一]

夜坐不厭湖上月，晝行不厭湖上山。眼前一樽又常滿，心中萬事如等閑。主人有黍萬餘石（以造酒）**，濁醪數斗應不惜。即今相對不盡歡，別後相思復何益。茱萸灣頭歸路賒，願君且宿黄公家。**其心欲歸，則路賒不可以久留，勸酒故願其宿此也。映上「有黍」句，以黄公比。**風光若此人不醉，參差**謂相違。**辜負東園花。**

《吕氏春秋》：終夜坐不自快。○謝靈運詩：「浮歡昧眼前。」蘇武詩：「我有一尊酒。」《吴越春秋》：越王心中内慟。《書》：萬事隳哉。《莊子》：萬事銷亡。梁簡文帝詩：「離憂等閑別。」等閑，徒然也。○《字彙》：黍有二種，黏者爲秫，可以釀酒。《史記》：富人藏酒至萬餘石。《魏都賦》：「清酤如濟，濁醪如河。」《説文》：醪，汁滓酒也。○《列子》：一里老幼，垂淚相對。《禮記》：啜菽飲水盡其歡。《後漢·趙孝傳》：大官送供具令對盡歡。李陵詩：「萬里遥相思，何益心獨傷。」○《水經》：零陵郡邵陵縣，水徑其北，謂之邵陵水，雲泉水東北出益陽縣，其間徑流山峽，名之爲茱萸江，蓋變名也。《一統志》：茱萸灣，在揚州府城東北九里，隋時開以通漕運者，傍有茱萸村，因名。《胡笳》：「雲山萬里兮歸路遐。」《世説》：晉王戎爲尚書令，過黄公酒壚曰：「吾昔與嵇叔夜、阮嗣宗酣暢此壚，嵇、阮亡後，便爲時所羈紲。今視此雖近，邈若山河。」○《楚詞》：「光風轉蕙泛崇蘭。」王逸注：光風，謂日出而風，草木有光色也。謝朓詩：「風光草際浮。」李陵書：孤負陵心。「孤」與「辜」通。《竹書紀年》：鳳凰止帝之東園。阮籍詩：「東園桃與李。」

【原眉批】

蔣云：起便覺楚楚。

鍾云：兩「不厭」，起得妙。

蔣云：寫得情真。

【校勘記】

［一］作：《全唐詩》卷一百九十七作「行」。

王昌齡　**城傍曲**

城傍曲，樂府題。

秋風鳴桑條，草白枯草。**狐兔驕。邯鄲飲來酒未消，城北原平**（之處）**掣皂雕，射殺空營兩**

騰虎，回身却月佩弓鞘。

《吴越春秋》：富貴之於我，如秋風之過耳。柳惲詩：「秋風鳴細柳。」《淮南子》：若指之桑條以貫其鼻。鮑照詩：「月露依草白。」《史記》：匈奴射狐兔，用爲食。張載詩：「狐兔窟其中。」○《埤雅》：雕能食草，似鷹而大，黑色，俗呼皂雕。《史記》注：雕，大鷲也，一名鷲，黑色多子，可以其毛作矢羽。○《史·李廣傳》：廣所居郡，聞有虎，嘗自射之。及居右北平，射虎。虎騰傷廣，廣亦竟射殺之。《後漢·劉盆子傳》：延岑還戰，逢安空營擊之。王粲詩：「回身入空房。」梁元帝詩：「却月半山空。」《宋·朱超石傳》：高祖北伐，爲却月陣。《南郡王義宣傳》：王玄謨爲却月城。却月，謂落月半入山也，此以佩弓似却月言耳。庾信詩：「明月動弓弰。」《釋名》：弓末曰弰。

【原眉批】

黄云：莫尋其趣，自有一種氣骨。

譚云：情景畢露。

蔣云：結描得出。

洪州客舍寄柳博士芳

薛業

「洪州」，見上。

去年燕巢主人謂所寓主人。**屋，**去年爲客，猶燕之巢。**今年花發路傍枝。**今年爲客，又是路傍見花，二句造語俱巧。**年年爲客不到舍，舊國存亡那得知？胡塵一起亂天下，何處春風無別離。**

《古詩》：「思爲雙飛燕，銜泥巢君屋。」劉楨詩：「從者盈路傍。」○《楚詞》：「焉洋洋而爲客。」《莊子》：舊國舊都，望之悵然。沈約詩：「一朝阻舊國。」劉琨詩：「去家日已遠，安知存與亡。」○鮑照詩：「舉袖拂胡塵。」《莊子》：哼哼已亂天下矣。《好色賦》：「寤春風兮發鮮榮。」潘岳詩：「春風散芝草。」《子夜歌》：「昔別春風起。」《楚詞》：「悲莫悲於生別離。」注：近曰離，遠曰別。沈約詩：「春至猶別離。」

【原眉批】

蔣云：語不煩而意盡，是開、天之業。

鍾云：離別之情，宛然在目。

黄云：悲在「春風」二字。

張若虛　**春江花月夜**

春江花月夜，樂府題。陳後主常與宮中女學士及朝臣相和爲詩，采其尤艷者，名《春江花月夜》。

春江潮水連海平，春江言潮，潮水言海，既極瀰漫，**海上明月共潮生。**十五日潮滿，月亦望也。**灔灔隨波千萬里，何處春江無月明。江流宛轉繞芳甸，月照花林皆似霰。空裏流霜不覺飛，汀上白沙看不見。**净幻。

顔延之詩：「春江壯風濤。」《楚詞》：「聽潮水之相激。」隋煬帝《春江花月夜》詩：「暮江平不動，春花滿正開。流波將月去，潮水共星來。」《抱朴子》：月之精生水，是以月盛而潮大。○何遜《望月》詩：「灔灔逐波輕。」魏武帝詩：「月明星稀。」○《楚詞》：「願自沈於江流。」謝朓詩：「雜英滿芳甸。」《杜詩述注》：芳甸，芳草之野。庾信詩：「花林鳥未栖。」柳惲詩：「春花落如霰。」○張協《七命》：「越奔沙，輾流霜。」注：流，猶飛也。《楚詞》：「搴汀洲兮杜若。」王逸注：汀，平也。《史記》：白沙在泥中，久而自黑。

江天一色無纖塵，皎皎空中孤月輪。江畔何人初見月，江月何年初照人？問得妙幻。**人生代代無窮已，江月年年望相似。不知江月照何人，但見長江送流水。**反覆推問，竟歸江流，不可執捉。

謝莊詩：「霧罷江天分。」梁武帝詩：「山河同一色。」劉瑾《甘樹賦》：「滌纖塵以開素。」《古詩》：「明月何皎皎。」《列子》：天地空中之一細物。徐儀詩：「蒼茫孤月上。」薛道衡詩：「復屬月輪圓。」○劉向《九嘆》：「步周流於江畔。」《詩》：「彼何人斯。」《吴越春秋》：越王夫人歌：孰知返兮何年？○《拾遺記》：因禹之迹，代代鑄鼎焉。○阮籍詩：「湛湛長江水。」《詩》：「沔彼流水。」

白雲一片去悠悠，青楓浦上不勝愁。誰家今夜扁舟子，何處相思明月樓。可憐樓上月徘徊，應照離人妝鏡臺。玉户簾中捲不去，擣衣砧上拂還來。

《招魂》：「湛湛長江兮上有楓。」注：楓，似白楊，葉圓而岐，有脂而香，厚葉弱枝，善摇。至霜後葉丹。張正見詩：「雲鬢不勝愁。」○曹植詩：「借問誰家子。」薛道衡詩：「今夜寒車宿。」《史記》：范蠡乘扁舟，浮於江湖。王山禮詩：「扁舟夜向江頭宿。」曹植詩：「明月照高樓，流光正徘徊。上有愁思婦，悲嘆有餘哀。」薛道衡詩：「妾住長依明月樓。」○梁元帝詩：「若使月光無近遠，應照離人今夜啼。」魏武《雜物疏》：鏡臺，出魏宮中，有純銀參帶鏡臺一。○《甘泉賦》：「排玉户而颺金鋪。」《子夜歌》：「佳人理寒服，萬結砧杵勞。」庾信詩：「空憶擣衣砧。」

此時相望不相聞，願逐月華流照君。鴻雁長飛光不度，言月光不可度盡也。**魚龍潛躍水成文。**「雁」「魚」二字，暗含「不相聞」意。

《老子》：鄰國相望，鷄犬之聲相聞。吴筠詩：「願逐東風去，飄蕩至遼西。」曹植詩：「願爲南流景，馳光見我君。」沈約詩：「月華臨静夜。」○《詩》：「鴻雁于飛。」疏：鴻大而雁小。《琴賦》：「嘉魚龍之逸豫。」嵇康詩：「魚龍瀺灂，山鳥群飛。」庾丹詩：「風至水迴文。」按詩家曰魚龍，則泛言水物，非專龍也。

昨夜閑潭夢落花，有意無意，可解不可解。**可憐春半不還家。江水流春去欲盡，江潭落月復西斜。斜月沈沈藏海霧，碣石**北東。**瀟湘**南西。**無限路。不知乘月幾人歸**，轉説歸人。**落月摇情滿江樹**。

武陵王紀詩：「昨夜夢君歸。」沈約詩：「還家問鄉里。」○《楚詞》：「使江水兮安流。」又：「屈原既放，遊於江潭。」梁元帝詩：「落月似銀鈎。」蕭綜詩：「西樹隱落月。」○《子夜歌》：「斜月垂光照。」《上林賦》注：沈沈，深貌。《一統志》：碣石山，在永平府昌黎縣西北，其山穹窿似冢，有石特出，其形似柱。又：瀟水在永州府城外，源出九疑山，北流至于湘口，合于湘。湘水源出廣西陽海山，流出分水嶺，分派北流，入長沙界。「湘」猶「相」，言有所合也。永州與瀟水合曰瀟湘，衡陽與蒸水合曰蒸湘，沅州與沅水合曰沅湘，會衆流以達於洞庭。○《子夜歌》：「乘月采芙蓉。」諸葛穎詩：「月色含江樹。」

胡元瑞曰：張若虚《春江花月夜》，流暢宛轉，出劉希夷《白頭翁》上，詳其體制，固初唐高倡也。又曰：張若虚，世代未可考。按《賀知章傳》，神龍中，知章與越州賀朝萬、齊融，揚州張若虚、邢巨，湖州包融俱以吴越之士，文詞俊秀，名揚於上京。又《明皇雜録》，天寶末，劉希夷、王泠然、王昌齡、祖咏、張若虚、張子容、孟浩然、常建、李白、劉昚虚、崔曙、杜甫，雖有文章盛名，皆流落不偶。《詩藪·外篇》并引之而又曰：世代未可考。失檢矣。又據《雜録》，則劉希夷爲宋之問所殺，愈益不足信也。

【原眉批】

鍾云：將「春江花月夜」五字，煉成一片奇光，真化工手。

蔣云：紆迴曲折。

鍾云：看他將題面轉轉相生，妙絶。

蔣云：「人」「月」二字，錯綜成文。

鍾云：淺淺説去，節節相生，使人傷感。

蔣云：轉入閨思，言愈委婉輕妙，極得趣者。「扁舟子」謂爲夫者，「明月樓」謂爲婦者。

蔣云：看他將題面轉轉相生。

蔣云：觸物驚心，無非傷别。

鍾云：初入花，輕妙不覺，後更不説花，止帶「昨夜閑潭夢落花」一語，妙在一「夢」字，覺通篇「春」「江」「月」「夜」四字中，字字是花。

又云：「摇」字、「滿」字幻而動，讀之目不能瞬。

衛萬

吳宮怨

君不見吳王宫閣臨江起，不見珠簾見江水[一]。**曉氣晴來雙闕間，潮聲夜落千門裏。勾踐城中非舊春，**言滅吳之國亦同亡。**姑蘇臺下起黄塵。祇今惟有西江月，曾照吳王宫裏人。**二句李白用爲絶句。

《圖經》：靈巖山，在蘇州城西南二十五里，吳王之别苑在焉。有館娃宫、響屧廊、西施洞之屬。服虔《通俗文》：南楚以美色爲娃，蓋以西施得名。《三秦記》：明光殿，織珠爲簾。○鮑照詩：「曉氣歇林阿。」曹植詩：「遊彼雙闕間。」○《越絶書》：勾踐，小城山陰是也，有走馬岡、伏兵路、洗馬池、支更樓故址。陸廣《地理記》：姑蘇臺，在吳縣西南三十五里姑蘇山上，始於闔閭，成於夫差，姑蘇自是故名。世傳姑蘇乃姑胥山與臺，皆以伍胥得名，吳人鄉語，以胥爲蘇，故誤曰姑蘇，後遂爲蘇州，非也。《吳越春秋》：吳王起姑蘇之臺。三年聚材，五年乃成，高見二百里。江淹《恨賦》：「黄塵匝地。」○《越絶書》：闔閭與越戰西江。

胡元瑞曰：衛萬《吳宫怨》，高華響亮，可與王勃《滕王閣》詩對壘。又曰：此二詩自是初唐短歌，婉麗和平，極可師法，中盛繼作頗多。第八句爲章，平仄相半，軌轍一定，毫不可逾，殆近似歌行中律體矣。

【原眉批】

鍾云：先叙其景，後叙其怨，古人嘯歌如此。

黄云：只在筆端拈弄，奇情繚繞。

【校勘記】

［一］見：底本作「捲」，據《全唐詩》卷七百七十三改。

駱賓王　**帝京篇**

唐都城即秦漢故都，故多引用秦漢舊迹。唐云：按賓王于武后時爲長安主簿，數上疏言事，不用，下除臨海丞，怏怏不得志，故賦此詩，以譏刺當時大臣，而深嘆己之流落也。

山河千里國，城闕九重門。不睹皇居壯，安知天子尊？

《史·項羽紀》：秦地山河四塞。《禹貢》：五百里甸服，五百里侯服，乃爲今畿内千里地。《漢書》：關中左崤函，右隴蜀，金城千里，天府之國也。注：崤山在永寧，函谷在桃林。陳後主詩：「山河壯帝居。」《詩》：「在城闕兮。」顔延之詩：「城闕生雲煙。」「九重」，見上。○曹植詩：「壯哉帝皇居。」《史·高祖紀》：乃今日知爲皇帝之貴也。

皇居帝里崤函谷，雄都所據。**鶉**(首之)**野龍山侯甸服**。皇圖所拓。**五緯連影集星躔，八水分流橫地軸。秦塞重關一百二，漢家離宮三十六。桂殿陰森對玉樓，椒房窈窕連金屋。**

孔融表：帝室皇居。謝莊《太子妃哀册文》：旒景帝里。《史記正義》：崤，三崤山也，在洛州永寧縣西北二十八里。函谷關，在陝州桃林縣西南十二里。《漢·武帝紀》：元鼎三年冬，徙函谷關於新安，以故關爲弘農縣。《漢·地理志》：秦地於天官東井、輿鬼之分野也。又：自井十度至柳三度，謂之鶉首之次，秦之分也。《三秦記》：龍首山，長六十里。昔有黑龍從南山出，飲渭水，其行道因成土山，故以名焉。隋以長安城狹小，改作新都於龍首山，山首入渭水，尾達樊川。《禹貢》：五百里甸服，王城外，四面皆五百里，供田賦事，故謂甸服五百里。侯服，甸服外，四面又各五百里，爲侯國之服。○張衡《西京賦》：「五緯相汁，以旅於東井。」五緯，五星也。南北爲經，東西爲緯，星有經星、緯星。漢元年，五星聚於東井，井屬秦之分野。東廣微詩：「星變其躔。」《漢書》：日月初，躔星之紀。《音義》：躔，舍也。《三輔黃圖》：關中八水，皆出入上林苑。霸水出藍田谷，西北入渭。滻水出藍田谷，北至霸陵入霸。涇水出安定涇陽井頭山，東至陽陵入渭。渭水出隴西首陽縣鳥鼠同穴山，東北至華陰入河。豐水出鄠南山豐谷，北入渭。鎬水在昆明池北。牢水出鄠縣西，南入潦谷，北流入渭。潏水在杜陵，從皇子陂西北流經昆明池入渭。《上林賦》：「八川分流。」庾闡詩：「八流縈地軸。」《括地象》：地有三千六百軸。地常轉，故以軸言。○《史·蘇秦傳》：秦，四塞之國。費昶詩：「閶闔下重關。」《漢·高帝紀》：持戟百萬，秦得百二焉。秦地險，二萬之衆可敵百萬，故云百二。《史記》：卒踐帝祚，成於漢家。《三輔黃圖》：離宮，天子出遊之宮。《西都賦》：「離宮別館三十六所。」○《三秦記》：未央宮漸臺西有桂宮，中有明光殿。庾肩吾詩：「桂殿月偏來。」曹植《槐樹賦》：「楊蔭沈以溥覆。」《十洲記》：昆侖山，有玉樓十二所。《西都賦》：「後宮則有掖庭、椒房。」《漢官儀》：皇后以椒塗壁，取其温暖，辟惡氣，亦取椒實蕃衍之義。《靈光殿賦》：「旋室㛹娟以窈窕。」注：窈窕，深也。沈炯詩：「金屋貯阿嬌。」《漢武故事》：帝曰：若得阿嬌，當作金殿貯之。

三條九陌麗城隈，萬户千門平旦開。複道斜通鳷鵲觀，交衢直指鳳凰臺。劍履南宮入，簪纓北闕來。聲明冠猶言「被」也。**寰宇，文物象昭回。**

「三條」，見上。長安城中八街九陌。漢武帝作建章宫，千門萬户。鮑照詩：「金門平旦開。」○《三輔黃圖》：建元中，作鳷鵲觀於甘泉宮苑垣內。《爾雅》：四達謂之衢。注：交道四出。嵇康詩：「楊氏嘆交衢。」《天台山賦》：「直指高於九疑。」《一統志》：鳳女臺，在寶鷄縣東南六十里。蔣云：鳳皇臺即漸臺，秦弄玉、簫史吹簫之地，漢武帝鑄金鳳皇其上，在城之東南。然此對上「鳷鵲觀」成語，不必指古址也。○《史記》：高祖令蕭何賜帶劍履上殿。漢建尚書百官府，名曰南宮。《留侯世家》：上在洛陽南宮。何妥詩：「時幸預簪纓。」《漢書》：蕭何治未央宮，立東闕、北闕。《三輔黃圖》：未央宮雖南向，而上書奏謁之徒，皆在北闕焉，是則以北闕爲正門。陳子良詩：「履度南宮至，車從北闕來。」○《左傳》：文物以紀之，聲明以發之，以臨照百官。謂火龍黼黻，昭其文也；五色比象，昭其物也；錫鸞和鈴，昭其聲也；三辰旂旗，昭其明也。後人用「聲名」「文物」，皆本此。《說文》：寰王者，畿內縣也。《文子》：四方上下謂之宇。《詩》：

「倬彼雲漢，昭回于天。」

鉤陳肅蘭卮，璧沼浮槐市。銅羽應風迴，金莖承露起。校文天禄閣，習戰昆明水。朱邸抗平臺，謂宗室。**黄扉通戚里。**謂外戚。

《甘泉賦》：「伏鉤陳使當兵。」注：服虔曰：鉤陳，紫宫外營陳星也。《廣雅》：卮，砌也。《文選》注：肅，清明貌。《説文》：圓曰池，曲曰沼。璧沼，謂沼形如半璧也。《三輔黄圖》：漢元始四年，起明堂辟雍長安城南，北爲會市，列槐樹數百行爲隊，無墻屋，諸生朔望會此市，各持經書傳記、笙磬器物，相與賣買，雍容揖遜，或議論槐下。門外有水，以節觀者，環繞如璧。《雍録》：上林苑有槐市，士以土物來者，即市以鬻。建章宫南有玉堂，階陛皆玉爲之，鑄銅鳳，高五尺，飾黄金，栖屋上下，有轉樞，向風若翔。班固《西都賦》：「抗仙掌以承露，擢雙立之金莖。」注：金莖，銅柱也。漢武帝作承露盤，銅柱高二十丈，上有仙人掌擎玉杯，以取雲表之露。○《漢宫殿疏》：天禄麒麟閣，蕭何造，以藏秘書、處賢才也。劉向校書於此。《漢書》：武帝欲征昆明，以其地有滇池，因作池名昆明，以習水戰。昆明，西南夷國名，今雲南地。《一統志》：昆明池在陝西西安府，漢上林苑中。○謝朓詩：「黄旗映朱邸。」注：《史記》：諸侯朝天子，於天子之所立宅舍曰邸，諸侯王朱户，故曰朱邸。《史記》：梁孝王大治宫室，爲複道，自宫連屬於平臺三十餘里。漢制，宫殿門皆黄，以象土德，故云黄扉。《石奮傳》：徙其家長安戚里。注：於上有姻戚者，皆居之，故名戚里。

平臺戚里帶崇墉，外盛。**炊金饌玉待鳴鐘。**内侈。**小堂綺帳三千户，大道青樓十二重。寶**

蓋雕鞍金絡馬，行者裝。**蘭窗綉柱玉盤龍**。居者飾。**綉柱璇題粉壁映**，承上句。**鏘金鳴玉王侯盛**。承「寶蓋」句。

《蕪城賦》：「劃崇墉，刳濬洫。」戴暠詩：「揮金留客坐，饌玉待鐘鳴。」《西京賦》：「升觴舉燧，既釂鳴鐘。」○梁簡文帝《修竹賦》：「陳王歡舊，小堂佇軸。」《古樂府》：「羅帷綺帳脂粉香。」鮑照詩：「寶帳三千所，爲爾一朝容。」漢世祖於樓上施青漆，謂之青樓。後人名倡居亦曰青樓。王褒詩：「青樓臨大道，遊俠盡淹留。」鮑照詩：「鳳樓十二重，四户八綺窗。」○《古樂府》：「黄金絡馬頭。」鮑照詩：「綉柱金蓮花。」○《甘泉賦》：「珍臺閑館，璇題玉英。」注：題，頭也，榱椽之頭，皆以玉飾。劉孝綽詩：「浮光亂粉壁。」費昶《咏風詩》：「鏘金驅響至，舉袂送芳來。」《國語》：趙簡子鳴玉以相。《古詩》：「王侯多第宅。」

王侯貴人多近臣，「多」字兼王侯貴近。**朝遊北里暮南鄰**。**陸賈分金將燕喜**，**陳遵投轄正**一作「尚」。**留賓**。**趙李經過密**，**蕭朱交結親**。

《史記》：灌夫謂丞相曰：將軍貴人也。《漢·張放傳》：上欲遵武帝故事，近臣遊宴。左思詩：「朝集金張館，暮宿許史廬。南鄰擊鐘磬，北里吹笙竽。」○《漢書》：高帝遣陸賈，立南海尉佗爲王，佗送賈槖，中裝直千金。孝惠時，吕后用事。賈度不能争，出越槖，分其五子。賈乘安車駟馬，歌舞琴瑟侍者十人，因傳食焉。潘岳《西征賦》：「陸賈之優遊晏喜。」《漢書》：陳遵每大飲，輒閉門，取客車轄投井中，雖有急，終不得去。陳後主詩：「留賓作拂弦。」○蔣云：阮籍詩「西遊咸陽市，趙李相經過」，注謂李夫人、趙飛燕，非也。李是武帝時，趙是成帝時，二人原不同時。或云：趙飛燕、李平皆成帝所幸婕妤，然不應與婕妤遊。楊用修謂趙季、李款二人，皆陽翟大俠，王維詩亦有「日夜經過趙李家」，當即此二人。何元朗又謂：豈有遊咸陽而經過陽翟之趙李者？或當時偶有此二家，貴富豪舉如金、張、程、鄭之輩，與過從耳。唐云：按《谷永傳》，成帝數爲微行，多近倖小臣，趙、李從微賤專寵，則趙、李乃趙飛燕、李婕妤也。「小臣」二字本屬上文，楊用修不知句讀，妄意有姓趙名李者，淺陋甚矣。賓王借用步兵語，只言貴戚二姓，自相往來也。《漢書》：蕭育，哀帝時爲執金吾，少與御史大夫朱博爲友，著聞當世，長安語曰：蕭朱結綬，王貢彈冠。《後漢·敬王睦傳》：睦性謙恭好士，千里交結。

丹鳳朱城白日暮，青牛紺幰紅塵度。俠客金一作「珠」。**彈垂楊道，倡婦銀鈎采桑路。倡家桃李**(各)**自芳菲，京華遊俠盛輕肥。延年**(與其)**女弟雙飛入，**爲天子所召。**羅敷**(從)**使君千騎歸。**爲貴人所娶。

《杜詩注》：丹鳳城指長安，以秦弄玉吹簫鳳集而名。《雍録》：大明宮南端門曰丹鳳。戴暠詩：「丹鳳俯臨城。」《楚辭》：「願及白日之未暮。」柳顧言《死牛詩》：「一朝辭紺幰。」「青牛」，見《長安古意》注。○《列子》：俠客相隨而行。《莊子》：以隋侯之珠，彈千仞之雀。徐陵詩：「珠彈落雙鴻。」《西京雜記》：韓嫣以金爲彈，每出，兒童輒隨之，以拾所落，長安語曰：「苦饑寒，逐彈丸。」蕭子顯詩：「垂楊掛柳掃輕塵。」劉孝綽詩：「銀鈎翡翠竿。」《樂府·陌上桑》：「羅敷喜蠶桑，采桑城南隅。素絲爲籠繫，桂枝爲籠鈎。」曹植詩：「美女妖且閑，采桑岐路間。」○《楚詞》：「芳菲菲兮襲予。」《古詩》：「芳菲不相捉。」郭璞詩：「京華遊俠窟。」《論語》：乘肥馬，衣輕裘。陳良詩：「遊俠騁輕肥。」○「延年女弟」，已見。《晉·苻堅記》：苻堅寵慕容皇后，其弟慕容冲亦以男色進，人爲之歌曰：「一雌復一雄，雙飛入紫宮。」崔豹《古今注》：羅敷，邯鄲秦氏女也，爲邑人王仁妻，仁後爲趙王家令，羅敷出，采桑陌上，王登臺見而悦之，因欲奪焉，羅敷彈箏，作《陌上桑》以自明，乃止。其詞有「使君自有婦，羅敷自有夫」，又「東方千餘騎，夫婿居上頭」。

同心結縷帶，連理織成衣。春朝桂尊尊百味，秋夜蘭燈燈九微。翠幌珠簾不獨映，言其多。**清歌寶瑟自相依。且論三萬六千是，寧知四十九年非。**

庾信詩：「一寸同心縷，千年長命杯。」梁武帝詩：「繡帶合歡結，錦衣連理文。」以五色爲結同心而下垂者曰同心結，如今之流蘇。宇云：同心帶，古太子聘妃所用，乃隋煬帝烝陳皇后所贈者也。○《漢·賈誼傳》：春朝朝日。沈炯詩：「花色亂春朝。」《楚辭》：「桂酧兮蘭漿。」謂切桂置酒中也。《說苑》：鼎在其間，乃知百味。魏文帝詩：「漫漫秋夜長。」王僧孺詩：「蘭燈空百枝。」「九微」，燈名，漢時外國所貢。《武帝内傳》：張雲錦之幃，燃九微之燈。○宋文帝詩：「瑤軒籠翠幌。」鮑照詩：「珠簾無隔路，羅幌不勝風。」《金日磾傳》：莽何羅行觸寶瑟。《左傳》：輔車相依。○《古詩》：「但使百年終日醉，都來三萬六千場。」《淮南子》：蘧伯玉，行年五十，而知四十九年之非。

古來名利若浮雲，一轉入感。**人生倚伏信難分。始見田竇相移奪，俄聞衛霍有功勛。未厭**

入聲。**金陵氣，先開石椁文。朱門無復張公子，**或死亡。**灞亭誰畏李將軍。**或流落。

鮑照詩：「古來皆歇薄。」陶潛詩：「不慕榮利。」《鶡冠子》：禍兮福之所倚，福兮禍之所伏。謝惠連詩：「倚伏昧前筭。」○《漢書》：竇嬰，孝文皇后從兄子也。吴楚反，拜嬰爲大將軍，吴楚敗，封爲魏其侯，遊士賓客争歸之。田蚡，孝景王后同母弟也，竇嬰方盛，蚡爲諸曹，武帝即位，蚡爲太尉，士吏趋勢利者，皆去嬰而歸蚡。日益横，嬰益疏，不用無勢。蚡請嬰城南田，嬰大望曰：「老僕雖棄，將軍雖貴，寧可以勢相奪耶？」不許。蚡乃劾嬰，矯先帝詔，論棄市。《史記》：衛青，平陽人也，征匈奴有功，天子使使者即軍中，拜青爲大將軍，姊子霍去病，從大將軍，斬捕過當，於是以千六百户封去病爲冠軍侯，後以有功，益封三千户。曹攄詩：「廉藺門易軌，田竇相奪移。」鄒長倩《與公孫弘書》：士之立功勛效名節。江淹詩：「當學衛霍將，建功在河源。」○秦始皇以金陵有王氣，因東遊以厭之。《莊子》：衛靈公卒，葬沙丘。穿冢得石椁，有銘云：不憑其子，靈公奪我里。始皇東巡，崩於沙丘，此合用二事。《吴録》：張紘言於孫權曰：秣陵，楚武王所置，名爲金陵。秦始皇時，望氣者云金陵有王者氣，故斷連崗，改名秣陵也。○《十洲記》：藏養生而侍朱門。《文選》注：朱門，貴門也。郭璞詩：「朱門何足榮。」《漢・五行志》：成帝時，童謡曰：燕燕尾涎涎，張公子，時相見。其後帝爲微行出遊，常與富平侯張放俱称富平家人。《漢書》：李廣廢居數歲，嘗夜從一騎出，從人田間飲，還至灞陵亭，灞陵尉醉，呵止廣，廣騎曰：故李將軍。尉曰：今將軍尚不得夜行，何乃故也。止廣宿亭下。廣以爲怨，後爲將，召而殺之。

相顧百齡皆有待，居然萬化咸應改。桂枝芳氣已銷亡，柏梁高宴今何在？春去春來苦自

馳[一]**，爭名爭利徒爾爲。久留郎署終難遇，空掃相門誰見知。**名利有數，不可幸得。

沈約詩：「征馬時相顧。」蔡邕《翠鳥詩》：「雌雄保百齡。」《詩》：「居然生子。」《莊子》：若人之形者，萬化而未始有極也。〇《漢・外戚傳》：上作賦傷悼李夫人，其詞曰：秋氣憯以淒厲兮，桂枝落而銷亡。陸機詩：「芳氣隨風結。」《漢書》：武帝元鼎初，建柏梁臺，以香柏爲之，嘗置酒其上，詔群臣爲詩。沈炯《祭漢武帝陵文》：横中流於汾河，指柏梁而高宴。〇江總詩：「春去春來在須臾。」《國策》：張儀曰：爭名於朝，爭利於市。戴暠詩：「欲知佳麗地，爲君陳帝京。由來称俠窟，爭利復爭名。」王粲詩：「惜哉空爾爲。」〇《漢書》：帝見顔駟，龐眉皓首，問何時爲郎？對曰：臣文帝時爲郎，文帝好文而臣好武，景帝好美而臣貌醜，陛下好少而臣老矣。《曹參傳》：參爲齊相，有魏勃欲見參，家貧，無以自通，乃蚤夜掃舍人門外。舍人怪之，以爲物而伺之，得勃，勃曰：願見相君，無因，故爲子掃，欲以求見。於是舍人引見勃，參以爲舍人。《田單傳》：單爲臨淄市掾，不見知。

當時一旦擅繁華，自言千載長驕奢。倏忽搏風生羽翼，須臾失浪委泥沙。黄雀徒巢桂，青門遂種瓜。

《趙世家》：一旦山陵崩。《左傳》：驕奢淫泆，所自邪也。〇《莊子》：南海之帝爲倏，北海之帝爲忽。《古歌》：「倏忽淪没別無期。」《莊子》：鵬翼若垂天之雲，搏扶摇而上者九萬里。魏文帝詩：「身體生羽翼。」曹植《王仲宣誄》：遊魚失浪。郭璞《江賦》：「或混淪乎泥沙。」〇《漢・五行志》：成帝時謡曰：桂樹華不實，黄雀巢其顛。故爲人所羡，今爲人所憐。桂，赤色，漢家象。王莽自謂黄象，所謂黄雀也。《三輔黄圖》：長安城東出第一門曰霸城門，民見門色青，曰青門。邵平者，故秦東陵侯，秦破，爲布衣，貧，種瓜長安城東青門是也。

黄金銷鑠素絲變，一貴一賤交情見。俗中狀態。**紅顏宿昔白頭新**，紅顏之人交密，如從宿昔；白頭之人交疏，如新相識也。一説，言昔紅顏而今白頭，益爲人所棄也。**脱粟布衣輕故人**。**故人有湮淪，新知無意氣**。故交既已湮淪，新知亦無信義。極言時俗交態之薄也。**灰死韓安國，羅傷**言雀羅可悲。**翟廷尉**。

《國語》：衆心成城，衆口鑠金。注：鑠，銷也。劉孝威詩：「黄金坐銷鑠，白玉遂淄磷。」《淮南子》：墨子見鏈絲而泣之，爲其可以黄，可以黑。謝朓詩：「既秉丹石心，寧流素絲涕。」《史記》：翟公爲廷尉，賓客闐門。及廢，門外可設雀羅。翟公復爲廷尉，賓客欲往，翟公乃大署其門曰：一死一生，乃知交情；一貧一富，乃知交態；一貴一賤，交情乃見。○顏之推《鳴蟬篇》：紅顏宿昔同春花，素鬓俄頃變秋草。《鄒陽書》：白頭如新。《西京雜記》：公孫弘起家徒步，爲丞相，故人高賀從之，弘食以脱粟飯，覆以布被，賀怒曰：「何用故人富貴爲脱粟、布被？我自有之！」弘大慚。注：脱粟，纔脱粟而已，不精鑿也。○《楚詞》：「樂莫樂兮新相知。」《漢書》：韓安國事梁孝王，爲中大夫，後坐法抵罪，獄吏田甲辱安國，安國曰：「死灰獨不復然乎？」甲曰：「然即溺之。」

已矣哉，歸去來。三字二句。**馬卿辭蜀多文藻，揚雄仕漢乏良媒。**馬卿、揚雄去蜀仕漢，雖多文藻，終乏良媒，互文也。**三冬自矜誠足用，十年不調幾邅迴。汲黯薪逾積，**在下不進。**孫弘閣未開。**在上不招。**誰惜長沙傅，獨負洛陽才。**

《楚詞》：「已矣哉，國無人兮。」陶潛賦：「歸去來兮，田園將蕪胡不歸。」○《史記》：司馬相如者，蜀郡成都人也，字長卿，以貲爲郎，會景帝不好詞賦，因病免，客遊梁。《漢·揚雄傳》：雄，蜀郡成都人。哀帝時，丁傅、董賢用事，雄方草《太玄》，有以自守泊如也。《楚詞》：「又無良媒在其側。」○《東方朔傳》：朔，字曼倩，上書曰：「臣年十三學書，三冬文史足用。」注：貧士冬日乃得學書，言文史之事足可用也。文帝時，張釋之以貲爲騎郎，十歲不得調。又成帝時，劉向十年不調官。并見《漢書》。《楚詞》：「入溆浦余儃佪兮。」劉向《九嘆》：「下江湘以邅迴。」邅迴，不進貌。○《汲黯傳》：黯爲九卿，公孫弘、張湯爲小吏，已而弘至丞相，湯至御史大夫。黯故時丞相吏皆與黯同列，或尊用過之。黯見武帝，言曰：「陛下用群臣如積薪耳，後來者居上。上默然。」《公孫弘傳》：弘，元朔中爲丞相，起客館，開東閣，以待四方賢者。《漢書》注：閤者，小門也，東向開之，避當庭門而引賓客入也。○《漢書》：賈誼，洛陽人，年十八，河南守吴公薦其才，召爲博士，絳灌輩嫉之，黜爲長沙太傅。潘岳《西征賦》：「賈生洛陽之才子。」

王元美曰：賓王長篇，雖極浮靡，亦有微瑕，而綴錦貫珠，滔滔洪遠，故是千秋絶藝。

【原眉批】

鍾云：起語冠冕。

譚云：「一百二」「三十六」，古人用字，不苟如此。

蔣云：已上賦長安山川之勝，與其宫殿之盛。

蔣云：已上賦長安第宅之華，與其貴遊之多。

蔣云：倡美俠豪，俗尚之靡可知。

譚云：轉折變换，令人莫測。

蔣云：已上賦長安倡、俠之侈靡，人不知其非也。

蔣云：盛衰循環，良可以畏。

鍾云：盛衰何常，强弱安在？閲此令人心灰。

蔣云：赫赫功名者，讀至此，自應氣奪。

蔣云：此段言貴盛不足恃。

蔣云：此段言交情不足恃。

蔣云：此下自寓。

譚云：憤懣之懷，見于筆端。

【校勘記】

［一］苦：底本作「若」，據《全唐詩》卷七十七改。

丁仙芝

餘杭醉歌贈吴山人

餘杭，本秦舊縣，明屬浙江杭州府，仙芝嘗爲餘杭尉。

曉幕紅襟燕，春城白項烏。只來梁上語，不向府中趨。城頭坎坎鼓聲曙，滿庭新種櫻桃樹。桃花昨夜撩亂開，當軒發色映樓臺。十千兑得餘杭酒，二月春城長命杯。酒後留君待明月，賞花飲酒，飲罷待月。**還將明月送君回。**

《清溪神女歌》：「繁霜侵曉幕。」《玄中記》：胡燕斑胸聲小，越燕紅襟聲大。《左傳》：猶燕之巢于幕也。《世説》：支遁見王子猷兄弟曰：見一群白頸烏，但聞唤啞啞聲。《益部耆舊傳》：張霸爲會稽太守，民語曰：「城上烏啼哺父母，府中諸吏皆孝友。」《古樂府》：「冉冉府中趨」。○蔡琰《胡笳》：「城頭烽火不曾滅。」《詩》：「坎坎鼓我。」《毛傳》：坎坎，鼓聲也。《李陵傳》：聞鼓聲而縱。《上林賦》：「櫻桃蒲萄，羅乎後宫。」傅咸云：櫻桃爲樹則多陰，爲果則先熟，故種之於廳事前。○梁元帝詩：「庭前桃花飛已合。」陸機詩：「阿那當軒織。」《西都賦》：「蘭茝發色，曄曄猗猗。」〇《詩》：「歲取十千。」曹植《詩》：「美酒斗十千。」兑，以物交易也。《漢·地理志》：會稽郡有餘杭縣。庾信詩：「美酒餘杭醉。」又：「新年長命杯。」吴邁遠詩：「春城起春色。」〇漢楊惲詩：「酒後耳熱。」《莊子》：送君者皆自崖而反。劉孺詩：「送君追遐路。」

【原眉批】

蔣云：首四句喻吴山。

沈云：首四句宛然樂府。

蔣云：結有意趣。

卷之三　五言律

律體之興雖自唐始，蓋由梁、陳以來儷句之漸也，唐人工之者衆，習尚相高，遂臻美妙。

王績　**野望**

東皋薄暮望，徙倚欲何依。三字孕七、八句。**樹樹皆秋色，山山惟落暉。牧人驅犢返，獵馬帶禽歸。相顧無相識，長歌懷采薇。**

阮籍《奏記》：方將登于東皋之陽。陶潛賦：「登東皋以舒嘯。」《爾雅》：澤曲曰皋。按東皋曰登，則蓋謂皋邊之堤曰皋也，亦猶塘畔之堤謂之塘也。《唐・隱逸傳》：王績還鄉里，遊北山東皋，著書自號東皋子。《楚辭》：「薄暮雷電歸何憂。」《太平御覽》：日將暮曰薄暮。《卓氏藻林》：薄，迫也。《楚辭》：「步徙倚而遥思。」《文選》：「步栖遲以徙倚。」注：徙，遷移也。倚，立也。曹植詩：「宕宕當何依。」○陸機詩：「大耋嗟落暉。」蔣云：此詩起句即破題，三、四秋色補題不足。宇云：解詩者動輒説破題、稱題、補題等，殊不知古人於詩，先賦而後題，顧詩而命題，所以正相映發也。設題而賦詩，偶一有之。○《詩》：「牧人乃夢。」宗懍詩：「獵馬轉新樹。」〇《列子》：韓娥爲曼聲長歌。蘇武詩：「長歌正激烈。」《詩》：「陟彼南山，言采其薇。」《史記》：武王伐紂，伯夷叔齊義不食周粟，隱於首陽山，采薇而食之。及餓且死，作歌。唐云：按無功當隋唐之際晦迹逃名，惟以《采薇》猶露本旨。

何元朗曰：當武德之初，猶有陳、隋遺習，而無功能盡洗鉛華，獨存體質，又嗜酒誕放，脱落世事，故於情性最近。今觀其詩，近而不淺，質而不俗，殊有魏晉之風。

楊炯　**從軍行**

《樂府古題要解》：從軍行，述軍旅苦辛之詞也。

烽火照西京，胡寇近報。**心中自不平。牙璋辭鳳闕，鐵騎繞龍城。雪暗凋**不展張也。**旗畫，風多雜鼓聲。寧爲百夫長，勝作一書生。**故爲矯激語。

《史記·李牧傳》：謹烽火，多間諜。《漢書》注：邊方備胡寇，夜然火以相告曰烽，晝望其煙曰燧。《後漢·光武紀》注：邊方備警作土臺，臺上作桔槔，頭上有兜零，以薪草置其中。有寇即然火，舉之以相告，曰烽火。兜零，籠也。《六典》：鎮戍烽候所至，大率相去三十里。《胡笳》：「城頭烽火不曾滅。」《後漢書》：光武都洛陽，以長安爲西京。《孫寶傳》：心內不平。孫萬壽詩：「歸心自不平。」〇《周禮》注：牙璋，瑑以爲牙，牙齒兵象，若今以銅虎符發兵也。《郊祀志》：建章宮，其東鳳闕，高二十餘丈。師古曰：三輔故事，其闕闠上銅鳳皇即金雀也。《後漢書》：公孫瓚與子書，屬五千鐵騎於北隰之中。又見《苻堅傳》：以金甲蒙馬也。《史・衛青傳》：擊匈奴，出上谷，至龍城斬首虜數百。張震云：龍城有二，其一在大陸，曰和龍城，即燕慕容垂欲逃居之所。其一在蔚州之廣昌縣，曰伍龍城。《晉・張軌傳》：姑臧，本匈奴所築，南北七里，東西三里，地有龍形，故曰龍城。吴吴山云：按龍庭、龍岡、龍堆、龍塞，皆以形勢得名，舊注謂西胡事龍神，謬甚。○江暉詩：「雪暗馬行遲。」張震云：旗畫，旗上所畫熊虎之類也。以雪多而粉彩凋落也。余謂「凋」言旗之逢雪不展張已。旗畫，猶言畫旗也。劉孝威詩：「風多葉早枯。」《司馬法》：鼓聲不過閶。○《書》：千夫長、百夫長。《周禮》：百人爲卒，卒長皆上士。

杜少府之任蜀州

王勃

唐少府，監掌百工伎巧之政令。《唐・地理志》：垂拱二年，析益州置蜀州。於明爲崇慶州。

城闕輔三秦，別處。**風煙望五津。**往處。**與君離別意，同是宦遊人。海内存知己，天涯若比鄰。無爲**不可之辭。**在岐路，兒女共沾巾。**三、四重別，五、六輕別，七、八因以爲慰。

《始皇紀》：項籍滅秦後分其地爲三，號曰三秦。後又分爲京兆、左馮翊、右扶風，謂之三輔。按輔是三輔之意，唐以謂蜀州爲三秦之輔，誤矣。謝朓詩：「風煙四時犯。」《爾雅》：渡水處曰津。《華陽國志》：大江自前堰至犍爲有五津，曰白華津、萬里津、江首津、涉海津、江南津。○吴邁遠詩：「如何與君別？當我盛年時。」《史記·相如傳》：長卿久宦遊不遂。○《古詩》：「各在天一涯。」《胡笳》：「將我行兮向天涯。」曹植詩：「丈夫志四海，萬里猶比鄰。憂思成疾疹，無乃兒女仁。」《説文》：五家爲鄰。《周禮》：太司徒令五家爲比。○陶潛詩：「丈夫雖有志，固爲兒女憂。」張衡詩：「側身北望涕沾巾。」《説文》：巾，佩巾。

顧華玉曰：多少嘆息，不見愁語。

【原眉批】

蔣云：此等作，取其氣完而不碎，真律成之始也。

陳子昂

晚次樂鄉縣

《左傳》：凡師一宿曰舍，再宿爲信，過信爲次。《唐·地理志》：襄州襄陽郡有樂鄉縣，於明屬荆州府。

故鄉杳無際，日暮且孤征。川原迷舊國，道路入邊城。野戍荒煙斷，深山古木平。如何此時恨，嗷嗷夜猿鳴。

《荀子》：去其故鄉。木華《海賦》：「萬里無際。」《吴越春秋》：日暮路遠。陶潛詩：「懷役不遑寐，中宵尚孤征。」《漢·溝洫志》：中國川原以百數。釋弘偃詩：「川原多舊迹。」《古詩》：「道路阻且長。」

《長楊賦》：「永無邊城之灾。」舊國，謂故國，七古云「舊國存亡那得知」是也，即《望楚》詩所云「巴國山川盡」同意，言舊國所盡，使其心昏迷也。邊城，謂楚地也。大抵中兩聯皆與《望楚》詩相類。○庾信詩：「野戍孤煙起。」吴筠《吴城賦》：「古樹荒煙，幾百千年。」《高士傳》：善卷去入深山。○梁元帝詩：「如何此時別夫婿？」謝靈運詩：「嗷嗷夜猿啼。」

唐云：伯玉嘗爲武攸宜參軍，從征契丹，此詩在道而懷鄉也。吴吴山云：此詩是歸蜀途中作，若從征契丹，則不宜取道樂鄉，而三、四若非虚寫，抑不宜以樂鄉爲邊城，可疑也。余謂二説皆謬矣。若以爲自京歸蜀耶，亦不宜取道樂鄉，且通篇非歸鄉者言也。按子昂本集有《度荆門望楚》詩，曰：「遥遥去巫峽，望望下章臺。巴國山川盡，荆門煙霧開。城分蒼野外，樹斷白雲隈。今日狂歌客，誰知入楚來。」其次載此篇，則知子昂出蜀遊楚時作也。又按子昂《落第西歸》詩「征路入雲煙」，《送魏大入蜀》詩「坐看征騎没」，則「征」字通言旅行也。

【原眉批】

黄云：平淡簡遠，王、孟二家之祖。「古木平」三字，自經語化出，便見精煉。

蔣云：當此境纔有此語，無句法，無字眼，天然之妙。

譚云：「古木平」便奇，若云「山路平」，則不成語景。

蔣云：結擺開亦一轉法。

春夜别友人

本集有二首。

銀燭吐青煙，金尊對綺筵。離堂思琴瑟，别路繞山川。明月隱高樹，長河没曉天。悠悠洛陽道[一]**，此會在何年？**

《穆天子傳》：天子之寶，璇珠燭銀。郭璞曰：銀有精光如燭也。梁簡文詩：「燭銀逾漢女，寶鍔邁昆吾。」江總《貞女峡賦》：「含照耀之燭銀，溯潺湲之膏玉。」鮑照《芙蓉賦》：「耀葱河之銀燭。」江總詩：「掛纓銀燭下。」吴吴山云：燭以膏爲之，色如銀也。《古詩》：「青煙颺其間。」曹植《樂府》：「金尊玉杯不能使薄酒更厚。」范静妻詩：「綺筵日已暮。」○柳渾詩：「離堂肅已扃。」《蜀都賦》：「堂撫琴瑟。」江總詩：「偏愁别路擣衣聲。」按此及「邊月思胡笳」「思」字并去聲讀，猶言悲也。或謂從别後思堂中之琴瑟，非也。○何劭詩：「明月照高樹。」謝朓詩：「玉繩隱高樹，斜漢映層臺。離堂華燭盡，别幌清琴哀。」斯詩胚胎于此。謝莊《月賦》：「列宿掩縟長韜映。」劉繪詩：「秋雪没曉天。」按蔣注謂五、六語似秋夜，蓋古人詩只叙目前實景實情，不必有所拘顧。○陸機詩：「悠悠行邁。」注：悠悠，遠貌。陶潛詩：「來會在何年？」

田子藝曰：八腰字皆仄聲，不覺其病，然亦當戒。

【原眉批】

蔣云：起語奇拔，後來岑參多用此。

又云：五、六語佳，第「明月」「長河」，似秋夜，不見春時景。

【校勘記】

［一］道：底本訛作「去」，據《全唐詩》卷八十四改。

送別崔著作東征［一］

《六典》：著作，掌修撰碑志、祝文、祭文事。此與下《送崔融》同時作。融，字安成，齊州人，擢八科高第。武后美其文，進鳳闕舍人。少與杜審言等善。融死，審言爲服緦。

金天方肅殺，白露始專征。王師非樂戰，之子慎佳兵。二句諷時。**海氣侵南部，邊風掃北平。莫賣盧龍塞，歸邀麟閣名。**應第四句。

《吕覽》注：少皞以金德王天下，死配金，爲西方金德之帝。《思玄賦》：「顧金天而嘆息。」《漢·郊祀歌》：「秋氣肅殺。」《月令》：天子以七月白露降，命將選士，專征不義。○《詩》：「王師之所。」鍾會《檄蜀文》：王者之師，有征無戰。沈約詩：「丹浦非樂戰。」《詩》：「之子于征。」《老子》：佳兵者，不祥之器。注：謂喜用兵也。○梁元帝詩：「海氣旦如樓。」吴吴山云：南部，只指南來之部曲。或引閬州閬中郡南部縣，與東征何涉？宇云：四夷，塞外之地，總謂之海，所謂四海是也，非必海水。王僧達詩：「仲秋邊風起。」《一統志》：永平府，秦爲右北平郡，唐改平州，天寶初改爲北平郡。其地有盧龍塞，盧龍，即黑水也。北人謂黑爲盧，謂水爲龍。○《魏志》：田疇，初爲幽州牧劉虞從事，虞爲公孫瓚所害，疇乃入徐無山，躬耕以養父母。太祖北征，遣使辟疇隨軍，虜遮守蹊要，不得進。疇曰：「此道有水，淺不通車馬，深不載舟船。可回軍從盧龍口，越白檀之險，出空虚之地，路近而便。」太祖從之，與虜戰，大斬獲。論功封疇，辭不受，曰：「疇負義逃竄之人，豈賣盧龍之塞以易爵賞哉？」《漢·蘇武傳》：甘露三年，單于始入朝，上思股肱之美，乃圖畫其人於麒麟閣，法其形貌，署其官爵、姓名，凡十一人。蓋武帝作閣時獲麒麟，故以爲名。

方萬里曰：此篇平仄不粘，唐人詩多有此體。

蔣春甫曰：杜審言亦有詩，杜詩莊，此詩活；杜詩祝，此詩規。

【原眉批】

蔣云：首二句「方」「始」兩字見因時而動，故以「王師」二句承之。

鍾云：語壯調雄。

又云：且見不觀兵之至意。

【校勘記】

［一］送别崔著作東征：《全唐詩》卷八十四作「送著作佐郎崔融等從梁王東征」。

杜審言　**蓬萊三殿侍宴奉敕咏終南山**［一］

《唐會要》：貞觀間，營永安宫，後改爲蓬萊宫。咸亨初改爲含元殿，又改大明宫。北據高原，南望爽塏。每天晴日朗，南望終南，如指掌京城，坊市街陌，俯視如在檻内。《南部新書》：大明宫中有麟德殿，其殿三面，亦以三殿爲名。《一統志》：終南山，在陝西西安府城南五十里。

北斗掛城邊，南山倚殿前。雲標雲中之標。**金闕迥，樹杪玉堂懸。半嶺通佳氣，**京城所見是終南之北面，故謂爲半嶺。**中峰繞瑞煙。**皆謂相接。**小臣持獻壽，**應「南山」句。**長此戴堯天。**應「北斗」句。通篇見殿與山并高。

《晉·天文志》：北斗七星在太微北，七政之樞機，陰陽之元本，故運乎天中而臨制四方，以建四時，均五行。人君之象，號令之主。《三輔黄圖》：高祖修長安城，南爲南斗形，北爲北斗形，今人呼漢京城爲「斗城」是也。《杜詩注》：長安上直北斗，謂之北斗城。《括地志》：南山即終南山，一名太乙，一名橘山，一名周南，一名地肺。《福地記》：終南東接驪山、太華，西連太白，至于隴山，北去長安城五十里，南入楚塞，連屬東南諸山，周迴數百里。○《天台山賦》：「赤城霞起以建標。」《神異經》：西北荒中有二金闕，高百丈。《太上決疑經》：銀宮金闕，列仙所居。李巨仁詩：「雲開金闕迴。」陳定法師詩：「樹杪鎮搖風。」《方言》：木細枝謂之杪。《三輔黃圖》：未央宮有太玉堂殿。二句言三殿之「金闕」「玉堂」，與南山之「雲標」「樹杪」相接也。○「佳氣」，既見。王褒詩：「中峰雲已合。」王堯衢云：佳氣自半嶺而來，通三殿；瑞煙自中峰而迴，繞御座也。○《呂氏春秋》：湯師小臣。《詩》：「南山之壽。」梁簡文帝詩：「進爵獻壽翻翻。」《史記》：堯之爲君也，其仁如天，其智如神。後人稱堯天，本此。

蔣云：唐詩多以北斗、南山作聯。岑羲：「南山近壓仙樓上，北斗平臨魏闕前。」蘇頲：「宮中下見南山盡，城上平臨北斗懸。」宋之問：「文移北斗成天象，酒近南山作壽杯。」

【原眉批】

蔣云：看他下「掛」「倚」兩字。

鍾云：冠冕稱題。

宇云：起用北斗，亦是獻壽之伏案。

【校勘記】

［一］蓬萊三殿侍宴奉敕咏終南山：《全唐詩》卷六十二作「蓬萊三殿侍宴奉敕咏終南山應制」。

和晉陵陸丞早春遊望

晉陵，漢爲毗陵，晉更晉陵，於明爲常州府。

獨有宦遊人，偏驚物候新。雲霞出海曙，梅柳渡江春。淑氣催黄鳥，晴光轉綠蘋。四句應「物候」。**忽聞歌古調，歸思欲沾巾。**二句應「宦遊」。

「宦遊」，既見。梁簡文《晚春賦》：「嘆物候之推移。」○謝靈運詩：「雲霞收夕霏。」陶潛詩：「梅柳夾門植。」王堯衢云：日從海升，雲霞在曙光中映出，梅柳先從江南得春氣，而後渡到江北之梅柳。○陸機詩：「蕙草饒淑氣。」《詩》：「黄鳥于飛。」《楚詞》：「菉蘋齊葉兮白芷生。」江淹詩：「江南二月春，東風轉綠蘋。」王堯衢云：黄鳥之聲，爲春氣所催而出；綠蘋之葉，爲晴光所轉而生。余謂「催」字，屬「淑氣」，繫「黄鳥」，俱通。「轉」字亦然，爲日光之移轉，爲綠蘋之動發，俱通。○陶潛詩：「綿綿歸思紆。」

唐云：杜、陸俱宦遊，感春特甚。「古調」指陸之詩，歸思沾巾，見己懷之難堪也。

【原眉批】

蔣云：「獨有」「偏驚」「忽聞」是機栝。

鍾云：爛熟詩色，味却不陳。

郭云：四句俱説景，腰字俱活，眼格不甚高，起獨有力。

和康五望月有懷[一]

明月高秋迥，愁人獨夜看。暫將弓并曲，翻與扇俱團。露濯清輝苦，風飄素影寒。羅衣一此鑒，頓使别離難。言頓生别愁也。

王臺卿詩：「惟有高秋月。」梁簡文帝詩：「愁人夜獨傷。」王粲詩：「獨夜不能寐。」〇《釋名》：弦月，半之名也。其形一旁曲，一旁直，若張弓施弦也。班婕妤詩：「裁作合歡扇，團圓似明月。」〇阮籍詩：「明月耀清輝。」〇宋玉《舞賦》：「羅衣從風。」謝朓詩：「長夜縫羅衣。」阮籍詩：「薄幃鑒明月。」宇云：題曰「有懷」，第二句曰「獨夜」，則「羅衣」是指其内也。子美詩：「今夜鄜州月，閨中只獨看。」亦此詩意。

【原眉批】

蔣云：三、四近俗，俗人獨稱之，其佳思乃在五、六。

郭云：畫出光景奇幻。

黄云：于無情中生出有情。

【校勘記】

［一］和康五望月有懷：《全唐詩》卷六十二作「和康五庭芝望月有懷」。

送崔融

崔事見前。

君王行訓「方」。**出將，書記遠從征。祖帳連河闕，軍麾動洛城。旌旗朝朔氣，笳吹夜邊聲。坐覺煙塵掃，秋風古北平。**言當秋風，而掃蕩邊塵，則能復漢家之故土矣。

《詩》：「室家君王。」《左傳》：與君王哉。《史·李斯傳》：始皇行，出遊會稽。《漢·武帝紀》：天子自將待邊。《唐·百官志》：元帥節度使，有掌書記一人，或稱奏記、管記。唐云：按唐初諸帝無親將北伐者，疑武攸宜嘗封王，將兵討契丹，以融爲書記而從之也。〇《漢·疏廣傳》：設祖道，供張東都門外。張，通「帳」，竹亮反。祖者，送行之祭，因饗飲也。黄帝子壘祖，好遠行而死於道，故後人以爲行神。帳，酒幔也。河闕，即伊闕，河水所經處，故名。《古今注》：麾，所以指麾，武王右執白旄以麾是也。〇《周禮》：析羽爲旌，交龍爲旂，熊虎爲旗，龜蛇爲旐。《吴子》：旌旗麾幟，所以威目。《樂府·木蘭詞》：朔氣傳金柝。李陵書：邊聲四起。〇蔡琰《胡笳》：「煙塵蔽野兮胡虜盛。」「北平」，見上《送崔詩》。

【原眉批】

鍾云：三、四雄偉詞妙。

譚云：情事如畫。

鍾云：收句倒用奇崛。

宋之問　**扈從登封途中作**

《上林賦》：「扈從横行。」後從曰「扈」。《唐・高宗紀》：乾封元年正月戊辰，封于泰山，禪于社首。築石爲封，除地爲禪，祭天地也。詳見《史記・封禪書》。

帳殿(之所)**鬱崔嵬，仙遊實壯哉。曉雲連幕捲，**早起之景。**夜火雜星回。**晚宿之景。**谷暗千旗出，山鳴萬乘來。扈從良可賦**[二]，**終乏掞**舒贍反。**天才。**

《舊唐書》：御帳殿受朝賀。天子出行所在，以帷帳設爲宫殿，曰帷宫、帳殿。庾肩吾詩：「帳殿掩芳洲。」《詩》：「陟彼崔嵬。」《文選》注：崔嵬，高貌。蕭慤詩：「仙遊本多趣。」陰鏗詩：「新宫實壯哉。」〇范雲詩：「楚山清曉雲。」庾信詩：「空山夜火明。」〇《漢・武帝紀》：元封元年，帝親登嵩高，御史官屬在廟傍，或聞萬歲者三。注：萬歲，山神稱之也。《蜀都賦》：「蔚若相如，嚼若君平。王褒暐曄而秀發，揚雄含章而挺生。幽思絢道德，摛藻掞天庭。」

【原眉批】

鍾云：闊大，亦復温厚。「山鳴」暗用嵩呼語，妙。

又云：「谷暗」句有氣概。

黄云：壯麗之極，所謂即事即景。

【校勘記】

［一］從：底本訛作「遊」，據《全唐詩》卷五十二改。

送沙門弘景道俊玄奘還荆州應制

沙門，亦云桑門，此云勤息，謂勤修善品息諸惡故。《佛祖統記》：禪師弘景，富陽文氏，於荆州玉泉寺得度，依章安禀受止觀。自天后至中宗，凡三詔入宫供養，爲受戒師。後乞還山，帝親賦詩，令中書令李嶠等應和以爲贈。道俊，不考。《舊唐·方術傳》：玄奘姓陳氏，貞觀初遊西域，經百餘國，悉解其國語。十九年歸至京師，住慈恩寺，翻譯諸經，以京城人衆，奏請避静，高宗敕移住宜君山。

三乘歸凈域，萬騎餞通莊。就日帝居。**離亭近，彌天別路長。荊南旋杖鉢，渭北限**隔絶。**津梁。何日紆**枉也，言枉隨度門也。**真果，**真覺之果位。**還來入帝鄉。**

佛家有三乘。一曰聲聞乘，羅漢得道，全由佛教，故以聲聞爲名。二曰緣覺乘，辟支佛得道，觀因緣而成悟，故以緣覺爲名。三曰菩薩乘，菩薩，大道之人也，行六度，修萬行，功不爲己，志存廣濟，故以大道爲名。聲聞、緣覺爲小乘，菩薩爲大乘，此借以指三師已。一作「一乘」，非也。凈域，謂其寺也。《東都賦》：「千乘雷起，萬騎紛紜。」《爾雅》：六達謂之莊。此蓋詔百官餞送也。○《史記》：帝堯者，就之如日。陰鏗詩：「離亭已散人。」《高僧傳》：道安遇習鑿齒，曰：「四海習鑿齒。」安答曰：「彌天釋道安。」張正見詩：「別路已驚秋。」○《韓非子》：荊南之地。《叔孫通傳》：願爲原廟渭北。《列子》：爲世津梁。《世説》：庾公見卧佛曰：「此子疲於津梁。」謂濟度也。○陶潛詞：「帝鄉不可期。」

李嶠

長寧公主東莊侍宴[一]

《唐書》：長寧公主，中宗女，韋庶人所生，下嫁楊慎交。造第西京，右屬都城，左頫大道，築山浚池。帝及后數臨幸，置酒賦詩。《三體詩》注：唐人以別業爲莊。

別業臨青甸，鳴鑾降紫霄。長筵鵷鷺集，仙管鳳凰調。樹接南山近，煙含北渚遥。承恩咸

已醉，戀賞未還鑣。

石崇《思歸引》序：肥遁于河陽別業。注：別業，別居也。畿内之地曰甸。青，東方色。青甸，猶云東郊也。「鳴鑾」，既見。馬明生詩：「神栖紫霄内。」○吴筠詩：「鴛鷺若上天。」《唐・韋絢傳》：接武夔龍，簉羽鵷鷺。《禽經》：「寀寮雝雝，鴻儀鷺序。」注：鷺，白鷺也。小不逾大，飛有次序，百官縉紳之象也。《帝王世紀》：黄帝時，鳳凰鳴于庭，其雄自歌，其雌自舞，音如簫笙。庾信詩：「風管鳳凰吹。」此亦用弄玉事，既見七言古注。○南山，即終南山。《楚詞》：「帝子降兮北渚。」此指池，言其廣也。○王臺卿詩：「承恩奉教義。」傅玄詩：「坐咸醉兮沾歡。」《説文》：鑣，馬銜。

【原眉批】

李云：典重大雅，寫出主家富貴。

鍾云：亦質亦文。

南山在外却曰近，北渚在内却曰遥，語意不苟。

【校勘記】

［一］長寧公主東莊侍宴：《全唐詩》卷五十八作「侍宴長寧公主東莊應制」。

張説

恩敕麗正殿書院賜宴應制得林字[一]

開元十一年，玄宗置麗正書院，聚文學之士，或修文，或侍講。《唐・張説傳》：上召説與禮官學士置酒集仙殿，曰：「朕今日與賢者樂于此，當遂爲集賢殿。」乃下制，改麗正書院爲集賢殿書院，而授説院學士。

東壁圖書府，西園翰墨林。誦詩聞國政，講易見天心。從「書院」來。**位竊和羹重，**説時爲中書令。**恩叨醉酒深。**見「賜宴」意。**載歌春興曲，情竭爲知音。**可見「恩敕」。

《天文志》：東壁二星主文籍，天下圖書之府。《張説傳》：説常典集賢圖書之任。《魏志》：陳思王置西園於鄴，與諸才子夜遊賦詩。沈約詩：「西園遊上才。」《長楊賦》：「藉翰林以爲主人。」張協詩：「寄辭翰墨林。」〇《毛詩序》：治世之音安以樂，其政和。又：雅者，正也。言王政之所由發興也。《論語》：夫子至於是邦也，必聞其政。《孟軻傳》：鄒忌以鼓瑟于威王，因及國政。《漢・王莽傳》：長安國由爲講《易》祭酒。《易》：復其見天地之心乎？〇《説命》：若作和羹，爾惟鹽、梅。《詩・既醉》：「既醉以酒，既飽以德。」臣子答君恩詩也。〇陶潛詩：「春興豈自免。」《古詩》：「不惜歌者苦，但傷知音稀。」

【原眉批】

蔣云：末非應制體。

吴云：楊師道「爽氣長空浄，高吟覺思寬」，亦係應制之作，唐人固有此結法也。

【校勘記】

［一］恩敕麗正殿書院賜宴應制得林字：《全唐詩》卷八十七作「恩制賜食於麗正殿書院宴賦得林字」。

還至端州驛前與高六別處

道濟嘗貶岳州，過此驛而與高六別。及召還，而高已死，故作此詩也。道濟《至端州别高六戩》詩云：「異壤同羈竄，途中喜共過。愁多時舉酒，勞罷或長歌。南海風潮壯，西江瘴癘多。於焉復分手，此别傷如何。」

舊館分江口，凄然望落暉。相逢傳旅食，臨别换征衣。以上皆叙昔别時事。**昔記山川是，今傷人代非。往來皆此路，生死不同歸。**

《禮記》：孔子之衛，遇舊館人之喪。魏文帝《登城賦》：「望舊館而言旋。」陶潛詩：「臨路凄然。」沈約詩：「落暉映長浦。」徐增云：驛前江口，向與高六分别于此。○魏文帝《與吴質書》：旅食南館。○《胡笳》：「生死不相知兮何處尋？」《詩》：「與子同歸。」潘岳詩：「白首同所歸。」

幽州夜飲

《唐・地理志》：幽州涿郡，天寶元年更名范陽郡。於明爲燕京之地。本傳：説爲中書令，與姚崇不合，罷爲相州刺史，累貶岳州。及蘇頲爲相，陳説忠謇有勛，遷幽州都督。

涼風吹夜雨，蕭瑟動寒林。正有高堂宴，能忘遲暮心？白首慷慨。**軍中宜劍舞，塞上重笳音。**非它處宜有。**不作邊城將，誰知恩遇深？**

《月令》：孟秋之月涼風至。王粲詩：「涼風撤蒸暑。」《楚詞》：「蕭瑟兮草木摇落而變衰。」陸機《嘆逝賦》：「步寒林以凄惻。」〇《短歌行》：「置酒高堂。」《楚詞》：「恐美人之遲暮。」〇《項羽紀》：軍中無以爲樂，請以劍舞。《胡笳》：「塞上黄蒿兮，枝枯葉乾。」《樂府》：塞上曲者，古征戍十五曲之一也。陳後主詩：「切思胡笳音。」〇《説苑》：羊植，年五十爲邊城將。《後漢・賈復傳》：高密、固始、膠東三侯，恩遇甚厚。此詩言作邊城之將，遠遐無聊，然置酒于高堂，劍舞笳音，亦足適意，於是始知天子從來恩遇于我之深，在遐且不廢也，所以不忘遲暮之心歟？舊注謂倒説恩遇，未是。

孫逖　**宿雲門寺閣**

寺在浙之紹興雲門山，今名廣孝寺。《一統志》：寺本王獻之宅，嘗有五色祥雲，詔建寺，號雲門。

香閣東山下，煙花象外幽。懸燈千嶂夕，卷幔五湖秋。畫壁餘鴻雁，見有風霜侵蝕。**紗窗宿斗牛。更疑天路近，夢與白雲遊。**

庾信詩：「尚聞香閣梵。」《一統志》：東山，在上虞縣西南四十五里。沈約詩：「煙花繞曾曲。」孫綽《天台山賦》：「散以象外之説。」〇《廣韻》：嶂，山峰如屏障者。《周禮》：揚州，其浸五湖。《一統志》：太湖，《禹貢》謂之震澤，《爾雅》謂之具區，《國語》謂之五湖。虞翻云：水通五道，謂之五湖。其地跨蘇、常、嘉、湖四府界。《義興記》：大湖、射湖、貴湖、陽湖、洮湖爲五湖。〇劉孝威詩：「紗窗相向開。」《晉・張華傳》：斗牛之間常有紫氣。〇枚乘《樂府》：「天路隔無期。」《南齊・高逸傳》：褚白玉居瀑布山。王僧達《答丘珍孫書》曰：褚先生從白雲遊舊矣。

【原眉批】

蔣云：多寫高意。

譚云：可稱當家。

周云：三、四遠興，妙。

黃云：一片元氣，莫作清鬆看。

玄宗皇帝

幸蜀西至劍門

蔡邕《獨斷》：天子所至曰幸。《寰宇記》：以大劍山至此有隘束之路，故曰劍門。已見前《哀江頭》詩注。玄宗幸蜀，回車駕次劍門，顧謂侍臣曰：劍門天險若此，自古及今，敗亡相繼，豈非在德不在險耶？因駐蹕題詩。

劍閣橫雲峻，鑾輿出狩回。訓「轉回」，不爾，歸途之作。**翠屏千仞合，丹嶂五丁開。灌木縈旗轉，仙雲拂馬來。乘時方在德，嗟爾勒銘才。**信然其言。

《水經注》：小劍去大劍三千里，連山絕險，飛閣相通，故名劍閣。《西都賦》：「乘鑾輿，備法駕。」《晏子》：天子適諸侯曰巡狩。《左傳》：天王狩于河陽。玄宗蒙塵于蜀，托言出狩。○《天台山賦》：「搏壁立之翠屏。」張載《劍閣銘》：「是曰劍閣壁立千仞。」《輿地廣記》：秦惠王欲伐蜀，聞蜀有五丁力士壯勇，乃以鐵作牛五頭，詐稱其牛食粟，日糞金三斗。蜀侯聞之，使五丁開山入秦取牛，秦蜀之路遂通。五丁死，秦滅蜀。○《詩》：「黃鳥于飛，集于灌木。」灌，叢也。蕭詮詩：「別有仙雲起。」梁元帝《雨詩》：「拂馬似塵飛。」○《吳越春秋》：昔湯武乘四時之利而制夏殷。《國策》：吳起對魏武侯曰：在德不在險。《詩》：

「嗟爾君子。」《後漢書》：中護軍班固勒銘燕然山。《晉書》：張載，字孟陽，博學有文章。太康初，至蜀省父，道經劍閣，載以蜀人恃險好亂，因著銘以作誡。益州刺史張敏見而奇之，乃表上其文，武帝使鐫于劍閣山焉。其辭曰：「在昔武侯，中流而喜。山河之固，見屈吴起。興實在德，險亦難恃。覆車之軌，無或重迹。勒銘山阿，故告梁益。」

【原眉批】

蔣云：天藻蔚然，詞人鮮及。

塞下曲

李白

塞下曲，樂府題，征戍十五曲之一。

塞虜乘秋下，天兵出漢家。將軍分虎竹，戰士卧龍沙。邊月隨弓影，胡霜拂劍花。「月弓」「霜劍」，映帶爲語。**玉關殊未入，**還入也。**少婦莫**訓「豈不」。**長嗟。**

《漢書》：匈奴至秋，馬肥弓勁，則入塞。《長楊賦》：「天兵四臨。」《叔孫通傳》：卒爲漢家儒宗。

○徐陵詩：「將軍擁節起，戰士夜鳴弓。」鮑照詩：「留我一白羽，將以分虎竹。」《漢·文帝紀》注：漢置郡國，將置銅虎符、竹使符，各分一半，左留京，右與之。發兵遣，至郡合符，符合，乃發。《後漢·班超傳》：

坦步蔥雪，咫尺龍沙。注：白龍堆，沙漠也。吴吴山云：按虎、竹，二符名；龍、沙，二地名。對仗精切。舊注龍庭之沙，殊謬。○《胡笳》：「胡風夜夜吹邊月。」伏知道詩：「試將弓學月，聊持劍比霜。」鮑照詩：「旌甲被胡霜。」明餘慶詩：「劍花寒不落，弓月曉逾明。」○《後漢書》：班超久在西域，年老上疏：「臣不敢望酒泉郡，但願生入玉門關。」注：玉門關，屬敦煌郡，今沙州也，去長安三千六百里。梁武帝詩：「少婦獨閑暇。」

【原眉批】

鍾云：神韻超邁，氣復宏逸，盛唐絶作。

譚云：如睹西施之貌，雖淡妝，亦是妙態。

秋思

《述注》：按春、秋二思，古無此曲，梁蕭子雲有此，豈太白亦擬之耶？唐云：秋思，古琴操商調之曲。

燕支夫所居。**黄葉**（應）**落，妾望自登臺。海上碧雲斷，單于秋色來。胡兵沙塞合，漢使玉關回。征客**指夫。**無歸日，空悲蕙草摧。**

《西河故事》：祁連、燕支二山，在張掖、酒泉二界上，東西二百餘里，南北百里，有松柏五本，美水草，冬温夏凉，宜畜收養。匈奴失二山，乃歌曰：亡我祁連山，使我六畜不蕃息；失我燕支山，使我婦女無顔色。《北邊備對》：删丹縣有焉支山，説者曰：閼氏也，今之燕脂也，此山産紅藍，可爲燕脂，而閼氏資以爲飾，故失之則婦無顔色。《一統志》：燕支山，在陝西山丹衛城東南，亦謂閼支山。燕支，即胭脂也，山出此草染造。梁簡文《樂府》：「輕霜中夜下，黄葉遠辭枝。」曹植賦：「聊登臺以娱情。」〇《公孫弘傳》：弘牧豕海上。江淹詩：「日暮碧雲合。」《漢·匈奴傳》：單于者，廣大之貌。言其象天單于，然也。宇云：三、四句即登臺所見之景也。斷者，與海上斷絶也。單于，廣大之貌，謂天也。來者，秋色也。唐解「斷」以「音問絶」，解「來」以「單于入寇」，并非。〇《李廣傳》：胡兵終怪之，不敢擊。丘遲《與陳伯之書》：北狄野心，掘强沙塞之間。《張騫傳》：漢使窮河源。沈約詩：「流淚對漢使。」〇鮑照詩：「秋草泣征客。」《風賦》：「獵蕙草，離秦蘅。」王逸注：蕙，香草也。吴吴山云：蕙草摧，只自傷，秋至，芳香零落耳。舊注「佩以宜男」，欠雅。宇云：《述注》曰：漢使之出關者，亦既回矣，今而不歸，是無歸日矣。是也。唐《解》誤。

送友人

青山横北郭，白水繞東城。此地一爲別，孤蓬萬里征。極弘遠。**浮雲遊子意，落日故人情。**極輕便。**揮手自茲去，蕭蕭班馬鳴。**極凄楚。

《古詩》：「夕宿青山郭。」吴筠詩：「驅車還北郭。」《古逸詩》：「皓皓白水。」《古詩》：「東城高且長。」○《蕪城賦》：「孤蓬自振。」魏武帝詩：「田中有轉蓬，隨風遠飄揚。」薛道衡詩：「今夜寒車宿，明朝轉蓬征。」蓬，草也，無根而隨風飄轉者，以喻客遊也。劉删詩：「安知萬里蓬。」○《漢書》：高祖曰：遊子悲故鄉。《古詩》：「浮雲蔽白日，遊子不顧返。」任昉詩：「一朝萬化盡，猶我故人情。」吴吴山云：「浮雲」二句即景寫情，覺天壤之間無非別意，若止以浮雲易散、落日難留作比擬解，淺之于言詩矣。○劉鑠詩：「揮手從此辭。」《詩》：「蕭蕭馬鳴。」《左傳》：有班馬之聲。班，別也。夜遁，馬不相見，故作離別聲也。

【原眉批】

蔣云：三、四不如此接，便無生氣。

葉云：二句不對，起二句先對，所謂借春對。

鍾云：不刻不淺，自是爽快。

送友人入蜀

見説蠶叢路，崎嶇不易行。山從人面起，雲傍馬頭生。芳樹籠秦棧，春流繞蜀城。險難處亦有風景可慰。**升沈應已定，不必問君平。**

《蜀王本紀》：黄帝子曰昌意，娶蜀山氏女，生帝嚳，後封其支庶於蜀。歷夏、商，始稱王，首名蠶叢。

《南都賦》：「下蒙籠而崎嶇。」《廣雅》：崎嶇，傾側也。《古詩》：「黄金絡馬頭。」○阮籍詩：「芳樹垂緑葉。」《蔡澤傳》：棧道千里，通於蜀漢。路險不容行，架木而渡，名曰棧道。何遜詩：「遽逐春流返。」○李蕭遠《運命論》：升之於雲則雨施，沈之於地則土潤。《漢書》：嚴君平卜筮于成都市，以爲卜筮者賤業，而可以惠衆。有邪惡非正之問，則依蓍龜爲言利害。日裁閲數人，得百錢，足自養，則閉肆下簾，而授《老子》。

【原眉批】

蔣云：三、四是真境。

又云：結用蜀事，達生之言。

秋登宣城謝脁北樓

《唐・地理志》：宣州，寧城郡有宣城縣，明屬寧國府，漢丹陽郡地。《一統志》：北樓在寧國府治北，南齊時謝脁建。脁，南齊時爲宣城内史，有高齋諸詩，樓即高齋，唐改今名，在郡中。

江城如畫裏，山曉望晴空。兩水夾明鏡，雙橋落彩虹。人煙寒橘柚，秋色老梧桐。誰念北樓上，臨風懷謝公。

《宣州圖經》：宛溪、句溪兩水繞郡城，各有橋。《一統志》：雙溪，在寧國府城下，二水合流。又：鳳皇橋，在府城東南泰和門外。濟川橋，在府東陽德門外。并隋開皇中建。《楚詞》：「建彩虹以標指。」《春秋元命苞》：虹蜺者，陰陽之精，雄曰虹，雌曰蜺。〇曹植詩：「千里無人煙。」《禹貢》：厥包橘柚錫貢。《史記正義》：小曰橘，大曰柚。《漢書》注：柚，即橙也，似橘而大，味酢皮厚。《古詩》：「橘柚重花實。」《詩》：「梧桐生矣。」魏文帝詩：「梧桐生空井。」〇沈約詩：「荷花建北樓。」《楚辭》：「臨風恍兮浩歌。」李陵書：臨風懷思，能不依依。

王元美曰：黄魯直更太白句曰：「人家圍橘柚，秋色老梧桐。」只改兩字而醜態畢具，真點金作鐵手耳。

【原眉批】

蔣云：中二聯言景，所謂江城如畫者。

孟浩然　**臨洞庭**[一]

《唐·地理志》：岳州巴陵郡有巴陵縣，有洞庭山，在洞庭湖中。《一統志》：洞庭湖在岳州府城西南，即《禹貢》所謂九江也。横亘七八百里。本集下有「上張丞相」四字。

八月湖水平，涵虚混太清。氣蒸雲夢澤，波撼岳陽城。欲濟無舟楫，目前感寓，轉言不才。**端居耻聖明**（之時）。**坐觀垂釣者，徒有羡魚情。**

《莊子》：水流乎無形，發泄乎太清。《吳都賦》：「迴曜靈於太清。」注：太清，謂天也。〇《參同契》：山澤氣蒸。《禹貢》：雲土夢作乂。「雲」與「夢」本二澤而相連，方八九百里，跨江南北，華容、枝江、江夏皆其地也，合舉之則曰「雲夢」。《周禮》：正南荊州，其澤曰雲夢。《荊州記》：華容縣南有雲夢澤，一名巴丘湖，荊之藪也。《一統志》：雲夢澤，在德安府安陸縣南五十里。《說文》：撼，搖也。《地理志》：岳州，在岳之陽，故曰岳陽。有君山、洞庭之勝。范致明《岳陽風土記》：孟浩然洞庭詩有「波撼岳陽城」，蓋城據湖東北，湖面百里，常多西南風，夏秋水漲，濤聲喧如萬鼓，晝夜不息。〇《書》：若濟巨川，用汝爲舟楫。許善心詩：「端居留眷想。」《論語》：邦有道，貧且賤焉，恥也。馬融《忠經》：君德聖明，忠臣以榮。〇劉導詩：「垂釣蓮葉東。」《漢·董仲舒傳》：臨淵羨魚，不如退而結網。余謂浩然借用此語，言吾既無應世之才，觀夫垂釣者以有羨魚之情已，它無所羨，可知矣。

劉會孟曰：起得渾渾，稱題，「蒸」「撼」自然不是下字，而氣概横絶，樸不可易。「端居」感興深厚，末語言有盡而意無窮。

【原眉批】

蔣云：五字分明，秋水澄潭。

鍾云：二、三氣概横絶，五、六感慨深厚，言有盡而意無窮。

蔣云：後四句寓己意。

【校勘記】

［一］臨洞庭：《全唐詩》卷一百六十一作「望洞庭湖贈張丞相」。

題義公禪房［一］

義公習禪寂，結宇依空林。户外一峰秀，階前衆壑深。夕陽連雨足，雨將霽而猶下，夕陽斜照其脚，雨與晴接，故曰「連」。**空翠落庭陰。看取蓮花净，方知不染心。**

《維摩詰經》：一心禪寂，攝諸亂惡。張協詩：「結宇窮岡曲。」《寶積經》：於空林中常行梵行。謝靈運詩：「卧痾對空林。」〇《莊子》：户外之屨滿矣。陳後主詩：「一峰遥落日。」梁元帝詩：「曉霧晦階前。」〇張協詩：「雨足灑四溟。」陳後主詩：「歛霧含空翠。」劉瑗詩：「移榻坐庭陰。」〇《維摩經》：譬如高原陸地不生蓮花，卑濕淤泥乃生是花。《華嚴經》：處世界如虛空，如蓮花不着水，心清净超於彼。《千手經》：無染着心是。

【原眉批】

蔣云：秀語可餐。

鍾云：都從空際設色。

【校勘記】

［一］題義公禪房：《全唐詩》卷一百六十作「題大禹寺義公禪房」。

王維　**終南山**

詳見上。

太乙近天都，高。**連山到海隅。**廣。**白雲回望合，**後顧則雲埋迹。**青靄入看無。**前進則靄從開。**分野中峰變，陰晴衆壑殊。欲投人處宿，隔水問樵夫。**

《西京賦》注：終南，南山之總名。太乙，一山之别號。吴吴山云：太乙，是南山最高處。天都，猶言帝座也。唐云：「近天」，狀其高。「到海」，言其迴。徐增云：天都，帝城也。唐都西安，終南屬西安，相去六十里，故曰近也。亦通。蓋以近帝城而到于海隅，則山之廣大亦可知矣。謝朓詩：「未辨連山極。」《書》：光天之下至于海隅蒼生。〇《天文志》：天有十二次，地有十二辰。保章氏以星土辨九州，故曰分野。蔣云：曰「中峰變」者，中峰之北爲雍，爲井鬼，其南則爲梁，爲荆，爲翼軫也。庾信《終南山》詩：「鵠蓋上中峰。」吴吴山云：洪昉思云：分野，「分」當讀去聲，與陰晴對，言星之分、土之野也。言中峰之間而分野既異，衆壑之際而或晴或陰，極言其廣大已。○《長楊賦》：「士有不談王道者，則樵夫笑之。」

劉會孟曰：語不必深僻，清奪衆妙。

【原眉批】

鍾云：末語流麗。

過香積寺

《雍録》：香積寺，在長安南山子午谷正北。郭子儀收長安，陳于寺北。

不知香積寺，數里入雲峰。古木無人徑，深山何處鐘。泉聲咽危石，日色冷青松。薄暮空潭曲，安禪制毒龍。

《維摩經》：上方有國，號香積，以鉢盛滿香飯，悉飽衆僧。寺名香積，取此。謝靈運詩：「滅迹入雲峰。」吴吴山云：此詩乃過香積寺，非故往香積寺，故以「不知」二字起，次句緊承「不知」二字來。○沈約詩：「都令人徑絶。」《天台山賦》：「卒踐無人之境。」○《北山移文》：「石泉咽而下愴。」岑德潤詩：「當階聳危石。」江淹詩：「日色半虧天。」潘尼詩：「青松蔭修嶺。」○江淹詩：「石室乃安禪。」《法苑珠林》：西方有不可依山，山中有池，毒龍居之。槃陀王學婆羅門咒，四年之中，善得其術。就池咒龍，龍化爲人，悔過向王，王乃捨之。《戒本》：伏龍比丘，能伏毒龍。毒龍，以喻欲心也。

顧與新曰：一正副幽深，本色語不雜一句，潔净玄微，無聲無色。

【原眉批】

蔣云：「不知」字玄妙，模寫幽深處。三、四甚淺易，甚深遠，非尋常語。五、六即景，襯貼荒深意。

沈云：「咽」「冷」見用字之妙。

鍾云：潔而渾，中晚人有此法，多失于單。

登辨覺寺

寺無考，應是荆楚間山寺。

竹徑從初地，蓮峰出化城。窗中三楚盡，林上九江平。嫩草承趺坐，長松響梵聲。空居法雲外，觀世得無生。

《三輔决録》：蔣詡竹下開三徑。梁元帝詩：「竹徑露初圓。」釋惠標詩：「霧捲蓮峰出。」《楞嚴經》：初地菩薩見自身真如佛性，名見道位。《法華經》：導師於險道中化作一城，是時，疲極之衆前入大城，生已度安穩之想。「初地」借言入寺路，「化城」借爲寺稱。○謝朓詩：「窗中列遠岫。」阮籍詩：「三楚多秀士。」沛、陳、汝南等地爲西楚，彭城、廣陵等地爲東楚，豫章、長沙等地爲南楚。《江賦》：「流九派乎潯陽。」《水經》：江出岷山，其源若瓮口，在益州，潛行地底數里，至楚都遂廣十里，至潯陽分注九道，故曰九江。《潯陽地記》：九江，一烏白江，二蜯江，三烏江，四嘉靡江，五畎江，六源江，七廩江，八提江，九菌江。蔣云：九江即洞庭，沅、漸、元、辰、敘、酉、澧、資、湘皆合於洞庭，是名九江。○《華嚴經》：地草柔軟，結跏趺坐。《因果經》：釋提桓因化爲凡人，執浄軟草。菩薩問言：汝名何等？答名吉祥。菩薩聞之，心大歡喜，言：汝手中草，此可得不？於是吉祥即便授草，菩薩敷以爲座，而結跏趺坐。《坐禪儀》：結跏趺坐，先以左足安右脞上，右足安左脞上，次以左掌安右掌上，以兩大拇指面相柱，乃正身端坐。劉琨詩：「繫馬長松下。」梁簡文詩：「梵聲依於應塔。」《長阿含經》：梵聲有五種：一正直，二和雅，三清徹，四深滿，五周遍遠聞。○菩薩十地，第十名法雲地，慈陰妙雲，覆涅槃海。陳何處士詩：「香蓋法雲起。」《瓔珞經》：觀世如幻化。《楞伽經》：除住三昧，是名無生。《維摩經》：天女所願具足得無生法忍。

方萬里曰：此似是廬山僧寺，三、四形容廣大，其語即無雕刻，而「窗中」「林上」四字，一了數千里，佳甚。

【原眉批】

譚云：妙在實處運虛。

送平淡然判官[一]

不識陽關道，新從定遠侯。黄雲斷春色，畫角起邊愁。瀚海經年别，交河出塞流。絶塞之愁，流年之悲，二句互見。**須令外國使，知飲月支頭。**

《唐書》：敦煌郡西有陽關，在玉門關南，故名曰陽。《一統志》：陽關，在陝西廢壽昌縣西六里。庾信詩：「陽關萬里道，不見一人歸。」《後漢·班超傳》：出征西域安集五十餘國，封定遠侯。○梁武陵王紀詩：「塞外無春色。」張正見詩：「風前噴畫角。」蘇子卿詩：「邊愁酒上寛。」○《漢·霍去病傳》：登臨瀚海。注：北海名。《唐·地理志》：北庭大都護府有瀚海軍。瀚海地皆沙磧，群鳥解羽於此，因名。交河，源出天山，其水分流，繞斷岸下，俱在今肅州衛西北。肅州，即敦煌也。《嚴助傳》：歷歲經年，士卒罷倦。王褒詩：「經年一去不相聞。」○陸賈《新語》：將帥横行，以服外國。月支，在大宛西，今凉、甘、肅、延、沙等州，本月支地。《匈奴傳》：匈奴破月支王，以其頭爲飲器。

【原眉批】

鍾云：「斷」字妙。

又云：尾聯略見振作。

唐云：月支本蠻夷自相滅，今借用爲漢事，方覺有味。

【校勘記】

［一］淡：《全唐詩》卷一百二十六作「澹」。

送劉司直赴安西

《唐書》：司直，屬大理寺，掌出使推安。安西，見《驄馬行》注。

絶域陽關道，胡沙一作「煙」。**與塞塵。三春時有雁，萬里少行人。苜蓿隨天馬，蒲萄逐漢臣。**言皆貢來也。**當令外國懼，不敢覓和親。**

《管子》：能威絶域之民。「陽關」，見上。《匈奴傳》：胡地沙鹵，多乏水草。《樂府》：「胡沙没馬足。」○李陵書：相去萬里，人絶路殊。《詩》：「行人彭彭。」李陵詩：「行人懷往路。」○《漢·西域傳》：大宛人嗜蒲萄酒，馬嗜苜蓿草。武帝遣李廣利伐大宛，取其善馬并苜蓿種而歸。《西京雜記》：樂遊苑有苜蓿，一名懷風，風在其間，常蕭蕭然，日照其花有光采。《史記》：得大宛汗血馬，名爲天馬云。又：離宮、別館旁盡種蒲桃、苜蓿，皆自大宛取其實來。《圖經》：蒲萄，生隴西五原敦煌山谷，苗作藤蔓而極長綿，被山谷中，花極細而黄實，有紫、白二色，皆七、八月熟，取其汁可以釀酒。李陵書：子初爲漢臣。和親事見《史記·劉敬傳》。

【原眉批】

蔣云：起便酸楚，中俱實境實事。

鍾云：情景兩得。

又云：還是能用意。

送邢桂州[一]

唐武德間置桂州都督府，明廣西桂林府是也。

鐃吹喧京口，風波下洞庭。赭圻將赤岸，擊汰復揚舲。日落江湖白，潮來天地青。明珠歸合浦，應逐使臣星。

《釋名》：鐃，聲鐃鐃也。竹曰吹，吹，推也，以氣吹發其聲也。《唐書·樂志》：凡鼓吹五曲，部三鐃吹。劉孝綽詩：「鐃吹臨風警。」《一統志》：鎮江府，漢屬會稽郡，三國吳初都于此，及遷都秣陵，乃置京口鎮，唐置潤州。吴吴山云：按鎮江府有京峴山，其大江一名京江，故其江口名京口也。舊注引《爾雅》「絶高爲京」，以其城因山爲壘，緣江爲境，故名京，是京反以城得名，恐不然也。《楚詞》：「順風波而流徙。」柳惲詩：「行役滯風波。」《楚詞》：「洞庭波兮木葉下。」〇《一統志》：赭圻城，在太平府繁昌縣西南十里，晋桓温入朝，至赭圻，有詔止温，温遂築城居此。又：赭圻城在寧國府南陵縣北，西臨大江，吴所置赭圻屯所也。枚乘《七發》：「凌赤岸，篲扶桑。」《兖州記》：瓜步山東五里有赤岸山，南臨江中，潮水自海入江，衝激六七百里，至此岸其勢始衰。《楚詞》：「乘舲船于上流兮，齊吴榜以擊汰。」劉孝威詩：「揚舲濯錦頭。」船有窗户曰舲。汰，水波也。〇謝惠連詩：「日落泛澄瀛。」《史記》：范蠡乘扁舟浮於江湖。〇《後漢·循吏傳》：漢順帝朝，孟嘗遷合浦太守，合浦産珠，前守貪穢，珠徙他境。嘗廉介不取，去珠復還。《詩·小序》：《皇皇者華》，君遣使臣之詩。《後漢·方術傳》：李郃善河圖風星，和帝遣使者微服單行，各至州縣觀采風謡，使者二人當到益部投郃候舍。時夏，夕露坐，郃因仰觀問云：二君發京師時，寧知朝廷遣二使耶？二人默然，驚相視曰：不聞也，何以問之？郃指星示曰：有二使星向益州分野，故知之耳。《晋·天文志》：流星，天使也。

【原眉批】

蔣云：三、四各自爲對。五、六非對境不見。

鍾云：奇甚。

譚云：爽甚。

沈云：末諷以不貪。

【校勘記】

［一］邢：底本訛作「刑」，據《全唐詩》卷一百二十六改。

使至塞上

單車欲問邊，屬國過居延。(爲)**征蓬出漢塞，**(與)**歸雁入胡天。大漠孤煙直，長河落日圓。蕭關逢候騎，**一作「吏」。(問知)**都護在燕然。**

《漢·循吏傳》：龔遂單車獨行至府。李陵《與蘇武書》：足下以單車之使，適萬乘之虜。《蘇武傳》：武爲典屬國。漢武置屬國都尉，主蠻夷降者，存其國號而屬漢，故曰「屬國」。《史記》：驃騎將軍逾居延至祁連山。張晏曰：居延，水名。師古曰：匈奴中地名。蔣云：居延，古流沙也，城在陝西甘州。〇《古樂府》：「翩翩飛蓬征。」沈約詩：「豈恨逐征蓬。」《匈奴傳》：單于既入漢塞。潘岳詩：「歸雁映蘭時。」〇《漢·匈奴傳》：匈奴浮西海，絶大漠，以要疲漢兵。注：沙磧廣莫，望之漠漠然也。范雲詩：「天末孤煙起。」應瑒詩：「浩浩長河水。」〇「蕭關」，見七古《胡笳歌》。何遜詩：「候騎出蕭關。」《後漢·王霸傳》：候吏還白，河水流澌。《説文》：候，伺望也。「都護」，見七古《驄馬行》。陸機詩：「往問陰山候，勁虜在燕然。」《一統志》：燕然山，去塞三千餘里。後漢竇憲大破北單于，登燕然山，命班固刻石勒功。

【原眉批】

蔣云：壙遠之景，孤煙如何直，須要理會。

譚云：結處有骨。

鍾云：此等詩，才調雖乏，神韻有餘。

觀獵

《白虎通》：田獵，四時之田，總名爲田，除害也。《尸子》：虙羲氏之世，天下多獸，故教人以獵。

風勁角弓鳴，將軍獵渭城。草枯鷹眼疾，雪盡馬蹄輕。忽過新豐市，還歸細柳營。回看射雕處，千里暮雲平。

唐太宗《菊詩》：「風勁淺殘香。」《詩》：「騂騂角弓。」《一統志》：渭城，在西安府長安縣，秦孝公所居，漢高帝名新城，武帝名渭城。○《南史》：裴子野居墓所，草爲之枯。魏彥深《鷹賦》：「眼類明珠，毛猶雪霜。」《莊子》：馬蹄可以踐雪霜。○「新豐」，見七古《畫馬引》。《括地志》：細柳營，在雍州咸陽縣西南，漢周亞夫屯兵處，令軍營皆樹柳。○《李廣傳》：天子使中貴人從廣擊匈奴，中貴人將騎數十縱，見匈奴三人，與戰。三人還射，傷中貴人，中貴人走廣，廣曰：「是必射雕者也。」遂從百騎往馳三人，而廣身自射彼三人者，殺其二人，生得一人，果匈奴射雕者也。《北史》：斛斯光嘗射一大禽，形如車輪而下，乃雕也。邢子高曰：「此真射雕手。」按此詩正用斛斯光事。若爲用李廣事，則迂矣。《禽經》：鶡玄曰雕。注：色淺黑而大者。已見七古《城傍曲》。虞羲詩：「長城地勢險，萬里與雲平。」宇云：將軍既歸營而回看其射雕處，則衹見暮雲平也。借故事以爲今事，亦以見幕下有射雕手也。唐《解》誤矣。余謂題云「觀獵」，則回看亦自觀獵者言之也。通篇可見行裝之嚴整，進退之捷疾，原野之掃蕩矣。此亦可謂射雕手矣。

蔣云：發端近古，武元衡「草枯馬蹄輕，角弓勁如石」，正用右丞語。「枯」而「疾」，「盡」而「輕」，甚妙，便是鷙鷹駿馬矯健當前。

【原眉批】

劉會孟云：極是畫意。

鍾云：二句同是奇語，上句險，下句秀。

吴云：新豐、細柳，往來倏忽，何其儇疾。

蔣云：結處澹而有味，可玩。

岑參

送張子尉南海

唐廣州南海縣屬嶺南道，明屬廣東廣州府，縣令官屬有尉。

不擇南州尉，地僻官微。**高堂有老親**（故也）。**樓臺重蜃氣，邑里雜鮫人。海暗三山雨，花明五嶺春。此鄉多寶玉，慎勿厭清貧。**

《家語》：家貧親老者，不擇禄而仕。《楚詞》：「喜南州之炎德。」《招魂》：「高堂邃宇，檻層軒些。」宋子侯詩：「挾瑟上高堂。」《鹽鐵論》：審老親之腹。○《天官書》：海旁蜃氣象樓臺。《雜兵書》：蜃形似螭龍，有耳有角，背鬣作紅色，腰以下鱗盡逆。嘘氣成樓臺人物之形，望之丹碧，隱然如在煙霧，將雨即見，謂之海市。謝朓詩：「邑里向疏蕪。」《博物志》：南海外有蛟人，水居如魚，不廢織績，其眼能泣珠。《南都賦》注：鮫人，水底居，出，寄寓人家賣綃。臨去，從主人索器，泣而出珠滿盤。○南州臨海有三山，番山、禺山、堯山也。又羅浮山，三山之總名。謝靈運詩：「越海凌三山。」《張耳傳》：南有五嶺之戍。師古注：嶺者，西自衡山之南，東窮于海，一山之限耳，而別標名，則大庾、始安、臨賀、桂陽、揭陽爲五嶺。○《晉·良吏傳》：廣州包帶山海，珍異所出，一篋之寶，可資數世。吴隱之爲廣州刺史，清操逾厲，歸舟之日，裝無餘資。《南史》：周顒清貧寡欲。徐子擴曰：首尾有規意，始言養親，故不擇小官；終言守己，故不貪重寶。

【原眉批】

鍾云：「不擇」妙，即所謂高士爲主簿之意。

譚云：「雜鮫人」三字，寫盡殊俗。

又云：不曰「勿貪」，而曰「勿厭貧」，立言妙。

寄左省杜拾遺

《舊唐・職官志》：門下省，龍朔中改爲東臺，故稱左省。又：門下左拾遺二員，掌供奉諷諫。《文藝傳》：肅宗立，杜甫奔行在上謁，拜左拾遺，甫薦參擢右補闕。

聯步趨丹陛，喜同朝。**分曹限紫微。**恨異署。**曉隨天仗入，暮惹御香歸。白髮悲花落，青雲羨鳥飛。聖朝無闕事，自覺諫書稀。**

《禮記》：連步以上。杜預表：珥筆丹陛。《玉篇》：陛，天子階也。以朱塗階，故曰「丹陛」。《釋名》：同事曰曹。《晋書・天文志》：紫微，天帝之座。《初學記》：唐改中書省曰紫微省。《花木考》：紫微，俗名怕癢。唐省中植此，取其花久也。吴吴山云：按紫微本星垣，因紫微之名而植之于省，後遂承訛耳。時參爲補闕，屬中書，居右署。甫爲拾遺，屬門下，居左署。故云「分曹」。○仗，刀戟總名，殿下兵衛曰仗。《唐書・儀衛志》：朝會之仗，三衛番上，分爲五仗，皆帶刀捉杖，列于東西廊下。何遜詩：「同惹御香芬。」○吴質《牋》：白髮生鬢。陶潛詩：「白髮被兩鬢。」陸機詩：「仰瞻凌霄鳥，羨爾歸飛翼。」宇云：詩用「青雲」，意固有二，此則謂世外之高志。《北山移文》「干青雲而直上」，亦與此同。○《漢・師丹傳》：註誤聖朝。《古樂府》：「今我聖朝應太平。」《詩》：「衮職有闕，維仲山甫補之。」岑時爲右補闕，故言。《漢・儒林傳》：王式繫獄，治軍使者責問曰：師何以亡諫書？

【原眉批】

鍾云：寫得雍容，有體有度，與子美左省詩相敵。

蔣云：結有力。

譚云：勿認作頌聖諛語。

登總持閣

梵語陀羅尼，華翻「總持」，謂持善不失，持惡不起也。

高閣逼諸天，登臨近日邊。晴開萬井樹，愁看五陵煙。檻外低秦嶺，窗中小渭川。早知清净理，常願奉金仙。

陳後主詩：「麗宇芳林對高閣。」佛教有欲界六天，色界十八天，無色界四天，謂之諸天。庾信詩：「遊客喜登臨。」《晋書》：明帝曰：不聞人從日邊來。○《周禮》：方百里爲一同，積萬井其中。《漢・刑法志》：天子畿内提封百萬井。「五陵」，見五古《登慈恩浮圖》詩。余按愁非憂愁，只是眇茫之意。「咫尺愁風雨」「城尖徑昃旌旆愁」「山腰官閣迥添愁」，皆是也。○《西都賦》：「於是睎秦嶺。」注：南山也。鮑照詩：「窗中多佳人。」《貨殖傳》：渭川千畝竹。○《楞嚴經》：十二部經清净妙理。李詩注：金仙，佛也。《梁書》：王僧孺，年五歲讀《孝經》，問此書所載，曰論忠、孝二事。僧孺曰：若爾常願讀之。按七、八有二義。因登閣以叙己，夙知净理，而平昔願奉佛也；又，言假令早知净理，當不常願奉佛耶？二義俱通。

【原眉批】

蔣云：評者以爲低秦嶺，見得高，小渭川，見得遠，余謂總是高意。

譚云：飄飄欲仙。

高適　**送劉評事充朔方判官賦得征馬嘶**

《唐・職官志》：大理評事十員，掌出使推覆。《唐・地理志》：夏州，朔方郡都督府。於明爲陝西寧夏地。《古樂府》有征馬嘶曲。唐云：唐人送别，各賦一物以爲贈。

征馬向邊州，蕭蕭嘶未休。思訓「悲」。「征馬長思青海上」亦是。**深常帶别，聲斷**凄絶。**爲兼秋。岐路風將遠，**追風遠去。**關山月共愁。贈君從此去，何日大刀頭。**

梁簡文帝詩：「自君征馬去，音信不曾通。」「蕭蕭」，見五古《後出塞》。《説文》：嘶，馬鳴也。○王褒詩：「怨歌聲易斷。」鮑照詩：「俄思甚兼秋。」○「岐路」，見上。江淹《别賦》：「關山無極。」王褒詩：「無復漢地關山月。」《樂府解題》：關山月，傷别離也。○陶弘景詩：「不堪持贈君。」何遜詩：「東西從此去，影響絶無由。」《古樂府》：「藁砧今何在，山上復有山。何當大刀頭，破鏡飛上天。」刀頭有環，環音協「還」，義取於還。

【原眉批】

蔣云：「做造出來。」

送鄭侍御謫閩中

《舊唐·職官志》：侍御史四員，從六品，掌糾舉百僚，本周柱下史。《一統志》：福建省福州府，周時爲七閩地，秦置閩中郡，唐爲閩州，開元中更爲福州。

謫去君無恨，閩中我舊過。大都秋雁少，只是夜猿多。東路雲山合，南天瘴癘和。自當逢

雨露，行矣慎風波。

《漢·賈誼傳》：誼既以謫去，意不自得。○江淹《別賦》：「值秋雁兮飛日。」○曹植詩：「怨彼東路長。」《胡笳》：「雲山萬里兮歸路遐。」「瘴癘」，見七古《到端州驛》詩。○毛詩注：雨露者，天所潤萬物，喻王者恩澤。魏文帝《與吴質書》：行矣自愛。陸機詩：「行矣怨路長。」《家語》：不觀巨海，何以知風波之患。

【原眉批】

蔣云：道得真率自然，勢亦流走。

鍾云：真愛至情，抵多少「加餐」語。

使清夷軍入居庸

《唐志》：嬀州懷戎縣東南有居庸塞，東連盧龍碣石，西屬太行常山，塞外置清夷軍。《通典》：古居庸關在幽州昌平縣西。《淮南子》：天下有九塞，居庸其一。

匹馬行將夕，征途去轉難。**不知邊地別**，多寒氣。**祇訝客衣單**。**溪冷泉聲苦，山空木葉乾**。

莫言關塞極，雨雪尚漫漫。應第二句。

《公羊傳》：匹馬隻輪無反者。徐陵詩：「征途愁轉旆。」〇《漢・晁錯傳》：胡虜數入邊地。陳琳詩：「明知邊地苦。」庾信賦：「山月没，客衣單。」祖孫登詩：「誰念客衣單。」〇《楚詞》：「洞庭波兮木葉下。」《胡笳》：「枝枯葉乾。」〇庾肩吾詩：「輦道回關塞。」《詩》：「雨雪霏霏。」《楚詞》：「路曼曼其修遠。」曼，同漫。漫漫，無限貌。

【原眉批】

鍾云：意景自苦。

譚云：語語是使居庸光景，切當之極，超脱之極。

自薊北歸

唐云：按達夫嘗居哥舒翰幕下，蓋出戰不利，而有是作也。

驅馬薊門北，北風邊馬哀。蒼茫遠山口，豁達胡天開。五將已深入，前軍止半回。誰憐不得意，長劍獨歸來。

薊州，本秦漢漁陽郡，唐取古薊門關以名，關以東凡十口。或曰以薊草多，故名之。已見五古《薊丘覽古》詩。蔡琰詩：「北風厲兮肅泠泠，胡笳動兮邊馬鳴。」〇庾信詩：「蒼茫落餘暉。」江洪詩：「遠山清無雲。」劉楨詩：「豁達來風凉。」○《漢書》：宣帝本始二年，遣田廣明、范明友、韓增、趙充國、田順凡五將軍，兵十餘萬騎，出塞，各二千餘里，匈奴遠遁，還者不能十一。《出師表》：五月渡瀘，深入不毛。《六韜》：前軍絶行亂陣。○《史記》：虞卿不得意乃著書。《胡非子》：負長劍赴榛薄。《史記》：馮驩彈其劍而歌曰：長鋏歸來乎，食無魚。

【原眉批】

蔣云：敗衂之意，寄于句中，玩之自見。

鍾云：却似古詩，然氣自慷慨。

醉後贈張九旭

張旭事見七古《八仙歌》。

世上（皆泛）**謾相識，**（我與）**此翁殊不然。興來書自聖，醉後語尤顛。白髮老閑事，青雲在目前。**旭善書好酒，皆是閑事，以至於老，見青雲在目前，而無所欲也。**床頭一壺酒，能更幾回眠。**

《戰國策》：人生世上。張旭善草書，當時以草聖名。每大醉狂叫，人呼曰顛。○趙壹《疾邪賦》：「肆嗜欲於目前。」○《世説》：孔文舉有二子。父眠，一小者床頭盜酒飲之。鮑照詩：「莫惜床頭百個錢。」《説苑》：一奩飯，一壺酒。宇云：此言我與旭以真相識，共床頭之酒而相對打眠，但不知此樂可能屢否？是相贈之詞。

【原眉批】

蔣云：起束不犯難手如此。

鍾云：必將其人事實説得明切，方是贈作，此篇得之。

又云：便托出張旭舉止性情。

杜甫　**登兗州城樓**

《輿地廣記》：隋大業二年，改兗州爲魯郡，唐武德中，克徐圓朗，復曰兗州。於明爲山東兗州府。子美父閑爲兗州司馬，時方省覲。後樓毁，人呼其故臺爲杜甫臺。

東郡趨庭日，南樓縱目初。浮雲連海岱，平野入青徐。孤嶂秦碑在，荒城魯殿餘。曰「在」曰「餘」，見存者無幾。**從來多古意，臨眺獨躊躇。**

《漢·地理志》：東郡，秦置，屬兗州。子美省父，故云「趨庭」。《晋·庾亮傳》：秋夜往，共登南樓。○《書》：海岱惟青州。注：青州之域，東北至海，西南距岱。岱，泰山也。吴筠詩：「遠送出平野。」

《書》：海岱及淮惟徐州。木華《海賦》：「東演析木，西薄青徐。」本集注：青、徐二州皆與兗相接。○《史記》：秦始皇東行郡縣，上鄒嶧山刻石頌功德。唐太宗《小山賦》：「寸中孤嶂連還斷。」庾信詩：「古碑文字盡，荒城年代迷。」王延壽《靈光殿賦》：魯靈光殿者，蓋景帝子恭王餘之所立也。遭漢中微，盜賊奔突，自西京未央、建章之殿皆見隳壞，而靈光巋然獨存。恭王封于魯，兗州即其地。徐摛詩：「列楹登魯殿。」○《史記・龜策傳》：所從來久矣。沈約詩：「臨眺殊復奇。」《詩》：「搔首踟躕。」何劭詩：「携手共躊躇。」《玉篇》：躊躇，猶豫也，又住足也。

趙子常曰：公詩法實出於其祖審言，審言《登襄陽城》詩：「旅客三秋至，層城四望開。楚山橫地出，漢水接天迴。冠蓋非新里，章華只舊臺。習地風景異，歸路滿塵埃。」

【原眉批】

蔣云：中二聯皆縱目所見，俯仰天地，上下古今，寓幾許感慨之思。

鍾云：三、四宏闊，俯仰千里；五、六微婉，上下千年。

譚云：扶摇遠眺，曠覽一時，矯首長思，睥睨千古。

蔣云：「多」「獨」二字有照映，曰「從來」，則平昔懷抱可見，曰「獨」，則登樓者未必同知之。

房兵曹胡馬[一]

《唐書》：諸衛府州各有兵曹參軍事。

胡馬大宛名，鋒稜瘦骨成。竹批雙耳峻，言猶削筒。批，在也。**風入四蹄輕。所向無空闊，**言無餘地也。**真堪托死生。**言其可貴者此。**驍騰有如此，萬里可横行。**結歸其人。

《漢·鄒陽上書》：胡馬進窺於邯鄲。鮑照詩：「將死胡馬迹。」《漢書》：武帝太初四年，貳師將軍斬大宛王首，獲汗血馬來，作西極天馬之歌。〇《相馬經》：耳欲鋭而小，如削筒。《拾遺記》：曹洪所乘馬號曰白鵠，此馬走時，惟覺耳中風聲，足似不踐地。時人謂乘風而行，亦一代神駿。〇何晏《韓白論》：白起爲將，所向無前。《草堂詩箋》：蜀劉備騎的盧，走墮襄陽城西檀溪水中，溺不得出，備急曰：「的盧，今日死矣，可努力！」的盧乃一踴三丈，遂得過。又晋劉牢之爲慕容垂所逼，策馬跳五丈澗而脱。此皆所謂堪托死生矣。〇《赭白馬賦》：「品藝驍驣。」注：驍，舉也。騰，飛也。《史·季布傳》：樊噲曰：臣願得十萬衆横行匈奴中。

趙子常曰：前輩言咏物詩，或粘皮着骨。公此詩詞氣落落，飛行萬里之勢如在目中，所謂索之於驪黄牝牡之外者，區區横寫體貼，以爲咏物者，何足語此。

【原眉批】

稜，魯登切。批，匹迷切，《韻會》：與剕通，削也。又頻脂切，義異也。

蔣云：次聯似韓幹畫。

又云：末總上文，應「空闊」句。

【校勘記】

［一］房兵曹胡馬：《全唐詩》卷二百二十四作「房兵曹胡馬詩」。

春宿左省

「左省」，已見。公時爲左拾遺。

花隱掖垣暮，啾啾栖鳥過。星臨萬户動，月傍九霄多。九霄，兼言禁中，故曰「傍」。多，言光滿。**不寢聽**耳待聲曰聽。**金鑰，因風想**心取像曰想。**玉珂。明朝有封事，數問夜如何。**

劉楨詩：「誰謂相去遠，隔此西掖垣。」《漢書》注：門在兩旁，若人之臂掖。《長安志》：宣政殿東有東上閤門，西有西上閤門，故以掖稱。《古樂府》：「鳳皇鳴啾啾。」何遜詩：「日夕栖鳥過。」〇「建章宫」「千門萬户」，已見。詩中或千門，或萬户，皆用此。庾闡詩：「翔虬凌九霄。」《五雜俎》：道書云九霄，謂神霄、青霄、碧霄、丹霄、景霄、玉霄、琅霄、紫霄、炎霄，恐亦附會之詞，如天門九重，又安能一一强爲之名耶？○楊方詩：「因風吐徽音。」張率詩：「良馬龍爲友，玉珂金作羈。」《爾雅翼》：貝大者謂之珂，黄黑色，其骨可以飾馬勒，故云「玉珂」。《唐·車服志》：五品以上有珂傘。珂，朝馬飾也。馬行則響，謂之鳴珂。三品以上珂九子，四品七子，五品五子，六品以下去通幰及珂。○《唐書》：補闕、拾遺，掌供奉諷諫，大事廷諍，小事封事。《後漢·光武紀》：詔曰：百僚并上封事，無有隱諱。《後儀》：密奏，皂囊封版，故曰封事。《詩》：「夜如何其。」

【原眉批】

蔣云：前四句皆省中夜景，花見春。

又云：與「風連西極動」相近，星動較奇。

鍾云：「動」字之妙，在「萬户」上看出。

蔣云：後四句見宿省之情。

鍾云：二結語是諫臣之心，此老滿肚朝廷。

秦州雜詩

《唐志》：秦州天水郡，屬隴右道。時公以關輔饑棄華州司功，客秦州。天水郡，在明屬陝西鞏昌府成縣，有杜甫故居在焉。

鳳林戈未息，魚海路常難。候火(所舉)**雲峰峻，懸軍**(所入)**幕井乾。**言軍深入而渴于水。**風連西極動，月過北庭寒。故老思飛將，何時議築壇。**

《唐・地理志》：河州有鳳林縣，北有鳳林關。桑欽《水經》：河水必東歷鳳林。注：鳳林，山名。五巒俱峙。本集注：鳳林關，在陝西臨洮府蘭縣西，與河州衛相界，唐時陷于吐蕃。又：魚海，縣名。在河州衛，西與吐蕃爲界，郭子儀取魚海五縣是也。○《漢・揚雄傳》：匈奴侵暴北邊，候騎至雍，烽火通甘泉。《蜀志》：鄭度説劉璋曰：左將軍縣軍襲我。《通鑑》：鄧艾伐蜀，縣軍深入。注：出師遠征，其勢懸絶，不能相及也。本集注：謂路險阻懸之使下也者，非。《易・井卦》：上六，井收勿幕。注：井口曰收。勿幕，勿遮幕之也。《周禮》：挈壺氏，掌挈壺以令軍井。注：謂爲軍穿井，挈壺懸其上，令軍士知屯下有井。《後漢書》：耿恭據疏勒城，匈奴來攻，絶其水道。恭於城中穿井十五丈，不得水，吏士渴乏。恭乃整衣服，向井再拜，爲吏士禱，有頃，水泉奔出。○武帝《天馬歌》：天馬來從西極。《後漢・袁安傳》：令南單于反其北庭。《唐・地理志》：北庭，大都護府，本庭州，貞觀十四年平高昌置。○《詩》：「召彼故老。」《史記》：李廣爲北平太守，匈奴號曰飛將軍，避之數歲，不敢入右北平。《史記》：漢高帝築壇，拜韓信爲大將軍。《漢書》注：築土而高曰壇。宇曰：思飛將者，冀得良將也。唐《解》非也。沈德潛云：郭子儀以魚朝恩譖，罷歸京師，故以築壇望之。

【原眉批】

鍾云：上句妙在「動」字，下句妙在「過」字。

送遠

帶甲滿天地，胡爲君遠行。親朋盡一哭，鞍馬去孤城。草木歲月晚，關河霜雪清。別離已昨日，因見古人情。

《國策》：帶甲百萬。《詩》：「胡爲乎中路？」《古詩》：「忽如遠行客。」〇謝安詩：「親朋畢集。」《漢·匈奴傳贊》：文帝親御鞍馬。鮑照詩：「鞍馬光照地。」謝承《後漢書》：耿恭以甲兵守孤城於絶域[二]。庾肩吾詩：「寒鳥歸孤城。」〇《秋風詞》：「草木黄落兮雁南歸。」《古詩》：「歲月忽已晚。」《史·蘇秦傳》：秦東有關河。陶潛詩：「關河不可逾。」《貨殖傳》：冒霜雪，馳阬谷。謝靈運詩：「旅雁違霜雪。」〇潘岳詩：「念此如昨日。」石崇《思歸引》序：儻古人之情有同于今。按七、八句諸注不明，獨徐增説爲愈。宇子以爲「古」字疑「故」字。今并二説，其解始明。蓋言四海兵亂，固非遠行之時，親朋留君不住，不堪號哭，而君則决然鞍馬行去。方今草木凋傷，值歲月之遲暮；關河蕭索，極霜雪之淒清。君明朝在途，回看别離，已成昨日矣。一夜之間，旅況俄移，於是方始知故人惜别苦留之情已。如是解得此詩脉絡貫通，意味愈長。

【原眉批】

蔣云：如畫出塞圖。

【校勘記】

［一］耿恭以甲兵守孤城於絶域：底本作「耿恭以孤城守甲兵於絶域」，據《文選》卷四十任彦昇《奏彈曹景宗》李善注改。

題玄武禪師屋壁

何年顧虎頭，滿壁畫滄洲。赤日石林氣，青天江海流。錫飛常近鶴，應第三句。**杯渡不驚鷗。**應第四句。**似得廬山路，真隨惠遠遊。**結歸自叙。

本集注：《世説》載顧愷之爲虎頭將軍。一説顧小字虎頭，善丹青。「滄洲」，已見。○何遜詩：「赤日下城圓。」《楚詞》：「焉有石林，何獸能言？」《吴都賦》：「旦暮歷江海之流。」○《圖經》：梁僧志公與白鶴道人并欲居舒州潛山山麓，謀於武帝，帝以二人悉具靈通，俾各以物識其地，得者居之。道人以鶴止處爲記，志公以卓錫處爲記。已而鶴先飛去，至麓將止，忽聞空中飛錫之聲，志公之錫遂卓於山麓。道人不懌，然以前言不可食，各以所識處築室焉。《高僧傳》：杯渡者不知其名姓，嘗乘木杯渡水，因名杯渡師。此蓋以畫中所有，因言禪師平居對此坐，有飛錫鶴邊、浮杯鷗外之興，亦猶少文之卧遊也。「常近」「不驚」，亦分明是畫。○《一統志》：廬山，在南康府西北二十里。世傳周成王時，匡裕兄弟七人結廬隱居於此，故名。其山叠嶂九層，崇巖萬仞，周五百餘里。《高僧傳》：晋惠遠見廬峰清浄，足以息心，始在龍泉精舍。刺史桓伊乃爲遠於山東立房殿，即東林也，絶塵清勝之賓，不期而至。《詩藪》：晋惠遠《遊廬山》詩：「崇巖吐氣清，幽岫栖神迹。希聲奏群籟，響出山溜滴。有客獨冥遊，徑然忘所適。揮手撫雲門，靈關安足闢。留心叩玄扃，感至理弗隔。孰是騰九霄，不奮冲天翮。妙同趣自均，一悟超三益。」此詩世罕傳，《弘明集》亦不載，獨見於廬山古石刻耳。「孰是騰九霄」與陶靖節「孰是都不管」之句同調，真晋人語也。杜子美「似得廬山路，真隨惠遠遊」，正用此事，字亦不空。千家注杜乃不知引此。

胡元瑞曰：「荒庭垂橘柚，古屋畫龍蛇。」「錫飛常近鶴，杯渡不驚鷗。」杜用事入化處，然不作用事看，則古廟之荒凉，畫壁之飛動，亦更無人可着語，此杜老千古絶技，未易追也。

【原眉批】

蔣云：前四句是畫壁。後四句着禪師，此引二高僧，言禪師之不凡，且見圖中有鶴有鷗。

玉臺觀

《一統志》：玉臺觀，在保寧府城北七里。杜注：玉臺，山名。在閬州城北七里，唐滕王刺史閬州時造觀于山上，觀內有滕王亭子。《漢·郊祀志》：遊閶闔觀玉臺。應劭曰：玉臺，上帝之所居。《黃帝內傳》：觀之言可以觀望於其上也，周有兩觀。

浩劫借言古昔。**因王造，平臺**以孝王比滕王。**訪古遊**。**彩雲蕭史駐，文字魯恭留**。觀內蓋有滕王文墨遺迹在焉。**宮闕通群帝，乾坤到十洲**。蓋形容池水之景。**人傳有笙鶴，時過北山頭**。二句連讀。

《度人經》：惟有元始浩劫之家。李君仙詩：「浩劫天地齊。」劫，本梵語，此云時分。道書以往古爲浩劫，借用佛家語耳。一云宮殿大階級曰浩劫。漢梁孝王有平臺，已見。○江總詩：「路逐彩雲浮。」「蕭史」，見上《長寧公主東莊》詩。《帝王世紀》：蒼頡造文字。《尚書》序：魯恭王治宮室，壞孔子舊宅，以廣其居，於壁中得先人所藏古文，虞夏商周之書，皆蝌蚪文字。○《天官書》：廣野之氣成宮闕。劉琨詩：

「顧瞻望宮闕。」《山海經》：雲雨之山有木，曰欒。禹群帝取藥[一]。本集注：《道書》云：天有群帝，而大帝最尊。「群帝」，五方之帝也。《易》：乾，天也；坤，地也。東方朔《十洲記》：漢武帝聞王母説，八方巨海之中，有祖洲、瀛洲、玄洲、炎洲、長洲、元洲、流洲、生洲、鳳麟洲、聚窟洲，此十洲，并是神仙所居，人迹絶處。○《列仙傳》：王子喬者，周靈王太子晋也，好吹笙，作鳳鳴。遊伊洛之間，道人浮丘公接以上嵩高山，三十餘年後，求之於山上，見桓良曰：告我家七月七日待我于緱氏山頭。果乘白鶴駐山頭，望之不得到，舉首謝時人，數日而去。《説文》：笙，十三簧，象鳳之身。《茅君内傳》：父老歌曰：三神乘白鶴，各在一山頭。唐云：七律《玉臺觀》詩亦云「始知嬴女善吹簫」，則觀中或有公主遺迹。邵注：觀中實女道士，曰「蕭史駐」。曰「笙鶴過」，則借名道流者往來頻矣，深刺淫穢。

【原眉批】

譚云：描寫曲盡。

蔣云：結略用意。

【校勘記】

［一］雲雨之山有木，曰欒。禹群帝取藥：《山海經·大荒南經》卷十五作「有雲雨之山，有木名曰欒。禹攻雲雨，有赤石焉生欒，黄本，赤枝，青葉，群帝焉取藥」。

觀李固請司馬題山水圖[一]

方丈渾連水，天台總映雲。人間長見畫，老去恨空聞。范蠡舟偏小，王喬鶴不群。可見小舟孤鶴，乃能浮遊塵外。**此生隨萬物，何處出塵氛。**

《史記・封禪書》：蓬萊、方丈、瀛州三神山者，其傳在渤海中，諸仙人及不死之藥皆在焉。《雲笈七籤》：天台赤城山，高一萬八千丈，洞周迴五百里，名上精玉平之天，即桐柏王真人所理葛玄仙翁煉丹得道處。上應台宿，故名天台。唐崔尚《天台山碑》：此山代謂之天台，真謂之桐柏，高無極，中有洞天，號金庭宮，即王子晉之所處。唐司馬承禎居焉，賜名崇道館。《一統志》：天台山，在天台縣西一百一十里，超然秀出，有八重，視之如一帆。孫綽《天台賦》：「涉海則有方丈、蓬萊，登陸則有四明、天台。皆古聖之所由化，神仙之所窟宅。」〇《國語》：范蠡既滅吴，遂乘輕舟以浮于五湖，莫知其所終極。「王喬鶴」，見上。蔣云：王喬有三，其一周靈王太子，其一漢葉縣令，其一蜀益都人，并有仙術，此以鶴言，則太子晉也。〇陶潛詩：「聊復得此生。」《易》：有天地，然後有萬物。《莊子》：與物轉徙。吴邁遠詩：「可憐雙白鶴，雙雙絶塵氛。」

【原眉批】

蔣云：其畫必有舟與鶴，故以二事作聯。

鍾云：詩中畫。

【校勘記】

［一］觀李固請司馬題山水圖：《全唐詩》卷二百二十六作「觀李固請司馬弟山水圖三首」。

禹廟

《述注》：成都府廣柔廢縣石紐鄉，禹所生地也。郡人以禹六月六日生，歲以此日致祭。《釋名》：廟，貌也。先祖形貌所在也。《説文》：廟者，所以藏主也。

禹廟空山裏，中二聯皆自此三字生。**秋風落日斜。荒庭垂橘柚，古屋畫龍蛇。雲氣生虚壁，江聲走白沙。**孕結二句。**早知乘四載，疏鑿控三巴。**禹之功德，嘗所聞知，敬廟之誠，著於言外。

梁元帝詩：「西山落日斜。」〇張協詩：「荒庭寂以閑。」《孟子》：使禹治洚水，驅蛇龍而放之菹。宋玉《招魂》：「仰觀刻桷，畫爲龍蛇些。」蔣云：孫莘老謂驅龍蛇、橘柚錫貢皆禹事，因此有感，近鑿。吴吴山云：按「荒庭」二句皆實景，孫莘老謂感禹事，固泥，然以此類爲映帶，亦詩家一法也。「橘柚」，既見。○《莊子》：乘雲氣，御飛龍。○《書》：禹曰予乘四載，隨山刊木。《孔氏書傳》：四載，謂禹平水土，水乘舟，陸乘車，泥乘楯，山乘樏。郭璞《江賦》：「巴東之峽，夏后疏鑿。」《一統志》：巴江，在四川重慶府城東北，閬水與白水合流，曲折三回如巴字，因名。又：江源出保寧府大巴山，到巴縣東南分爲三流，而中央横貫，勢若巴字，流二十里合清水江，至合州與嘉陵江合。《十道記》：巴縣，并巴東、巴西爲三巴。《韻會》：控，引也。又，控，制也。

【原眉批】

蔣云：如此起自好，中四句咏其荒凉，末二句追念禹功。

鍾云：江聲曰「走」，痴人前説不得。

旅夜書懷

細草微風岸，危檣獨夜舟。「獨夜」二字，孕七、八句。**星隨平野闊，月涌大江流。名豈文章著，官因老病休。飄飄何所似，天地一沙鷗。**

王融詩：「翻階没細草。」宋玉《舞賦》：「順微風，揮若芳。」阮籍詩：「微風吹羅袂。」陰鏗詩：「度鳥息危檣。」《埤蒼》：帆柱曰檣。王粲詩：「獨夜不能寐。」○謝朓詩：「大江流日夜。」○《漢・揚雄贊》：雄欲求文章，成名於後世。《漢・韋賢傳》：賢以老病乞骸骨，賜黃金百斤，罷歸。宇云：此言詩名雖或著，勛業則終無成也。唐《解》誤，豈或恐之詞？余謂爲名不著義，亦通。

【原眉批】

鍾云：一、二句夜景之近而小者，三、四句夜景之遠而大者。

蔣云：中四句俱用單字起，是句法等閑，星月着一「涌」字，夐覺不同。

郭云：二語何等眼界。

譚云：模景奇盡。

船下夔州郭宿雨濕不得上岸別王十二判官

「不得上岸」，不得面別也。《寰宇記》：夔州，春秋時爲夔子國，秦爲巴郡地，漢益州部。公孫述爲白帝城，蜀先主改爲永安郡，武德二年改夔州，天寶元年改雲陽郡，乾元元年復改夔州。本集注：大曆元年春晚，自雲安遷居夔州時作。吳吳山云：題當於「宿」字讀，觀首句「依沙宿舸船」甚明，蓋先见月色，而後風起夜雨也。舊注「忽見月，方是宿雨」，何其夢夢？

依沙宿舸船，石瀨月娟娟。風起春燈亂，江鳴夜雨懸。晨鐘雲外晉本作「岸」。**濕，勝地石堂煙。**佳地愈恨不得往。**柔艣輕鷗外，含淒覺汝賢。**

《方言》：江湖凡大船曰舸。《楚詞》：「下石瀨而登舟。」《爾雅》：水流沙石上曰瀨。《字書》：瀨，急流也。吴楚謂之瀨，中國謂之磧。鮑照詩：「娟娟似蛾眉。」○《孫子》：風起之日。《樂府》：「惜別春風起。」何遜詩：「夜雨滴空階，曉燈暗離室。」○庾信詩：「山寺響晨鐘。」江總詩：「勝地殊留連。」本集注：石堂，是夔州佳處。煙，一作偏。《詳注》：今依晉本「雲外」作「雲岸」，與題相合。○謝靈運詩：「含淒泛廣川。」《述注》：「汝」字，指鷗言。當此雨天不能奉別故友，是以舟行鷗外，旅思含淒，而嘆不如鷗之往來自由也。余謂汝指王賢言，其爲人可以見別意。若以爲鷗字，不妥，意不親。

【原眉批】

蔣云：情意不刻。

鍾云：無一字着象，無一字不写景。

仇兆鰲云：「風起」句，下因上；「江鳴」句，上因下。

登岳陽樓

《一統志》：岳陽樓，在岳州府治西南。《西土記》：城西門樓也，下瞰洞庭。

昔聞洞庭水，今上岳陽樓。吳楚東南坼，乾坤日夜浮。親朋無一字（相存問），**老病**（無家而只）**有孤舟。戎馬關山北，憑軒涕泗流。**

《戰國策》：三苗之居，右有洞庭之水。○《述注》：地裂開曰坼，吳與楚相接，此謂湖之東爲吳，南爲楚也。余按此言望中之廣耳，非謂洞庭接吳地。《貨殖傳》：日夜無休時。謝朓詩：「大江流日夜。」《長沙志》：洞庭之水瀦爲七百里，日月出入其中。○徐陵詩：「嗟余今老病。」陶潛詩：「眇眇孤舟遥。」○《老子》：天下無道，戎馬生于郊。王粲《登樓賦》：「憑軒檻以遥望。」張載詩：「登街遠望涕泗流。」蔣云：按公自嚴武卒即去蜀郡草堂，遊雲安，客夔，蜀亂，又去之岳陽，而吐蕃復入寇，老病日侵，亂離未已，宜其詩哀而傷也。

劉會孟曰：三、四兩語氣壓百代，爲五言雄渾之絶。下兩句略不用意，而情景適等。

蔡寬夫曰：洞庭天下壯觀，題者衆矣，如「水涵天影闊，山拔地形高」「四顧疑無地，中流忽有山」「鳥飛應畏墮，帆遠却如閑」，往往見稱，然未若孟浩然「氣蒸雲夢澤，波撼岳陽城」，則洞庭空曠氣象如在目前，至讀子美「吳楚東南坼，乾坤日夜浮」，不知少陵胸中吞幾雲夢也。

【原眉批】

蔣云：句律渾樸，盛唐起語，大率類此。

鍾云：洞庭詩人只寫其景之奇，不知登臨時少此情思不得。

王灣　**次北固山下**

《一統志》：北固，在鎮江府治北。《南徐志》：城西北有別嶺入江，三面臨水，高數十丈，其勢險固，號曰北固。

客路青山外，行舟緑水前。潮平兩岸闊，風正一帆懸。海日生殘夜，五更日出。**江春入舊年。**臘底立春。**鄉書何處達？歸雁洛陽邊。**

《樂府》：「三山隱行舟。」《東京賦》：「渌水澹澹。」劉琨詩：「緑水泛香蓮。」○王僧孺詩：「漾漾早潮平。」《說文》：天地之氣合以生風。氣正，十二律正也。○《齊地記》：古有日夜出，見于東萊。○《史·楚世家》：弱弓微繳，加歸雁之上。潘岳詩：「歸雁映蘭時。」

附記：灣此詩一作《江南意》，前後四句不同，起語云：「南國多新意，東行伺早天。」末聯云：「從來觀氣象，惟向此中偏。」張燕公居相府，手題「海日生殘夜」一聯於政事堂，每示能文，令爲楷式。

【原眉批】

蔣云：三、四工而易擬，五、六淡而難求。

郭云：「生」字、「入」字淡而化，非淺淺可到。

祖詠　**江南旅情**

詠本洛人，渡江而遊吳楚之間。

楚山不可極，歸路但蕭條。以題及通篇考之，是客中暫出而還也，非謂歸鄉也。**海色晴看雨，江聲夜聽潮。劍留南斗近，**言己之在吳楚之間。**書寄北風遥。爲報空潭橘，無媒寄洛橋。**

《韓非子》：和氏得璞玉于楚山之中。范雲詩：「楚山清曉雲。」《一統志》：太平府白苧山，本名楚山。又袁州萍鄉縣亦有楚山，然此總謂楚地之山。謝靈運詩：「始得傍歸路。」《楚詞》：「山蕭條而無獸。」○《楚詞》：「聽潮水之相擊。」○《晋·張華傳》：初吴之未滅也，斗牛之間常有紫氣，華聞豫章人雷焕妙達緯象，乃要焕登樓仰觀，焕曰：「此寶劍之精上徹于天也，在豐城。」華即補焕豐城令，到縣掘獄屋基，得一石函，中有雙劍，并刻題，一曰龍泉，一曰太阿。焕以南昌赤巖下土拭劍，光芒艷發，遣使以一劍寄華，一自佩。華死，失劍所在。後焕子佩劍渡延津，忽躍入水，但見兩龍旋繞飛去，因名劍池，津亦名劍潭。《吴都賦》：「仰南斗以斟酌。」《天官星占》：南斗，主爵禄，其宿六星。《春秋説題辭》：南斗爲吴。李陵《答蘇武書》：時因北風復惠德音。○「空潭橋」，未詳。《楚詞》：「又無良媒在其側。」「洛橋」，見七言古《公子行》詩注。

【原眉批】

蔣云：灑而朗。

葉云：七、八言爲報洛橋人，無媒贈潭橘也，倒裝，妙。

蘇氏別業

別業居幽處，到來生隱心。南山當户牖，灃水映園林。竹覆經冬雪，庭昏未夕陰。寥寥人境外，閑坐聽春禽。

「別業」，見上。○《老子》：鑿户牖以爲室。《詩》：「灃水東注。」注：灃水，出陝西終南山，東入咸陽入渭。張翰詩：「白日照園林。」○馬融《長笛賦》：「冬雪揣封乎其枝。」沈約詩：「夕陰帶層阜。」顔延年詩：「庭昏見野陰，山明望松雪。」○陶潛詩：「結廬在人境。」《史記·日者傳》：司馬季主閑坐。王褒《洞簫賦》：「春禽群嬉。」

【原眉批】

譚云：纔生隱心，妙。

鍾云：「未」字生得有景。

蔣云：似有得者之談。

李頎　**望秦川**

《三秦記》：函谷西至隴底，相去千里，曰關中，亦曰秦川。

秦川朝望迥，日出正東峰。遠近山河浄，逶迤城闕重。秋聲萬户竹，寒色五陵松。客有歸歟嘆，凄其霜露濃。

《詩》：「日出有曜。」○王融詩：「寸心無遠近。」《登樓賦》：「路逶迤而修迥。」注：逶迤，長連貌。○顔之推《鳴蟬篇》：「歷亂起秋聲。」《史·貨殖傳》：渭川千畝竹，此其人皆與萬户侯等。劉遵詩：「隴樹寒色落。」「五陵」，見五古《慈恩寺浮圖》詩。○《登樓賦》：「昔尼父之在陳兮，有歸歟之嘆音。」《詩》：「凄其以風。」《禮記》：霜露既降。庾信詩：「寒郊霜露濃。」

【原眉批】

楊云：練净。

蔣云：置秋聲于竹上，便頓挫。

綦毋潛　**宿龍興寺**

《一統志》：龍興寺，在襄陽府房縣。柳宗元《岳州聖安寺碑》云無姓和尚始居房州龍興寺中即此。

香刹夜忘歸，松清古殿扉。燈明方丈室，珠繫借謂數珠。**比丘衣。白日**喻明。**傳心净，青蓮喻法微**。微妙。**天花落不盡，處處鳥銜飛。**

《輔行》：西域以柱表刹，示所居處也，故伽藍號「梵刹」也。蔣云：梵語刹者，幡竿也，建於塔上，後人遂指刹爲塔，轉而稱寺，皆相沿耳。《九歌》：「觀者憺兮忘歸。」沈約詩：「忘歸屬蘭杜。」○《維摩經》：譬如一燈然，百千燈冥者皆明，明終不盡。《事文類聚》：唐顯慶中，王玄策使西域，至毗耶離城，有維摩詰石室，以手板縱横量之，得十笏，故名「方丈」。《法華經》：以無價寶珠繫其衣裏。比丘，即僧也，華言乞士，謂上于諸佛乞法，資益惠命，下于施主乞食，以資益其色身。○《起信論》：以心傳心。青蓮，梵所言優曇鉢花也。《妙法蓮華經》即以蓮喻妙法也。《晉書》：佛圖澄以鉢盛水，須臾鉢中生青蓮華。○《法華經》：

天雨曼陀羅花、曼珠沙花。《維摩經》：室有一天女，以天花散諸菩薩大弟子上，花至諸菩薩皆落，至弟子便着不墮。王臺卿詩：「處處動春心。」

【原眉批】

鍾云：句句是宿寺本色。

黄云：無刻鍊，無脂粉。

王昌齡　**胡笳曲**

胡笳曲，樂府題，已見。

城南虜已合，一夜幾重圍。自有金笳引，能令出塞（之聲）**飛。聽臨關月苦，清入海風微。三奏高樓曉，胡人掩淚歸。**

《古樂府》：「戰城南，死郭北。」《項羽紀》：項王軍壁垓下，漢軍圍之數重。○齊高帝詩：「金笳夜屬，羽轊晨征。」曹嘉之《晉書》：劉疇嘗避亂塢壁，賈胡百數欲害之。疇無懼色，按笳而吹之，爲《出塞》《入塞》之聲，以動其遊客之思，於是群胡皆垂淚而去。樂府胡角十曲有《出關》《入關》《出塞》《入塞》。○鮑照詩：「瑟瑟凉海風。」蔣云：「關月」「海風」，亦并樂府曲。○《晏子春秋》：晏子入坐，樂人三奏。《古詩》：「西北有高樓。」《離騷》：「攬以掩涙兮。」《晋書》：劉琨在晋陽爲胡騎所圍，琨乃乘月登樓清嘯，賊聞之，皆淒淒長嘆。中夜奏胡笳，賊又涕流歔欷，有懷土之思，遂棄圍去。

【原眉批】

蔣云：氣貫無雕琢處。

黄云：三十六峰，峰峰皆色。

張謂　**同王徵君洞庭有懷**[一]

時謂以尚書郎出使夏口。

八月洞庭秋，瀟湘水北流。自指故鄉。**還家萬里夢，爲客五更愁。不用開書帙，偏宜上酒樓。故人京洛滿，何日復同遊。**

《山海經》注：巴陵縣有洞庭湖，瀟、湘、沅水皆共會巴陵，號「三江口」。《荆州記》：湘水，北流二千里入于洞庭。○沈約詩：「還家問帝里。」《顔氏家訓》：或問：一夜何故五更，「更」何所訓？答曰：更，歷也，經也。伏知道詩：「五更催送籌。」○《説文》：帙，書衣也。○陸機詩：「京洛多風塵。」《列子》：化人謂王同遊。王鑒詩：「同遊不同觀，念子遊怨多。」

【原眉批】

蔣云：造語清爽，亦流動。

鍾云：靈秀清壯，情景躍然。

譚云：是空中懷抱。

【校勘記】

［一］洞庭：《全唐詩》卷一百九十七作「湘中」。

常建　**破山寺後禪院**［一］

破山寺後禪院，蔣云，今蘇州府常熟縣虞山興福寺。

清晨入古寺，初日照高林。此言「破山寺」。**曲徑通幽處，禪房花木深。**此言「後禪院」。**山光悦鳥性，潭影空人心。**空，去聲。**萬籟此俱寂，惟聞鐘磬音。**

曹植詩：「清晨發皇邑。」江總詩：「初日照紅妝。」張華詩：「仰蔭高林茂。」〇梁元帝詩：「入林迷曲徑。」葛洪詩：「花木長榮。」〇謝朓詩：「山光晚餘照。」《左傳》：人心之不同，如其面焉。梁簡文詩：「裁紅點翠愁人心。」○「萬籟」，見五古《玉華宮》詩。此所云謂人間諸音聲也。左思詩：「南鄰擊鐘磬。」《釋名》：鐘，空也。內空受氣多，故聲大。磬，罄也。罄罄然，堅緻也。方萬里曰：全篇自然。

【原眉批】

蔣云：三、四不必偶，自是一體，蓋亦古詩、律詩之間。

鍾云：無象有影，無影有光，是何物參之？

譚云：清境幻思，千古不磨。

【校勘記】

［一］破山寺後禪院：《全唐詩》卷一百四十四作「題破山寺後禪院」。

丁仙芝　**渡揚子江**

《一統志》：揚子江，在揚州府儀真縣，南經通泰二州入于海。蔣云：大江，在鎮江府城西北，一名京江，東注大海，北距廣陵。

桂楫中流望，從江中望。**空波兩畔明。林開**自林中見。**揚子驛，**北畔。**山出潤州城。**南畔。

海盡望盡海極也。**邊陰**海上之氣。**静，江寒朔吹生。更聞楓葉下，淅瀝度秋聲。**

梁簡文詩：「桂楫晚應旋。」漢武帝詞：「横中流兮揚素波。」《唐志》：揚州廣陵郡，永淳初拆江都縣，置揚子縣。縣有瓜步鎮，即渡江處也。三國時，吴初都鎮江，後遷秣陵，置京口鎮。劉宋爲南徐州，隋開皇中置潤州，宋開寶末始名鎮江軍。○鮑照詩：「江寒霧未歇。」張正見詩：「朔吹犯梧桐。」○謝靈運詩：「曉霜楓葉丹。」謝惠連賦：「霰淅瀝而先集。」淅瀝，風聲也。劉孝威詩：「織素起秋聲。」

【原眉批】

譚云：江中景，景中渡。

張　巡　**聞笛**

巡時守睢陽，一題有「軍中」二字。此詩將巡本傳并看，可也。文多不録。

岧嶢試一臨，虜騎附城陰。不辨風塵色，安知天地心。門開邊月近，應上「虜騎」句。**戰苦陣雲深。旦夕更樓**更戍之樓。**上，遥聞横笛音。**

潘岳詩：「修芒鬱岧嶢。」注：岧嶢，高也。曹植詩：「虜騎數遷移。」○《漢·終軍傳》：邊境時有風塵之警。吴邁遠詩：「人馬風塵色。」《易》：復其見天地之心乎。此言不辨風塵起滅，不圖天心向背，惟以一片赤心捐軀殉國而已。一説苟非辨風塵而困守强抗，安知天地之心非復恢復國家乎？亦通。○睢陽，非邊地。惟以虜騎來逼，看做邊地光景已。《天官書》：陣雲如立垣。庾信詩：「君訝漁陽少陣雲。」

【原眉批】

蔣云：忠節凛然。

鍾云：裹成一片，流出真語。

譚云：只結一句聞笛，覺上數語皆聞笛矣，妙手。

張均　**岳陽晚景**

《舊唐書》：均爲户部侍郎，坐，累貶饒州刺史。此詩蓋貶時所作。

晚景寒鴉集，秋風旅雁歸。水光浮日出，霞彩映江飛。洲白蘆花吐，開之遍。**園紅柿葉稀。**落之多。**長沙卑濕地，九月未成衣。**

庾信詩：「凄清臨晚景。」《秋風詞》：「秋風起兮白雲飛，草木黄落兮雁南歸。」劉孝綽詩：「洞庭春水緑，衡陽旅雁歸。」按春雁、秋雁俱同曰歸，不拘。○鮑至詩：「岸暗水光來。」○江總詩：「蘆花霜外白。」

○《一統志》：秦置長沙郡，唐改置潭州，天寶初復爲長沙，今屬湖廣。按岳陽，漢屬長沙。《史·賈誼傳》：賈生謫居長沙，長沙卑濕，自以爲壽不得長。江淹詩：「日落長沙渚，層陰萬里生。」《詩·豳風》：「九月授衣。」

【原眉批】

譚云：「鴉集」「雁歸」，不易語。

鍾云：語不深奧，三、四流麗。

又云：人道三、四妙，余謂「洲白」二聯更妙。

劉長卿　**穆陵關北逢人歸漁陽**

《表海圖》：穆陵關，在淄州兩山間，所謂南至于穆陵者也。《唐·地理志》：沂州琅琊郡沂水縣北有穆陵關。《一統志》：穆陵關，在青州府大峴山上。吴吴山云：按此詩云「楚國蒼山古」，與王龍標《送薛大赴安陸》詩「遥送扁舟安陸郡，天邊何處穆陵關」，是穆陵近安陸也。又長卿《次安陸寄友》詩：「新年草色遠萋萋，久客將歸問路蹊。暮雨不知溳口處，春風只到穆陵西。孤城盡日空花落，三户無人自鳥啼。君在江南相憶否？門前五柳幾枝低。」郎士元《送別》詩：「穆陵關上秋雲起，安陸城邊遠行子。薄暮寒蟬三兩聲，回望故鄉千萬里。」皆可證。《地志》誤以《左傳》穆陵、無棣爲齊境，遂謂關在青州府大峴山上，不知穆陵在楚，無棣亦在遼西孤竹。蓋「賜履」，乃征伐所至之域，非封界也，故楚子詰以「不虞君之涉吾地」，桓公直答以穆陵楚地是所當涉云耳。《唐・地理志》：薊州，漁陽郡，開元十八年置。明順天府薊州是也。

逢君穆陵路，匹馬向桑乾。楚國蒼山古，穆陵之地。**幽州白日寒。**漁陽之地。**城池百戰後，**禄山起亂，漁陽爲最。**耆舊幾家殘。處處蓬蒿遍，歸人掩淚看。**

謝朓詩：「逢君後園宴。」《舊唐・地理志》：桑乾都督府，屬關内道。桑乾河，在大同府南，源出馬邑縣洪濤山下，與金龍池水合流，東南入廬溝河。○《左傳》：楚國方城以爲城。顔延之詩：「謁帝蒼山路。」漁陽，唐爲幽州，亦爲范陽，明順天密雲之地。○《韓非子》：築城池以守固。《孫子》：百戰百勝，非善之善者也。元行恭詩：「頽城百戰後。」《漢・蕭育傳》：育，耆舊名臣。宇云：殘，餘也，杜詩多有之。唐以殘滅解之，不當。○《國策》：王后之門必生蓬蒿。江淹詩：「歸人望煙火。」陸機詩：「掩淚叙温涼。」

王元美曰：劉隨州，五言長城。如「幽州白日寒」語，不可多得。惜十章以還，便自雷同，不耐檢。

【原眉批】

鍾云：壯語平調，悲在「歸人」二字。

張祜

題松汀驛

松汀驛，未詳其地。

山色遠含空，蒼茫澤國東。海明先見日，江白迥聞風。鳥道高原去，只言鳥飛，不必謂險。**人煙小徑通。那知舊遺逸，不在五湖中。**

《周禮》：澤國用龍節。梁元帝詩：「秋氣蒼茫結孟津。」唐云：驛之所在，疑必依枕山陵，襟帶江海。○《南中八志》：鳥道四百里，以其險絶，獸猶無蹊，特上有飛鳥之道耳。《羽獵賦》：「相與列乎高原之上。」曹植詩：中野何蕭條，千里無人煙。○《孟子》：柳下惠，遺逸而不怨。宇云：「舊」，乃耆舊之舊，猶久也。「遺逸」，逸於當時之朝舉也。「五湖」，見上《登雲門寺閣》詩。《樂府·古辭》：「遊戲徘徊五湖中。」唐云：世人皆以五湖爲隱士栖逸之所，殊不知乃有不居五湖而在此中者，其意必有所指。余謂或是此驛與五湖近，故望之想其遺逸之賢者或在也。

【原眉批】

鍾云：「海明」二句，用得渾成。

釋處默　**聖果寺**

《一統志》：寺在杭州鳳凰山右，寺有排衙石石洞，郭公泉月巖。

路自中峰上，盤回出薜蘿。到江吴地盡，隔岸越山多。古木叢青靄，遥天浸白波。下方城郭近，鐘磬雜笙歌。

《楚詞》：「若有人兮山阿，被薜荔兮帶女蘿。」王逸注：蘿，兔絲也。薜荔、兔絲皆無根，緣物而生。謝靈運詩：「薜蘿若在眼。」〇《非有先生論》：率然高舉，遠集吴地。《吴越春秋》：望見大越，山川重秀。蔣云：錢塘分吴越之境，故有「吴地」「越山」之聯。薛逢《送杭州牧》詩亦云：「吴江水色連堤闊，越俗春聲隔岸聞。」〇王筠詩：「天隅斂青靄。」張正見詩：「風伯静遥天。」〇《史·日者傳》：取卜事列于下方。《佛經》有「上方世界」「下方世界」。《史·周紀》：古公營築城郭、宫室。《儀禮》：歌《魚麗》，笙《由庚》。鮑照詩：「笙歌待明發。」

附記：《吴越紀事》：處默賦詩，輒有奇句。羅隱嘗見「吴地」「越山」之聯，詫曰：「此吾句也，失之久矣，乃爲師所得耶？」聞者鄙其偎薄。

【原眉批】

蔣云：次聯遂爲武林佳偶。

鍾云：凡景所有，筆已無不有，妙，妙。

卷之四　五言排律

排律之作，其源自顔、謝諸人古詩之變，首尾排句，聯對精密，與古詩差别。

楊炯

送劉校書從軍

《唐·職官志》：校書郎十人，正九品，掌讎校典籍，爲文士起家之良選。其弘文、崇文館著作司經局，并有校書之官，皆爲美職，而秘書省爲最。

天將天子之將，猶言天兵。**下三宫，星門列五戎。坐謀資廟略，飛檄佇文雄。**二句屬校書。

《隋·天文志》：天將軍十二星，在婁北，主武兵。中之大星，天之大將也。左星爲左將軍，右星爲右將軍。三宫，明堂、辟雍、靈臺也。《周禮》：命將受賑於廟，受成於學。徐增云：凡行軍皆按八門，八門有九星，故曰星門。天蓬星屬水，居休門，北方坎宫；天任星屬土，居生門，東北方艮宫；天衝星屬木，居傷門，東方震宫；天輔星屬木，居杜門，東南方巽宫；天英星屬火，居景門，南方離宫；天芮星屬土，居死門，西南方坤宫；天柱星屬金，居驚門，西方兑宫；天心星屬金，居開門，西北方乾宫；天禽星在中宫，大將居之，不動。其餘八星各隨時日，六甲、六巳，符頭所指，與八門俱變。《易》形家照《洛書》數，二四爲肩，從橫十五算之。中宫固是天禽本位，常寄居二宫坤方，以中宫難變動故也。《禮記》：季秋之月，天子乃教於田獵，以習五戎。《周禮》注：五兵者，戈、殳、戟、酋、矛。夷，矛也。亦謂五戎。〇《史·蔡澤傳》：謀不出廊廟，坐制諸侯。《晉·羊祜傳》：外揚王化，内經廟略。庾肩吾詩：「方憑七廟略。」《廣韻》：略，法也，猶計畫也。潘岳詩：「飛檄秦郊，告敗上京。」《説文》：檄，以木簡爲書，長尺二。軍中有急徵兵，則插以鷄羽，謂之羽檄。飛檄，羽檄也。

赤土流星劍，烏號明月弓。秋陰生蜀道，殺氣繞湟中。風雨喻離別，猶言雲摇雨散也。**何年别**，何，幾何也。**琴樽此日同**。言此日餞筵，暫得琴樽同也。一説幾年相别而復得，同於今日之琴樽耶，亦通。（自）**離亭**（目送既遠）**不可望，溝水自西東**。君西我東。

《晉·張華傳》：雷焕得豐城雙劍，以南昌赤巖下土拭之，光芒艷發，以一劍并土寄華。華以華陰赤土拭劍，倍益精明。《古今注》：吴大帝有寶劍六：一白虹，二紫電，三辟邪，四流星，五青冥，六百里。庾信詩：「流星抱劍文。」《古史考》：烏號，柘樹枝長而烏集，將飛，枝彈烏，烏乃號呼，以柘爲弓，因名烏號。《風俗通》：黄帝鑄鼎于荆山，鼎成，有龍垂胡髯下迎黄帝。黄帝上騎，群臣悉持龍髯，龍髯拔，墮黄帝之弓，百姓乃抱其弓與胡髯號，故後世因名其處曰鼎湖，其弓曰烏號。據此則烏鳴呼也。庾信《馬射賦》：「弓如明月對堋。」又《詩》：「明月動弓梢。」張震云：明月，以弓持滿有如月圓也，亦有以半月譬弓也。

○《漢·五行志》：貌傷，則致秋陰常雨。崔信明詩：「金門去蜀道。」《禮記》：仲秋之月，殺氣浸盛。《胡笳》：「殺氣朝朝衝塞門。」《一統志》：湟水，在臨洮府蘭縣西一百八十里，一名金城河，一名河水。源出大小榆谷之北，與洮水合。○《詩》：「風雨蕭蕭。」○徐增云：古十里一亭，以憩行路之人，且便記程，送別必於此處。卓文君《吟》：「今日斗酒會，明旦溝水頭。躞蹀御溝上，溝水東西流。」庾抱詩：「人世多飄忽，溝水易西東。」

【原眉批】

鍾云：楊炯排律詩，已存温厚，爲盛唐立極，但未開闊耳。

家鼎云：篇法典雅。

蔣云：無一繞字，最俗。

又云：結語寬緩。

駱賓王　**靈隱寺**〔一〕

《一統志》：靈隱寺，在杭州武林山，晋咸和中初建。先是西僧慧理，登靈隱、天竺兩山之間，嘆曰：此中天竺國靈鷲山小嶺，不知何以飛來？因結庵，名曰靈隱，命其峰曰飛來山。有靈鷲塔，亦慧理遺迹。沈德潛云：此即今之韜光寺也，後移靈隱於山下，若今之靈隱，能觀海日對江潮乎？

鷲嶺鬱岧嶢，龍宮鎖寂寥。樓觀滄海日，門對一作「聽」，然據沈説作「對」爲是。**浙江潮。桂子月中落，天香雲外飄。**

《法華經》注：耆闍崛山，此翻靈鷲山，形似鷲，故名。佛常居此。潘岳詩：「修卭鬱岧嶢。」《法華經》：文殊從娑竭羅龍宮出。詩家借称佛寺。《老子》：寂兮寥兮。○《十洲記》：滄海島，在北海中。海四面繞，水皆蒼色。《一統志》：杭州海寧縣南十里有大海，東連海鹽，西境浙江，潮汐往來之所。江口有山，潮水投山，十折而曲，故名。○《酉陽雜俎》：月中有桂，高五百丈，下有一人，常斧斫之，樹創随合，乃仙人吴剛也。《霏雪録》：唐天聖中，秋月甚朗，降靈實于靈隱，狀若珠璣，璀璨奪目，有異人識之，因曰此月中桂子也。《禪林備覽》：天竺山八月十五日夜，常有桂子落。《丹鉛録》：劉績《霏雪録》載杭州靈隱寺月中墜桂子事，似涉怪異。余按《本草圖經》云：江東諸處多於衢路間拾得桂子，破之辛香。古老相傳，是月中下也。《唐·五行志》：垂拱四年三月，雨桂子於台州，旬餘乃止。梁元帝詩：「月中含桂樹。」庾信詩：「天香下桂殿。」

捫蘿登塔遠，刳木取泉遥。霜薄花更發，冰輕葉未凋[二]。**夙齡尚遐異，披對**披襟對之。**滌煩囂。待入天台路，看余渡石橋。**天台去靈隱不太遠，故尚遐異之心，乃欲從此去而入天台也。

范雲詩：「捫蘿正憶我。」《易》：刳木爲舟。《一統志》：冷泉，在靈隱寺前山畔，舊有暖泉、醴泉、卧犀泉、蕭公泉。○沈約詩：「夙齡愛遠壑。」注：夙齡謂少年時也。○「天台」，見五律《觀山水圖》詩。天台山上有石橋，廣不盈尺，下臨萬丈深澗，惟忘其身，然後能濟。

胡元瑞曰：《靈隱寺》詩，舊傳賓王續成。

王元美謂：詳其格調，自當屬宋最爲得之，然《本事詩》但稱「樓觀滄海日，門聽浙江潮」二句爲駱，末云僧所贈句，乃一篇警策，即餘皆宋作，甚明。「觀」「聽」二字，自是垂拱作法，駱果爲僧，未可知也。

【原眉批】

鍾云：「觀」「聽」二字，自是垂拱作法。

又云：「夙齡」二語，似古詩入律，自好。

蔣云：無末二句，亦自結得。

鍾云：末二句方有餘意。

【校勘記】

[一]《全唐詩》卷五十三作宋之問詩。

[二]末：底本訛作「互」，據《全唐詩》卷五十三改。

宿温城望軍營

《周紀》注：温城，在懷州温縣西，本周司寇蘇忿生所封之地。唐置温池縣，屬靈州，於明爲寧夏中衛地。

虜地寒膠折，邊城夜柝聞。兵符關帝闕，臣奉君。**天策動將軍。**君命臣。**塞静胡笳徹，沙明楚練分。風旗翻翼影，霜劍轉龍文。**

《晁錯傳》：欲立威者，始於折膠。蘇林注：秋氣至，膠可折，弓弩可用。匈奴常以爲候而出軍。江總詩：「塞北寒膠折。」《易》：重門擊柝，以待暴客。○「兵符」，即銅虎符，既見。《信陵君傳》：晉鄙之兵符常在王卧内。《左傳》：鶉之賁賁，天策焞焞。注：天策，尾上一星。唐武德初，高祖以秦王世民功大，特置天策上將，開天策府，置官屬。此借言天子之策。○《左傳》：楚子伐吴，使鄧廖帥組甲三百，披練三千。○梁簡文詩：「風旗争曳影。」《西京雜記》：高祖斬白蛇，劍瑩，刃上常若霜雪。《史·田單傳》：畫以五彩龍文。

白羽摇如月，青山斷若雲。煙疏疑卷幔，軍中幕。**塵滅似銷氛。**妖氛。**投筆懷班業，臨戎想召**一作「顧」。**勛。還應雪漢耻，持此報明君。**應三、四句。

《家語》：子路曰：由願得白羽若月，赤羽若日，由當一隊而敵之。《文選》注：白羽，矢也。又諸葛亮每出師，持白羽扇指麾。《湘中記》：自湘川望，衡山如陣雲。○沈約詩：「高車塵未滅。」《文選》注：氛，氣也。○「投筆」，見五言古《述懷》詩。沈約詩：「臨戎征馬倦。」蔣云：「召勛」，一本作「顧勛」。舊注謂：召穆公，虎也，周宣王時，公嘗平淮南之夷。《晋書》：顧榮，字彦先，廣陵相。陳敏反，南渡江，榮潛謀起兵攻敏，斂舟於南岸。敏率萬餘人出，不獲濟。榮揮以羽扇，其衆潰散。余謂「臨戎」二字，蓋必有所出，未考。舊引召虎、顧榮事，共未的確。○《西征賦》：「蒙漢耻而不雪。」蔣云：匈奴圍漢高祖於白登，七日後遣劉敬使匈奴，結和親，并爲漢耻。

楊用修曰：此篇與「邊城落日」一首大意同，其寫景盡胸中之悲壯，用事悉軍中之容態，所以爲難。

【原眉批】

鍾云：悲壯典麗，無所不備。

劉云：壯健弘遠。

蔣云：杜詩「旌旗日暖龍蛇動」即此意，然此五字尤勝。

蘇味道

在廣聞崔馬二御史并登相臺[一]

《唐·地理志》：嶺南道，在廣州，在明爲廣東廣州府。蔣云：周官宗伯之屬，有御史，掌贊書御侍也。後世以爲糾察之官。唐置門下、中書兩省，爲左右所治，而尚書左右僕射亦宰相職，并稱相臺。説見下。

振鷺纔飛日，遷鶯遠聽聞。 **明光共待漏，清覽各披雲。** 言省中諸官刮目二人也，省官多以「清」稱。**喜得廊廟舉，嗟爲臺閣分。** **故林懷柏悦，** 御史舊官，故曰「故林」，以對「新渥」。**新渥阻蘭薰。**「懷」「阻」并自味道在廣而言。**冠去神羊影，車迎瑞雉群。** **遠從南斗外，** 言廣。**遥望列星文。**

《詩》：「振鷺于飛。」注：振，群飛貌。《詩》：「鳥鳴嚶嚶，出自幽谷，遷于喬木。」陽慎詩：「軒樹已遷鶯。」振鷺，喻列位。遷鶯，喻進官。○《漢·官典職》：尚書奏事于明光殿。沈約詩：「待漏終不溢。」《雍録》：元和元年初，置百官待漏院，各據班品爲次，在建福門外，候禁門啓，入朝。《晉書》：樂廣爲尚書郎，衛瓘見而奇之，曰：每見此人，瑩然猶披雲霧而睹青天也。○《慎子》：廊廟之才，非一木之枝。《晉書》：索靖子綝，少有逸群之量。靖每曰：廊廟之才，州郡吏不足污吾兒也。舉秀才，除郎中，至尚書左僕射。蔣云：唐龍朔二年，更名門下省爲東臺，中書省爲西臺，尚書省爲中臺。光宅初，又更名門下省爲鸞臺，中書省爲鳳閣，尚書省爲文昌臺。其郎各因臺閣改易爲名，意二人必一拜門下郎或尚書郎，一拜中書郎，故云

「臺閣分」。余按「明光」「披雲」「廊廟」「蘭薰」「瑞雉」，皆爲尚書故事，則知二人俱拜尚書郎也。沈佺期詩「并命登仙閣」，謂尚書也，則臺閣通稱尚書。「分」以己在廣言之耳。又按味道嘗爲鳳閣舍人，或其事也，然在廣之義爲優。○《漢・朱博傳》：御史府井舍百餘區，府中列柏樹，常有野烏數千栖止，朝去暮集，因名柏臺，又名烏臺。陸機《嘆逝賦》：「信松茂而柏悅。」此借用其字。《漢官儀》：尚書郎懷香握蘭。梁元帝詩：「接膝對蘭薰。」○神羊，即獬豸也。《漢官儀》：法冠，一曰柱後冠。《左傳》：南冠而縶，則楚冠也。秦滅楚，以其冠賜近臣，御史服之，即今獬豸冠也。古有獬豸獸，觸不直者，聞人論，則咋不正者。《漢書》：蕭芝至孝，除尚書郎，有野雉成群當車，送至岐路，及下，飛於車前。○《天官書》：太微三光之庭後，聚一十五星，蔚然曰郎位。注：郎位，五星在太微中。今尚書郎。《後漢・明帝紀》：郎官上應列宿。《楚詞》：「南指月與列星。」庾信詩：「金匱辨星文。」

方萬里曰：唐人自御史除省郎，以爲至榮，此詩曲盡體貼。

【原眉批】

家鼎云：臺閣詩不得不如此典重。

【校勘記】

［一］在廣聞崔馬二御史并登相臺：《全唐詩》卷六十五作「使嶺南聞崔馬二御史并拜臺郎」。

李嶠　**奉和幸韋嗣立山莊應制**[一]

《唐書》：韋嗣立，字延構，思謙子也。中宗景龍中，拜兵部尚書，同中書門下三品，顧待甚渥。《一統志》：鳳凰原，在西安府臨潼縣東北。唐韋嗣立於原之鸚鵡谷構別廬。景龍三年，中宗幸嗣立山莊，命從官賦詩制序冠篇。今西安府有逍遥公園故迹。

南洛師臣契，東巖王佐居。幽情遺紱冕，宸眷矚樵漁。制下峒山蹕，恩回灞水輿。自灞水枉輿來。**松門駐旌皂，薜幄引簪裾。**

《漢書》：董仲舒有王佐之才。嗣立山莊，在驪山鳳皇原之鸚鵡谷。驪山，長安東山也。又東南二百里爲上洛，在洛水南。張説《東山記》：韋公體含貞静，思叶幽曠，雖翊亮廊廟，而緬懷林藪，東山之曲，有別業焉。嵐氣入野，榛煙出俗，石潭竹岸，松齋藥畹，虹泉電射，雲木虚吟，惚恍疑夢，間關忘術。兹所謂丘壑夔、龍，衣冠巢、許。皇上聞而賞之，乃命掌舍設帟，金吾劃次，太官載酒，奉常抱樂，停輿輦於青靄，伫翬褕於紫氛。百神朝於谷口，千官飲於池上。是日，即席拜公逍遥公，名其居曰清虚原幽栖谷。○《西都賦》：「發思古之幽情。」又：英俊之域，紱冕所興[二]。《禮記》注：紱，蔽膝也，以韋爲之。其色，天子純朱，諸侯黄朱。冕，冠也。冠上加版，謂之冕。孔魚詩：「蘭澤侶樵漁。」○制，敕也。峒山，即崆峒山。在平凉府，有問道宫。《莊子》謂黄帝學道於廣成子，即此。《梁孝王傳》：出稱警，入言蹕。注：蹕，止行人也。《漢儀》注：皇帝輦動，左右侍帷幄者稱警；出殿則傳蹕，止人清道也。《三輔黃圖》：灞水，出藍田谷，西北入渭。《一統志》：霸水，在西安府城東二十里北，注於渭。本名滋水，秦穆公更名，以章霸功。○《周禮》：析羽爲旌。皂，皂蓋也。《楚詞》：「罔薜荔兮爲幄。」注：罔，結也。薛昉詩：「平臺愛賓友，逢掖齒簪裾。」

石磴平黃陸，黄，土色。此言登磴道而地開豁也。**煙樓半紫虛。雲霞仙路近，琴酒俗塵疏。喬木千齡外，懸泉百丈餘。崖深經鍊藥，穴古舊藏書。樹宿摶風鳥**[三]，**池潛縱壑魚。**二句比章。**寧知天子貴，尚憶武侯廬。**

謝靈運詩：「石磴瀉紅泉。」曹植詩：「排霧凌紫虛。」○鮑照詩：「琴酒駛弦酌。」○「喬木」，既見。鄭曼季詩：「永好千齡。」《文選》注：齡，年也。《列子》：孔子觀于吕梁，懸水三千仞。周明帝詩：「巖泉百丈飛。」《長安志》：韋嗣立別廬有重崖洞壑，飛流瀑水。○《穆天子傳》：藏異書於大西山、小西山之中。《方輿記》：秦人隱學於小西山中，石穴有所藏書千餘卷。梁湘東王賦：「訪西陽之逸典。」○《莊子》：鵬摶扶搖羊角而上者九萬里。注：上行風，謂之扶摇。王褒《聖主得賢臣頌》：沛乎！若巨魚縱大壑。注：謂君臣道合也。○諸葛亮《出師表》：先帝猥自枉屈，三顧臣於草廬之中。

【原眉批】

文王以「尚父」爲師，又「太甲」「師保」「畢命」「父師」，皆師臣之謂。

譚云：三、四道盡題意。

蔣云：實語貼題，虚語有假借處。

【校勘記】

［一］奉和幸韋嗣立山莊應制：《全唐詩》卷六十一作「奉和幸韋嗣立山莊侍宴應制」。

［二］紱冕所輿：底本「輿」作「輿」，據《文選》卷一班固《西都賦》改。

［三］摶：底本訛作「搏」，據《全唐詩》卷六十一改。

陳子昂

白帝懷古［一］

《水經注》：白帝山城，周迴三百八十步，北緣馬嶺，接赤岬山。其間平處，南北相去八十五丈，東西十七丈。東傍東瀼溪，即以爲隍，西南臨大江，闞之眩目。唯馬嶺少差委迤，猶斬爲路，羊腸數四，然後得上。《寰宇記》：漢光武時，公孫述據成都，自稱白帝，以蜀居四方之西，而白西方色也，因更名巴郡曰白帝城。唐改夔州。徐增云：伯玉，蜀之梓潼人，將之楚，舟由三峽晚泊白帝，故有懷古之作。

日落滄江晚，停橈舟泊峽中。**問土風**。**城臨巴子國**，巴子，周所封，映下「周甸」。**臺没漢王宫**。**荒服仍周甸，深山尚禹功**。地屬荒服，亦周家之所壤；深山窮僻，亦禹功之所及。乃「禹功」「周甸」，而復荒深，如是反覆感慨，在「仍」「尚」二字。**巖懸青壁斷，地險碧流通。古木生雲際，歸帆出霧中。**峽氣晦冥。**川途去無限，客思坐何窮。**

隋煬帝詩：「日落滄江静。」《方言》：楫，謂之橈。《左傳》：樂操土風。○《一統志》：夔州府，春秋時屬巴國。又：巴子城，在重慶府合州南五里。《蜀志》：先主征吴，爲陸遜所敗，還至白帝，改魚復爲永安宫，居之。諸葛亮受遺於此。徐堪詩：「班姬與飛燕，俱侍漢王宫。」○《禹貢》：五百里甸服，五百里荒服。甸服，畿内之地；荒服，荒野之地。甸，治也。此及下篇「秣馬臨荒甸」，「甸」字但謂土壤。《史記》：禹之功大矣。《江賦》：「巴東之峽，夏后疏鑿。」○范雲詩：「巖懸獸無迹。」嵇康《琴賦》：「青壁萬尋。」《易》：地險，山川丘陵也。○《楚詞》：「君誰須兮雲之際。」謝靈運詩：「瞑還雲際宿。」何遜詩：「歸帆得望家。」劉删詩：「匡山若霧中。」○謝靈運詩：「豈伊川途念。」謝朓詩：「客思渺難裁。」

【原眉批】

蔣云：「停橈」五字，含一篇主意。

又云：「古木」二句深秀。

【校勘記】

[一]白帝懷古：《全唐詩》卷八十四作「白帝城懷古」。

峴山懷古

《一統志》：峴山，在湖廣襄陽府城南七里。

秣馬臨荒甸，登高覽舊都。猶悲墮淚碣，尚想卧龍圖。城邑遥分楚，山川半入吴。丘陵徒自出，賢聖幾凋枯。即羊公所嘆，今并羊公在其中。**野樹蒼煙斷，津樓晚氣孤。誰知萬里客，懷古正踟蹰。**

《詩》：「言秣其馬。」毛云：秣，養也。江淹詩：「秣馬辭帝京。」阮籍詩：「登高臨四野。」《莊子》：舊國舊都，望之暢然。○《晉書》：羊祜都督荆州，每風景，必造峴山，置酒言咏，嘗謂從事鄒湛等曰：自有宇宙，便有此山。由來賢達勝士，登此遠望，如我與卿者多矣，皆湮滅無聞，使人悲傷，如百歲後有知，魂魄猶登此也。祜卒，襄陽百姓於峴山建碑，望其碑者，莫不流涕，杜預因名爲「墮淚碑」。《一統志》：隆中山，在襄陽府城西二十五里，諸葛亮嘗隱於此。唐云：圖義未詳，疑亮有八陣圖，故借以叶韻耳。○《淮陰侯傳》：以天下城邑封功臣。○西王母《白雲謡》：「白雲在天，丘陵自出。將子無死，尚能復來。」《古詩》：「萬歲更相送，賢聖莫能度。」左思詩：「俯仰生榮華，咄嗟復凋枯。」○庾信詩：「秋雲低晚氣。」○陶潛詩：「出門萬里客。」《東京賦》：「慨長思而懷古。」《詩》：「搔首踟蹰。」行不進貌。

【原眉批】

「秣馬」句與上「停橈」句同一風況。

鍾云：俯仰慷慨，氣格豪邁，絶去纖靡之習。

黄云：起結有法，對聯嚴整。

家鼎云：懷古之情，難以語人，故以「誰知」發之。

杜審言　**贈蘇味道**

時蘇參軍於邊。

北地寒應苦，南庭一作「城」。**戍不歸。邊聲亂羌笛，朔氣捲戎衣。**二句俱言風。**雨雪關山暗，風霜草木稀。胡兵戰欲盡，漢卒尚重圍。**

《匈奴傳》：匈奴處北地，寒殺氣早降。《鹽鐵論》：山東之戎馬甲士戍邊郡者，暴露中野，居寒苦之地。沙鉢羅可汗建庭于睢合水，謂之南庭；吐陸可汗建牙於鏃曷山，謂之北庭。二庭以伊列水爲界，所謂南單于、北單于也。釋寶月詩：「夜聞南城漢使度，使我流淚憶長安。」謂南城者，自虜地而南也。○李陵書：邊聲四起。馬融《羌笛賦》：「近世雙笛從羌起。」虞羲詩：「羌笛隴頭鳴。」《風俗通》：笛，漢武帝時丘仲所作，本自羌中。《樂府》：「朔氣傳金柝。」《書》：一戎衣，天下大定。○《詩》：「雨雪載塗。」鮑照詩：「辛苦風霜亦何爲。」

雲净妖星落，秋高塞馬肥。據鞍雄劍動，摇筆羽書飛。輿駕還京邑，朋遊滿帝畿。方期來獻凱，歌舞共春暉。

《漢·天文志》：祆星不出五年，其下有軍。《李陵傳》：方秋，匈奴馬肥。庾信詩：「塞馬暗嘶群。」○《後漢·馬援傳》：據鞍顧眄，以示可用。劉琨詩：「據鞍長嘆息。」《列女傳》：莫邪鑄雙劍，一雌一雄。王融詩：「摇筆泉瀉。」《楚漢春秋》：黥布反，羽書至。虞羲詩：「羽書時斷絶。」羽書，即羽檄，見上。○裴讓之詩：「嵩山表京邑。」《西都賦》：「三成帝畿。」○《周禮》：王師大獻，則令奏凱樂。《司馬法》：得意，則愷樂，所以示喜也。楊訓詩：「饌玉對春暉。」

【原眉批】

蔣云：前只説邊景，後纔歸到蘇身上。

鍾云：高華雄勁，冠冕詞流。

又云：起首極話邊景，後方領其才略，贈體之正者也。

沈佺期

酬蘇員外味玄夏晚寓直省中見贈[一]

《通典》：隋開皇三年，尚書二十四司各置員外郎一人。謂本員之外復置郎也，掌其曹之版籍，侍郎闕則釐其曹事。《文選》注：直，謂宿於禁中，以備非常。

并命蘇與己。**登仙閣，通宵直禮闈。大官供宿膳，侍史護朝衣。卷幔天河入，開窗月**（下之）**露微。小池殘暑退，高樹早涼歸。冠劍無時釋，軒車待漏飛。明朝題漢柱，**明朝入奏，必沾寵渥，如靈帝之題柱。**三署**（皆因君）**有光輝。**

蔣云：漢制，尚書省在神仙門内，故云仙閣。庾肩吾詩：「并命登飛閣。」任昉《王文憲集》序：出入禮闈。《十洲記》：崇禮闈，即尚書上省門。崇禮東建禮門，即尚書下舍門，二門名禮，故曰「禮闈」。尚書郎更直五日。○《漢・百官表》：少府屬官，有大官主膳食。《漢官儀》：尚書郎入直臺中，官供新青縑白綾被，大官供食，食下天子一等。應劭《漢官儀》：尚書郎入直臺廨中，給女侍史二人，皆選端正者，執香爐燒薰，以從入臺中，給使護衣服。○楊泉《物理論》：水之精氣，上浮宛轉隨流，名之曰「天河」。《子夜歌》：「開窗秋月光。」謝瞻詩：「月露皓已盈。」○潘岳《閑居賦》：「凛秋暑退。」○《貨殖傳》：飾冠劍，連車騎。《古詩》：「軒車來何遲。」梁簡文詩：「落關猶待漏。」「待漏」，見上。○《後漢書》：田鳳爲尚書郎，容儀端正，每入奏事，靈帝目送之，因題柱曰：堂堂乎張，京兆田郎。《初學記》：秦初置郎中令，其屬官有三署。署中有郎中、侍郎，分隸三署。此曰「三署」，蓋指尚書、中書、門下三省。《蔡澤傳》：聲名光輝，傳于千世。《古詩》：「萬物生光輝。」

【原眉批】

譚云：讀之牙齒生香。

徐云：意高詞古，排律當家。

「冠劍」二句，見「夙夜匪懈，以事一人」意。

蔣云：此等題便用「明朝」。

【校勘記】

［一］酬蘇員外味玄夏晚寓直省中見贈：《全唐詩》卷九十七作「酬蘇員外味道夏晚寓直省中見贈」。

同韋舍人早朝［一］

《唐書》：韋承慶，字延休，鄭州武陵人，爲鳳閣舍人。父思謙，著名，詩中云「一經傳舊德」是也。《初學記》：晋時，中書置舍人、通事各一人，梁始掌詔誥，其後除通事，直曰「中書舍人」。

閶闔連雲起，言高。**巖廊拂霧開**。言曙。**玉珂龍影**言馬。**度**，三字見曉。**珠履雁行來**。**長樂宵鐘盡，明光曉奏催**。**一經傳舊德，五字擢英材**。**儼若神仙去，紛**猶言翩翩。**從霄漢回**。「霄漢」二字正承起句。**千春奉休曆**，休明之世。**分禁喜趨陪**。

「閶闔」，見七古《丹青引》。《秋興賦》：「高閣連雲。」《董仲舒傳》：遊於巖廊之上。注：謂嚴峻之廊也。謝朓詩：「拂霧朝青閣。」〇「玉珂」，見五律《宿左省》詩。《史記》：春申君客三千餘人，其上客皆躡珠履。《詩》：「兩驂雁行。」《三輔黄圖》：長樂宮，本秦興樂宮也，在雍州櫟陽縣。漢高帝始居櫟陽，七年長樂宮成，徙居長安。《史記》：呂后使武士斬韓信長樂鐘室。注：長樂宮懸鐘之室。「明光」，見上《崔馬登相臺》詩。〇《漢書》：韋賢爲丞相，少子玄成復以明經歷位宰相，鄒魯諺曰：「遺子黄金滿籯，不如教子一經。」《左傳》：穆公不忘舊德。《魏晋世語》：司馬景王命中書郎虞松草表再呈，不可意，令更定之。中書郎鍾會察有憂色，問松取草，爲定五字，松悦服，以呈景王，曰：「如此可大用，真王佐才也！」裴休，中書舍人，制詞綸闈，回五字之春。王濬，自中書除待制詞，禁垣揮翰，五字日宣。皆用此事。〇《禮記》：儼若思。《漢・揚雄傳》：往時，武帝好神仙。《世説》：王恭乘高輿，被鶴氅裘。于時微雪，孟昶於籬間窺之，嘆曰：此真神仙中人也！謝靈運詩：「結念屬霄漢。」〇梁簡文詩：「千春誰與樂。」沈爲考功，屬吏部，韋屬中書，故云「分禁」。

【原眉批】

鍾云：自是廊廟氣骨，不近猥瑣，格嚴法整。

又云：博大雄雅，絶無纖巧之弊。

【校勘記】

［一］同：《全唐詩》卷九十七作「和」。

宋之問　**奉和幸長安故城未央宫應制**

長安故城，在西安府西北，本秦離宫，漢高帝七年自櫟陽城徙都於此，未央宫在其西。景龍四年二月，中宗幸焉。《三輔黄圖》：未央宫，周迴二十八里，因龍首以制前殿。

漢王未息戰，蕭相乃營宫。壯麗一朝盡，威靈千載空。解上「乃」字，抑漢。**皇明悵前迹，**略見唐之軼漢。**置酒宴群公。寒輕彩仗外，春發幔城中。**可見不用壯麗。**樂思迴斜日，**「斜日」用故事，故得與「大風」對。**歌詞繼大風。今朝天子貴，不假叔孫通。**

《國策》：戰攻不息。《漢書》：高帝七年，蕭何治未央宮，前殿建北闕。帝見其壯麗，甚怒，曰：「天下匈匈，苦戰數歲，成敗未可知，是何治宮室過度也？」何曰：「天子以四海爲家，非壯麗亡以重威。」帝悦。○江總《雲堂賦》：「仰一時之壯麗，跨萬古之威靈。」任昉詩：「一朝萬化盡。」○《西都賦》：「天人合應，以發皇明。」吴吴山云：皇，大也。或作「王」，引《易》「王明」，非也。唐太宗詩：「白水巡前迹。」《始皇紀》：置酒咸陽宮。辛德源詩：「置酒宴群公。」○「仗」，既見。「幔城」，幔帷似城也，猶言帳殿也。庾肩吾詩：「離舟卷幔城。」○《淮南子》：魯陽公與韓遘戰酣，日暮援戈而揮之，日爲之反三舍。《吴都賦》：「歡情留，良辰征。魯陽揮戈而高麾，迴靈曜於太清。」辛德源詩：「窗中斜日照。」石崇《思歸引》序：作歌詞以述余懷。《史記》：高祖過沛宮，置酒。酒酣，擊筑歌曰：大風起兮雲飛揚。○《詩》：「以永今朝。」《史記》：叔孫通起朝儀，諸侯王以下莫不震肅，帝曰：吾今日乃知爲皇帝之貴也。

【原眉批】

徐云：「未」字、「乃」字，已見不滿漢代。

鍾云：叙致帶古體，樸而大。

蔣云：未央宮用漢事，佳。

奉和晦日幸昆明池應制

昆明池，見七古《帝京篇》。

春豫靈池會，滄波帳殿開。舟凌石鯨渡，槎拂斗牛回。節晦蓂全落，春遲柳暗催。

《孟子》：吾王不豫，吾何以助。注：豫，樂也。《洞冥記》：且露地西有靈池，方四百步。柳惲詩：「大液滄波起。」《庾信賦》：「帳殿開筵。」○《三輔故事》：昆明池中有豫章臺，刻石爲鯨魚，每至雷雨，魚常鳴吼，鬣尾皆動。旁有二石人，象牽牛、織女。《博物志》：有人居海渚者，年年八月，有浮槎去來，不失期。人好奇者，多賚糧乘槎而去，十餘月至一處，有城郭，如州府，望宮中，有一女織，一丈夫牽牛飲河，問此處何處，答曰：君還蜀都訪嚴君平，則知之。因還至蜀，問君平，曰：某年某月客星犯牽牛宿。計其年月，正此人到天河時也。○《竹書紀年》：堯時蓂莢生庭，月朔日一莢生，至十五日而足，十六日一莢落，至晦而盡。

象溟看浴景，燒劫辨沈灰。鎬飲周文樂，汾歌漢武才。不愁明月盡，自有夜珠來。

《關輔記》：池象北海。《三輔舊事》：日出暘谷，浴於咸池。此池象之也。鮑照詩：「穿池類溟渤。」《高僧傳》：漢武帝初鑿昆明池，底得黑灰，帝問東方朔，朔曰可問西域梵人。及後竺法蘭至，問之，曰：世界終盡，劫火洞燒，此劫燒之餘灰也。○《後漢書》：鎬在京兆尹上林苑中。《三輔黃圖》：鎬地，在昆明池北，即周之故都。《詩·小雅[二]》：「王在在鎬，豈樂飲酒。」周天子燕諸侯詩也。沈約詩：「宴鎬鏘玉鑾，遊汾舉仙仗。」鎬京，乃武王所作，此假言周文，以與漢武成對偶耳。《漢武故事》：帝行幸河東祠后土，中流與群臣飲宴，乃自作《秋風辭》，曰：泛樓船兮濟汾河。○《三秦記》：昆明池中有靈沼，名神池，通白鹿源。源人釣魚，綸絶而去。夢於武帝，求去其鈎，三日戲於池上，見大魚銜索，帝曰：「豈不穀昨所夢耶？」乃去鈎放之。間三日，帝復遊池濱，得明珠一雙，帝曰：「豈魚之報耶？」○《全唐詩話》：中宗正月晦日幸昆明池，賦詩，群臣應制百餘篇。帳殿前結彩樓，命上官昭容選一篇爲新翻御制曲。從臣悉集其下，須臾紙落如飛，各認其名而懷之，惟沈、宋二詩不下。移時，一紙飛墜，競取而觀，乃沈詩也。及聞其評曰：二詩工力悉敵，沈詩落句云：「微臣雕朽質，羞睹豫章才。」詞氣已竭。宋云：「不愁明月盡，自有夜珠來。」猶陡健舉。沈乃伏，不敢復争。

【原眉批】

蔣云：用「春豫」字便好。

又云：要見得是正月晦，急着偶句以足其意。

又云：用事精切。

又云：影題思巧。

鍾云：此詩家射雕手段，曹、劉降格，未知孰勝。

【校勘記】

［一］小雅：底本錯作「入雅」，據朱熹《詩集傳》改。

和姚給事寓直之作

《六典》：給事中，掌侍奉左右，分判省事。秦有給事黃門之職，漢因之，後改侍中侍郎。唐屬門下省，省有侍中一人，黃門侍郎二人，給事中四人，左散騎常侍二人，校書一人。蓋姚近自御史而遷門下也。

清論滿朝陽，高才拜夕郎。言姚之才爲朝廷之論所歸也。**還從避馬路，來接珥貂行**。**寵就黃扉日，威回白簡霜**。言回霜威來也。**柏臺遷鳥**鳥自柏臺遷。**茂**，盛也。**蘭署得人芳**。人自蘭署得。

謝靈運詩：「清論事究萬。」《魏志》：崔林左遷河間太守，清論多爲林怨也。《詩》：「梧桐生矣，於彼朝陽。」以比明君之出盛世也。《魏略》：嚴包以高才入爲秘書丞。衛宏《漢舊儀》：給事黃門之職，日暮入對青瑣門拜，名曰夕郎。○《後漢書》：桓典爲侍御史，宦官畏之。典常乘驄馬，京師爲之語曰：「行行且止，避驄馬御史。」董巴《輿服志》：侍中、中常侍，冠武弁，貂尾爲飾。左思詩：「金張籍舊業，七葉珥漢貂。」唐貞觀初，復置散騎常侍，分左右，皆戴蟬珥，貂珥插也。貂尾飾冠，取其潤也。○「黃扉」，見七古《帝京篇》。此以給事黃門言之。「就日」語，既見。《晉書》：傅玄天性峻急，每有奏劾，或值日暮，捧白簡，整簪帶，竦踴不寐，坐而待旦。於是貴遊懾伏，臺閣生風。御史，爲風霜之任，寫彈劾文於白簡。《南史》：沈約爲中丞，彈文皆曰：奉白簡以聞。○「御史臺」「列柏」，見七古《長安古意》注。「遷烏」，見上。漢御史中丞兼典蘭臺秘書，故名「蘭署」。唐云：省中植蘭，今之所握，亦且得其人而芳也。傅會可笑。

禁静鐘初徹，更疏漏更長。謂漏疏而更長也，置字巧。**曉河低武庫，流火度文昌。**「武庫」「文昌」，但取偶對。**寓直光輝重，乘秋藻翰揚。**「乘」「揚」相應。**暗投空欲報，下調不成章。**

劉孝威詩：「赤道漏猶長。」○何遜詩：「曉河没高棟。」《三輔黄圖》：武庫，在未央宫。蕭何造，以藏兵器。《詩》：「七月流火。」《魏都賦》：「造文昌之廣殿。」注：文昌，正殿名。○潘岳《秋興賦》：「寓直於散騎之省。」○《鄒陽書》：明月之珠，夜光之璧，以暗投人於道路，莫不按劍相眄者。郭璞詩：「明月雖暗投。」《詩》：「不成報章。」《古詩》：「終日不成章。」

【原眉批】

蔣云：語語是給事，寓直超脱之甚，與他對偶迥别。

早發始興江口至虛氏村作

《唐書・地理志》：韶州始興郡，武德四年置始興縣，開元十七年詔張九齡開。即明廣東韶州府曲江縣也。《一統志》：曲江，一名相江，以抱城回曲而流，故名。又名始興江。此宋謫宦時作。

候曉逾閩嶂，乘春望越臺。宿雲鵬際落，曉雲段段，半作雲看，半作鵬翼看，故設辭如是。**殘月蚌中開。**月低在江上，故言。**薜荔摇青氣，桄榔翳碧苔。**

《一統志》：福建、廣東，古閩越地。江總詩：「乘春行故里。」越王臺，在廣州越秀山。《交州記》：尉佗立臺，以朝漢室，圓基直峭，百丈螺道以登頂，廣三畝，朔望升拜，爲朝臺。○鮑照詩：「瀾滂宿雲濕。」《莊子》：鵬之翼，若垂天之雲，將徙南溟。庾信詩：「殘月如初月。」《龜策傳》：明月之珠，出於江海，藏於蚌中。《吕覽》：月望，則蚌蛤實；月晦，則蚌蛤虚。○《楚詞》：「貫薜荔之落蕊。」《丹鉛録》：《楚詞》注：薜荔，無根緣物而生。不明言爲何物也。據《本草》絡石也，今京師人家假山種巴山虎是也。蔣云：凡木蔓生皆曰薜荔，在石曰石鯪，在地曰地錦，繞叢木曰長春藤，又曰扶芳藤。江淹《别賦》：「襲青氣之煙煴。」《廣州志》：桄榔，無枝，至其頂生葉。《嶺表録異》：桄榔，枝葉并茂，與棗檳榔等小異，然葉下有鬚，如粗馬尾，廣人采之以織巾子。《本草圖經》：桄榔，木似栟櫚而堅硬，斫其間，有麪，大者至數石。

桂香多露裛，石響細泉回。二句下三字解上二字。**抱葉玄猿嘯，銜花翡翠來。南中雖可悦，**上所叙景物。**北思日悠哉。鬢髮俄成素，丹心已作灰。何當首歸路，行剪故園萊。**

張正見詩：「月逐桂香來。」《詩》：「謂行多露」。陶潛詩：「裛露掇其英。」《文字集略》：裛，坌衣香也。然露坌花，亦謂之「裛」。吴吴山云：嶺外春月多有桂花，或四時皆發也。庾信詩：「山深足細泉。」

○陸機詩：「玄猿臨岸嘆。」梁簡文帝詩：「銜花落北户。」《異物志》：翡翠生南海。翡赤而翠青，其羽可以爲飾。○《詩》：「悠哉悠哉。」江淹詩：「楚客心悠哉。」○《詩》：「鬒髮如雲。」注：鬒，黑也。江淹詩：「玄髮已成素。」諸葛亮《與李平教》：詳思斯戒，明吾丹心。郭璞詩：「悲來惻丹心。」《莊子》：心固可使爲死灰乎？《淮陰侯傳》：北首燕路。首，向也。虞炎詩：「方掩故園扉。」《詩》：「北山有萊。」謝朓詩：「去剪北山萊。」《詩》注：萊，草名，可食。兖州人蒸以爲茹，謂之萊蒸。

【原眉批】

鍾云：下筆宛轉不滯。

又云：玩其點景，清真古絶，詩之俊品也。

黄云：似俳偶，非俳偶，其妙自熟中來。

鍾云：「南中」二句，似散不散收來。七、八言歸隱，自「丹心作灰」來。

蘇頲　**同餞楊將軍兼原州都督御史中丞**[一]

《舊唐書》：原州都督府，貞觀五年置，在明平凉府鎮原縣，是同。《職官志》：魏黄初二年，始置都督。又：御史臺有中丞二員，掌持邦國刑憲典章，以肅正朝廷。

右地接龜沙，中朝任虎牙。然明方改俗，去病不爲家。將禮登壇盛，軍容出塞華。

《漢・金日磾傳》：霍去病將兵擊匈奴右地。沈約詩：「長驅入右地。」王僧達《祭顔光禄文》：才通漢魏，譽浹龜沙。《漢書》：龜茲化王延城，去長安七千四百八十里。《書》：西被于流沙。吴吴山云：龜沙，謂龜茲沙漠。舊注引秦惠王取蜀，以龜之行迹築城，曰「龜沙」，非是。《魏都賦》：「中朝有赩。」注：中朝，内朝也。《漢書》：大司馬、侍中、散騎諸吏爲中朝，丞相、六百石以下爲外朝。《漢宣帝紀》：雲中太守田順爲虎牙將軍。○《後漢書》：張奂，字然明，遷安定屬國都尉。威化大行，復拜武威太守。其俗多妖忌，凡三月、五月産子及父母同月生者，悉殺之。奂示義方，嚴加賞罰，風俗遂改。《漢書》：武帝爲霍去病治第，辭曰：匈奴未滅，何以家爲？○《史記》：蕭何曰：王必欲拜大將，具禮乃可。又：漢王齋戒設壇場，拜韓信爲大將軍。注：築土而高曰「壇」。《司馬法》：軍容不入國，國容不入軍。《吴都賦》注：軍容，軍之容表也。《匈奴傳》：匈奴無入塞，漢無出塞。

朔風摇漢鼓，邊月思訓「悲」。**胡笳。旗合無邀正，**敵不敢邀我正。**冠危有觸邪。當看勞旋日，及此御溝花。**

曹植詩：「仰彼朔風。」張正見詩：「空林漢鼓鳴。」《胡笳》：「胡風夜夜吹邊月。」○《孫子・無邀》：正正之旗，勿擊堂堂之陣。《李靖兵法》：五隊合，則兩旗交；十隊合，則五旗交。《晉書》：侍御史黑豸升殿，取觸邪之象。「獬豸冠」事，見上《崔馬登相臺》詩。○《詩・小序》：《出車》，勞還卒也。「還」與「旋」

同。《古今注》：長安御溝，謂之「楊溝」，植高楊於其上也。亦曰「禁溝」，引終南山水從宫内過。吴筠詩：「連枝接葉夾御溝。」

【校勘記】

［一］同餞楊將軍兼原州都督御史中丞：《全唐詩》卷七十四作「同餞陽將軍兼源州都督御史中丞」。

張説　**奉和聖製途經華岳**［一］

西岳華山，在西安府華陰縣南。《白虎通》：西方太陰用事，萬物生華，因曰華山。一説山頂有池，生千葉蓮華，服之羽化，故名。《華山記》：華山四面峻如削成，上有五崖，比壑破巖而列，自下遠望，偶爲掌形。舊説二華本一山，當河水過之而曲行，河神以手劈開，中分爲二，以通河流，掌迹具在。

西岳鎮皇京，中峰入太清。玉鑾重嶺應，緹騎薄雲迎。白日懸高掌，寒空映削成。軒遊會神處，漢幸望仙情。

《雲笈七籤》：華山，高七千丈，洞周迴二千里，名太極總仙之天。少昊爲白帝，治西岳，巨靈神手擘其上，足決其下，以通河流。上應井鬼之精，下鎮秦地之分。○「玉鑾」，見七古《滕王閣》詩。《續漢書》：緹騎一百人，屬執金吾。字云：按緹，赤色。《周禮》：凡兵事，韋弁服。鄭玄曰：以韎韋爲弁，又以爲衣服。

《左傳》韎韋之跗注是也。今時伍佰緹衣，古兵服之遺色。○《西京賦》：「巨靈贔負，高掌遠蹠。」《山海經》：太華之山，削成而四方，其高五千仞，其廣十里。《封禪書》：天下名山八，三在蠻夷，五在中國。華山、首山、太室山、太山、東萊山，此五山，黃帝之所常遊與神會者。黃帝名曰軒轅。《三輔黃圖》：望仙臺、望仙觀，俱在華陰縣界。《華山記》：弘農鄧紹，八月曉入華山，見童子執五彩囊，盛柏葉露食之。武帝即其地造宮殿，歲時祈禱焉。

舊廟青林古，新碑緑字生。群臣願封岱，迴駕勒鴻名。

曹植《孔子廟頌》：修復舊廟。揚雄《校獵賦》：「羽騎營營，布虖青林之下。」《竹書紀年》：帝舜在位，有龍馬銜甲，赤文緑色洛書，五十六字皆緑。庾肩吾詩：「嫣泉緑字分。」○「岱」，泰山也，爲五岳之長，故曰「岱宗」。《史記》：管仲曰：古者封泰山禪梁甫者七十二家，皆受命，然後得封禪。詳見《封禪書》。《張説傳》：説倡封禪儀，受詔與諸儒草儀，多所裁正。帝東封還，詔説撰《封禪壇頌》，刻之泰山，以夸成功。相如《封禪書》：前聖之所以永保鴻名，而常爲稱首者用此。注：謂用此封禪也。此言群臣嘗願封禪，冀從西岳迴駕東岱，以勒鴻名也。唐《解》不是。

【原眉批】

蔣云：景易構，直是途經華岳，語難得，工在三、四句。

譚云：起四句最不易下。

蔣云：「處」字未堅，「情」字亦嫩。

譚云：結有關係。

家鼎云：「迴駕」二字周匝。

【校勘記】

［一］奉和聖製途經華岳：《全唐詩》卷八十八作「奉和聖製途經華岳應制」。

張九齡　**奉和聖製早度蒲關**［一］

《唐·地理志》：河中府河西縣有蒲津關，一名蒲坂。開元十二年鑄八鐵牛，夾岸以維浮梁。《一統志》：大慶關，在山西蒲州西門外黄河西岸，古名蒲津關。秦孟明濟河焚舟處。又：蒲津關，在陝西朝邑縣東黄河東岸，關下有鐵牛渡。據此，古蒲津關後改大慶關，而於黄河東岸别立蒲津關也。

魏武中流處，軒皇問道回。武侯曰「處」，軒皇曰「回」，特以天子比天子，意明。**長堤春樹發，高掌曙雲開。龍負王舟度，人占仙氣來。河津會日月，天仗役風雷。**張大之語。**東顧重關盡，西馳萬國陪。**既過關而西歸。**還聞股肱郡，元首咏康哉。**

《國策》：魏武侯浮西河而下，中流顧謂吳起曰：美哉，山河之固！《莊子》：黄帝聞廣成子在于空同之上，往見之，問至道之精。○王褒詩：「長堤通甬道。」「高掌」，見上。○《竹書紀年》：禹南省，方濟江，黄龍負舟，禹視龍猶蝘蜓，顔色不變，須臾龍俯首低尾而逝。此翻用，言龍爲之役也。《列仙傳》：老子西遊，函谷關令尹喜先見東來有紫氣，知真人當過此。劉孝威詩：「仙氣貽鍾山。」○《高祖紀》：北攻平陰，絶河津。《大傳》：天子將出，日旗輅左，月旗輅右，左建龍旗，九斿以夾日，右建熊旗，六斿以輔月。○曹植詩：「高門結重關。」《易》：建萬國，親諸侯。《袁盎傳》：文帝從霸陵上，欲西馳下峻阪。○《漢書》：文帝召河東守季布曰：河東，吾股肱郡，故特召君耳。《虞書》：皋陶賡載歌曰：元首明哉，股肱良哉，庶事康哉。元首，謂君也。

胡元瑞曰：初唐，沈、宋外，蘇、李諸子未見大篇，獨曲江諸作，含清拔于綺繪之中，寓神俊于莊嚴之内，如《度蒲關》《登太行》《和許給事》《酬趙侍御》等作，同時燕許稱大手，皆莫及也。

【原眉批】

蔣云：五、六句與前三、四句競美而較典。

黄云：典重矣，又能清拔，可覘此公風度。

鍾云：煙雲爲質，風雨爲靈。

【校勘記】

[一]奉和聖製早度蒲關：《全唐詩》卷四十九作「奉和聖製早渡蒲津關」。

和許給事直夜簡諸公[一]

未央鐘漏晚，仙宇藹沈沈。武衛千廬合，嚴扃萬户深。左掖知天近，南窗見月臨。樹摇金掌露，庭接玉樓陰。

「未央」，見上。張正見詩：「洛城鐘漏息。」李蘭《漏刻法》：以器貯水，以銅爲渴烏，狀如鈎曲，以引器中水於銀龍中，口中吐入權器，漏水一升，秤重一斤，時經一刻。《陳涉世家》注：沈沈，宫室深邃之貌。○《西都賦》：「周廬千列。」注：直宿曰廬。《説文》：扃，外閉之關也。○《唐·權德輿傳》：左右掖垣，承天子詔命。給事，屬門下省，故曰「左掖」。陶潛詞：「倚南窗以寄傲。」

他日聞「聞」字被下句。**更直，中宵屬所欽。**謂友。**聲華大國寶，夙夜侍臣心。逸興乘高閣，雄飛在禁林。寧思竊抃者，**自叙。**情發爲知音。**

《後漢·百官志》：凡郎官皆主更直。陶潛詩：「中宵尚孤征。」陸機詩：「願言思所欽。」○任昉《宣德王后令》：聲華籍甚。《大學》：楚國無以爲寶，惟善以爲寶；亡人無以爲寶，仁親以爲寶。《詩》：「夙夜匪懈，以事一人。」曹植詩：「侍臣省文奏。」○湛方生《風賦》：「轉濠梁之逸興。」《國策》：蘇代謂秦王曰：足下雄飛。《後漢・趙温傳》：大丈夫當雄飛，安能雌伏？《宋書》：江夏王義恭曰：珍露呈咏于禁林。曹植表：聞樂而竊抃者，或有賞音而知道也。

【原眉批】

蔣云：不拘不滯，唐律之高者。

唐云：李選曲江排律，極响，極雅，極新，極僻，如出二手。

鍾云：層層闡發，神氣飛動。

家鼎云：駸駸入盛。

【校勘記】

［一］和許給事直夜簡諸公：《全唐詩》卷四十九作「和許給事中直夜簡諸公」。

酬趙二侍御史西軍贈兩省舊僚之作[一]

唐制，門下、中書，在宣政殿東西，總稱北省，而尚書在外，謂之南省，因稱兩省。又別稱門下爲左省、東省，中書爲右省、西省，而謂之兩省。

石室先鳴者，指趙。**金門待制同。**言與己同出官。**操刀常願割，持斧竟稱雄。**「常」字、「竟」字相應，可見功稱其志。**應敵兵初起，**非好戰。**緣邊虜欲空。使車經隴月，征旆繞河風。**

《史記·自序》注：石室金匱，皆國家藏書之處。《環濟要略》：御史中丞有石室以藏秘書、圖讖之屬。《左傳》：平陰之役，先二子鳴。陸機詩：「未德争先鳴。」《漢·公孫弘傳》：拜弘爲博士，待詔金馬門。○《左傳》：子皮欲使尹何爲邑，子産曰：不可，未能操刀而使割也，其傷實多。《漢書》：暴勝之爲直指使者，衣綉衣，持斧逐捕盜賊，誅不從命者，威振州郡。○《漢·魏相傳》：敵加於己，不得已而起者，謂之應兵，應兵者勝。《韓非子》：吾將何以應敵？《漢書》：趙充國，將四萬騎屯緣邊，九郡單于聞之，引去。○《孟嘗君傳》：秦遣使車十乘，以迎孟嘗君。江總詩：「關山隴月春雪冰。」《詩》：「悠悠旆旌。」《爾雅》：繼旐曰旆。隋煬帝詩：「月交征旆揚。」

忽枉兼金訊，非徒秣馬功。見才兼文武。**氣清蒲海曲，聲**(名)**滿柏臺中。顧己塵華省，欣君**

震遠戎。**明時獨匪報**，愧己不如君功。**常欲退微躬**。

《孟子》：王餽兼金一百。注：兼金，價兼倍於常者。陸機詩：「愧無雜珮贈，良訊代兼金。」「秣馬」，既見。○《子夜歌》：「氣清明月朗。」《漢·西域傳》：蒲昌海，一名鹽澤。去玉門、陽關三百餘里，其水冬夏不增減，皆以爲潛行地下，南出于積石，爲中國河去。郭義恭《廣志》：蒲類海，在西域東北。竇固擊伊吾，戰于蒲類海，是也。凡北地之水，率名曰「海」。吴邁遠詩：「哀聲流海曲。」「柏臺」，既見。○《秋興賦》：「獨展轉於華省。」○《高士傳》：不遭明時。沈約詩：「遇可淹留處，便欲息微躬。」

【原眉批】

譚云：多少雄壯。

黄云：用意沈着。

【校勘記】

[一]酬趙二侍御史西軍贈兩省舊僚之作：《全唐詩》卷四十九作「酬趙二侍御使西軍贈兩省舊僚之作」。

奉和聖製送尚書燕國公説赴朔方軍〔一〕

《唐書・張説傳》：玄宗即位，召説爲中書令，封燕國公。後拜爲兵部尚書，詔爲朔方節度大使。

宗臣事有征，廟算廊廟之謀。**在休兵。天與三台座，人當萬里城。朔南方**(將)**偃革，河右暫揚旌。**「方」字、「暫」字，有意。**寵賜從仙禁，光華出漢京。山川勤遠略，原隰軫**動也。**皇情。**送別之情。

《漢書》：蕭何、曹參爲一代之宗臣。注：爲後世之所尊仰，故曰「宗臣」。或謂唐重世系，曲江與燕公同姓，故以称之。張嘉貞和詩亦云：「天賜我宗盟。」《孫子》：夫未戰而廟筭勝者，得筭多。《淮陰侯傳》：爲將軍計，莫如按甲休兵。《張説傳》：時邊鎮兵贏六十萬，説以時平無所事，請罷二十萬還農。○《天文志》：三台六星，兩兩而比，西近文昌二星曰上台，次二星曰中台，東二星曰下台。在人爲三公位，主開德宣符也。《宋書》：檀道濟立功前朝，威名甚重，朝廷疑畏之，矯詔收付廷尉，道濟脱幘投地曰：乃壞汝萬里長城。○《禹貢》：朔南暨聲教，訖于四海。此言朔地之南。《留侯世家》：殷事已畢，偃革爲軒。革，甲也。陸機詩：「揚旌萬里外。」○《卿雲歌》：「日月光華，旦復旦兮。」鮑照詩：「宗黨生光華。」《西京賦》：「弘我以漢京。」○《左傳》：齊侯不務德而勤遠略。注：經略遠方。《詩・小雅》：「皇皇者華，於彼原隰。」天子遣使臣詩也。「四牡騑騑，周道倭遲。」勞使臣詩也。王胄詩：「皇情盛時物。」

爲奏薰琴倡，仍題寶劍名。二句承上「軫皇情」。**聞風六郡勇，計日五戎平。山甫歸應疾，留侯功復成。歌鐘旋可望，枕席豈難行。四牡**與上「原隰」相映。**何時入，**歸入。**吾君聽履聲。**

《帝紀》：舜彈五弦之琴，歌《南風》之詩，曰：「南風之薰兮，可以解吾民之慍。」《東觀漢紀》：尚書韓稜、郅壽、陳寵三人，俱以才能屬望。肅宗賜以寶劍，署其名曰：韓稜楚龍泉，郅壽蜀漢文，陳寵濟南椎成。以稜深沈有謀，壽明遠有文章，寵敦樸善不見外也。〇《漢書》：以六郡良家子補羽林郎。注：六郡，金城、隴西、天水、安定、北地、上郡是也。《魏志》：禽公孫淵可計日待也。王融《曲水詩》序：四方無拂，五戎不距。《博物志》：北方五狄，一曰匈奴，二曰穢貊，三曰密吉，四曰單于，五曰白屋。〇《詩》：「仲山甫徂齊，式遄其歸。」《留侯世家》：帝曰：「運籌策於帷帳中，决勝千里外，子房之功也。」乃封留侯。《左傳》：晋悼公賜魏絳女樂一八，歌鐘一肆，曰：「子教寡人和戎狄而正諸華，於今八年，七合諸侯，寡人無不得志，請與子共樂之。」歌鐘，歌時所奏，凡懸鐘磬，全爲肆，半爲堵。《漢·趙充國傳》：制西域，信威千里，從枕席上過師。注：言軍行安易也。〇《漢書》：鄭崇，哀帝時爲尚書僕射，數諫諍，上納用之。每見曳葛履，上笑曰：「我識鄭尚書履聲。」

許有功曰：明皇賜說詩云：「命將綏邊服，雄圖出廟堂。」說應制詩有「從來思博望，許國不謀身」之句。張嘉貞云「山川看是陣，草木想爲兵」，盧從愿云「佇聞歌杕杜，凱入繫名王」，徐知仁云「由來詞翰首，今見勒燕然」，皆取制勝之義，獨九齡詩取旋師偃武之意。宋璟詩「以智泉寧竭，其徐海自清」，亦有深意。

【原眉批】

鍾云：起得臺閣氣象。

譚云：同時明皇、羅從愿、張嘉貞俱有詩，無此沈著。篇中「休兵」字最有深意，一結雍容。

【校勘記】

［一］奉和聖製送尚書燕國公説赴朔方軍：《全唐詩》卷四十九作「奉和聖製送尚書燕國公赴朔方」。

王維　　**奉和聖製暮春送朝集使歸郡應制**

《周禮疏》：漢朝集使上計會之法。則朝集使之官自漢已有之。《唐·禮樂志》：設諸州朝集使，位都督、刺史，三品以上。《實録》：武德九年三月，宴朝集使於百福殿。天寶三載三月，敕兩省五品以下鴻臚亭祖餞朝集使。自外入朝與朝班者，曰朝集使。

萬國仰宗周，衣冠拜冕旒。玉乘迎大客，金節送諸侯。「大客」「諸侯」互言。**祖席傾**謂盡出。**三省，褰帷向九州。**謂各歸所部也。

《左傳》：禹合諸侯於塗山，執玉帛者萬國。《詩》：「赫赫宗周。」《博物志》：周自后稷至於文武皆都關中，號「宗周」。《留侯世家》：衣冠甚偉。《禮記》：天子冕十有二旒，以絲繩貫玉，垂之前後，曰「旒」。○《周禮》：王之五輅，一曰玉輅。江淹《恨賦》：「喪金輿及玉乘。」《周禮》：小行人掌邦國賓客之禮籍。凡諸侯入王，則逆勞于畿。大客則擯，小客則受其幣而聽其辭。又：小行人掌達天下之六節：山國用虎節，土國人節，澤國龍節，皆金爲之；道路旌節，門關符節，都鄙管節，皆竹爲之。注：諸侯臣行頫聘，則以金節授之，以爲行道之信也。《風俗通》：祖，徂也。謹按《禮傳》：共工之子曰修，好遠遊，舟車所至，足迹所達，靡不窮覽，故祀以爲祖神，《詩》曰「韓侯出祖」是也。《唐·宰相表》：三省長官爲宰相。三省，尚書、中書，門下也。《漢書》：賈琮爲冀州刺史，行部，命御者褰其車帷，曰：「刺史當遠視廣聽，糾察善惡，何有反垂帷裳以自掩塞乎？」《周禮》：職方氏掌天下之圖，辨九州之國。東南曰揚州，正南曰荆州，河南曰豫州，正東曰青州，河東曰兖州，正西曰雍州，東北曰幽州，河内曰冀州，西北曰并州。

楊花飛上路，槐色蔭通溝。來預鈞天樂，歸分漢主憂。宸章類河漢，垂象滿中州。四方朝集使咸共制賜，故云爾。「州」字再押，可疑。

庾信《春賦》：「二月楊花飛上路。」《漢·枚乘傳》：遊曲臺，臨上路。張詵曰：上路，苑路也。陳後主詩：「槐色露中光。」《魏都賦》：「疏通溝以濱路，羅青槐以蔭途。」○《列子》：鈞天廣樂，帝之所居。《史記》：趙簡子疾，五日不知人，扁鵲視之，出曰：血脉治也，而何怪！不出三日，疾必間。簡子寤，謂大夫曰：我之帝所，甚樂，與百神遊鈞天，廣樂萬舞，不類三代之樂，其聲動心。《漢·楊惲傳》：聖主之憂，不可勝量。孟浩然詩：「郎官舊華省，天子命分憂。」○《莊子》：猶河漢而無極也。《古詩》：「河漢清且淺。」《易》：天垂象，聖人則之。《列子》：從中州以東。《長笛賦》注：中州，猶中國也。

【原眉批】

鍾云：紀律縱横，語句鏗鏘。

蔣云：「來預」句固陪下句，而設亦承起句來。

送李太守赴上洛

《舊唐書》：上洛，漢縣，屬弘農郡，在洛水之上，故爲名。《一統志》：陝西西安府商縣，本契始封地，唐天寶初爲上洛郡。

商山包楚鄧，積翠藹沈沈。驛路飛泉灑，關門落照深。野花開古戍，行客響空林。

《水經注》：楚水，出上洛縣。西南楚山，昔四皓隱商雒縣山是也。《一統志》：商洛山，四皓隱處，亦名楚山，在商縣東南，又東爲武關。《舊唐書》：南陽郡，武德二年改爲鄧州。顔延之詩：「積翠亦葱芊。」○《北山移文》：「馳煙驛路。」《楚詞》：「吸飛泉之微液。」《晋地道記》：嶢關，當上洛縣西北。梁簡文帝詩：「落照度窗邊。」○孔德紹詩：「野花開石鏡。」簡文帝詩：「行客誰多病，當念早旋歸。」《淮南子》：視至尊窮寵猶行客也。

板屋春多雨，山城晝欲陰。丹泉通虢略，白羽抵荆岑。若見西山爽，應知黄綺心。

《詩》：「在其板屋。」《漢・地理志》：天水隴西山多材木，民以板爲室屋。《吕覽》：春多雨，則夏必旱矣。庾信詩：「山城早掩扉。」○丹水，出上洛西南冢嶺山，東流至南陽内鄉縣，與淅水合。《左傳》：東盡虢略。《後漢・郡國志》：陸渾西有虢略地，即今虢州。内鄉，本楚之白羽地，在周爲申伯鄧侯之封，春秋并於楚。《春秋》：昭十八年冬，許遷於白羽。《中山經》：東北百里曰荆山。注：今在新城沛鄉縣，雖群峰競舉，而荆山獨秀。《登樓賦》：「蔽荆山之高岑。」《爾雅》：山小而高岑。○《世説》：王子猷曰：西山朝來，致有爽氣。四皓事，詳見《高士傳》。《陳留志》：韋庾，字宣明，常居園中，世謂東園公，與河内軹人角里先生、綺里季、夏黄公爲友，避秦入商山，是爲四皓。陶潛詩：「咄咄俗中惡，且當從黄季。」

【原眉批】

鍾云：全篇叙行色，句法著吊古意，老成醇雅。

譚云：叙景真切。

吴云：按詩中複「泉」字，三「山」字，凡十二見地形，竟無太守意，古人不以爲病。

送秘書晁監還日本[一]

《六典》：秘書監之職，掌邦國經籍圖書之事。顧起經云：稱監者以晁衡爲秘書，猶當時稱賀知章爲賀監。《唐·日本傳》：開元初，粟田復朝，其副朝臣仲滿慕華，不肯去，易姓名曰「朝衡」，歷左補闕、儀王友，多所該識，久已還。又：天寶十二載，朝衡復朝。上元中，擢左散騎常侍、安南都護。按《國史》：文武大寶元年，粟田朝臣真人爲遣唐執節使，是當唐長安元年也。元正靈龜二年，多治比真人縣守爲遣唐使，是當開元四年。而《唐書》混爲粟田，又誤留學生爲副也。朝臣仲滿，安部朝臣仲麻呂也，蓋修朝臣爲朝氏。朝音通晁也。天平勝寶四年九月，以藤原朝臣清河爲遣唐使，大伴宿禰古麻呂爲副使。十一月，以吉備朝臣真備爲入唐副使，是當《唐書》所謂天寶十二歲使，而不見朝衡之名。《東征傳》載天寶十二歲，日本使大使特進藤原朝臣清河，副使光禄卿大伴宿禰胡萬，副使秘書監吉備朝臣真備，衛尉卿朝衡云云，蓋靈龜二年多治比使唐也。真備年二十三，仲滿年十六，從入唐爲留學生。二人既還，與清河再入唐也。勝寶六年，古麻呂、真備歸自唐，清河則遭逆風漂著驩州，遇賊，合船被害，僅以身免，終不得歸。大曆五年，卒于唐朝，衡亦以大曆十四年卒于唐。按衡有《銜命使日本國》詩，見《文苑英華》《唐詩品彙》。《品彙》亦載包佶《送日本國聘賀使晁巨卿東歸》詩，「巨卿」蓋衡之字，當與摩詰此詩并一時作，而不知其在何時也。太白有《哭晁卿》詩，然太白先衡死十八年，疑當清河之還也衡亦還，遭阻難，終留於唐也，白之哭衡，或其時誤傳衡死也。

衡在唐也，經左補闕、儀王友、衛尉卿，轉左散騎常侍、安南都護，此稱秘書監，蓋天寶間有遷也。仁明承和三年詔曰：故留學生贈從二品，安部朝臣仲滿、大唐光禄大夫右散騎常侍兼御史中丞北海郡開國公贈潞州大都督朝衡可贈正二品。則衡所進如此。《唐・日本傳》：古倭奴國，後惡倭名，更號「日本」，自言國近日所出，以爲名。貞觀初，遣使入朝，其有願留中國授經肄業者，久乃請還。

積水不可極，安知滄海東。九州何處遠，萬里若乘空。聞中國外更有九州者，不知何處最遠，今歸日本，萬里乘空，則豈有遠于此者耶？**向國唯看日，歸帆但信風。鰲身映天黑，魚眼射波紅。**

《荀子》：積水而爲海。《淮南子》：積陰之氣爲水。謝靈運詩：「莫辨洪波極，誰知大壑東。」○《史記》：騶衍好爲閎大之言，言中國名赤縣神州，内有九州，禹之叙九州是也。中國外如神州赤縣者九，乃所謂九州也。《列子》：乘空若履實。○《列子》：渤海之東有五山，岱輿、員嶠、方壺、瀛洲、蓬萊，皆仙人所居。五山之根無連著，隨潮上下，帝恐流於西極，命策强使巨鰲十五舉首戴之，始不動。《爾雅翼》：鰲，巨龜也。《楚詞》：「貫魚眼與珠。」《隋書》：日本有如意寶珠，其色青，大如鷄卵，夜有光，云「魚眼精」也。《智度論》：昔有五百估客，下海采寶，值摩伽羅魚王開口，見三日出，白山羅列，一是實日，兩是魚眼，白山是魚齒，今此謂鯨類也。

鄉樹一作「國」。**扶桑外，主人孤島中。別離方異域，音信若爲通。**

《十洲記》：扶桑，在碧海中，樹長數千丈，三千餘圍，兩樹同根，更相依倚，故稱扶桑。《文獻通考》：

扶桑國者，在大漢國東二萬餘里，其土多扶桑木，故以爲名。其葉似桐，初生如筍，國人食之，實如梨而赤，績其皮爲布，爲衣，亦以爲綿。作板屋，無城郭，有文字，以扶桑爲紙。扶桑國不可考，多混爲日本。《爾雅》：海中山曰島。《唐書》：日本在海島中而居，左右小島五十餘，皆自名其國而臣附之。〇李陵書：生爲異域之人。梁簡文詩：「自從征馬去，音信不曾通。」公集中有《送晁監還日本序》，蓋一時作，其中云「鯨魚噴浪」「鷁首乘雲」「扶桑若薺」「鬱島如浮」等語，與詩意頗合。

皇甫子循曰：「積水不可極，安知滄海東。」亦可謂工於發端矣。謝靈運《登海口盤嶼山》詩：「莫辨洪波極，誰知大壑東。」良自有本。

【校勘記】

［一］送秘書晁監還日本：《全唐詩》卷一百二十七作「送秘書晁監還日本國」。

李白　**送儲邕之武昌**

《唐・地理志》：鄂州有武昌縣。《一統志》：湖廣武昌府，漢江夏郡，三國吳自公安徙都于此，因名武昌。

黄鶴西樓月，長江萬里情。春風三十度，自吾别武昌。**空憶武昌城。**「憶」字上應起句，下銜

「湖連」四句。**送爾難爲別，銜杯惜未傾**。恐飲罷即別。**湖連張樂地，山逐泛舟行**。言地之佳。**諸謂楚人重，詩傳謝朓清**。言人之美。**滄浪吾有曲，寄入棹歌聲**。亦從「空憶武昌城」上出來。

《一統志》：黄鶴樓，在武昌府城西南隅黄鶴磯上，世傳仙人子安乘黄鶴過此。詳見七律《黄鶴樓》詩。何遜詩：「起望登西樓。」夏侯湛《江上歌》：「臨長江兮討不庭，江水兮浩浩，長流兮萬里。」○《酒德頌》：「銜杯漱醪。」《莊子》：黄帝張咸池之樂于洞庭之野。謝朓詩：「洞庭張樂地。」《左傳》：秦輸粟於晋，命之曰「泛舟之役」。《史·季布傳》：曹丘生曰：楚人諺曰：得黄金百斤，不如得季布一諾。今僕楚人，足下亦楚人，僕遊揚足下之名於天下，顧不重耶？《南史》：謝朓，字玄暉，少好學，有美名，文章清麗，長五言詩。沈約常云二百年來無此詩也。朓爲宣城太守，有詩曰：「餘霞散成綺，澄江浄如練。」《漁父詞》：「漁父鼓枻而去，歌曰：『滄浪之水清兮，可以濯吾纓；滄浪之水濁兮，可以濯吾足。』」江水出荆州，東南爲滄浪之水。《秋風詞》：「簫鼓鳴兮發棹歌。」

【原眉批】

鍾云：行雲流水，飄然不群。

家鼎云：音韻鏗鏘，儷偶參錯，排律之變體。同時惟孟襄陽有之，然不可無一，不可有二。

陪張丞相自松滋江東泊渚宫

孟浩然

《張九齡傳》：九齡爲李林甫所危，卒以尚書右丞相罷政事，既而坐周子諒事，貶荆州長史。《唐・地理志》：江陵府有松滋縣。《一統志》：川江，在荆州府松滋縣北，岷江至此分爲三派，下流三十里，復合爲一，達於江陵入大江。渚宫，在江陵故城東南，楚襄王之離宫，宋玉之故宅。

放溜（將）**下松滋，登舟命楫師。** **寧忘經濟日，不憚沍寒時。**説張。**洗幘豈獨古，濯纓良在兹。**自叙。二句互言。**政成人自理，**説張。**機息鳥無疑。**自叙。

《説文》：溜水，出鬱林郡。又水垂下曰溜。并非。今義疑此讀「流」字，作去聲已。《吴都賦》：「篙工楫師，選自閩禺。」〇經者，理其緒而分之。濟者，比其類而合之也。皆治絲之事，以比爲天下政。《左傳》：固陰沍寒。注：沍，閉也。〇《高士傳》：楚狂士陸通，高卧松間，以受霞氣，幘掛松頂，有鶴銜去水濱，通洗之，因與鶴同去。「濯纓」，見前詩注。荆州有濯纓臺。《書》：念兹在兹。《西征賦》：「澡孝水而濯纓，喜善名而在兹。」〇《左傳》：政以正民，是以政成而民聽。《莊子》：有機事者，必有機心，吾不爲也。「鳥無疑」事，見七言《古江上吟》注。

雲物以冬至言。**吟孤嶼，**「吟」字下得工，且以對下句「辨」字，或作「冷」字、「凝」字，非是。**江山辨**

四維。晚來風稍緊，冬至日行訓「方」。**遲。獵響驚**動發曰驚。**雲夢，漁歌激**起也。**楚辭。**「激楚」「楚辭」合用二語。**渚宮何處是，川暝欲安之。**

《左傳》：凡分至啓閉，必書雲物。謝靈運詩：「孤嶼媚中川。」《吴都賦》注：嶼，水中洲上有山石也。《莊子》：道遠而險，又有江山。王融詩：「江山千里長。」《淮南子》：帝張四維，運之以斗。《四部纂要》：四方之隅曰四維。○《楚詞》：「宫庭震驚發激楚。」注：激楚，清聲也。○陸機詩：「躑躅欲安之。」

劉會孟曰：工處渾然，不似深思者。

【原眉批】

鍾云：清激之音出水石間。

又云：看它對得有趣。

蔣云：極有雅致，非思索所及。

又云：「激」字有生意。

高適　**送柴司户充劉卿判官之嶺外**

唐諸州諸縣各有司户，然以「星使出詞曹」句，不可稱司户爲「詞曹」也。按當時節度、觀察、判官率皆檢校尚書郎中，如「員外郎」，則司户或「户部」之誤。尚書郎本主文書起草，故言「詞曹」已。唐時光禄衛尉等十一寺爲列卿，劉蓋自列卿出爲節度使。嶺外，即唐嶺南道，於明爲廣東、廣西地。

嶺外資賴籍也。**雄鎮，朝端寵**特有寵命。**節旄。月卿**劉。**臨幕府，星使**柴。**出詞曹**。鴛鴦對。

海對羊城闊，山連象郡高。鎮之雄壯。

謝安疏：尸素朝端。《漢・蘇武傳》：節旄盡落。《爾雅》注：旄牛尾結著竿頭，如今之幢，凡將命者必持節以爲信。上下相重，取象竹節，因名曰節，以毛爲之，故云「節旄」。〇《洪範》：卿士惟月。《東觀漢紀》：衛青大克匈奴，帝拜大將軍於幕府。「星使」，見五律《送邢桂州》詩。〇《寰宇記》：五羊城，在廣州南海縣城，周十里，初有五仙人，騎五色羊執六穗秬而至城。初趙佗築之，後爲黄巢所焚。蔣云：《廣州記》所載「五羊銜穀楚廷」，却不當以此名廣州也。王元美有辨。《唐・地理志》：象郡，本桂林郡，武德四年置。有象山，其形似象，因爲郡名，屬嶺南道。《過秦論》：取百粤之地以爲桂林、象郡。

風霜驅瘴癘，屬劉。**忠信涉波濤**。屬柴。**别恨隨流水，交情脱寶刀**。**有才無不適，行矣莫**訓「可無」。**徒勞**。

「瘴癘」，見七古《至端州驛》詩。《家語》：孔子自衛反魯，息駕于河梁而觀焉，有懸水三千仞，圓流九十里。有一丈夫方將厲之，孔子使人并涯止之，丈夫不以措意，遂度而出，孔子問之曰：子乎有道術乎？丈夫對曰：始吾之入也，以忠信；及吾之出也，又從以忠信。忠信措吾軀於波流，而吾不敢以用私，所以能入而復出也。孔子謂弟子曰：「二三子識之，水且猶可以忠信成身親之，而况人乎？」《越絶書》：波濤濬流，沈而復起。○陰鏗詩：「誰新無別恨。」《詩》：「沔彼流水。」《費禕別傳》：禕使吳，孫權以手中常所執寶刀贈之，禕曰：刀所以討不庭禁暴亂者，願大王勉，建功立業，同輔漢室。臣雖微弱，終不負東顧！《晉・王祥傳》：吕虔有寶刀，以授長史王祥，曰：苟非其人，刀反爲殃，君有令德，宜佩之。○「行矣」語，既見。王僧孺詩：「徒劳妾辛苦。」

【原眉批】

蔣云：宋人用「忠信」字便酸，那復得此？

陪竇侍御泛靈雲池

池在凉州，適又有《陪竇侍御靈雲南亭宴》詩，序曰：凉州近胡，高下其池亭，蓋以耀番落也。幕府董師雄勇，徑踐戎庭，自陽關而西，猶枕席矣。軍中無事君子，飲食宴樂，宜哉！白簡在邊，清秋多興。况水具舟楫，山兼亭臺，始臨泛而寫煩，俄登陟以寄傲。絲桐徐奏，林木更爽。觴蒲桃以遞歡，指蘭茝而可掇。胡天一望，雲物蒼然。雨蕭蕭而牧馬聲斷，風嫋嫋而邊歌幾處，又足悲矣！

白露先時降，白露是八月候，此應是七月，見邊地早寒。**清川思不窮。江湖仍塞上，舟楫在軍**

中。江湖而塞上，舟楫而軍中，亦可悲矣。塞上而江湖，軍中而舟楫，亦可娱矣。反覆意深。**舞换臨津樹**，舞随舟回，而津樹若换。**歌饒向晚風**。歌聲好與風和，故曰「饒」。**夕陽連積水，邊色滿秋空**。**乘興宜投轄**，投轄，本宅中事，然投在水，不苟。**邀歡莫避驄**。**誰憐持弱羽，猶欲伴鵷鴻**。

《禮記》：孟秋之月白露降。江淹詩：「悠悠清川水。」○《易》：舟楫之利，以濟不通。○唐云：舞態炫目，覺臨津之樹若换；歌聲動物，使向晚之風益饒也。○《世説》：王子猷曰：乘興而行，興盡而反。「投轄」，見七古《帝京篇》。「避驄」，見上《和姚給事》詩。○庾肩吾詩：「花綬接鵷鴻」。

【原眉批】

鍾云：常侍五言律健而不甚整，獨此兩排律堪與右丞敵。「饒」字巧。

譚云：描寫殆盡，語云「詩中有畫」，信矣哉！

徐云：説得變化有步驟而無端倪。

杜甫　**重經昭陵**

昭陵，唐太宗陵，在醴泉縣西。《舊唐書》：貞觀十年，置昭陵於九嵕山。《新唐書》：醴泉縣有九嵕山，昭陵在山西北六十里。天寶九歲，杜公自東都復歸長安作。

草昧英雄起，謳歌曆數歸。終歸于唐。（平）**風塵**（以）**三尺劍，**（立）**社稷**（在）**一戎衣。翼亮**翼高祖。**貞文德，丕承**承高祖。**戢武威。**

《易》：天造草昧。草而不齊，昧而不明。此言開國之初。《人物志》：獸之特者爲雄，草之秀者爲英。此言李密、竇建德輩也。《孟子》：謳歌者，不謳歌堯之子而謳歌舜。《書》：天之曆數在爾躬。○《漢書》：高祖曰：吾以布衣提三尺劍取天下。《風俗通》：社者，土地之主。土地廣博不遍敬，故封土以爲社而祀之。稷者，五穀之長。五穀衆多不遍祭，故立稷而祭之。《書》：一戎衣，天下大定。庾信詩：「永韜三尺劍，長捲一戎衣。」○《書》：予欲左右有民汝翼。又：使宅百揆，亮采惠疇。又：丕承哉武王烈。《抱朴子》：儒雅而乏治略者，非翼亮之才。石崇《大雅吟》：「啓上萬里，志在翼亮。」煬帝詩：「前驅厲武威。」二句言太宗之於高祖也。

聖圖（猶）**天廣大，宗祀**（猶）**日光輝。陵寢盤**周匝爲地曰盤。**空曲，**山中空虛之阿。**熊羆守翠微。再窺松柏路，還見五雲飛。**

《孝經》：宗祀文王於明堂，以配上帝。《荀子》：日月不高，則光輝不赫。○《後漢·祭祀志》：漢諸陵皆有園寢，起居衣服，象生之具。《書》：熊羆之士，不二心之臣。注：熊羆，武勇之士，此以謂兵衛護陵寢者。《爾雅》：山未及上曰翠微。疏：未及頂上，在傍坡陁處，名翠微。一云山氣青縹色曰翠微。庾信詩：「金鞍上翠微。」〇《京房易飛候》：大明八年，宣太后陵崩，後數有光及五色雲，又有五彩雲在松下，如車蓋焉。此詩當在《行次昭陵》詩後。「再窺」「還見」，對前詩言之。「松柏」，見七古《畫馬引》。

【原眉批】

鍾云：興古悲凄，説功業無竹帛氣，説神鬼無松杉氣。

譚云：莊重淹雅，排律當家。

蔣云：用經語入詩，它人蹈此，便拙滯。

熊羆，謂人謂獸，含蓄，妙。

鍾云：「守」字説得神來。

王閬州筵奉酬十一舅惜别之作

《唐・地理志》：閬州閬中郡，本隆州，先天二年避玄宗諱更州名。《一統志》：四川保寧府，唐爲閬州。子美廣德初自梓州暫往閬州，時有吐蕃、党項、僕固懷恩之亂。此詩諸注皆以爲王送舅行，細味詩意，乃是杜將行，而王設筵，舅在座，而有惜别作也。

萬壑樹聲滿，千崖秋氣高。浮舟出郡郭，别酒寄江濤。情深自見。**良會不復久，**不能久此良會。**此生何太勞。窮愁但有骨，**瘦之甚。**群盜尚如毛。吾舅惜分手，使君寒贈袍。沙頭暮黄鶴，失侣亦哀號。**

《世説》：千巖競秀，萬壑争流。鮑照詩：「萬壑勢縈迴。」江總詩：「樹聲非有意。」○魏文帝詩：「浮舟横大江。」謝靈運詩：「出郭日尚早。」梁武帝詩：「綏客承别酒。」○《洛神賦》：「悼良會之永絶。」徐幹詩：「良會未有期。」陶潛詩：「聊復得此生。」《莊子》：大塊勞我以生。《史記・自序》：形太勞則敝。○《史記》：虞卿非窮愁，不能著書以自見於後世。《家語》：子路静思不食，以至骨立。《李斯傳》：山東群盜兵大至。○江淹《别賦》：「造分手而銜涕。」謝瞻詩：「分手東城闉。」《後漢・郭伋傳》：伋爲并州牧，童兒迎之曰：聞使君到，喜，故來迎。《范雎傳》：須賀曰：范叔一寒如此哉！取綈袍賜之。○何遜詩：「黄鶴悲故群。」孔德語詩：「華華失侣鶴。」《長門賦》：「白鶴噭以哀鳴。」

陳無己曰：杜牧詩「南山與秋色，氣勢兩相高」最爲警絶，而子美纔用一句「千崖秋氣高」，語益工。

【原眉批】

鍾云：秀而逸。

家鼎云：起得有氣概。

唐云：陶去綺靡，獨存清澹。

鍾云：迥然起，淡然結。

春歸

本集注：春歸，言當春而歸也。公嘗構草堂於成都。寶應元年，去之閬，廣德二年，聞嚴武再鎮蜀，復還成都，而有此作。

苔徑臨江竹，茅檐覆地花。下「忽」字自此來。**別來頻甲子，歸到忽春華**。**倚杖看孤石，傾壺就淺沙**。**遠鷗浮水静，輕燕受風斜**。**世路雖多梗，吾生亦有涯**。吾生有限，不能待世路之梗有解而後歸家爲樂也，以生下二句。**此身醒復醉**，恒飲自遣。**乘興即爲家**。它鄉自安。

陶潜詩：「繼縷茅檐下。」○《左傳》：絳縣人曰：臣小人，不知紀年，臣生之歲，正月甲子朔，四百有四十五甲子矣。鬼谷子《與蘇張書》：春華至秋，不得久茂。柳惲詩：「春華復將晚。」○鮑照詩：「倚杖牧鷄純[二]。」標法師詩：「中原一孤石。」陶潜詩：「杯盡壺自傾。」○《廣絶交論》：世路嶮巇，一至于此。《莊子》：吾生也有涯，而知也無涯。

【原眉批】

公去成都三載，「頻」「忽」二字有味。

吴曰：「遠」字、「浮」字、「静」字，寫得極生動。「輕」字、「受」字、「斜」字，寫得極飄逸。

【校勘記】

[一]倚杖牧鷄豚：底本作「倚仗收鶴豘」，據《文選》卷二十八鮑明遠《東武吟》改。

江陵望幸

《一統志》：湖廣荆州府，唐時爲江陵府。上元初，以江陵府爲南都。廣德初，吐蕃入寇，代宗幸陝，以衛伯玉拜荆南節度使，意是時代宗議幸江陵，故有此作。

雄都尤壯麗，望幸欻威神。地利西通蜀，天文北照秦。風煙含越鳥，舟楫控吴人。未枉周王駕，終期漢武巡。「未枉」「終期」，冀望之甚。**甲兵分聖旨，居守付宗臣。早發雲臺仗**（而來此），**恩波起涸鱗。**

《史記》：以四海爲家，非壯麗無以重威。《封禪文》：設壇望幸。顔延之詩：「望幸傾五州。」欻，火起貌，與「忽」音通。《甘泉賦》：「象泰壹之威神。」○《孟子》：天時不如地利。謝靈運詩：「列宿炳天文。」○《古詩》：「越鳥巢南枝。」謂鷓鴣類也。○《詩》：「周王于邁。」《左傳》：昔穆王周行天下，將皆必有車轍馬迹焉。《史·武帝紀》：天子始巡郡縣，侵尋於泰山矣。〇《詩》：「修我甲兵。」《左傳》：君行則居守。《留侯世家》：群臣居守。本集注：宗臣指郭子儀。按史，雍王适爲關内兵馬元帥，郭子儀副之，復京師，以子儀爲京留守。〇《淮南子》：雲臺之高。注：高際於雲也。庾信《哀江南賦》：「非無北闕之兵，猶有雲臺之仗。」丘遲詩：「肅穆恩波被。」《莊子》：車轍中有鮒魚焉，周問之曰：我且南遊吴越之王，激西江之水而迎子，可乎？鮒魚忿然作色曰：吾得斗升之水活耳，君言此，不如早索我於枯魚之肆。

劉會孟曰：且悲且喜，倉卒有氣。

【原眉批】

蔣云：中四句應首尾，「含」字、「控」字可味，後六句應次句。

鍾云：叠用「秦」「蜀」「吴」「越」，在排律中則可。

奉觀嚴鄭公廳事岷山沲江圖〔一〕

嚴武傳别見。字書：古者治官處謂之聽事。毛氏曰：聽事，言受事察訟於是。六朝以來始加廣。

沲水臨中座，岷山赴北堂。白波吹粉壁，青嶂插雕梁。直訝杉松冷，兼疑菱荇香。雪雲虚點綴，沙草得微茫。「虚」字，見畫之非真；「得」字，見畫之如真。二字可互看。

《寰宇記》：涴水，在成都府新繁縣。《書》：岷山導江，東別爲沱。按「沱」與「涴」同。《一統志》：岷山，在成都府茂州，江水所出也。○《莊子》：白波若山。顧野王《舞影賦》：「圖長袖於粉壁。」沈約詩：「崚嶒起青嶂。」温子昇《上梁文》：雕梁乃架，綺翼斯飛。○劉歆《甘泉賦》：「菱荇蘋蘩。」《爾雅疏》：荇菜，一名接余，其葉苻。《西京雜記》：雪雲，曰同雲。《晉·謝韶傳》：夜月明净，未如微雲點綴。《外史》：環於漢陽而微茫者，其鳥鼠乎？

嶺雁隨毫末，川蜺飲練光。毫末，言眇小，而謂筆端；練光，言水，而謂畫絹，尤見映帶之妙。**霏紅洲蕊亂，拂黛石蘿長。**「霏」「拂」二字亦見畫意。**暗谷非關雨，丹楓不爲霜。秋城玄圃外，景物洞庭傍。**二句總咏。**繪事功殊絶，**一句説畫手。**幽襟興激昂。**一句説觀者。**從來謝太傅，**比嚴。**丘壑道難忘。**末結歸主人。

《老子》：合抱之木，生於毫末。《筆談》：世傳虹能入溪澗飲水，信然。嘗見夕虹下澗中飲者，兩頭皆垂澗中，使人過澗，隔虹對立，相去數丈之間，如隔綃縠。○周南詩：「拂黛雙蛾飛。」○江總詩：「暗谷留征鳥。」謝靈運詩：「曉霜楓葉丹。」○江總詩：「秋城韻晚雷。」《十洲記》：昆侖山，三角，其正面曰玄圃。王臺卿詩：「景物共依遲。」○《論語》：繪事後素。揚雄《解嘲》：激昂萬乘之主。○《晉·謝安傳》：安放情丘壑，雖受朝寄，然東山之志，始末不渝。安卒，贈太傅。謝靈運詩：「昔余遊京華，未嘗廢丘壑。」

楊廷秀曰：杜詩排律多矣，獨此瓊枝，寸寸是玉旃檀，片片皆香也。然排律僅可止此，至五十韻或百韻，非古法矣。

【原眉批】

按沲水、岷水，即其地所有，而取圖諸廳事，故特以「臨座」「赴堂」言起，人多不思量到。

鍾云：詩中景，景中詩，是一是二。

郭云：善用虚字，點綴斡旋，真大匠手。體格安詳，出口又清脆。

句句管帶畫意，下字不苟，可味可玩。

譚云：「暗谷」二句，畫甚難，狀亦不易。

【校勘記】

［一］奉觀嚴鄭公廳事岷山沲江圖：《全唐詩》卷二百二十八作「奉觀嚴鄭公廳事岷山沲江畫圖十韻」。

行次昭陵

本集注：天寶五載，詔天下通一藝者詣京師，公自東都西歸應詔，故道經昭陵也。「昭陵」，見上。

舊俗疲庸主，總言近代人主。**群雄問獨夫**。指煬帝。**讖歸龍鳳質，威定虎狼都**。**天屬尊堯**

典，神功協禹謨。**風雲隨絶足**，君臣之際。**日月繼高衢**。父子之間。

《毛詩序》：懷其舊俗。《范雎傳》：庸主賞所愛，而罰所惡。陸機《辨亡論》：群雄蜂起，義兵四合。此謂李密、竇建德之輩也。《書》：獨夫受洪惟作威。《唐書》：隋煬帝末，天下大亂，李密、竇建德等并起，太宗奉高祖，舉兵太原，李靖等爲將，首定關中，遂平天下。○《唐・太宗紀》：帝方四載，有書生見之曰：龍鳳之姿，天日之表，其年幾冠必能濟世安民。《史記》：蘇秦曰：秦虎狼之國也。《述注》：獨言定都者，蓋太宗得天下，根本在先據關中故也。《莊子》：林回棄千金之璧，負赤子而趨。彼以利合，此以天屬也。魏收詩：「導水逼神功。」《大禹謨》：三事允治，萬世永賴時乃功。高祖即位，禪于太宗，故云「尊堯典」。太宗功德可頌如禹，故云「協禹謨」。○《易》：雲從龍，風從虎。《後漢書・論》：中興二十八將，咸能感會風雲，奮其智勇。《禰衡傳》：飛兔騕褭，絶足奔放，良樂之所急也。此謂李靖輩從高祖而起也。王粲《登樓賦》：「假高衢而騁力。」

文物多師古，朝廷半老儒。**直詞寧戮辱**，容諫。**賢路不崎嶇**。延賢。**往者灾猶降，蒼生喘未蘇**。言隋亂久不平。**指揮安率土，蕩滌撫洪爐**。

《史記》：淳于越曰：事不師古而能長久者，非所聞也。○《說苑》：明君在上，下有直辭。《范雎傳》：戮辱以懲。《後漢・鄧后紀》：名賢戮辱。潘岳詩：「在疚妨賢路。」○《書》：海隅蒼生。《詳注》：自隋末大水，餓殍滿野，至貞觀初年，連遭水旱，二句言是也。一說爲言明皇時事者，非也。○《陳平傳》：

天下指麾而定矣。《西京賦》：「洪厓立而指揮。」《詩》：「率土之濱，莫非王臣。」《東都賦》：「因造化之蕩滌。」《後漢・張純傳》：陛下興于匹庶，蕩滌天下。《列仙傳》：鑠質洪罏，暢氣五煙。本集注：謂陶成天下，如洪罏爾。余謂此假謂天地爾，《莊子》「以天地爲大爐」是也。

壯士謂後來有志之士。**悲陵邑，幽人**自謂。**拜鼎湖**。**玉衣晨自舉，鐵馬汗常趨**。二句言其精爽如在。**松柏瞻虛殿，塵沙**言陵前之地。**立暝途**。**寂寥開國日**，言思開國之日，既爲寂寥也。**流恨滿山隅**。

《西都賦》：「三選七遷，充奉陵邑。」顏延之詩：「陵邑轉葱青。」《易》：利幽人之貞。《封禪書》：黄帝采首山銅，鑄鼎於荆山下，鼎既成，有龍垂胡髯下迎黄帝。上騎，群臣後宮從上者七十餘人，故後世因名其處曰鼎湖。○《漢・霍光傳》：上及皇太后親臨光喪，賜璧珠璣玉衣。《漢武故事》：高皇殿中御衣自篋中出，舞於殿上。又：平帝時，哀帝廟衣自在匣外。陸倕《石闕銘》：「鐵馬千群。」《唐會要》：高宗欲闡揚先帝徽烈，乃刻石爲常所，乘破敵馬六匹於昭陵闕下。《安禄山事迹》：潼關之戰，忽見黄旗軍數百隊，與賊將崔乾祐戰者不一，俄不知所在。後昭陵奏：是日靈宫前石人馬汗流。○何思澄詩：「虛殿簾帷静。」薛道衡詩：「塵沙塞下暗。」陶弘景詩：「冥途載誰賞。」○《易》：大君有命，開國承家。《胡笳》：「七拍流恨兮惡居於此。」沈約詩：「流恨滿青松。」鮑照詩：「高墳纍纍滿山隅。」

【原眉批】

蔣云：有典有則。

蔣云：「壯士」二句寂寞，「玉衣」二句精爽，冥思入玄矣。

冬日洛城北謁玄元皇帝廟廟有吳道子畫五聖圖[一]

《雍録》：開元二十九年，詔兩京及諸州，各置玄元皇帝廟一所，東都爲紫微宮。此詩所咏即紫微宮也。《唐書》：天寶初，老子降於丹鳳門之通衢，告錫靈符在尹喜故宅。上遣使得之，乃置玄元廟於天寧坊，追尊聖祖大道玄元皇帝，仍詔州郡立紫極宮，畫像事之。五聖：高祖、太宗、高宗、中宗、睿宗也。天寶間五聖皆加「大聖皇帝」之字。

配(北)極玄都閟，憑高禁籞長。守祧嚴具禮，掌節鎮非常。蓋出入以符。**碧瓦初寒外，金莖一氣傍。山河扶繡户，日月近雕梁。**夸大語。**仙李盤根大，猗蘭奕葉光。**

《道君列紀經》：玄都丹臺有皇皇金字。張正見詩：「玄都府内駕青牛。」《詩》：「閟宮有洫。」注：閟，深閉也。王僧孺詩：「憑高且一望。」沈約詩：「年芳被禁籞。」《漢書音義》：禁籞者，禁苑之籞，折竹以懸繩連之，使人不得往來。○《周禮》：守祧掌先王先公之廟祧，其遺衣服藏焉。注：遠廟曰祧。《史記》：王若拜大將，具禮乃可。《周禮》：掌節守邦。節，凡通達於天下者，必有節以傳輔之。注：節，猶信也。《史・高祖紀》：備它盜之出入與非常也。○《西征賦》：「化一氣而甄三才。」○顧野王《舞影賦》：「耀金波兮綉户。」○《老子内傳》：太上老君，姓李，名耳，字伯陽。其母曾見日精下落，如流星飛入口中，因有娠。七十二歲，于陳國渦水李樹下，剖左掖而生。《神仙傳》：老子生而能言，指李樹曰：以此爲我姓。庾信《老子廟》詩：「盤根古樹低。」唐李姓，故兹尊稱之。《漢武故事》：漢景帝后夢日入懷，以七月七日生武帝於猗蘭殿。《洞冥記》：景帝夢一赤彘從雲中直入崇蘭閣，帝覺而坐閣上，果見赤氣如煙霧來，蔽户牖，望上有丹霞蓊鬱而起，乃改爲猗蘭殿。後王夫人誕武帝於此殿。曹植《王仲宣誄》：伊君顯考，奕葉佐時。注：奕不絶之，稱葉，世也。唐尊老子爲聖祖，故皆以祖廟事言之。

世家遺舊史，道德付今王。畫手看前輩，吴生遠擅場。森羅謂畫中物色。**移地軸，**斡旋造化。**妙絶動宫墻。五聖聯龍衮，千官列雁行。冕旒俱秀發，旌旆盡飛揚。**

《史記・自序》：李耳無爲自化，清净自正。作《老子列傳》。此言《史記》雖遺老子於《世家》，而道德之盛，遂得付于天子。《西京賦》：「雅好博古，學乎舊史氏。」《老子傳》：老子著書上下篇，言道德之意，五千餘言。《玄宗紀》：開元二十九年，立玄元皇帝廟，求明《道德經》者，降死罪，流以下原之。本集注：老子《道德經》，明皇注。○孔融《與曹操書》：今之少年，喜謗前輩。《歷代名畫記》：唐吴道子，陽翟人也，攻畫，丹青之妙，擅於一時。《東京賦》：「利觜長距，終得擅場。」《國史補》：唐人燕集必賦詩，推一人擅場。郭曖尚升平公主盛集，李端擅場；送別相巡江淮，錢起擅場。乃知子美詩「吴生遠擅場」，唐人素有此語。○《肇論》：萬象森羅。「地軸」，見七古《帝京篇》。《魏文帝書》：公幹五言，妙絶時人。《論語》：譬之宫墻。庾信詩：「宫墻數重。」○《禮記》：天子龍衮。衮，衣裳九章。一曰龍，天子之龍，一升一降，龍首捲然，故謂之衮。《荀子》：天子千官，諸侯百官。《詩》：「兩驂雁行。」《禽經》：鴻儀鷺序。注：大曰鴻，小曰雁，飛有行列，百官縉紳之象。○「冕旒」，見《送朝集使》詩。《蜀都賦》：「王褒暐曄而秀發。」《詩》：「悠悠旆旌。」陸機詩：「旌旆屢徂遷。」《楚辭》：「心飛揚而浩蕩。」○曹植《七啓》：「流景揚輝。」

翠柏深留景，陰森中見日景。**紅梨迥得霜。**得霜而染。**風筝吹玉柱，露井凍銀床。身退卑周室，**生前賤。**經傳拱漢皇。**身後貴。**谷神如不死，養拙更何鄉？**

袁淑《正情賦》：「陳玉柱之鳴筝。」《述注》：風筝，制筝，掛之風際，風至則鳴也。蔣云：風筝，檐鈴也。古人殿閣檐稜間有風琴、風筝。《古樂府》：「桃生露井上。」本集注：露井，露地之井。《古樂府》：「後園鑿井銀作床，金瓶素綆汲寒漿。」銀床，井闌也。《名義考》：銀床，乃轆轤架，非井欄也。○《老子》：功成名遂身退，天之道也。《老子傳》：老子，周守藏室之吏也。《詩》：「爲周室輔。」《高士傳》：經傳世國。蔣云：漢文帝崇尚老子術，嘗傳河上丈人經。詩意謂在周時爲柱史，卑矣，然能使後世拱而師事之。本集注：漢文景崇尚黄老之術，以致無爲之治，故垂衣拱手也。余謂此解非，當從蔣注。○《老子經》：谷神不死，是謂玄牝。谷神，謂虚中之神也。潘岳《閑居賦》：「仰衆妙而絶思，終優遊以養拙。」曹植詩：「問是何鄉人。」末句蓋言老子之道，養拙爲主，不知其神乃存斯壯麗之居耶。「更何鄉」三字有諷意。

胡元瑞曰：杜《謁玄元皇帝廟》十四韻，清麗奇偉，勢欲飛動，可與吴生畫手并絶古今。《岷山圖》詩，氣象筆力，迥然不侔矣。

【原眉批】

蔣云：金莖凡語，變化氣象，上句政欲如此清映耳。

「外」「傍」二字，下得不凡。

黄云：廟中景物澹落。

蔣云：恰惹着老子。

【校勘記】

［一］冬日洛城北謁玄元皇帝廟廟有吴道子畫五聖圖：《全唐詩》卷二百二十四作「冬日洛城北謁玄元皇帝廟」。

李頎　　聖善閣送裴迪入京

閣蓋在洛陽僧寺，蓋以「母氏聖善」名之，疑朝廷爲母后所建也。

雪華滿高閣，苔色上勾欄。藥草空階静，梧桐返照寒。清吟可愈疾，携手暫同歡。

江淹《别賦》：「春宮閉此青苔色。」勾欄，猶曰「曲欄」。段國《沙洲記》：吐谷渾於河上作橋，謂之「河厲」，長一百五十步，勾欄甚嚴飾。王建詩：「四面勾欄在水中。」李義山詩：「簾輕幕重金勾欄。」李長吉詩：「蟪蛄吊月鈎欄下。」勾，鈎通。○江淹詩：「藥草匝卉滋。」《古樂府》：「絡緯響空階。」吴均詩：「九莖日返照。」《梁元帝纂要》：日西落，光返照於東，謂之「返景」。○魏文帝《典略》：陳琳作檄草呈太祖，太祖先苦頭風，是日疾發，卧讀琳所作，翕然而起曰：此愈我病！《詩》：「携手同行。」

墜葉和金磬，饑烏鳴露盤。伊流惜東别，於洛陽别。**灞水向西看。**行向西京。**舊托含香署，雲霄何足難。**

江總詩：「關山嗟墜葉。」《三輔故事》：武帝作銅露盤承天露。今塔屋承九輪處謂之露盤。○楊佺期《洛陽記》：洛水之南名曰伊水。伊水，在河南府，自盧氏縣流經洛陽偃師入洛。《漢·地理志》：霸水，出藍田谷，北入渭。《雍録》：霸水，出商州上洛縣，本名滋水，秦穆公改名爲霸，以章己之霸功。謝朓詩：「灞池不可别，伊川難重違。」○《漢官儀》：尚書郎含鷄舌香奏事。舊説漢侍中刁存，年耆，口臭，上出鷄舌香使含之，遂爲故事。王融詩：「長舉入雲霄。」

【原眉批】

鍾云：清骨自在，雅澹足貴。

又云：「空階」貼「静」字，「返照」接「寒」字，俱妙。

又云：「墜葉」二句天然。

蔣云：結處見入京意。

岑參

早秋與諸子登虢州西亭觀眺

《舊唐書》：虢州，漢弘農郡，屬河南道。《一統志》：河南府，陝州爲古虢國，漢置陝縣，爲弘農郡治，唐爲陝州，後改陝府。按岑詩多在虢州作，然事迹不可考。

亭高出鳥外，客到與雲齊。樹點千家小，天圍萬嶺低。殘虹掛陝北，急雨過關西。酒榼緣青壁，瓜田傍緑溪。微官何足道，愛客且相携。唯有鄉園處，依依望不迷。

《古詩》：「西北有高樓，上與浮雲齊。」○《拾遺記》：千家萬户之書。謝靈運詩：「萬嶺狀皆異。」○王胄詩：「殘虹低飲澗。」《晋・佛圖澄傳》：急雨從西南來。關西，函谷關之西。○劉伶《酒德頌》：「動則挈榼提壺。」《説文》：榼，酒器也。《吴都賦》：「臨青壁，擊紫房。」注：青壁，山壁色青也。《古樂府》：「瓜田不納履。」○潘岳詩：「豈敢陋微官。」劉峻《絶交論》：類田文之愛客。此謂所愛之客。《列子》：飲則相携。○何遜詩：「鄉園不可見。」李陵書：望風懷想，能不依依。

【原眉批】

蔣云：《登慈恩寺浮圖》五言古風，與此作機智有同處。

鍾云：「鳥外」便奇。

又云：「樹點」二句應「鳥外」，且生下二句。

祖咏　**清明宴司勳劉郎中別業**

《舊唐書》：司勳，郎中一員，從五品，掌邦國官人之勳級。

田家其地則野。**復近臣**，其人則貴。**行樂不違親**。與交遊共之。**霽日園林好，清明煙火新。以文常會友，惟德自成鄰**。

楊惲書：田家作苦。又詩：「人生行樂耳。」《後漢·郭泰傳》：隱不違親。○陶潛詩：「静念園林好。」《孝經緯》：春分後十五日，斗指乙，爲清明。《三統曆》：謂物生清浄明潔。司馬彪《續漢書》：介子推焚林而死，故寒食不忍舉火，至今有禁煙之説。唐《輦下歲時記》：清明日，取榆柳之火以賜近臣。杜甫詩：「朝來新火起新煙。」賈島《清明》詩：「晴風吹柳絮，新火起厨煙。」王粲詩：「四望無煙火。」○《論語》：君子以文會友。又：德不孤，必有鄰。

池照窗陰晚，地幽。**杯香藥味春**。興洽。**欄前花覆地，竹外鳥窺人**。益見清閑之致。**何必桃源裏，深居作隱淪**。末句映發起句。

梁簡文帝詩：「窗陰随影度。」〇陶潛《桃花源記》：晋太元中，武陵人捕魚爲業，忽逢桃花林夾岸。林盡水源，便得一山，山有小口，便捨船，從口入。土地平曠，屋舍儼然，男女衣着悉如外人。自云先世避秦時亂，率妻子邑人來此絶境，不復出焉。《一統志》：湖廣常德府，東漢爲武陵郡。府城西八十里有桃源縣，縣南有桃源山，山有桃源洞，一名秦人洞。洞北有桃花溪。《桓子新論》：天下神人五，二曰「隱淪」。鮑照詩：「孤賤長隱淪。」注：謂幽隱沈淪也。

殷璠曰：祖咏詩翦刻省静，用思尤苦，氣雖不高，調頗凌俗。至如「霽日林園好，清明煙火新」，亦可稱爲才子。

【原眉批】

蔣云：用經語入詩，獨此聯爲工確。

鍾云：「春」字得藥之情。

鄭審

奉使巡檢兩京路種果樹事畢入秦因咏歌[一]

《舊唐・玄宗紀》：開元二十八年春正月，詔兩京路及城中苑内皆種果樹。

聖德周天壤，韶華滿帝畿。九重承渙汗，千里樹芳菲。陝塞餘陰薄，猶言餘寒。**關河舊色微。**舊臘之色。**發生和氣動，封植衆心歸。**言樹木之性各得其所。

《史記・自序》：臣下百官力頌聖德。魯仲連書：名與天壤相弊。韶華，謂春光韶美也。○《楚辭》：「君之門九重。」《易・渙卦》：渙汗其大號。謂散其號令，如汗之出而不及也，故爲詔敕之稱。謝朓詩：「含景望芳菲。」○《爾雅》：春爲發生。顔延之《曲水》詩序：皇祇發生之始。○張翰詩：「暮春和氣應。」《國語》：封植越國，以明聞于天下。《漢・辛慶忌傳》：質行正直得衆心。

春露條應弱，嫩弱。**秋霜果定肥。影移行子蓋，香撲使臣衣。入徑迷馳道，**言自馳道入樹間徑。**分行**行列。**接禁闈。何當扈仙蹕，攀折奉恩輝。**

吴筠《夾樹》詩：「能迎春露點。」阮籍詩：「磬折似秋霜。」○鮑照詩：「行子夜中飯。」○「馳道」，見五古《慈恩寺》詩。《爾雅》：宫中之門謂之闈。李充《懷愁賦》：「直崇理之禁闈。」孔欣詩：「肅肅禁闈内。」○「蹕」，見《幸韋嗣立莊》詩。梁簡文詩：「楊柳亂成絲，攀折上春時。」

【原眉批】

鍾云：起語有照應，「聖德」上想出話頭，便覺洪遠。

譚云：切而不浮，轉而不滯。

蔣云：數語沈雄旨人。

又云：看它用何當。

【校勘記】

[一]奉使巡檢兩京路種果樹事畢入秦因咏歌：《全唐詩》卷三百十一作「奉使巡檢兩京路種果樹事畢入秦因咏」。

劉長卿　**行營酬呂侍御**

公自注：時尚書問罪襄陽，軍次漢東境上，侍御以州鄰寇賊[一]，復有水火，迫於征稅，詩以見喻。行營，軍次也。尚書，不知其誰，而呂與劉同在幕府，此蓋劉知隨州時作也。隨州，在淮之南，明時屬德安府。

不敢淮南卧，自謂。**來趨漢將**指尚書。**營**。**受辭**命令。**瞻左鉞，扶疾拜前旌**。**井税鶉衣樂**，

壺漿鶴髮迎。美其寬政，而賤者、老者懷德。是自注所謂「迫於征税」也。《史·汲黯傳》：上召黯，拜淮陽太守，曰：吾徒得君之重，卧而治之。虞羲詩：「擁旄爲漢將。」○《書》：王左仗黄鉞，右秉白旄。崔豹《古今注》：大將軍出征，特加黄鉞。張正見詩：「前旌去不見。」○井以區宅言之。王維詩亦云：「歲晏輸井税。」《荀子》：子夏貧長若懸鶉。《孟子》：簞食壺漿以迎王師。「鶴髮」，既見。

水歸餘斷岸，漲水之痕。**烽至掩**謂侵及。**孤城**。是自注所謂「復有水火」也。**晚日當千騎，秋風合**迴合。**五兵**。**孔璋**比吕。**才素健，早晚**訓常時，訓不日。**檄書成**。當以問罪正亂。

謝爕詩：「咽流喧斷岸。」烽，兵火也。杜甫詩：「洛陽宮殿化爲烽。」亦謂兵火也。○陳後主詩：「晚日落餘暉。」「五兵」，即五戎，見上《送劉校書》詩。○《魏志》：陳琳，字孔璋，太祖愛其才，以琳爲司空軍謀祭酒，管記室。軍國書檄多琳所作。文帝《與吴質書》：孔璋書表殊健。

【原眉批】

鍾云：「不敢」「來趨」四字，見它流動處。

【校勘記】

[一]州鄰寇賊：底本訛作「舟鄰賊境」，據《全唐詩》卷一百四十八改。

送鄭說之歙州謁薛侍御[一]

《唐・地理志》：歙州，新安郡，屬江南道，明爲徽州府。此蓋薛侍御出刺歙州，而鄭以書生而往依之也。

漂泊來千里，謂鄭。**謳歌滿百城**。謂薛。**漢家尊太守**，謂薛。**魯國重諸生**。謂鄭。**俗變**天寶亂後。**人難理**，**江傳水至清**。以比政治。

劉繪《咏萍》詩：「漂泊終難測。」《後漢書》：黃琬拜豫章刺史，威邁百城。「謳歌」，既見。○《漢・百官表》：郡守，秦官，掌治其郡，秩二千石。景帝時更名太守。按漢制郡有太守，州有刺史，隋唐罷郡爲州，太守爲刺史。則唐之刺史，實漢家太守也。《叔孫通傳》：徵魯諸生共起朝儀。○《文選・沈約詩序》：新安江水至清淺，深見底。新安，即歙州也。

船經危石住，**路入亂山行**。**老得滄洲趣**，無宦情。**春傷白首情**。有别情。**嘗聞馬南郡**，**門下有康成**。以鄭姓相比。

《列子》：登高山，履危石。鮑照詩：「巖雲亂山起。」○謝朓詩：「復協滄洲趣。」《范雎傳》：至白首無所遇。潘岳詩：「白首同所歸。」○《後漢書》：馬融，字季長，爲南郡太守。才高博洽，爲世通儒，教養諸生。鄭玄，字康成，事融，召見於樓上。玄因從質諸疑義，問畢，辭歸，融喟然謂門人曰：鄭生今去，吾道東矣。

【原眉批】

蔣云：「滄」「白」假對。

又云：結句恰是送鄭説語。

【校勘記】

［一］送鄭説之歙州謁薛侍御：《全唐詩》卷一百四十八作「送鄭説之歙州謁薛侍郎」。

卷之五　七言律

七言律詩，又五言八句之變也。在唐以前，沈君攸七言儷句已近其調，至唐人始專此體。

沈佺期　**古意**

一作「獨不見」。樂府遺聲，怨思三十五曲之一。《樂府解題》：獨不見，傷思而不得見也。梁柳惲詩：「奉帚長信宮，誰知獨不見。」

盧家少婦鬱金堂，一作「香」。**海燕雙栖玳瑁梁**。恨己孤栖。**九月寒砧催木葉**，婦所居。**十年征戍憶遼陽**。夫所居。**白狼河北音書斷**，夫。**丹鳳城南秋夜長**。婦。**誰爲含愁**一句做，二句看。**獨不見，更教明月照流黄**（帷）。月在而人不在，「更」字深。

梁武帝《河中之水歌》：「河中之水向東流，洛陽女兒名莫愁。十二能織綺，十四采桑南陌頭。十五嫁爲盧家婦，十六生兒似阿侯。盧家蘭室桂爲梁，中有鬱金蘇合香。頭上金釵十二行，足下絲履五文章。珊瑚掛鏡爛生光，平頭奴子擎履箱。人生富貴何所望，恨不早嫁東家王。」《滑稽傳》：東方朔取少婦于長安中。《相逢行》：「小婦無所爲，挾瑟上高堂。」「鬱金」，見七古《長安古意》。《文昌雜録》：世説海外有燕子，至秋社乃去，仲春復來。曹植詩：「仰見雙栖禽。」傅縡詩：「翠帳金屏玳瑁牀[一]。」《本草》：玳瑁，大如帽，似龜甲，中有文，生嶺南海畔山水間。蔣云：「堂」一作「香」。按下句「堂」與「梁」相承爲切，當以「堂」爲是。鬱金堂，特言堂貯香氣；玳瑁梁，特言梁飾文彩。○《楚詞》：「洞庭波兮木葉下。」《徐氏筆精》：木葉城，在今遼東之地。沈雲卿《古意》「九月寒砧催木葉」是也，後人以爲「下葉」，誤矣。吴吴山云：按遼有木葉山，以木葉之積得名。此因砧催木落而憶遼陽，正暗用山名作對也。余謂「九月寒砧」明是少婦之地，何必屑屑地名，《古意》不專對偶。曹植詩：「君行逾十年，孤妾常獨栖。」《漢・地理志》：遼東郡有遼陽縣。○《漢・地理志》：右北平郡有白狼縣。注：有白狼山，故以名縣。又：遼西郡臨渝縣，有渝水。首受白狼，東入塞外。疑白狼河即渝水也。《魏氏土地記》：黄龍城西南有白狼河，東北流城東北下。吴均詩：「萬里斷音書。」「丹鳳城」，見七古《帝京篇》。魏文帝詩：「漫漫秋夜長。」蔣本作「玄菟城南秋夜長」，云漢昭帝時并朝鮮爲樂浪、玄菟二郡。六朝詩：「始經玄菟塞，終繞白狼河。」梁元帝以「黄龍戍」對「玄菟城」，庾開府以「玄菟郡」對「朱鳶城」，然此作「丹鳳城」爲是。○蔡疑詩：「含愁上對影，似有别離情。」魏文帝詩：「明月皎皎照我床。」羊勝《屏風賦》：「映以流黄。」注：流黄，間色素也。《古相逢行》：「大婦織綺羅，少婦織流黄。」《環濟要略》：間色有五：紺、紅、縹、紫、流黄。蔣云：古詩多用「流黄」，有「中婦織流黄」「錦石擣流黄」，蓋機中所織黄黑之間色也。王堯衢云：流黄，是屏帷之顔色。

楊用修曰：嚴滄浪取崔顥《黃鶴樓》詩爲唐人七言律第一，近日何仲默、薛君采取沈佺期此篇爲第一，二詩未易優劣。或以問予，予曰：崔詩賦體多，沈詩比興多。以畫家法論之，沈詩披麻皴，崔詩大斧劈皴也。

胡元瑞曰：「盧家少婦鬱金堂，海燕雙栖玳瑁梁。誰爲含愁獨不見，更教明月照流黃。」同樂府語也，同一人詩也，然起句千古驪珠，結語幾成蛇足。學者打徹此關，則青龍疏鈔，可盡火矣。

【校勘記】

［一］翠帳金屏玳瑁牀：底本「牀」作「梁」，據《樂府詩集》傳綽詩改。

龍池篇

武后時，長安隆慶坊南民家井溢，浸成大池，彌亘數十頃。丞相王子列第於其北，望氣者言：嘗鬱鬱有帝王氣。神龍五年，中宗泛舟池上，宴群臣，以厭之，號曰「龍池」，即隆慶池也。後玄宗即位，以隆慶坊舊邸爲興慶宫，作龍池樂舞。《唐書·禮樂志》：玄宗即位後，作龍池樂。姚崇、佺期等共作樂章十章，此係第三章。

龍池躍龍龍已飛，龍德先天天不違。池開天漢分黃道，龍向天門入紫微。言玄宗之自此而登極也。**邸第樓臺**在池邊者。**多氣色，君王鳧雁有光輝。爲報寰中百川水，來朝此地莫東歸。**

《易·乾卦》：初九，潛龍勿用，九四，或躍在淵，九五，飛龍在天。《文言》：先天而天弗違，後天而奉天時。《長安志》：龍池，本平地。垂拱初，因雨水流潦，成小池。至景龍中，瀰亘數頃，深至數十丈，常有雲氣。《杜詩注》：明皇居藩邸，東有舊井，涌爲小池，常有雲氣、黃龍見。帝即位，建興慶宫，遂爲龍池。及幸蜀前一夕，躍然亘空，望西南去。徐增云：龍者，取其變化，聖人之德，變動不拘，周流六虛，故稱「龍德」。玄宗未爲天子而龍見，則是「先天」。後果爲天子，則是「天不違」也。○《詩》：「維天有漢。」《漢·蕭何傳》：語曰：天漢其稱甚美。《天文志》：日之所行曰黃道。黃，色之中也，黃道即中道也。一曰光道。北至東井，南至牽牛，東至角，西至婁。《楚詞》：「廣開兮天門。」《漢·禮樂志》：天門開詄蕩蕩。《列子》：清都紫微，帝之所居。《晉·天文志》：紫宫垣，十五星，在北斗北。一曰紫微垣，大帝之坐，天子之常居也。《荆燕世家》：邸第百餘，皆高祖一切功臣。《説文》：邸，屬國之舍也。《漢書》注：第，謂甲乙之次第。何遜詩：「山中氣色滿。」《説苑》：君之鳧雁，食以菽粟。《西京雜記》：太掖池邊皆是彫胡、紫擇、緑節之類，其間鳧雛、雁子，布滿充積。○「寰」，既見。《尚書·大傳》：百川赴東海。徐增云：想在玄宗平難初登王位之時，新主之詔，尚未及于遐方，故急欲億兆歸心唐皇也。

【原眉批】

鍾云：用經語入詩，非化工手段，未易融洽。

蔣云：五「龍」、四「天」、兩「池」，律詩下字重者，惟此爲多，分明故意，是亦一法。

鍾云：告水奇。

侍宴安樂公主新宅應制

《唐·公主傳》：安樂公主，中宗最幼女也。帝遷房陵，而下嫁武崇訓。帝復位，光艷動天下，侯王柄臣多出其門，與太平等七公主皆開府，而主府官屬尤濫。奪臨川長公主宅以爲第，天子親幸，宴近臣。

皇家貴主好神仙，別業初開雲漢邊。山假山。**出盡如鳴鳳嶺，池成不讓飲龍川。妝樓翠幌教春住，舞閣金鋪借日懸。**借天子恩光。**敬從乘輿來此地，稱觴獻壽樂鈞天。**

蔡邕《述行賦》：「皇家赫而天居彰。」《漢·揚雄傳》：武帝好神仙。○《一統志》：鳳翔府有鳴鳳山。然此暗用弄玉事耳，未必指此山也。飲龍川，即渭水也。嘗有黑龍從南出，飲渭水。本傳：公主請昆明池爲私沼，帝曰：「先帝未有以與人者。」主不悅，自鑿定昆池，延袤數里。定，言可抗之也。司農卿趙履温爲繕治，累石肖華山，磴彴橫邪，回淵九折，以石瀵水，又爲鏤怪獸神禽，間以璖貝、珊瑚，不可涯計。○盧思道詩：「妝樓對馳道。」「翠幌」，既見。陳子良詩：「綺雲臨舞閣。」揚雄《甘泉賦》：「排玉户而颺金鋪。」注：鋪，門鋪首也。蔣云：金鋪，謂門扇鎖處有金玉龍獸以銜環者。按鋪，古器名。簋方鋪圓，乃禮器也。漢門扇鎖處有鋪首，正象其圓形也。《蜀都賦》：「金鋪交映。」《長門賦》：「擠玉户而撼金鋪。」張正見詩：「飛闒敞金鋪。」○《後漢·輿服志》：漢承秦制，御爲乘輿，所謂孔子乘殷之輅者。蔡邕《獨斷》：漢天子車馬、衣服、器械、百物曰乘輿。《元倉子》：景王步前稱觴，爲元倉子壽。謝莊《月賦》：陳王「命執事獻壽羞璧」。「鈞天」，見排律《送朝集使》詩。

【原眉批】

鍾云：典實中有揄揚。

又云：「住」字、「懸」字穎甚。

紅樓院應制

蔣云：在長安嘉猷觀中，蓋内道場名。按《佛祖統記》，中宗神龍元年，詔義浄三藏於内道場譯《孔雀咒王經》，則當時有内道場可知也。

紅樓疑見白毫光，寺逼宸居福盛唐。支遁愛山情漫切，曇摩泛海路空長。上五下二句，笑其反不若「逼宸居」之深致。**經聲夜息聞天語，爐氣晨飄接御香。**二句叙「逼宸居」。**誰謂此中難可到，自憐深院得徊翔。**「此中」「深院」四字，須錯綜看。

《法華經》：爾時，佛放眉間白毫相光，照東方萬八千世界。班固《典引》：宸居其域。顔延之《曲水》詩序：景屬宸居。《文選》注：帝居曰宸。○《世説》：晋支遁愛剡東岇山，就深公買之，深公笑曰：「未聞巢由買山而隱。」按魏嘉平二年，西竺曇摩迦羅至洛陽翻譯衆經，始弘戒律。見《梁高僧傳》。舊注引達磨，非。○王融詩：「每聚金爐氣。」《楚詞》：「君迴翔兮以下。」

【原眉批】

蔣云：無端却生出白毫光，亦奇。

又云：次句俚。

再入道場紀事應制

唐云：此詩疑作于武氏既崩而中宗復位之時，故有宇宙一新之意。按神龍元年，中宗復位。佺期流驩州，尋召還，拜修文館學士。此詩當是召還時作。

南方歸去猶言歸來。**再生天，内殿今年異昔年**。指武后時。**見闢乾坤新定位，看題日月更高懸**。**行隨香輦登仙路，坐近爐煙講法筵**。**自喜深恩陪侍從，兩朝長在聖人前**。

「生天」二字用佛語，蓋謂己自驩州幸召還朝廷也。或以爲中宗自房陵還，恐不是。○「看題日月」，蓋就題署等所見言之。「日月」，蓋謂宸章也。葉弘勛以爲題署必書月日，而更有年號，月日豈可曰「日月」乎？○「登仙路」，借言行幸道場也。「行隨」「坐近」，即下所謂「陪侍從」也。蕭放詩：「金鳳起爐煙。」○《雍録》：漢世之謂侍從者，以其職掌近君也。行幸則隨從，在宮則陪從，故總名之。

【原眉批】

蔣云：「香輦登仙」四字不斷，好。

遥同杜員外審言過嶺

雲卿時爲給事考功郎，以張易之敗，長流驩州。杜亦通易之，流峰州，并嶺外地也。南岳衡山周迴八百里，謂之嶺。金人瑞云：同，亦和也，和者，和其詩也，同者，同其題也。

天長地闊嶺頭分，沈、杜同去嶺外，而地各異。**去國**謂京。**離家見白雲**。**洛浦風光何所似**，言不相類。**崇山瘴癘不堪聞**。未到而先聞，早已不堪。**南浮漲海人何處**，指杜。**北望衡陽雁幾群**。指衡陽爲北，則極南可知也。**兩地江山萬餘里，何時重**一作「同」。**謁聖明君**。

《老子》：天長而地久。蔡琰《胡笳》：「山高地闊兮見汝無期。」《莊子》：越之流人，去國旬月。《詩》

曰「去國」，多言去京師。《九辨》：「去鄉離家兮徠遠客。」〇《古詩》：「錦衾遺洛浦。」即洛水也。崇山距越裳四十里。佺期有《從崇山向越裳》詩云：「朝發崇山下，暮坐越裳陰。西從杉谷度，北上竹溪深。竹溪道明水，杉谷古崇岑。」崇山，在交廣之域，所謂「放驩兜于崇山」即此。「瘴癘」，既見。〇《五帝紀論》：南浮江海。《蕪城賦》：「南馳蒼梧，漲海謝承。」《後漢書》：交趾七郡貢獻，皆從漲海出入。《安南志》：大海環交州等府東南。佺期又有《渡海》詩云：「嘗聞交趾郡，南與貫胸連。四氣分寒少，三光置日偏。越人遥捧翟，漢將下看鳶。北斗崇山掛，南風漲海牽。别離頻破月，容鬢驟催年。虚道崩城淚，明心不應天。」蓋一時所作。衡陽有回雁峰，雁至此不南去。《一統志》：徐靈期曰：南岳周迴八百里，回雁峰爲首。應瑒詩：「朝雁鳴雲中，將就衡陽栖。」〇王融詩：「兩地有風霜。」《古詩》：「相去萬餘里。」劉楨詩：「何時當來儀，將須聖明君。」

【原眉批】

蔣云：題中「遥」字妙。

蔣云：三「何」字是瑕。

韋元旦　**興慶池侍宴應制**

池初名隆慶，後以玄宗諱改焉，即龍池也。詳既見。

滄池漭沆帝城邊，殊勝昆明鑿漢年。昆明人造，龍池天造。**夾岸旌旗疏**通也。**輦道，中流簫鼓振樓船。雲峰四起迎宸幄，水樹千重入御筵。宴樂已深魚藻咏，承恩更欲奏《甘泉》。**

張衡《西京賦》：「顧臨太液，滄池漭沆。」「漭沆」，深大貌。《三秦記》：漢未央宮有滄池。《漢・陳咸傳》：得入帝城死不恨。「昆明池」，見七古《帝京篇》。○王粲詩：「蟋蟀夾岸鳴。」《上林賦》：「輦道纚屬。」天子行道曰輦道。《秋風辭》序：中流與群臣飲宴。同辭：「泛樓船兮濟汾河。」《漢書》注：船上施樓曰樓船，又兵船謂之樓船。見《通典》。○范雲詩：「水樹繞蟠枝。」○《詩》：「以宴樂嘉賓之心。」《詩・魚藻》，天子宴諸侯而諸侯美天子詩也。《漢・揚雄傳》：雄待詔承明之庭，從上甘泉還，奏《甘泉賦》諷之。甘泉，山名，漢置宮于上。成帝時，郊祀甘泉泰畤，以求嗣云。

【原眉批】

鍾云：音律調暢，駢麗精工，初唐壓卷。

譚云：「雲峰」二聯，縱目所見，任筆所之。

蔣云：結語有規諷意。

見前。

蘇頲　**侍宴安樂公主新宅應制**〔一〕

駸駸羽騎歷城池，帝女樓臺向晚披。開也。**露**雨之沾。**灑旌旗雲外出，風迴巖岫雨中移。**風隨巖岫之路移。**當軒半落天河水，繞徑全低月樹枝。**二句叙雨中景，言樓臺之非凡境。「月樹」，謂月中桂。**簫鼓宸遊陪宴日，和鳴雙鳳喜來儀。**

《詩》：「載馳駸駸。」《説文》：駸，馬行疾也。揚雄《校獵賦》：「羽騎營營。」陸機詩：「羽騎栖瓊鑾。」《羽獵賦》：「輕車飆厲，羽騎電騖。」《韓非子》：築城池以守固。《國策》：帝女令儀狄作酒。○《史記》：梁孝王得賜天子旌旗。王褒詩：「高峰白雲外。」嵇康詩：「散髮巖岫。」梁元帝《螢賦》：「翻住雨中然。」○陸機詩：「阿那當軒織。」梁簡文《梅賦》：「漂半落而飛空。」庾信《燈賦》：「瓊鈎半弱木全低。」梁元帝詩：「月中含桂樹。」○鮑照詩：「陳鐘陪夕宴。」潘岳《笙賦》：「雙鳳嘈以和鳴。」《書》：「簫韶九成，鳳皇來儀。」注：來儀者，來舞而有容儀也。

【原眉批】

鍾云：句格天然。

蔣云：三、四不及沈，而五、六過之。

鍾云：妙在「半落」「全低」四字，結似俗。

【校勘記】

［一］侍宴安樂公主新宅應制：《全唐詩》卷七十三作「侍宴安樂公主山莊應制」。

奉和春日幸望春宮應制

宮在滻水西岸，隋文帝建，煬帝改曰長樂宮。唐復名望春。

東望望春春可憐，未到先望。**更逢晴日柳含煙。宮中下見南山盡，城上平臨北斗懸。細草偏承回輦處，飛花故落舞觴前。宸遊對此歡無極，鳥弄歌聲雜管弦。**

鮑令暉詩：「東望人嘆息。」《唐·地理志》：萬年縣有南望春宮，臨滻水。西岸有北望春宮。〇《春秋斗運樞》：斗第一天樞，第二璇，第三璣，第四權，第五衡，第六開陽，第七搖光。四爲魁，五至七爲杓，合而爲斗。○王融詩：「翻階没細草。」陳祖登詩：「飛花似雪迴。」○《古樂府》：「歌聲上徹清雲。」陸賈《新語》：調之以管弦。張正見詩：「山禽韻管弦。」陳後主詩：「依風雜管聲。」

楊用修曰：唐自貞觀至景龍，詩人之作，盡是應制，命題既同，體制復一。其綺繪有餘，而微乏韻度。獨蘇頲《東望望春》一篇，迥出群英矣。予又見中宗《賞桃花應制》，凡十餘篇，最後一小臣一絶云：「源水叢花無數開，丹柎紅萼間青梅。從今結子三千歲，預喜仙遊復摘來。」此詩一出，群作皆廢，中宗令宫女唱之，號《桃源行》。

【原眉批】

蔣云：「望望春春」妙。

又云：「下」「盡」「平」「懸」四字，遂盡高峻，不見形迹。

又云：「偏」「故」二字有情。

劉云：平平語，無限風光。

奉和初春幸太平公主南莊應制

《公主傳》：太平公主，武后所生。神龍時，開府置官屬。睿宗即位，主權震天下，宰相七人，五出其門。作《觀池樂遊原》，以爲盛集。

主第山門起灞川，宸遊風景入初年。鳳皇樓下交天仗，烏鵲橋頭敞御筵。往往花間逢彩石，時時竹裏見紅泉。今朝扈蹕平陽館，不羨乘槎雲漢邊。

崔浩《衍義》：公主下嫁，别立第舍。昭明太子詩：「教歌公主第。」《魏王奏事》：出不由里門，面大道者，名曰第。《西征賦》：「金狄遷於灞川。」「灞」，既見。陶潛詩：「天高風景徹。」○王僧孺詩：「嬴女鳳皇樓，漢姬柏梁殿。」徐陵詩：「宫中本造鴛鴦殿，爲誰新起鳳皇樓？」「天仗」，既見。江淹詩：「兩槳橋頭渡。」蔣云：唐人賦主第詩多用「鳳皇樓」「烏鵲橋」作對。李嶠詩：「鸞輅已辭烏鵲渚，簫聲猶繞鳳皇臺。」李邕詩：「織女橋邊烏鵲起，仙人樓上鳳皇飛。」中宗《賜駙馬封制》亦曰：鳳皇樓上，宛符琴瑟之歡；烏鵲橋前，載叶松蘿之契。用秦穆公女登樓吹簫乘鳳仙去事，既見。《淮南子》：七月七日，烏鵲填河成橋，渡織女以會牽牛。○《西都賦》：「神池靈沼，往往而在。」《穆天子傳》：天子升采石之山，於是取采石焉。注：文采之石。徐悱妻詩：「戲蝶花間鶩。」何遜詩：「竹裏見螢飛。」謝靈運《山居賦》：「托丹沙於紅泉。」宇云：凡詩中曰紅，言其顯露耳。萬丈紅泉、落紅泉、落影斜皆是也。○「扈蹕」，既見。《漢・外戚傳》：孝景王后長女爲平陽公主，武帝祓灞上，還過平陽主，賜金百斤。「乘槎」事，見排律《幸昆明池》詩。《詩》：「倬彼雲漢。」毛曰：雲漢，天河也。

【原眉批】

鍾云：取其樸雅。

蔣云：「往往」「時時」四字，見觸目可喜。

張説　**幽州新歲作**

詳見五律《幽州夜飲》詩。

去歲荆南梅似雪，不在長安。**今年薊北雪如梅**。亦不在長安。**共知人事何嘗定，且喜年華去復來**。年華則有定。**邊鎮戍歌連日動，京城燎火徹明開**。在此想彼。**遥遥西向長安日，願上南山壽一杯**。

陶潛詩：「去歲家萬里。」説「去歲」，貶在岳州也。《魏都賦》：「荆南懷惠。」蘇子卿《梅花落》詩：「祇言花是雪，不悟有香來。」范雲詩：「昔去雪如花，今來花似雪。」○阮籍詩：「人事多盈冲。」吴均詩：「當年翻覆無常定。」謝朓詩：「年華豫已滌。」○《王粲傳》：引兵向京城。《詩》：「庭燎之光。」毛萇曰：庭燎，大燭也。《漢·食貨志》：省費燎火。○《左傳》：遠哉遥遥。《晉·明帝紀》：帝少聰慧，元帝問以日近長安近？答曰：「長安近，但聞人從長安來，未聞從日邊來。」他日又問之，曰：「日近，舉目見日，不見長安。」《詩・小雅・天保篇》：「如南山之壽，不騫不崩。」《世説》：孫皓舉觴帝，作《爾汝歌》：「上汝一杯酒，令汝壽萬春。」

【原眉批】

蔣云：氣格好。

劉云：流走真切，不厭其淺。

灉湖山寺

湖在岳州，沅、湘、澧、汨之餘波也。此張貶岳州時作。

空山寂歷道心生，虛谷迢遥野鳥聲。不聞人聲可知。**禪室從來雲外賞，香臺豈是世中情。雲間東嶺千重出，樹裏南湖一片明。若使**（與）**巢由同此意，不將蘿薜易簪纓。**言從巢由於蘿薜也。

江淹詩：「誦經空山坻。」又：「寂歷百草晦。」《支道紀頌》：道心超不二。顏延之詩：「超遥行人遠。」賈誼《鵩賦》：「野鳥入室。」○謝靈運詩：「禪室栖空觀。」○魏文帝詩：「華星出雲間。」陶潛詩：「素月出東嶺。」薛道衡詩：「前瞻疊障千重阻。」梁簡文帝詩：「南湖荇菜浮。」庾信詩：「光如一片水。」○《高士傳》：巢父者，堯時隱人也。山居，不營世利，以樹爲巢，而寢其上，時人號曰巢父。許由，字武仲。堯讓天下於許由，由不受而逃去，遁耕於中岳潁水之陽箕山之下。《楚辭》：「若有人兮山之阿，被薜荔兮帶女蘿。」《晉·謝安傳》：褫薜蘿而襲朱組。

【原眉批】

鍾云：五、六聯寫景妙，結亦深。

又云：有翛然世外之致。

遥同蔡起居偃松篇

《舊唐·職官志》：起居郎二員，掌起居注，録天子之言、動作、法度，以修記事之史。顯慶中，又置起居舍人，皆從六品。《玉策記》：千歲之松，四邊披起，上杪不長望，而視之有如偃蓋。

清都謂帝都。**衆木總榮芬，傳道孤松最出群。名接天庭多景色，氣**佳氣。**連宫闕借氛氲。懸池的的停華露，偃蓋重重拂瑞雲。不惜流膏助仙鼎，願將楨幹奉明君。**

《楚辭》：「造旬始而觀清都。」陶潛詞：「撫孤松而盤桓」。○楊雄《太玄賦》：「排閶闔以窺天庭。」

《子夜歌》：「景色復多媚。」班固詩：「寶鼎見兮色紛紜。」謝惠連賦：「氛氳蕭索。」○「的的」，既見。庾信《枯樹賦》：「重重碎錦，片片真花。」《西京雜記》：瑞雲曰慶雲。○木華《海賦》：「流膏爲淵。」《漢武内傳》：藥有松脂之膏，服之可以延年。《抱朴子》：九轉丹在神鼎中。《易》：貞固足以幹事。本集此下有「莫比冥靈楚南樹，朽老江邊代不聞」二句。按此亦張貶岳州時作，故題曰「遥同」。至結尾自謂「願楨幹奉君」，而不比冥靈朽老也。然以律調取之，則尾二句不免蛇足，故删去恰成妙作。

【原眉批】

鍾云：「孤」字承「衆」字，「最」字承「總」字。

譚云：寫得有神。

賈曾　**奉和春日出苑矚目應令**

《文選》注：秦法太子稱令。令，命也。玄宗爲太子時有詩，曾時爲太子舍人，使在東都。

銅龍曉闢問安迴，三字説太子。**金輅春遊博望開。渭水晴光摇草樹，終南佳氣入樓臺。招賢已從商山老，托乘還徵鄴下才。臣在東南獨留滯，**「獨」字承上句。**忻逢睿藻日邊來。**在遐而不見遺也。

《漢書》：元帝嘗急召太子出龍樓門。張宴曰：門樓上有銅龍。《禮記》：文王之爲世子，朝於王季，日三，鷄初鳴而衣服，至寢門外，問内豎安否，内豎曰安，文王乃喜。《周禮》：王之五輅，一曰金路鈎，樊纓九就。注：以金飾諸末。《始皇紀》：皇帝春遊。陸機詩：「春遊良可嘆。」《漢書》：武帝爲戾太子立博望苑。注：取其廣博觀望也。○《枯樹賦》：「紛披草樹。」○司馬遷《書》：招賢進能。「商山四皓」，見排律《送李太守》詩。《留侯世家》：上欲廢太子，留侯曰：「此難以口舌争也，顧上有不能致者，天下有四人。今令太子爲書，使辨士固請，宜來，來以爲客，則一助也。」於是迎此四人，四人至，從太子，年皆八十有餘。上曰：「彼四人輔之，羽翼已成。」《楚詞》：「馬托乘而上浮。」魏文帝《書》：文學托乘于後車。注：托，附也。時帝爲太子，故文學附載後車以從行也。《魏・思》：陳王曹植置西園於鄴，與王粲、應瑒、阮瑀、陳琳、徐幹、劉楨諸才子夜遊賦詩。盧思道詩：「鄴下盛風流，河曲有名遊。應徐托後乘，車馬踐芳洲。」○《史記》：太史公留滯周南。徐廣曰：古之周南，今之洛陽。《洪範》：思曰睿，睿作聖。故天子之思慮曰睿想，文章曰睿藻。虞羲詩：「睿藻冠風騷。」「日邊」，見上《幽州新歲作》注。

【原眉批】

蔣云：起語典切。

鍾云：「渭水」二聯生色，堪把。

黄云：景極華藻。

李邕

奉和初春幸太平公主南莊應制

蘇頲同作，見上。

傳聞銀漢支機石，復見金「銀」字巧對。**輿出紫微。**以「傳聞」「復見」説起，始終以織女爲比，後面不妨叠用。**織女橋邊烏鵲起，仙人樓上鳳皇飛。流風入座飄歌扇，瀑水當階濺舞衣。今日還同犯牛斗，乘槎共泛海潮歸。**

徐陵詩：「傳聞奉詔戍皋蘭。」《廣志》：天河曰銀漢。吴本作「石支機」，叶韻。然此詩以對起，不必叶韻。《博物志》：有人尋河源，見婦人洗紗，問之，曰：「此天河也。」乃與一石。還問嚴君平，君平曰：「此織女支機石。」此與「乘槎」總一事。〇《武帝紀》：仙人好樓居。〇相如《美人賦》：「流風慘洌。」陳子良詩：「明月臨歌扇，行雲接舞衣。」《杜詩注》：以扇自障而歌，故謂之歌扇。孔靈符《會稽記》：懸霤千仞，謂之瀑布。「乘槎」，既見。劉孝威詩：「穿池控海潮。」

【原眉批】

蔣云：與小許公作，難爲兄弟。

劉云：起二語從空生出，三聯絶無煙火氣。

孫逖　**和左司張員外自洛使入京中路先赴長安逢立春日贈韋侍御及諸公**

「和左司張員外」以下二十二字是張之原題。長安，長安縣。《唐・百官志》：貞觀元年，尚書省置左右司郎，永昌元年，復置員外郎。《地理志》：河南府有洛陽縣，京兆府有長安縣。《百官志》：侍御史六人，掌糾舉百寮。

忽睹雲間數雁迴，更逢山上一花開。河邊淑氣迎芳草，林下輕風待待遇之待，徒以爲待而落，則淺矣。**落梅。秋憲府中高唱入，春卿署裏和歌來。共言東閣招賢地，自有《西征》作賦才。**

唐太宗《小山賦》：「一花散而峰明。」〇《古樂府》：「素月明河邊。」《楚詞》：「悼芳草之先零。」《古詩》：「蘭澤多芳草。」何承天詩：「輕風起紅塵。」江總詩：「落梅樹下宜歌舞。」〇《唐・百官志》：龍朔二年，改御史臺曰憲臺。漢授署御史多以立秋，蓋以風霜始嚴，鷹隼初擊，故云「秋憲」。陸機《連珠》：絶節高唱，非凡耳所悲。梁元帝詩：「魯史冠春卿。」《周禮》「春官宗伯」，即今之禮部。《史記》：高漸離擊筑，荆卿和而歌。按「春卿署裏」乃題中所云「諸公」，蓋在禮部者。舊解或以爲逖，或以爲張，可笑。張是尚書左司，逖未嘗在禮部也。此言「秋憲府中」「春卿署裏」，張之「高唱入」，而諸君之「和歌來」也。〇七、八是「秋憲」「春卿」諸公共言而褒張也，蓋是時張赴長安而有謁宰相之人也。「東閣」，見七古《帝京篇》。《晋書》：潘岳爲長安令，作《西征賦》。此比張之自東洛而西赴作詩也。此詩注家稱長題之妙，何不一一分析，詩語與題相稱也。

【原眉批】

蔣云：題妙，婉曲可法。

譚云：足爲長題之祖。

蔣云：長題不難得境，難於氣貫，此作得之。第「雲間」「山上」「河邊」「林下」「府中」「署裏」太犯。

黄云：芳草芊芊，細軟可愛。

「迎」「待」二字太活，淑氣爲芳草所迎，輕風爲落梅所待，設辭之巧。

崔顥

黄鶴樓

《一統志》：黄鶴樓在武昌府城西南隅黄鶴磯上，世傳仙人子安乘黄鶴過此。《述異記》：荀環好道術，嘗東遊，憩江夏黄鶴樓上，望西南有物，飄然降霄漢，乃駕鶴之仙也。鶴止石側，仙者就席，賓主歡對。已而辭去，跨鶴騰空，渺然煙滅。《報應録》：《武昌志》曰：江夏郡辛氏者，沽酒爲業。一先生來，魁偉藍縷，從容謂辛氏曰：「許飲酒否？」辛氏不敢辭，飲以巨杯。如此半歲，辛氏少無倦色。一日，先生謂辛曰：「多負酒債，無可酬汝。」遂取小籃橘皮，畫鶴於壁，乃爲黄色，而坐者拍手歌之，黄鶴蹁躚而舞，合律應節，故衆人費錢觀之。十年許，而辛氏累巨萬。後先生飄然至，辛氏謝曰：「願爲先生供給如意。」先生笑曰：「吾豈爲此？」忽取笛吹數弄，須臾，白雲自空下，畫鶴飛來先生前，遂跨鶴乘雲而去。於此辛氏建樓名曰黄鶴。諸説不同如此。

昔人已乘黄鶴一作「白雲」。**去，此地空餘黄鶴樓。黄鶴一去不復返，白雲千載空悠悠。晴川歷歷漢陽樹，芳草萋萋鸚鵡洲。日暮鄉關何處是，煙波江上使人愁。**

李陵書：遠托異國，昔人所悲。吴吴山云：據唐韋縠《才調集》作「乘白雲去」，注云：黄鶴，人名，以《武昌志》所載「乘白雲」，似是。《莊子》：乘彼白雲，遊于帝鄉。金人瑞云：一本乃作「昔人已乘白雲去」，大謬。不知此詩正以浩浩大筆連寫三「黄鶴」字爲奇耳。○荆軻歌：「壯士一去兮不復返。」○袁嶠之詩：「俯仰晴川涣。」《古樂府》：「衆星何歷歷。」《左傳》：漢陽諸姬，楚實盡之。唐鄂州江夏郡有漢陽縣，明爲府，屬湖廣。漢陽東接武昌，隔江七里。鸚鵡洲，尾直黄鶴磯。《楚詞》：「春草生兮萋萋。」《李白集注》：鸚鵡洲，在鄂州江中，黄祖殺禰衡處。衡嘗作《鸚鵡賦》，故遇害之地得名。○《周・庾信傳》：信雖位望通顯，常有鄉關之思。王筠詩：「鄉關屢回曲。」江總詩：「日迴煙波長。」鮑照詩：「夕聽江上波。」

顧和玉曰：此篇太白所推服，一氣渾成，太白所以見屈。想是一時登臨，高興流出，未必嘗有此作。

劉會孟曰：但以滔滔莽莽，有疏宕之氣，故勝巧思。

田子藝曰：篇中凡叠十字，只以四十六字成章，尤奇尤妙。

王濟之曰：唐人雖爲律詩，猶以韻勝，不以飣餖爲工。崔顥詩：「晴川歷歷漢陽樹，芳草萋萋鸚鵡洲。」李白詩：「三山半落青天外，二水中分白鷺洲。」氣格超然，不爲律縛，固自有餘味也。後世取「青」媲「白」字，字雖切，而意味索然矣。所謂「詩有别才」，是固然也。

【原眉批】

蔣云：前四句叙樓名之由，後四句寓感慨之情。

鍾云：起得高邁。

又云：妙在寬然有餘，無所不寫。

黄云：以古調入律詩，亦一時意興所至。

又云：一起一束，使人短咏悠然，長思未罄。

行經華陰

《唐·地理志》：京兆郡有華陰縣，太華山在南。「華山」，見排律《經華岳》詩。

岧嶢太華俯咸京，天外三峰削不成。巖然之形，雖削不及。**武帝祠前雲欲散，仙人掌上雨初晴。河山北枕秦關險，驛路西連漢畤平。借問路傍名利客，**承上言。**無如此處學長生。**

「岧嶢」，既見。「咸京」，即咸陽，秦、漢建都于此，故稱。阮籍詩：「長劍出天外。」《野記》：華山有芙蓉、明皇、玉女三峰。《華山記》：東曰太華，西曰少華，其山削成，四方有蓮花、毛女、松檜三峰，及仙掌石月之勝。其三峰直上，晴霽可睹。〇《華山志》：巨靈與元氣一時而生，混沌之師，九元祖也。漢武帝觀仙掌于縣内，特立巨靈祠焉。「仙人掌」，既見。〇《商君傳》：秦據河山之固。《雍録》：華陰縣北，則唐潼關也。《史記》：武帝初至雍郊，見五時。注：《括地志》：漢五帝時在岐州雍縣南。孟康曰：時者，神靈之所止也。〇《古樂府》：「觀者滿路傍。」「名利」，既見。《老子》：長生久視之道。《抱朴子》：長生可學得者也。《洞仙傳》：茅濛，字初成，師鬼谷先生，受長生之術。入華山修道，乘雲駕鶴，白日升天。徐、王并言「險」字爲「名利」二字作轉，「平」字爲「長生」二字作轉，鑿甚。

【原眉批】

蔣云：「削不成」翻奇。

又云：五、六完整。

又云：前六句皆雅渾，獨結語似中唐。

金云：「河山」以下，自「俯咸京」三字來。

李白

登金陵鳳皇臺

金陵爲明南京應天府，楚威王因其地有王氣，埋金鎮之，故名。三國吴、東晉、宋、齊、梁、陳并都此。臺在江寧縣治。南宋元嘉中，有鳳皇集于山，因起臺于山椒，以旌嘉瑞。白登黄鶴樓，嘆服崔顥詩，至金陵，賦此擬之。

鳳皇臺上鳳皇遊，說昔時。**鳳去臺空江自流。**說今時。**吴宮花草埋幽徑，晉代衣冠成古丘。三山半落青天外，一水**一作「二水」。**中分白鷺洲。總爲浮雲能蔽日，長安不見使人愁。**

《六朝事迹》：鳳皇臺，在江寧府城西南三里，今保寧寺是也。○《吴越春秋》：吴宮爲墟，庭生蔓草。繁欽詩：「褰衣躡花草。」「吴宮」，見七古《吴宮怨》詩。昭明太子《謝圖啓》：晉代方丈，比此非妙。顔延之詩：「衣冠終冥漠。」○山謙之《丹陽記》：江寧北十二里，濱江有三山相接。《一統志》：三山，在應天府西南五十七里，下臨大江，三峰排列，故名。晉王濬伐吴至三山，即此。《史正志碑》：秦淮源出句容、溧水兩山間，自方山合流。至建康分爲二支，一支入城，一支繞城外，共夾一洲，曰白鷺，即所謂「二水中分白鷺洲」者也。《圖經》：白鷺洲，在城西南八里。○《楚辭》：「願皓日之顯行兮，雲蒙蒙而蔽之。」《潘子真詩話》：陸賈《新語》：邪臣蔽賢，猶浮雲之障日月也。太白詩用此。按秦苻堅幸慕容垂夫人，宦者趙整歌曰：「不見雀來入燕室，但見浮雲蔽白日。」太白詩或用此。《古詩》：「浮雲蔽白日。」《晉·明帝紀》：舉目見日，不見長安。

范德機曰：登臨詩首尾好，結更悲壯，七言律可法者。

王元美曰：太白《鸚鵡洲》一篇，效顰《黄鶴》，可厭。「吴宫」「晋代」二句，亦非作手，律無全盛者，惟得兩結耳：「總爲浮雲能蔽日，長安不見使人愁。」「借問欲栖珠樹鶴，何年却向帝城飛。」

王敬美曰：崔郎中作《黄鶴樓》詩，青蓮短氣，後題《鳳皇臺》，古今目爲勍敵。識者謂前六句不能當，結語深悲慨慷，差足勝耳。然予意更有不然，無論中二聯不能及，即結語亦大有辨言。詩須道興、比、賦，如「日暮鄉關」，興而賦也；「浮雲蔽日」，比而賦也，以此思之，「使人愁」三字雖同，孰爲當乎？「日暮鄉關」「煙波江上」本無指著，登臨者自生愁耳，故曰「使人愁」，煙波使之愁也。「浮雲蔽日」，「長安不見」，逐客自應愁，寧須使之？青蓮才情標映萬載，寧以予言重輕？尺有所短，寸有所長，竊以爲此詩不逮，非一端也。如有罪我者，則不敢辭。余謂高適詩「春風送客使人悲」，「使」字固有輕用者。敬美之論，未爲確也。

【原眉批】

譚云：才情焕發。

鍾云：必以崔作逐句比之者，固矣乎説詩也！

黄云：一種歷落悲歌，俯仰憑吊，令人不忍棄去。

賈至　早朝大明宮呈兩省僚友

《唐志》：東内有大明宮，即永安宮，又改蓬萊宮。《唐・地理志》：大明宮，在禁苑東南，貞觀八年置。高宗龍朔三年始大興葺，曰蓬萊宮。長安元年復曰大明宮。

銀燭朝天紫陌長，未曉。**禁城春色曉蒼蒼**。銀燭而出，到朝而曉，見得紫陌長。**千條弱柳垂青瑣，百囀流鶯繞建章**。**劍佩聲隨玉墀步，衣冠身惹御爐香**。「身惹」一作「氣接」。**共沐恩波鳳池上，朝朝染翰侍君王**。

「銀燭」，既見。王粲《羽獵賦》：「倚紫陌而并行。」于仲文詩：「紫陌結朱輪。」天有紫微垣，人主之宮象之，故宮曰紫宮，又曰紫禁殿，曰紫宸，京都之衢曰紫陌。顏延之詩：「朝駕守禁城。」《莊子》：天之蒼蒼，其正色耶？謝脁詩：「寒渚夜蒼蒼。」〇蕭子顯詩：「楊柳千條共一色。」《漢・元后傳》：赤墀青瑣。注：以青畫户邊鏤中，天子制也。蔣云：青瑣，即省門刻爲連瑣文而青塗之。劉孝綽《咏百舌》詩：「百囀似群吟。」沈約詩：「流鶯復滿枝。」《史・武帝紀》：柏梁灾，於是作建章宮。〇鮑照詩：「虚谷遺劍佩。」漢武帝《哀蟬曲》：「玉墀兮塵生。」《唐・儀衛志》：凡朝日，殿上設黼扆、躡席、熏爐、香案。〇丘遲詩：「肅穆恩波被。」謝脁詩：「兹言翔鳳池。」注：鳳池，中書省也。《通典》：中書省，地在樞近，多承寵任，是以人固其位，謂之鳳皇池。晋荀勗爲中書監，除尚書令，人賀之，曰：「奪我鳳皇池，何賀也？」宋玉《高唐賦》：「朝朝暮暮，陽臺之下。」《秋興賦》：「染翰操紙。」吴筠詩：「年年月月對君王。」

楊仲宏曰：榮遇詩如賈至諸公《早朝篇》，氣格雄深，句意嚴整，宫商迭奏，音韻鏗鏘，真麟遊靈沼，鳳鳴朝陽也，熟之可洗寒陋。

謝茂秦曰：《金針詩格》云：内意欲盡其理，外意欲盡其象，内外涵蓄，方入詩格。若子美「旌旗日暖龍蛇動，宫殿風微燕雀高」是也。此上乘之論，非唐人之法。且如賈至、王維、岑參之聯，皆非内意，謂之不入詩格，可乎？大抵唐律妙在意興，無意有興，格高氣𢡟，不失爲盛唐。太白曰：「剗却君山好，平鋪湘水流。巴陵無限酒，醉殺洞庭秋。」迄今膾炙人口，謂有含蓄，則鑿矣。

【原眉批】

蔣云：前四句早朝時景物，五、六早朝時事，末二句有呈僚友意，在「共沐」二字上見。

鍾云：那得如此愷切、如此軒冕？

徐云：氣格雄深，句意嚴整，熟之可洗寒陋。

黄云：早朝詩帶不得山林氣，如此格律，真是錦明霞燦，雹爍雷鳴。

王維

和賈至舍人早朝大明宮之作[一]

絳幘鷄人報曉籌，尚衣方進翠雲裘。九天閶闔開宮殿，萬國衣冠拜冕旒。日色纔臨仙掌動，香煙欲傍袞龍浮。亦映日影見。**朝罷須裁五色詔，**「五色」映帶「鳳」字。**珮聲歸到鳳池頭。**結歸著賈舍人。

蔡邕《獨斷》：幘者，古之卑賤執事不冠者之所服也。董仲舒《上書》：執事者，皆赤幘。《三體詩》注：絳幘者，朱冠以象鷄。《漢官儀》：宮中輿臺并不得畜鷄，夜漏未明，三刻鷄鳴，衛士候於朱雀門外，著絳幘，專傳鷄唱。按《周禮》：鷄人掌夜呼旦，以嘂百官。嘂，叫通。東坡云：余來黄，聞人歌如鷄唱，與朝堂中所聞鷄人傳漏微相似。曉籌，謂宮中五更初漏之籌也。《唐·百官志》：尚衣，掌供冕服。凡掌天子之物曰尚。唐制，宮中有尚衣、尚食、尚藥等官。宋玉賦：「上翠雲之裘。」○《離騷》：「指九天以爲正兮。」《吕氏春秋》：天有九野，中央曰鈞天，東方曰蒼天，東北曰變天，北方曰玄天，西北曰幽天，西方曰顥天，西南曰朱天，南方曰炎天，東南曰陽天。又見《淮南子》。《太玄經》：一中天，二羨天，三從天，四更天，五晬天，六廓天，七咸天，八沈天，九成天。按九天、九霄之類，皆指其極也，猶言九泉之類。孫子曰：善守者藏於九地之下，善攻者動於九天之上，九地又安所名乎？「閶闔」，既見。「冕旒」，見排律《送朝集使》詩。○邢子才詩：「天高日色淺。」陳公讓詩：「香煙百和吐。」○《史·袁盎傳》：絳侯朝罷，趨出。《鄴中記》：後趙王石虎詔書用五色紙，著木鳳口中銜出。潘岳《西征賦》：「想珮聲之遺響。」「仙掌」「衮龍」「鳳池」，并已見前。

顧華玉曰：右丞此篇直與老杜頡頏，後唯岑參及之，他皆不及。蓋氣象闊大，音律雄渾，句法典重，用字新清，無所不備故也。或猶未全美，以用衣服字太多耳。

【原眉批】

蔣云：帖子語頗不癡重。

劉云：音律渾雅，句法典重。

鍾云：實語貼題，虛字運神。

【校勘記】

[一]和賈至舍人早朝大明宫之作：《全唐詩》卷一百二十八作「和賈舍人早朝大明宫之作」。

和太常韋主簿五郎温泉寓目[一]

《舊唐·職官志》：太常寺，主簿二人，掌印，勾檢稽失，省署抄目[二]。《六典》：太常，掌邦國禮樂，郊廟社稷之事。《唐・地理志》：京兆昭應縣驪山麓有温湯，唐時治湯爲池，環山列宮。《唐年小録》：開元十年，置温泉宮。天寶六載，改爲華清宮，增起臺殿，環列山谷，明皇歲幸焉。

漢主離宮接露臺，秦川一半夕陽開。青山盡是朱旗繞，扈從之盛。**碧澗翻從玉殿來。新豐樹裏行人度，小苑城邊獵騎回。聞道甘泉能獻賦，懸知獨有子雲才。**見諷意。

《漢書》：文帝欲作露臺，惜百金之費，乃止。注：今新豐縣南驪山之頂有露臺鄉，極爲高顯，有文帝所欲作臺之處。「離宮」「秦川」，并既見。蕭琳《隔壁聽妓》詩：「塵飛一半來。」按：「秦川一半夕陽開」，只言所見之夕景耳。楊用修乃謂四百里爲離宮，論之過矣。○《周禮》：司旗，掌旗物之藏，三曰朱旗。《東京賦》：「杖朱旗而建大號。」梁簡文詩：「垂花臨碧澗。」又：「玲瓏玉殿虛。」○「新豐」，見七古《畫馬引》。「小苑」，宜春苑也。《三輔黄圖》：宜春下苑，在京城東南隅。梁武帝《春賦》：「洛陽小苑之西。」《古樂府》：兼送小苑百花香。李德林詩：「蕭關獵騎旋。」○《楊雄傳》：孝成帝時，客有薦雄文似相如者。上方郊祠甘泉泰畤，召雄待詔承明之庭。正月，從上甘泉，還奏《甘泉賦》以諷。庾信詩：「懸知曲不誤。」

楊用修曰：唐至天寶，宫室盛矣。秦川八百里，而夕陽一半開，則四百里内皆離宮矣。此言可謂肆而隱。奢麗若此，而猶以漢文惜露臺比之，可謂反而諷。末句欲韋郎效子雲之獻賦，則其托諷可知。

謝茂秦曰：子美居夔州，上句曰「春知催柳別」「農事聞人説」，「別」「説」同韻。王維《温泉》上句曰「新豐樹裏行人度」「聞道甘泉能獻賦」，「度」「賦」同韻。此非詩家正法。章碣上句，皆用翰韻，尤可怪也。

【原眉批】

蔣云：只拈面前意思，詩有別才如此。

鍾云：將小景寫出大氣象。

吴云：此結以子雲比韋郎，與前篇賈舍人寫和意，皆渾然不露，而神致已足。

【校勘記】

［一］和太常韋主簿五郎温泉寓目：《全唐詩》卷一百二十八作「和太常韋主簿五郎温湯寓目之作」。

［二］抄：底本訛作「杪」，據《舊唐書·職官志》改。

大同殿生玉芝龍池上有慶雲百官共睹聖恩便賜燕樂敢書即事［一］

《六典》：金明門内之北曰大同殿。開元初，以隆慶舊邸爲興慶宫，後又增廣，遂爲南内。其正殿曰大同，東北即龍池殿。《唐書》：天寶中，有玉芝産大同殿柱礎，神光照於殿。《唐·百官志》：凡景雲、慶雲爲大瑞，嘉禾、芝草、木連理爲下瑞。大瑞，則百官詣闕奉賀。餘瑞，歲終員外郎以聞。

欲笑周文歌燕鎬，還輕漢武樂横汾。豈知訓「能」。**玉殿生三秀，**言「鎬燕」「横汾」皆不如今日有祥瑞而後宴樂也。**詎有銅池出五雲。**此句接上與而奪之也。言漢代銅池亦道生三秀，然詎曾出五雲來，唯有下瑞，未至上瑞。**陌上堯樽傾北斗，樓前舜樂動南薰。共歡天意同人意，萬歲千秋奉聖君。**

「燕鎬」「横汾」，見排律《幸昆明池》詩。沈約詩：「宴鎬鏘玉鑾，遊汾舉仙軷。」沈佺期詩：「思逸横汾唱，歌流宴鎬杯。」○《楚辭》：「采三秀兮於山間。」注：三秀，芝草也。謝惠連詩：「靈芝望三秀。」注：三秀，歲三結實也。漢宣帝元年，金芝九莖，産函德殿銅池中，色如金銅。池，承霤也，以銅爲之。《周禮》：保章氏以五雲之物辨吉凶。《宋書》：慶雲五色者，太平之象。雲五色爲慶，三色爲矞。○「尊」，酒器總名。堯衢尊，虞泰尊。姚崇詩：「堯尊臨上席。」《詩》：「維北有斗，不可以挹酒漿。」《楚辭》：「援北斗兮酌桂漿。」劉孝先詩：「横照滿樓前。」《史記》：舜彈五弦之琴，歌《南風》之詩，而天下治。按「陌上」二字恐于時有賜酺事。○《漢・息夫躬傳》：民心悦而天意得矣。干寶《晉紀論》：帝王受命而用其終，豈人事乎？其天意乎？《古樂府》：「千秋萬歲樂無極。」王粲詩：「一由我聖君。」

顧與新曰：宏麗亦雅，寫出侈靡氣象，一時君臣相悦意。

【原眉批】

譚云：長題有此壯麗，有此連絡，儘不愧盛唐矣。

黄云：「豈知」「詎有」，見得祥瑞甚奇。

金云：讀之只如蒿枝輕拂，相似小儒，詬其平平無奇，不知此爲先生真奇。

余謂「豈知」一聯大巧，且用「銅池」爲「玉殿」對，亦影取「池」字，孰謂平平無奇乎？

【校勘記】

［一］大同殿生玉芝龍池上有慶雲百官共睹聖恩便賜燕樂敢書即事：《全唐詩》卷一百二十八作「大同殿柱産玉芝龍池上有慶雲神光照殿百官共睹聖恩便賜燕樂敢書即事」。

奉和聖製從蓬萊向興慶閣道中留春雨中春望之作應制

奉和聖製，句。從蓬萊向興慶，句。閣道中留，句。春雨中，句。「蓬萊」，即大明宫，見上。《唐·地理志》：興慶宫在皇城東南。開元初置，後增廣之，築夾城，入芙蓉園。《史·始皇紀》：周馳爲閣道。注：謂複道也。

渭水自縈秦塞曲，黄山舊繞漢宫斜。鑾輿迴出千門柳（色之表），**閣道迴看上苑花。雲裏帝城雙鳳闕，雨中春樹萬人家。爲乘陽氣行時令，不是宸遊玩物華。**

《漢書·地理志》：右扶風槐里縣有黄山宫，孝惠二年起。《三輔黄圖》：黄山宫，在興平縣西三十里。

武帝微行，西至黃山宮是也。漢武帝廣開上林，東南至藍田宜春鼎湖御宿昆吾旁南山，而西至長楊五柞，北繞黃山，瀕渭而東，周袤三百里，離宮七十所。杜詩：「昆吾御宿自逶迤。」此詩「黃山舊繞漢宮斜」即其事也。○「鑾輿」，見五律《幸蜀》詩。《西京賦》：「鈎陳之外，閣道穹隆。」《元和志》：秦始皇作閣道至驪山，八十里，人行橋上，車行橋下。《三輔黃圖》：漢上林苑，即秦之舊苑也。漢武帝建元二年開，周袤三百里，群臣遠方各獻名花異卉三千餘種。○陰鏗詩：「雲裏望樓臺。」《後漢·郭伋傳》：太守去帝城不遠。繁欽賦：「築雙鳳之崇闕。」沈約詩：「春風起春樹。」《淮陰侯傳》：令其旁置萬家。○《月令》：立春之日，天子親帥三公九卿、諸侯大夫以迎春於郊，命相布德和令，行慶施惠，下及兆民。《吕氏春秋》：天子與卿大夫飭國典，論時令。

顧華玉曰：此篇狀出題景，春容典重，用字深原，不見工力，結歸之正，足見襟度。

顧與新曰：温麗自然，景象如畫。

田子藝曰：王維《早朝》云「方朔金門侍」，言滑稽弄臣也；「班姬玉輦迎」，言蠱惑内嬖也；「仍聞遺方士，東海訪蓬瀛」，分明以秦皇漢武、神仙聲色譏其若非體也。宗楚客云「幸睹八龍遊閬苑，無劳萬里訪蓬瀛」，可謂有箴規矣。結句如太白「君王多樂事，還與萬方同」，韋元旦「仙榜承恩争既醉，方知朝野更歡娱」，此詩「爲乘陽氣行時令，不是宸遊玩物華」，方得扈從應制之體。

【原眉批】

題文從徐增義爲句，然又竊謂「留春」，或是春遊之稱。

吴云：水曲山斜，總形容三宫道中紆迴之景。

蔣云：曰「迥」曰「迴」，盛唐用字只如此，不類小家。

又云：五、六畫亦不到。

鍾云：無一字落寒酸口吻。

劉云：前六句就眼前光景拈出，意致有餘。結二句甚有歸重。

敕賜百官櫻桃

唐李綽《歲時記》：四月一日，内園進櫻桃，寢廟薦訖，頒賜百官，各有差。維時爲文部郎中。《本草》：李時珍曰：櫻桃樹不甚高，春初開白花，繁英如雪，葉團，有尖及細齒，結子一枝數十顆，熟時須守護，否則烏食無遺也。

芙蓉闕下會千官，紫禁朱櫻出上蘭。纔是寢園春薦後，非關御苑鳥銜殘。薦後便賜，不後時，可見君恩之渥。**歸鞍競帶青絲籠，中使頻傾赤玉盤。飽食不須愁内熱，大官還有蔗漿寒。**

《雍録》：開元二十年築夾城，自大明宫以達曲江芙蓉園。劉餗《小説》：園本古曲江，文帝惡其名，改曲爲芙蓉，爲其水盛而芙蓉富也。芙蓉園與曲江相接，駕常遊幸其中。《一統志》：芙蓉苑，在曲江池之西南，即秦宜春苑地。葉弘勛云：蓋芙蓉園内有櫻桃園。門亦名闕，正百官待賜之地。其元旦、冬至朝會，則含元殿；朔望朝會，則宣政殿；常日御朝，則紫宸殿。無芙蓉闕下會千官之理，而闕下會千官，止爲櫻桃，蓋唐恩典也。《吕氏春秋》：大聖無私，而千官盡能。謝莊《宣貴妃誄》：收華紫禁。《蜀都賦》：「朱櫻春熟。」《西都賦》：「遂繞酆鄗，歷上蘭。」上蘭，漢觀名，在上林中。○《三輔黄圖》：孝文太后、孝昭太后皆有寢園。《漢書》注：寢者，陵上之正殿，若平生露寢矣。又：室有東西廂曰廟，無東西廂曰寢。《月令》：仲夏，天子以含桃薦寢廟。注：櫻桃，爲鶯鳥所食，故曰含桃。《史記》：叔孫通曰：方今櫻桃熟，可獻，願陛下出。因取櫻桃獻宗廟。《説苑》：春薦韭卵。梁簡文詩：非關長信别。○庾信詩：歸鞍畏日晚。《樂府·陌上桑》：青絲爲籠係。《漢·宦者傳》：凡詔所徵求，皆令西園騶密約敕，號曰中使。《文選》注：天子私使曰中使。《東觀漢紀》：漢明帝宴群臣，大官進櫻桃，盛以赤瑛盤，月下視之同色，皆笑曰空盤。○《本草圖經》：櫻桃，食之調中益氣，但發虚熱耳。《莊子》：我其内熱歟。注：食美者必内熱。「大官」，既見。《楚詞》：「胹鱉炮羔，有柘漿些[二]。」《漢·禮樂志》：泰尊柘漿折朝酲。注：取甘柘汁以爲飲也，可解酲也。「柘」，與「蔗」同。

【原眉批】

鍾云：典而致，三、四句尤見本事。

蔣云：「纔」字與下句方有照應。今本作「總」，非。

又云：將無作有，見君恩有餘。

黄云：對偶工，用事妥。

【校勘記】

[一]胹鱉炮羔，有柘漿些：「胹」底本作「燸」，「柘」底本作「蔗」，據《楚辭集注》改。

酌酒與裴迪

酌酒與君君自寬，人情翻覆似波瀾。白首相知猶按劍，朱門先達笑彈冠。無引薦之心。**草色全經細雨濕，**比小人居寵渥。**花枝欲動春風寒。**比君子不安。中四句正説人情反覆。**世事浮雲何足問，不如高卧且加餐。**

鮑照詩：「酌酒以自寬。」《列子》：善乎能自寬者。《禮運》：何謂人情？喜、怒、哀、懼、愛、惡、欲。陸機詩：「天道夷且簡，人道險而難。休咎相乘躡，翻覆似波瀾。」《釋名》：風吹水爲紋曰瀾。○《鄒陽書》：有白頭如新，傾蓋如故，何則？知與不知也。又：明月之珠，夜光之璧，以暗投人於道路，人無不按劍相眄者，何則？無因而至前也。「朱門」，既見。《韓非子》：管仲、鮑叔相謂曰：與子人事一人焉，先達者相收。《漢・王吉傳》：吉與貢禹爲友，世稱「王陽在位，貢公彈冠」，言其取捨同也。注：彈冠者，且入仕也。○周弘正詩：「東郊草色異。」梁簡文詩：「冷風雜細雨。」謝朓詩：「花枝聚如雨。」○《晉書》：阮籍不與世事。又：謝安高卧東山。《古詩》：「努力加餐飯。」

顧華玉曰：此篇似有朋友反覆爲誣譖者，或小人讒沮之類，故爲此以解之。草色花枝，固是時景，然亦托喻小人冒寵、君子危顛耳。

【原眉批】

鍾云：好起。

又云：直直寫題，便藏感慨。

酬郭給事

「給事」，見排律《和姚給事》詩。

洞門高閣靄餘暉，日將暮。**桃李陰陰柳絮飛。**春亦暮。**禁裏疏鐘官舍晚，省中啼鳥吏人稀。晨搖玉珮趨金殿，夕奉天書拜瑣闈。**日日如是，所以生結句之感。**强欲從君**（在官）**無那老，將因卧病解朝衣。**

《漢・董賢傳》：賢起第北闕下，重殿洞門。王粲詩：「桑梓有餘暉。」謝朓詩：「紫殿肅陰陰。」《本草》：柳花，一名柳絮。○徐孝克詩：「寒夜斂疏鐘。」《史・陳豨傳》：邯鄲官舍皆滿。《漢・昭帝紀》：帝姊爲長公主，共養省中。注：孝元皇后父名禁，避諱，故曰省中。師古曰：言入此中皆當省察，不可妄也。陳後主詩：「果裏啼鳥送春情。」《貨殖傳》：地廣人希。《漢・梁統傳》：吏人畏愛之。○《詩》：「瓊瑰玉佩。」江淹詩：「列坐金殿側。」《爾雅》：宮中之門謂之闈。黄門郎每夕對青瑣門拜，前已見。○張協詩：「抽簪解朝衣。」

【原眉批】

鍾云：起得閑適，下四語秀整有度。

蔣云：三、四景色可想。

譚云：語不煩而意盡，爽快之作。

黄云：深秀峻整。

蔣云：看渠結中下字，乃見盛唐温厚。

過乘如禪師蕭居士嵩丘蘭若

二人或當兄弟同住。嵩丘，嵩山也。梵言「阿蘭若」，唐言「無諍」，《智度論》云「遠離處」。

無著天親弟與兄，比禪師居士。**嵩丘蘭若一峰晴**。**食隨鳴磬巢烏下，行踏空林落葉聲**。落葉因踏而作聲，所以形容空寂。**迸水定侵香案濕，雨花應共石床平**。**深洞長松**「深」字、「長」字益見幽勝。**何所有，儼然天竺古先生**。

《佛祖統記》：初天竺國無著大士及其弟天親菩薩，發明大乘，相與著論，各五百部。陸機詩：「親戚弟與兄。」潘岳《懷舊賦》：「不歷嵩丘之山者，九年于兹矣。」〇楊師道詩：「巢烏刷羽儀。」陸機《文賦》：「悲落葉于勁秋。」陶潛詩：「落葉掩長陌。」《寶積經》：在空林中，常行梵行。〇《卓錫泉記》：梁景泰禪師居惠州寶積寺，無水，師卓錫於地，泉湧數尺。《統記》：梁武帝與雲光法師講經金陵，感天雨花，因築雨花臺。《徐氏筆精》：魏禹卿辨云：定水迸侵香案濕。余謂定水不可言迸，且「定」字、「應」字相對，魏辨非矣。《關中記》：嵩高山石室十餘孔，有石床。○劉琨詩：「繫馬長松下。」《古樂府》：「天上何所有，歷歷種白榆。」《老子化胡經》：天竺有古皇先生，善入無爲。

李憕　**奉和聖製從蓬萊向興慶閣道中留春雨中春望之作應制**

王維有詩，見前。

別館春還淑氣催，三宮路轉鳳皇臺。 **雲飛北闕輕陰散，雨歇南山積翠來。** **御柳遥隨天仗發，林花不待曉風開。** 聖澤得如此。**已知聖澤深無限，更喜年芳入睿才。**

《上林賦》：「離宮別館，彌山跨谷。」梁元帝詩：「春還春節美。」唐云：按唐有蓬萊、興慶、望春宮，故曰三宮。《漢・郊祀志》：宣帝時，鳳皇集上林，乃作鳳凰殿，以答嘉瑞。此云鳳皇臺，未詳。余謂三宮恐當謂蓬萊。「三殿」，既見五律。又《帝京篇》：「交衢直指鳳皇臺。」凡謂宮殿，類以屋有銅鳳已。○高祖歌：「大風起兮雲飛揚。」梁武帝詩：「舒芳耀緑垂輕陰。」虞世南詩：「雨歇連峰翠。」「積翠」，既見。○王胄詩：「御柳長條翠。」「天仗」，既見。吴筠詩：「林花合復分。」沈約詩：「曉風驚復息。」《太平御覽》：唐則天宣詔曰：「明朝遊上苑，火急報春知。花須連夜發，莫待曉風吹。」凌晨名花皆發。○《天禄閣外史》：擊壤以鳴聖澤。沈約詩：「麗日屬元巳，年芳具在斯。」

【原眉批】

蔣云：與王作亦相敵，讀之沆瀣生齒頰間。

譚云：王作清遠，此作樸茂，儘相頡頏。

鍾云：中聯朗麗，尾聯便弱。

李頎

送魏萬之京

朝聞遊子唱離歌，昨夜微霜初渡河。昨夜渡河來，今朝徑向京。「朝聞」二字尤切。**鴻雁不堪愁裏聽，雲山况是客中過。關城曙**吳本作「樹」，似是。**色催寒近，御苑砧聲向晚多。莫是長安行樂處，空令歲月易蹉跎。**

謝脁詩：「離歌上春日，芳思徒以空。」《楚詞》：「微霜降而下淪。」《蘇秦傳》：秦甲渡河。○「鴻雁」，既見。《胡笳》：「雲山萬里兮歸路遐。」○《漢·枚乘傳》：深壁高壘，間以關城。蕭慤詩：「野禽喧曙色。」吳吳山曰：微霜後，樹色漸變，故催寒近，是客途實景。或作「曙色」，則虚而無着矣。「御苑」「砧」，并既見。○江淹詩：「空令日月逝。」《古詩》：「歲月忽已晚。」阮籍詩：「娛樂未終極，白日忽蹉跎。」《廣韻》：蹉跎，失足也。

顧華玉曰：不知多少宛轉，誦之悠然。

【原眉批】

譚云：起得清歷。

蔣云：其致酸楚，其語流利。

又云：五、六工。

又云：結藴奇興，含蓄不露。

寄盧司勛員外[二]

《唐·百官志》：吏部之屬有四：一曰吏部，二曰司封，三曰司勛，四曰考功。司勛郎中一人，員外郎二人，掌官吏勛級。此蓋盧自河陽入京時，李爲新鄉縣尉也。

流澌臘月下河陽，送别時。**草色新年發建章。**到京時。**秦地立春傳太史，漢宫題柱憶仙郎。歸鴻欲度千門雪，侍女新添五夜香。早晚薦雄文似者，**托盧薦己。**故人**(自道)**今已賦《長楊》。**

《楚詞》：「流澌紛兮將來下。」王逸注：流澌，解冰也。《漢·王霸傳》：河水流澌，無船不可濟。《風俗通》：臘者，獵也。因獵取獸，以祭先祖也。漢河内郡有河陽，唐屬河南府，明改孟縣，屬懷慶府。江淹詩：「草色斂窮水。」丘遲詩：「新年非故年。」「建章」，既見。○《國策》：秦地半天下。《月令》：太史謁之天子曰：某日立春，盛德在木。「題柱」，見排律《酬蘇員外》詩。○陸機詩：「願假歸鴻翼。」《顔氏家訓》：或問：一夜何故五更？答曰：漢魏以來謂爲甲夜、乙夜、丙夜、丁夜、戊夜，亦云五更，皆以五爲節。陸倕《漏刻銘》：「六日無辨，五夜不分。」蔣云：唐尚書郎入直，供青縑白綾被，給帷帳通中枕，女侍史二人，選端正妖麗，執香爐、香囊，護衣服，韓退之《紅桃花》詩「應知侍史歸天上，故伴仙郎宿禁中」亦謂此。○《漢・揚雄傳》：孝成帝時，客有薦雄文似相如者，召雄待詔承明之廬。明年，上將大誇胡人以多禽獸，發民入南山捕熊羆、豪猪、虎豹、狖玃、狐兔、麋鹿，載以檻車，輸長楊射熊館，令胡人手搏之，上親臨觀焉。雄從至射熊館，還，上《長楊賦》以風。

顧華玉曰：七言律患後聯易弱、結句易疏。如此起固雄渾，後聯尤新，結又鄭重，真杰作也。

胡元瑞曰：頎不善五言，而善七言。律僅七首，惟「物在人亡」不佳，「流澌臘月」極雄渾而不笨，「花宮仙梵」至工密而不孅，「遠公遁迹」之幽，「朝聞遊子」之婉，皆可獨步千載。

【原眉批】

鍾云：高雅有致。

徐云：清秀格調，不落中、晚。

郭云：起句健，次聯雖大，實如此乃切。

按：「薦雄文似者」五字直用古語，故無「相如」二字亦宜通。

【校勘記】

［一］寄盧司勛員外：《全唐詩》卷一百三十四作「寄司勛盧員外」。

題璿公山池

遠公遁迹廬山岑，開士幽居祇樹林。片石孤雲窺色相，清池皓月照禪心。指揮如意天花落，坐卧閑房春草深。此外訓「這邊」。**俗塵都不染，唯餘玄度**自謂。**得相尋。**

晋慧遠居廬山，自年六十不復出山，既見五律《玄武屋壁》詩。董仲舒賦：「卞随、務光，遁迹於深淵。」《釋氏要覽》：開，達也，明也，解也。士，士夫也。經中多呼菩薩爲開士。前秦苻堅賜沙門德解者爲開士。《釋迦譜》：須達多長者，欲營精舍，請佛住。有祇陀太子園，廣八十頃，林木鬱茂，可居。白太子，太子戲曰：「滿以金布，便當相與。」須達出金布八十頃，精舍告成。諸經云佛在祇樹給孤獨園，是也。〇蕭慤《春賦》：「巖前片石迴如樓。」陶潜賦：「孤雲獨無依。」《楞嚴經》：離諸色相無分别性。《南都賦》：「撫輕舟兮浮清池。」謝莊賦：「訴皓月而長歌。」江淹詩：「禪心暮不雜。」〇《要覽》：如意，骨角竹木，刻作人手指形，柄可長三尺許，或脊有痒，手所不到，用以搔抓，如人之意，故曰「如意」。北宋道誠法師曰：「若構爪杖，只如文殊亦執之，豈欲搔痒也？」今講僧尚執之，多私記節文於柄，備於忽忘要時，手執目對，如人之意，故名「如意」。《世説》：王敦以如意擊唾壺爲節。「天花」，見上。《法華經》：經行及坐卧，常在於其中。相如賦：「閑房寂謐，不聞人聲。」〇王回詩：「法像無塵染。」《晋陽秋》：許詢，字玄度，高陽人，總角秀慧，衆稱神童，長而簡素。司徒掾辟，不就。與支道林交，每相論難。

【原眉批】

蔣云：「片」「孤」「清」「皓」，字字諦當。

譚云：人知「照」字妙，不知「窺」字尤妙。静時讀之，道心自生。

蔣云：看他不構處。

按「遠公」「開士」并以称璿王，元美以爲昔日遠公遁迹之岑，今爲開士幽居之地，非矣。

寄綦毋三

《唐書·藝文志》：綦毋潛，開元中，繇宜壽縣尉入爲集賢院待制。以此詩按之，似潛自宜壽而遷洛陽縣尉。

新加大邑綬仍黃，近與一本作「匹馬」，見《徐氏筆精》，然却不雅馴。按「與」「以」音通，「與」固有「以」義。**單車向洛陽。顧眄一過丞相府，風流三接令公香。南川粳稻花侵縣，**農務畢登。**西嶺雲霞色滿堂。**公堂日靜。**共道進賢蒙上賞，**承上二聯言，其賢可徵，則何不進之？**看君幾歲作臺郎。**

《左傳》：大官大邑，身之所蔽也。《漢·百官表》：比二百石以上，皆銅印黃綬。董巴《輿服志》：丞尉三百石，皆黃綬。《漢·循吏傳》：龔遂單車獨行至郡。○《答賓戲》：虞卿以顧眄而捐相印。《抱朴子》：審良樂之顧眄，不令跛蹇厠騏驥。蕭子顯詩：「丞相府中烏不飛。」《後漢·樊英傳論》：漢世之所謂名士者，其風流可知矣。《易》：晝日三接。《魏志》：荀彧爲中書令，好熏香，其坐處常三日香，人稱「令公香」，亦曰「令君香」。○李充論：爾隔北山陽，我分南川陰。《史·滑稽傳》：祭以粳稻。謝靈運詩：「滮池溉粳稻。」庾闡詩：「拂駕升西嶺。」○《蕭相國世家》：關内侯鄂君曰：「蕭何常全關中，此萬世之功也。」上曰：「吾聞進賢受上賞，蕭何功雖高，得鄂君乃益明。」於是封鄂君爲安平侯。《後漢·禰衡傳》：路粹、嚴象，亦用異才，擢拜臺郎。臺郎，尚書郎也。此詩以句意詳之，蓋潛於丞相、尚書諸公有所知遇，宜蒙拔擢，而仍屈才百里如此，進賢受上賞，人所共道，而何不急于進君也？「幾歲」二字，見榮進之未可期也。舊注以進賢爲潛事，蓋泥鄂君進蕭相國耳。細味知其不然，及看《才子詩》注，正同余意。又按《晉書》：制大縣，令有治績，官報以大郡，不經宰縣，不得入爲臺郎。

【原眉批】

蔣云：次聯流利，頸聯盡縣尉之致。

二句治績自然可見。

鍾云：此等詩但看其氣格，一種高邁處。

送李回

知君官屬大司農，詔幸驪山職事雄。歲發金錢供御府，應首句。**晝**猶言日日。**看仙液注離宮。**應次句。**千巖曙雪旗門上，十月寒花輦路中。不睹聲名**當作「明」字。**與文物，自傷留滯去**（在）**關東。**亦蓋在新鄉縣也。

《漢書·百官表》：治粟内史，秦官，掌穀貨邊鄉調度，皆爲報給。景帝更名大農令，武帝更名大司農。「驪山」，既見。劉楨詩：「職事相填委。」吴吴山云：按「農」字，《唐韻》用入東韻，非如中、晚人，首句通押也。○《漢·霍光傳》：昌邑王發御府金錢。《説文》：液，津也。仙液，指温泉。離宮，即華清宮。并見上《温泉寓目》詩。○《雪賦》：「瞻山則千巖俱白。」《周禮》：爲帷宮，設旌門。注：樹旌，表門。張協詩：

「寒花發黃采。」《西都賦》：「輦路經營。」○「聲明」「文物」，見七古《帝京篇》。

【原眉批】

譚云：調中有骨。

鍾云：寫景秀拔。

譚云：結語宕而厚，悲而老。

宿瑩公禪房聞梵

梵音，亦曰梵唄，贊咏聲也。

花宮仙梵遠微微，月隱高城鐘漏稀。愈見梵音之揚。**夜動霜林驚落葉，**梵響而葉飛。**曉聞**（如）**天籟發清機。蕭條已入寒空静，颯沓仍隨秋雨飛**。乍空乍有，引下「始覺」。**始覺浮生無住著，頓令心地欲歸依**。

「花宮」，謂佛寺。庾信詩：「仙梵入伊笙。」嵇康《琴賦》：「密微微其清閑。」沈約詩：「積翠遠微微。」宋玉《風賦》：「乘凌高城。」「鐘漏」，既見。○《莊子》：女聞人籟而未聞地籟，女聞地籟而未聞天籟。曹攄詩：「清機發妙理。」〇班婕妤《擣素賦》：「落英爲之颯沓。」《文選》注：颯沓，衆盛貌。《月令》：秋雨不降。庾肩吾詩：「秋雨蒙重嶂。」〇《莊子》：其生若浮，其死若休。周弘讓詩：「挹酒念浮世。」《釋氏要覽》：佛言衆生之心，猶如大地，五穀、五果，皆從大地生，唯心生世出世善惡，故名心地。僧有三歸：謂歸依佛、歸依法、歸依僧也。

顧華玉曰：咏物絶唱，無以逾此。起句帶景，欲其富麗，兩聯形容梵聲，清切奇拔，結歸釋理，乃見本色。

【原眉批】

鍾云：細潤幽亮，静理深心。

譚云：今人何必講學，此真學問。

蔣云：寬緩絶難。

贈盧五舊居[一]

贈，疑「題」字。

物在人亡無見期，閑庭繫馬不勝悲。窗前緑竹生空地，門外青山似舊時。悵望青重出，必有誤。**天鳴墜葉，巑岏枯柳宿寒鴟。憶君淚落東流水，歲歲花開知爲誰**？

《新序》：鄭子謂襄公曰：其器在，其人亡，君以此思，哀將安不在矣。石英夫人詩：「愔愔閑庭虛。」劉琨詩：「繫馬長松下。」〇梁簡文帝詩：「霧暗窗前柳。」《詩》：「绿竹猗猗。」《史記》：上林中多空地。《晏子春秋》：門外生荆棘。《蘇耽歌》：「白骨蔽野，青山舊時。」〇謝朓詩：「悵望一塗阻。」宋玉《高唐賦》：「盤岸巑岏。」謝朓詩：「玆嶺復巑岏。」注：巑岏，高峻貌。〇《焦仲卿妻》詩：「淚落連珠子。」《荀子》：孔子觀東流之水。《呂氏春秋》：水泉東流，日夜不休。

【原眉批】

鍾云：此首妙而人反不稱，大要近人選律，以假氣格掩真才情。

又曰：閑庭繫馬，此景難堪。

吴云：五、六聯對不整，而又以「巑岏」屬「枯柳」用，只就所見之物落落寫來，不暇計工拙，更見其悲也。

【校勘記】

［一］贈盧五舊居：《全唐詩》卷一百三十四作「題盧五舊居」。

祖詠

望薊門

《一統志》：薊門關在薊州。既見五古《薊丘覽古》。上幽州新歲作。

燕臺一去客心驚，笙鼓吴本作「笳鼓」。**喧喧漢將營。萬里寒光生積雪，三邊曙色動危旌。沙場烽火侵胡月，**近而急。**海畔雲山擁薊城。**孤而危。**少小雖非投筆吏，論功還欲請長纓。**通篇自「客心驚」三字生。

《史·樂毅傳》：齊器設于寧臺。《索隱》：燕臺也。江淹賦：「一去絶國。」陸機詩：「春芳傷客心。」《詩》：「籥舞笙鼓。」岑之敬詩：「喧喧洛水濱。」《淮陰侯傳》：漢將韓信涉西河。○鮑照詩：「寒光宛轉時欲沈。」陸機詩：「積雪被長巒。」《史記·律書》：高祖有天下，三邊外畔。張正見詩：「危旌萬里懸。」○《南都賦》：「群士放逐，馳乎沙場。」梁簡文帝詩：「沙場弄羽衣。」《荊軻傳》：王翦伐燕，拔薊城。王褒《燕歌行》：「惟有漢北薊城雲。」○曹植詩：「少小去鄉邑。」「投筆」「請纓」，并見五古《述懷》詩。《甘茂傳》：樂羊返而論功。

【原眉批】

黄云：「驚」字含無限思。

鍾云：調高語壯。

又云：「生」「動」「侵」「擁」四字頗犯。

譚云：英雄豪氣，見之筆端。

吴云：中二聯皆寫望中驚心之景。

崔署[一]　**九日登仙臺呈劉明府**[二]

漢文皇帝有高臺，此日的指「九日」，以爲末句地。**登臨曙色開。三晉雲山皆北向，**謂在北也。**二陵風雨自東來。關門令尹誰能識，河上仙翁去不回。且欲近尋彭澤宰，陶然共醉菊花杯。**

臺在河南陝州。《神仙傳》：河上公，漢文帝時結廬河之濱，帝讀《老子》有不解，因幸其庵，下車稽首，公授素書《老子章句》二卷，遂失所在。帝築臺以望祭之。刺史、太守、縣令通稱明府。劉蓋爲縣令也。

結處了「九日呈劉明府」，言神仙既不可期，不如共醉以酬佳節也。

曹植詩：「高臺多悲風。」〇《漢・地理志》：韓、魏、趙滅晉，自立爲諸侯，是爲三晉。《左傳》：肴有二陵焉，其南陵夏后皋之墓，其北陵文王之所避風雨也。肴山，在河南永寧。《詩》：「風雨凄凄。」〇《列仙傳》：關令尹喜者，周大夫也，善内學。老子西遊，知其奇，爲著書授之。後與老子俱遊流沙，莫知所終。李那詩：「朝雲去不迴。」〇范曄詩：「遊情無近尋。」《晉書》：陶潛爲彭澤令。縣令，古邑宰也。潛嘗九日無酒，出宅邊叢菊中坐。久之，忽江州刺史王弘使白衣人送酒至，便於此忻然獨醉。陶潛詩：「揮茲一觴，陶然自樂。」潘岳《秋菊賦》：「泛流英於清醴。」《西京雜記》：九月九日，佩茱萸，食蓬餌，飲菊花酒，令人長壽。

顧華玉曰：此篇句律典重，通篇勻稱，情景分明，又一意直下，固足爲法。但看意律不雅，渾絶似中唐。

【原眉批】

蔣云：慷慨寫意，中唐人無此氣骨。

鍾云：七言最忌後聯弱、結語疏，如此作可稱雄密。

黄云：即境用事甚切。

金云：令尹仙翁，爲仙臺刷色；稱曰彭澤，爲九日刷色。「且」字受上來，有味。

【校勘記】

［一］崔署：《全唐詩》卷一百五十五作「崔曙」。

［二］九日登仙臺呈劉明府：《全唐詩》卷一百五十五作「九日登望仙臺呈劉明府容」。

萬楚　**五日觀妓**

西施謾道浣春紗，言西施美名千載遺迹，若比此妓，恐是虛名。**碧玉今時鬥麗華**。只謂其容華，不必爲人名。**眉黛奪將萱草色，紅裙妒殺石榴花。新歌一曲令人艷，醉舞雙眸斂鬢斜。誰道五絲能續命，却令今日死君家。**

《寰宇記》：會稽縣東有土城山，勾踐得諸暨采薪二女西施、鄭旦，令習禮于此，以獻吴王。山邊有石，是西施浣紗石。梁元帝詩：「復值西施新浣紗。」《樂苑》：「碧玉歌者，宋汝南王所作也。碧玉，汝南王妾名，以寵愛之甚，所以歌之。其辭曰：「碧玉小家女，不敢攀貴德。感郎千金意，慚無傾城色。」《南史·后妃傳》：張貴妃名麗華，髮長七尺，聰慧有神彩。容色端麗，嘗於閣上艷妝，臨于軒檻，宮中遥望，飄若神仙。又陰麗華事，見七古《長安古意》注。庾信詩：「定知劉碧玉，偷嫁汝南王。」又：「定迎劉碧玉，將遇張麗華。」○陶潛《閑情賦》：「願在眉而爲黛。」《詩》：「焉得諼草，言樹之背。」諼與萱同。《草木狀》：萱花葉如鹿葱，花有紅、黄、紫三種。懷妊者佩之，多生男，故謂之宜男草。陳後主詩：「轉態結紅裙。」梁元帝《烏栖曲》：「芙蓉爲帶石榴裙。」《樂府·續曲歌》：「莫案石榴花，歷亂聽儂摘。」○《楚詞》：「陳鐘按鼓造新歌。」《詩》：「醉言舞。」荀濟詩：「得意在雙眸，傾城猶一笑。」羅愛愛詩：「金釵逐鬢斜。」○《風土記》：端午烹鶩角黍，造百索繫臂，一名長命縷，一名續命縷，一名五色絲，又有織組雜物以相贈遺。《古詩》：「遥望是君家。」

王元美曰：「梅花落處疑殘雪」一句便是初唐，「柳葉開時任好風」非再玩之，未有不以爲中、晚者，若萬楚《五日觀妓》詩「眉黛奪將萱草色，紅裙妒殺石榴花」，真婉麗有梁陳韻。至結語「誰道五絲能續命，却令今日死君家」，宋人所不能作，然亦不肯作。于鱗極嚴刻，却收此，吾所不解。又起句「西施謾道浣春紗」既與「五日」無干，「碧玉今時鬥麗華」又不相比。

【原眉批】

譚云：鮮而奇。

蔣云：「奪將」「妒殺」，甚奇。

又云：「斂鬢斜」，對法不同。

又云：用五日事，得趣。

張謂　**杜侍御送貢物戲贈**

銅柱朱崖道路難，伏波横海舊登壇。因二人之功，纔通中國。**越人自貢珊瑚樹，漢使何勞獬**

豸冠。亦由伏波横海之功也。**疲馬山中愁日晚，孤舟江上畏春寒**。言道路難。**由來此貨稱難得，多恐君王不忍看**。

銅柱，在廣東廉州府分茅嶺下，後漢馬援南征交趾，立銅柱爲漢之極界。木華《海賦》：「南澰朱崖。」唐崖州朱崖郡屬嶺南道，在明瓊州府崖州也。崖岸出珠，故名。《後漢・馬援傳》：交趾女子徵側反，璽書拜援伏波將軍，南擊交趾，斬徵側，封援爲新息侯。《漢・韓王信傳》：韓説以待詔爲横海將軍，擊破東越，封按道侯。「登壇」，見排律《餞楊將軍》詩。〇「珊瑚」，見七古《送巢父》詩。漢初，南越趙佗獻赤珊瑚，名火樹。「獬豸冠」，見排律《崔馬登相臺》詩。〇鮑照詩：「疲馬戀君軒。」庾信詩：「歸鞍畏日晚。」陶潛詞：或棹孤舟。鮑照詩：「江上氣早寒。」〇《老子》：不尚賢，使民不爭。不貴難得之貨，使民不爲盜。

田子藝曰：張正言「由來此貨稱難得，多恐君王不忍看」，李義山「不須看盡魚龍戲，終遣君王怒偃師」，皆得忠君愛國之意。結句須得此法。

【原眉批】

蔣云：三、四譏御史不當貢獻。「自貢」「何勞」，俱用意字眼。

又云：意欲以不貴異物諷君，「不忍看」三字最佳。

鍾云：諷刺之體，深厚而嚴，立言有法。

高適

送李少府貶峽中王少府貶長沙

《夔州志》：瞿塘峽兩崖對峙，中貫一江，灩澦堆當其口，乃三峽之門，與巫峽、歸鄉峽連亘七百里，俱稱「峽中」。峽中，於明爲四川夔州府。長沙，爲湖廣長沙府。

嗟君此別意何如，駐馬銜杯問謫居。巫峽啼猿數行淚，衡陽歸雁幾封書。青楓江上秋天遠，白帝城邊古木疏。聖代即今多雨露，暫時分手莫躊躇。

顔延之詩：「良時爲此別。」温子昇詩：「駐馬詣當壚。」《玉篇》：駐馬，立止也。《開元遺事》：長安俠少，每春時并轡往來，使僕從執杯而隨之，遇好花則駐馬而飲。《史記》：賈生謫居長沙。○《宜都山川記》：峽中猿鳴，行者歌曰：巴東三峽，猿鳴長悲。猿鳴至三聲，聞者淚沾衣。《荆州記》：漁者歌曰：巴東三峽巫峽長，猿鳴三聲淚沾裳。《項羽紀》：泣數行下。《方輿勝覽》：回雁峰，在衡陽之南，雁至此不過，遇春而回，故名。衡山，在長沙西。三國吴分長沙爲衡陽郡。《漢·蘇武傳》：天子射上林中，得雁，足有繫帛書。○《唐詩鼓吹》注：長沙有青楓江。白帝，見排律《白帝城》詩。○張載《酃酒賦》：「播殊美于聖代。」毛詩注：雨露者，天所潤萬物，喻王者恩澤。賀凱詩：「恩榮雨露濡。」費昶詩：「紅顔本暫時。」沈約詩：「分手易前期。」《説文》：躊躇，猶豫也。

【原眉批】

蔣云：二人同時共一題，妙。

又云：起句總説二人謫官。

吴云：「嗟君」二字有許多牢騷不平之意。

蔣云：中聯以二人謫地分説，恰好切峽中、長沙事，何等工確，且就中便含別愁。

又云：末復收拾應首句。

譚云：語淡而悲。

吴云：此詩結句望主恩之賜環，次詩結句期前路之知己，皆假語慰情，極温厚之致。

夜別韋司士[一]

唐刺史官屬有司士參軍。

高館張燈酒復清，夜鐘殘月雁歸聲。只言啼鳥堪求侶，也自雁歸聲來。**無那春風欲送行。**

黄河曲裏沙爲岸，白馬津邊柳向城。莫怨他鄉暫離別，知君到處有逢迎。

謝靈運詩：「疏峰抗高館。」《南史》：韋叡張燈達曙。《詩》：「爾酒既清。」江總詩：「空林徹夜鐘。」

王粲詩：「殘月半山低。」陳後主詩：「雁聲不見書。」○梁簡文詩：「啼鳥忽度行。」《詩》：「鳥鳴嚶嚶，求其友聲。」《孔叢子》：子高還魯，鄒文、季節送行。○桑欽《水經》：昆侖墟在西北，高萬一千里，河水出其東，北流入中國，每千里一曲一直，共九曲。《爾雅》：河出昆侖虚，色白，所并渠千七百，一川色黄。《一統志》：黄河，在蒲州西門外。《唐·地理志》：衛州黎陽縣有白馬津。在明大名府濬縣地。○《古樂府》：「他鄉各異縣。」《戰國策》：田光造焉，太子跪而逢迎。

【原眉批】

譚云：「夜鐘」句與末語無限深思。

鍾云：只將啼鳥、春風、柳城、沙岸寫出別意，自覺黯然。

【校勘記】

[一]夜別韋司士：《全唐詩》卷二百一十四作「夜別韋司士得城字」。

岑參　**和賈至舍人早朝大明宫之作**[一]

題見上。

鷄鳴紫陌曙光寒，鶯囀皇州春色闌。「紫」「子」「皇」「黄」，音通爲對。**金闕曉鐘開萬户，玉階仙仗擁千官。花迎劍佩星初落，**比星没而花色始分。**柳拂旌旗露未乾。獨有鳳凰池上客，《陽春》一曲和皆難。**

《詩》：「鷄既鳴矣，朝既盈矣。」盧思道詩：「旌門曙光轉。」梁元帝詩：「新鶯隱葉囀。」謝朓詩：「春色滿皇州。」○梁武帝詩：「珠佩婐妮戲金闕。」劉緩照《鏡賦》：「夜籌已竭，曉鐘將絶。」孔德紹詩：「臨風聽曉鐘。」《西都賦》：「玉階彤庭。」「仙仗」，既見。《唐・儀衛志》：朝會每月以四十六人立内廊外，號曰「内仗」，朝罷放仗。「千官」，見排律《玄元廟》詩。○宋玉《對楚王問》：客有歌於郢中者，其爲《陽春》《白雪》，國中屬而和者數十人，其唱彌高，其和彌寡。

顧華玉曰：岑參最善七言，興意音律，不減王維，乃盛唐宗匠。此篇頡頏王、杜，千古膾炙。中二聯分大、小景，貴乎皆見「早朝」二字。結句引故事，親切條暢。

【原眉批】

唐云：岑、王矯矯不相下，舍人則雁行，少陵當退舍。

鍾云：雄渾足敵王、李，而神彩獨勝。

黄云：説朝是朝，説早是早，説和是和，題中一意不漏。

【校勘記】

[一]和賈至舍人早朝大明宮之作：《全唐詩》卷二百零一作「奉和中書舍人賈至早朝大明宮」。

和祠部王員外雪後早朝即事

長安雪後似春歸，積素凝華連曙輝。色借玉珂迷曉騎，光添銀燭晃朝衣。西山落月臨天仗，北闕晴雲捧禁闈。「捧」字見北闕之高。**聞道仙郎歌《白雪》，由來此曲和人稀。**

沈約詩：「怵春歸之未幾。」謝惠連《雪賦》：「積素未虧，白日朝鮮。」謝惠連詩：「落雪灑林丘，積素或原疇。」沈約詩：「凝華入黼帳。」○「玉珂」，既見。晃，明也。《孟子》：朝衣朝冠。○王粲詩：「白日半西山。」梁元帝詩：「落月似懸鈎。」蕭子雲詩：「重疊晴雲新。」孔欣詩：「肅肅禁闈内。」○韓詩注：唐人任郎官多稱仙郎。「白雪」，見上。

顧華玉曰：此篇題添「雪後」二字，句句見之。用字温麗清灑，音律雄渾，行乎其中，結用故實，若出天造，精金美玉，自無瑕疵。

【原眉批】

蔣云：百煉成字，千煉成句，工不可言。

鍾云：「借」「迷」「添」「晃」四字奇想。

劉云：頷聯四虚字，妙。後聯借雲月，影出至尊氣象，自別。

西掖省即事

時岑爲右補闕，在西省也。

西掖重雲開曙暉，北山疏雨將霽之雨。**點朝衣。千門柳色連青瑣，三殿花香入紫微。平明端笏陪鵷列，薄暮垂鞭信馬歸。**日日如此，見在班碌碌。**官拙自悲頭白盡，不如巖下掩**一作「偃」。**荆扉。**

劉楨詩：「隔此西掖垣。」《洛陽故宫銘》：洛陽宫有東掖門、西掖門。《關尹子》：重雲蔽天。○蕭子範詩：「春情寄柳色。」「青瑣」，既見。「三殿」，見五律《蓬萊》三殿注。「紫微」，謂中書省，亦見前。○《荀子》：君平明而聽政。盧思道詩：「平明掩月屯右地，薄暮魚麗逐左賢。」江淹詩：「端笏奉仁明。」《舊唐書》：文武官皆執笏，五品以上用象牙爲之，六品以下用竹木爲之。《釋名》：笏，忽也。君有教命及所啓，則書其上，備忽忘也。《古詩》：「簉迹鵷鷺行。」謂朝官班也。鳳之黄色者曰鵷。謝靈運詩：「遇息巖下坐。」陶潛詩：「白日掩荆扉。」

【原眉批】

鍾云：艷冶不落尖巧。

譚云：實境幻思，千古不朽。

蔣云：「平明」「薄暮」，并本《漢書》，李詩亦以此作對：「平明拂劍朝天去，薄暮垂鞭醉酒歸。」

唐云：「平明」一聯，隨班碌碌，無所短長，起下求退意。

九日使君席奉餞衛中丞赴長水

使君不知指誰，疑亦在虢州所作。《唐·地理志》：河南府有長水縣。然此疑當作天水，唐隴西郡，在漢時爲天水郡地。

節使指衛。**横行西出師，鳴弓擐甲羽林兒。臺上霜威凌草木，**以中丞言。**軍中殺氣傍旌旗。預知漢將宣威日，正是胡塵欲滅時。爲報使君多泛菊，更將弦管醉東籬。**泛菊成醉，是九日常例。曰多泛，曰更醉，乃所以言爲報也。

《史記》：天子拜相如爲中郎將，建節往使。「横行」，見五律《胡馬》詩。《國語》：乃令服兵擐甲。注：擐，貫也。《漢・宣帝紀》：西羌反，發羽林孤兒，詣金城。《百官志》：取從軍死事之子孫，養羽林官，教以五兵，號曰羽林孤兒。應劭曰：天有羽林大將軍之星，喻若材木之盛。羽，羽翼鷙擊之意，故以名武官焉。《後漢・天文志》：危虚南有衆星，爲羽林府。《百官志》：羽林中郎將比二千石，羽林郎比三百石，掌宿衛，常選漢陽、隴西、安定、北地、上郡、西河凡六郡良家子補之。○臺，謂御史臺。謝朓《高松賦》：「不受冷於霜威。」梁王修詩：「霜威始落翠。」李陵詩：「微陰盛殺氣。」○「使君」，既見。「泛菊」，見上《九日呈劉明府》詩。陶潛詩：「采菊東籬下。」

【原眉批】

蔣云：前六句説下半題，後二句説上半題。

譚云：先叙行色，結句方著九日，老成淳雅。

首春渭西郊行呈藍田張二主簿

藍田縣，屬西安府。

回風度雨渭城西，細草新花踏作泥。秦女峰頭雪未盡，胡公陂上日初低。愁窺白髮羞微禄，悔別青山憶舊溪。聞道輞川多勝事，玉壺春酒正堪携。

《九歌》：「乘回風兮載雲旗。」庾肩吾詩：「泉飛疑度雨。」鮑照詩：「新花新滿樹。」○揚雄《蜀本紀》：秦王獻美女於蜀王，蜀王遣五丁迎女，秦女上山化爲石。今藍田有秦嶺，上有秦女峰。胡公陂，在鄠縣，傍有虞思胡公廟。○《後漢・獨行傳》：趙苞謂母曰：欲以微禄奉養。○「輞川」，詳見五絶王維詩。辛延年詩：「就我求清酒，絲繩提玉壺。」晉武帝時，鮮卑進一白玉壺，容酒斗餘，温寒隨人意，詩用「玉壺」，本此。《詩》：「爲此春酒。」

【原眉批】

蔣云：「愁」「羞」「悔」「憶」四字并用一聯中，非大手老筆不能，妙，妙。

鍾云：字字合律，雄瞻有致。

譚云：練飭之極。

暮春虢州東亭送李司馬歸扶風別廬

扶風，明陝西鳳翔府。虢州，见排律題。《一统志》：陝西西安府關中地，漢置京兆尹，與左馮翊、右扶風爲三輔。

柳嚲鶯嬌花復殷，紅亭緑酒送君還。到來函谷愁中月，旅況所看。**歸去磻溪夢裏山。**比來所夢見，今實歸去。**簾前春色應須惜，**應起句。**世上浮名好是閑。**只惜春色，不管世事。**西望鄉關**岑家在杜陵，與扶風鄰。**腸欲斷，對君衫袖淚痕斑。**

《韻略》：嚲，垂下貌。王褒詩：「初春麗日鶯欲嬌。」《左傳》注：今人謂赤黑爲殷色。陶潛詩：「緑酒開紅顔。」○《一統志》：函谷舊關在河南靈寶縣南，在虢西；新關在新安縣東，在虢東。《尚書・大傳》：周文王至磻溪，見呂望。磻溪，在鳳翔府寶鷄縣東南，傍有石室，蓋太公所居。《一統志》：磻溪石在溪上，即周太公釣處。石上有兩膝所著之迹。梁武陵王紀詩：「故言如夢裏。」○謝靈運詩：「拙訥謝浮名。」○張衡詩：「側身西望涕沾裳。」「鄉關」，既見。庾信詩：「衫袖偏宜短。」《拾遺記》：郅奇居喪盡禮，以淚灑石，則成痕。《南宮調曲》：「淚痕猶尚在。」

顧華玉曰：此篇深厚婉轉，盛唐用虚之最高者，然亦略帶景事，不作全虚。

【原眉批】

蔣云：起語艷麗而音切急，下面遂寬緩。

又云：三、四三昧語，最要頓悟。

又云：結意深長，音却略急，以繳上文。

黄云：客中真情，不覺急切。

王昌齡　**萬歲樓**

《一統志》：萬歲樓在鎮江府城上西南隅，晉刺史王恭建。

江上巍巍萬歲樓，不知經歷幾千秋。年年喜見山長在，日日悲看水獨流。猿狖何曾離暮嶺，鸕鷀空自泛寒洲。誰堪登望雲煙裏，向晚茫茫發旅愁。

《古詩》：「行行隨道，經歷山陂。」〇《楚詞》：「深林杳以冥冥兮，乃猨狖之所居。」《異物志》：狖，猿類，露鼻，尾長四五尺，樹上居。雨則以尾塞鼻。建安臨海北有之。《本草》：鸕鷀，溪谷間甚多，此鳥不卵生，口吐其雛。杜臺卿《淮賦》：「鸕鷀吐雛於八九。」鮑照詩：「照照寒洲爽。」〇班固《西都賦》：「既懲懼于登望。」《古詩》：「四顧何茫茫。」

【原眉批】

蔣云：起句輕率。

譚云：細看亦有遠神。

徐云：調極平淡，幸無醜句。

杜甫　**題張氏隱居**

本集鶴注：《李白傳》云少與魯中諸生張叔明等隱於徂徠山，號「竹溪六逸」；又子美《雜述》云魯有張叔卿，意正是一人，「卿」與「明」有一誤耳。是詩「張氏隱居」豈其人？

春山無伴獨相求，伐木丁丁山更幽。澗道餘寒歷冰雪，石門斜日到林丘。言到林丘之石門。

不貪夜識金銀氣，遠害朝看麋鹿遊。乘興杳然迷出處，對君疑是泛虛舟。

劉孝綽詩：「別待春山上。」《易》：同氣相求。《詩》：「伐木丁丁，鳥鳴嚶嚶。嚶其鳴矣，求其友聲。矧伊人矣，不求友生。」《毛傳》：丁丁，伐木聲也。王籍詩：「鳥鳴山更幽。」〇王臺卿詩：「飛梁通澗道。」朱記室詩：「疊夜抱餘寒。」江淹詩：「冰雪徒皦潔。」《山海經》：積石之山，其下有石門。謝靈運詩：「被雲卧石門。」陰鏗詩：「翠柳將斜日。」謝惠連詩：「落雪灑林丘。」〇《左傳》：子罕曰：「吾以不貪爲寶。」《天官書》：敗軍破國之墟，下積金寶，上皆有氣。《晏子春秋》：孔子曰：「可謂能遠害矣。」《孟子》：舜居深山之中，與鹿豕遊。此用其意。《李斯傳》：麋鹿遊于朝。此用其辭。余謂此句注家或以爲不貪，故能識金銀之氣，或以爲識金銀之氣而不貪，俱未妥當。此上二下五句，「不貪」「遠害」，俱用古語。不貪，言其爲人也，「夜識金銀氣」，乃是地寂夜靜，金銀之氣可識也，而向之二解自在其中矣。是含蓄之妙。〇「乘興」，既見。《莊子》：窅然喪其天下焉。《易》：或出或處。陸機詩：「出處鮮爲諧。」《莊子》：方舟而濟於河，有虛船來觸舟，雖有褊心之人，不怒。人能虛己以遊，其孰能害之？任昉詩：「常與虛舟值。」按蔣注「處」爲去聲，它注或以爲上聲。余謂應作上聲。出，謂出還；處，謂留坐。「迷出處」，乘興之甚，故下句以「泛虛舟」言之。

【原眉批】

蔣云：起借《伐木》詩意，賦而興也。

又云：三、四寫其僻處幽栖之狀。以上總紀來訪隱居之事，後乃美張。

又云：五、六上二字成句，下五字即解，上二字是折腰體。

鍾云：幽鮮有骨，口齒森然。

又云：「不貪」二語，非聞道之人不能解。

宣政殿退朝晚出左掖

杜爲拾遺，屬門下，故曰左掖。《述注》：宣政殿，在含元殿後，謂之正衙，朔望御之。即古之内朝也。

天門日射黃金榜，春殿晴薰赤羽旗。宫草霏霏承委珮，爐煙細細駐遊絲。言煙接遊絲。**雲**

近蓬萊常五色，雪殘鳷鵲亦多時。中四句應春晴。**侍臣緩步歸青瑣，退食從容出每遲**。

「天門」，既見。梁元帝詩：「金榜燭神光。」庾肩吾詩：「雨足飛春殿。」《家語》：赤羽若日。「羽旗」，既見。○《楚詞》：「芳菲菲其彌章。」注：菲菲，猶勃勃，芳香貌。《禮記》：主珮垂，則臣珮委。委，地也。蕭放詩：「金鳳起爐煙。」「遊絲」，既見。○「五雲」，見上王維詩題。「蓬萊」「鳷鵲」，并既見。徐震云：時安史之亂漸平，朝廷閑暇，因春日暄妍，而有太平五雲之象。余謂「雪殘」或當謂餘殃未盡。○《列子》：縞衣乘軒，緩步闊視。《天台山賦》：「任緩步之從容。」《詩》：「退食自公，委蛇委蛇。」

虞伯生曰：前六句皆賦朝會時所見，第七方言退朝，第八方言晚出，而全題完具矣。與後篇同體。

蔣春甫曰：《早朝》四詩渾雄大雅，唐人之藝於斯爲盛。于鱗不選杜作，嫌其後半弱也。有此下二作，固不用和賈至詩矣。

【原眉批】

鍾云：起冠冕。

譚云：淡而有味，可玩。

郭云：妙在「緩步」「從容」，前六句已有此意，况微吟自知。

紫宸殿退朝口號

《雍録》：大明宫，自南而北爲含元殿，又北爲宣政殿，又北而爲紫宸。《述注》：紫宸乃内便殿，謂之上閤。日御之，即古之燕朝也。《職官分紀》：紫宸殿者，漢之前殿，周之路寢。蔣云：舊史，太極殿朔望視朝，兩儀殿常日聽政，東内大明宫之宣政、紫宸、延英等殿，不時御焉。

户外昭容紫袖垂，雙瞻御座引朝儀。「雙瞻」，謂兩昭容之面内却行也。**香飄合殿春風轉，花覆千官淑景移。晝漏稀聞**猶「鼓瑟希」之「希」，自是遲日意況。**高閣報，天顔有喜近臣知。宫中每出歸東省，會送夔龍集鳳池。**

《唐·后妃傳序》：昭儀、昭容、昭媛、修儀、修容、修媛、充儀、充容、充媛是爲九嬪。昭容，正二品。唐制，天子坐朝，宫人引至殿上。後天祐間罷引。《漢·外戚傳》：馮倢伃當熊而立曰：妾恐熊至御座。《叔孫通傳》：徵魯諸生，共起朝儀。○庾肩吾詩：「合殿生光采。」謝朓《七夕賦》：「嗟斯靈之淑景。」《纂要》：日光曰景。○《梁漏刻經》：至冬至，晝漏四十五刻。冬至之後日長，九日加一刻。以至夏至，晝漏六十五刻。夏至之後日短，九日減一刻。《吴越春秋》：采葛婦作詩曰：「群臣拜舞天顔舒。」高閣，即上閣，謂紫宸。報，報時牌也，不必漏不聞而待人報之謂也。近臣知喜，己亦厠近臣也。前篇自稱侍臣，即是。

〇《戰國策》：宫中虚無人。唐制，左拾遺隸門下省，在宣政殿東，故曰東省。《書》：伯拜稽首，讓于夔、龍。注：夔、龍，二臣名，此借謂官僚。唐三省長官爲丞相，而中書乃政事堂所在，故會集而議政也。本集注：以中書令比龍者，鑿矣。「鳳池」，見上。

【原眉批】

蔣云：前六句言入朝之景與事，結言退朝事。

鍾云：三、四春容富麗，五、六有意外意。

曲江對酒

苑外江頭坐不歸，水精宫殿轉霏微。暮景。**桃花細逐楊花落**，不亂飛，故曰細。**黄鳥時兼白鳥飛**。**縱飲**一作「酒」。**久拌人共棄，懶朝真與世相違**。**吏情更覺滄洲遠，老大徒悲未拂衣**。

《漢·田叔傳》：魯王好獵，常暴坐苑外。《述異記》：闔閭構水精宫，尤極珍怪，皆出自水府。《魏志》：大秦國城中有五宫，皆以水精爲柱。沈約《庭雨》詩：「霏微不能注。」〇《禮記》：仲春之月桃始華。蕭子顯詩：「桃花李花任風吹。」《詩》：「黄鳥于飛。」又：「白鳥翯翯。」〇本集注：拌，鋪官切。楚人凡揮棄物謂之拌，此謂自放棄也。杜詩又云：「久拌野鶴如雙鬢。」《莊子》：方且與世違。〇「滄洲」，既見。

《樂府・長歌行》：「老大徒傷悲。」《左傳》：叔向拂衣從之。《後漢・孔融傳》：融聞曹操殺楊彪，曰：「孔融魯國男子，便當拂衣去矣。」

徐子彰曰：或疑公是時救房琯論徙，故有是作。然論徙時安得從容對酒？意公別有所謂。又曰：公方得一官，而曲江諸作，不曰暫時，即曰暫醉；不曰懶朝，即曰拂衣。亦可以見公不合于人，而不安於朝之意。

梅禹金曰：楊用修謂梅聖俞詩「南隴鳥過北隴叫，高田水入低田流」，山谷詩「野水自添田水滿，晴鳩却喚雨鳩來」，李若水詩「近村得雨遠村同，上圳波流下圳通」，其句法皆自杜詩來。余謂此本非音節極致，而宋人苦效之，何耶？

李商老曰：徐師嘗見老杜墨迹，其初云「桃花欲共楊花語」，自以淡墨改去三字，乃知古人詩不厭改。

【原眉批】

蔣云：四句亦自恣肆，「楊」自對「桃」，「白」自對「黃」，謂之自對格。

鍾云：杜公心事于茲畢露。

曲江：見七古《哀江頭》詩。

九日藍田崔氏莊

老去悲秋强自寬，興來今日照下「明年」。**盡君歡。羞將短髮還吹帽，笑倩傍人爲正冠。藍水遠從千澗落，玉山高并兩峰寒。明年此會知誰健，醉把茱萸仔細看。**

《一統志》：藍田山，在藍田縣東南三十里。山出玉美，因名玉山。又形如覆車之象，因名覆車山。陸機詩：「但爲老去年遒。」《楚辭》：「悲哉秋之爲氣也。」又：「竊獨悲此凜秋。」「自寬」，見上。《晉·王徽之傳》：乘興而來。○陳後主詩：「羞將別後面。」《晉書》：桓温鎮荆州，孟嘉爲參軍。九日，從宴龍山，風吹嘉帽落。《魏·曹植傳》：太祖常視其文，謂曰：「汝倩人耶？」《古樂府》：「但恐傍人聞。」《論語》：君子正其衣冠。○《本集分類》：藍田有洲方三十里，其水北流，合溪谷之水爲藍水。鮑照詩：「千澗無別源。」《輯注》：《華山志》：岳東北有雲臺山，兩峰崢嶸，四面縣絶。此正言之。舊注指泰山、華山，非是。余謂或是玉山有兩峰言之。○《風土記》：俗於九月九日折茱萸房以插頭，言辟邪惡。《北史·源思禮傳》：爲政當舉大綱，何必太子細也。

楊廷秀曰：一篇之中，句句皆奇；一句之中，字字皆奇。古今作者難之，惟子美《九日》詩八句，便字字對屬。三、四翻盡古人公案，五、六詩人至此筆力多衰，今且雄杰挺拔，唤起一篇精神，非筆力拔山，不至於此。結意味深長，幽然無窮矣。

陳無己曰：孟嘉落帽，前世以爲勝絶，子美云「羞將短髮還吹帽，笑倩傍人爲正冠」，其文雅曠達，不減昔人，故謂詩非力學可致，正須胸中度世耳。

【原眉批】

蔣云：三、四流水聯，在七言尤難。

按「帽」與「冠」，似相犯，但吹帽假故事言爾。

又云：以「落」字映起「寒」字。

又云：結達者之言「子細」，方言而雅。

鍾云：「仔細看」三字悲甚，無限情思，妙在不説出。

望野

西山白雪三城戍，南浦清江萬里橋。望中所見。**海内風塵諸弟隔，天涯涕淚一身遥。惟將遲暮供多病，**吴本作「衰病」。**未有涓埃答聖朝。跨馬出郊時極目，不堪人事日蕭條。**寓望意。

《分類》：西山即雪山，又名雪嶺，在成都西。三城，即松、維、保三城，戍守以備吐蕃。《唐・高適傳》：西山三城列戍，民疲于役，適上書論之，不内。《唐志》注：唐興，有羊灌、田朋、笮繩橋三城。杜五言：「雪嶺防秋急，繩橋戰勝遲。」《困學紀聞》：杜詩「三城戍」，一作「三奇戍」。按《唐志》：彭州導江縣有三奇戍。《西南備邊録》所謂三奇營也。《楚詞》：「送美人兮南浦。」又：「隱玟山以清江。」《華陽國志》：蜀郡大城南門曰江橋，自江橋南渡曰萬里橋。《一統志》：萬里橋，在成都府城中和門外。相傳孔明送費禕聘吴，至此曰：「萬里之行始於此矣。」因是得名。浣花溪，一名錦江，在成都西南，子美草堂在焉。○《後漢·敬王睦傳》：悉推財物與諸弟。蔡琰《胡笳》：「十有四拍兮涕淚交垂[一]。」○「遲暮」，見五律《幽州夜飲》詩。《史記》：留侯性多病。韓文《讓官表》：禆補無涓埃之微。《漢·龔勝傳》：聖朝未嘗忘君。○《後漢·公孫述傳》：跨馬陷敵。《書》：王出郊乃雨。王景興書：想亦極目而迴望。嵇康詩：「何爲人事間，自令心不夷。」《西都賦》：「原野蕭條，目極四裔。」

【原眉批】

蔣云：話出自家衷臆，妙在真處。然一身衹以供多病，而不以報聖朝，則天涯涕淚，豈徒以哭吾私？

譚云：以目中所見，寫胸中所懷，無聊之極。

【校勘記】

[一]十有四拍兮：底本作「廿有拍兮」，據逯欽立《先秦漢魏晋南北朝詩》改。

登樓

花近高樓(可喜而却)**傷客心，萬方多難此登臨。**解所以傷。**錦江春色來**(滿)**天地，玉壘浮雲變古今。北極朝廷**(雖有亂)**終不改，西山寇盜**吐蕃。**莫相侵。**因登樓而望西北。**可憐後主還**可以已之亂。**祠廟，日暮聊爲《梁甫吟》。**哀其亡國，幸其遺祠，抑揚感慨，終歸武侯。

《列子》：登高樓臨大路。陸機詩：「春芳傷客心。」《書》：嗟爾萬方有衆。《詩》：「王事多難。」○「錦江」，見七古《短歌行》。《一統志》：玉壘山，在成都府灌縣西北二十九里。郭璞《江賦》「玉壘作東別之標」是也。○《左傳》：寇盜充斥。《輯注》：時吐蕃陷京師，立廣武郡王承宏爲帝。郭子儀復京師，乘輿反正。故有是二句也。○《蜀志》：後主諱禪，先主子也。景耀六年，魏命征西將軍鄧艾等數道并攻，後主降於艾，魏封爲安樂公。蜀先主廟在成都南，廟中有後主。《蜀·諸葛亮傳》：躬耕隴畝，好爲《梁父吟》。《梁父吟》：「步出齊城門，遥望蕩陰里。里中有三墳，累累正相似。問是誰家冢？田疆古冶氏。力能排南山，文能絶地理。一朝被讒言，二桃殺三士。誰能爲此謀？相國齊晏子。」昔齊景公有士三人：田開疆、公孫接、古冶子，恃功無禮，晏嬰請公饋以二桃，計功而食。田、古論功先食，公孫怒，自刎；田、古慚，亦自刎。《述注》：王僧虔《技録》相和楚調五曲，內有「梁甫吟」三字，不知爲何義。《四愁詩》：「欲往從之梁父艱。」注：梁父，泰山下小山名，君有德，則封泰山。願輔佐君王於有德，而爲小人讒邪之所阻也。「梁父吟」恐取此意。《輯注》：代宗任用程元振、魚朝恩，致蒙塵之禍，因以托諷于後主之用黄皓也。

【原眉批】

徐云：上句動不得，却不板樣。下句感愴語，翻成宏麗。

蔣云：二句呼應後六句，皆所以傷心之實。

又云：三句野馬絪緼，極目萬里；四句蒼狗幻化，瞬息千年。

黄云：三句宏麗，四句沈渾。

沈云：氣象雄偉，籠蓋宇宙。此杜詩之最上者。

秋興

本集注：時工部在夔州，欲歸不得，迴想生平，時適值秋，概名「秋興」。葉弘勛云：因秋觸感，百事紛集，惟首章純叙秋，後七章或帶秋，或不帶秋，而皆一時意中之事，故曰「秋興」。

玉露凋傷楓樹林，巫山巫峽氣蕭森。江間波浪兼天涌，塞上風雲接地陰。叢菊兩開他日淚（今日又下），**孤舟一繫故園心**。有二意，故園之心爲孤舟所繫，又孤舟繫此，而心則在故園矣。**寒衣**

處處催刀尺，故園心轉到寒衣上。**白帝城高急暮砧**。

《吕氏春秋》：宰揭之露，其色如玉。梁簡文詩：「欣随玉露點。」沈約詩：「暮質易凋傷。」阮籍詩：「湛湛長江水，上有楓樹林。」《一統志》：巫山縣，在四川夔州府城東一百三十里。縣有巫山，山有望霞、翠屏、朝雲、松巒、集仙、聚鶴、净壇、上升、起雲、飛鳳、登龍、聖泉十二峰。巫峽，杜宇所鑿，以通江水，連山七百里，略無間斷，自非亭午夜分，不見日月。潘岳《射雉賦》：「蕭森繁茂。」○虞茂詩：「三山波浪高。」《孔叢子》：夫山者，興吐風雲，以通乎天地之間。○張協詩：「輕露栖叢菊。」○《子夜歌》：「寒衣尚未了，郎唤儂底爲？」郭泰璣詩：「衣工秉刀尺。」

【原眉批】

蔣云：中四句交股應「巫山巫峽」四字。

鍾云：三、四一氣拈出。

蔣云：五、六正與「感時花濺淚，恨别鳥驚心」同意。

又云：末句掉下一聲，中寓千聲萬聲。

譚云：神情横逸。

二

千家山郭静朝暉，日日江樓坐翠微。信宿漁人還泛泛，清秋燕子故飛飛。匡衡抗疏功名薄，劉向傳經心事違。同學少年多不賤，五陵衣馬自輕肥。

謝朓詩：「還望青山郭。」陸機詩：「扶桑升朝暉。」謝靈運詩：「繫纜臨江樓。」「翠微」，既見。○《詩》：「與女信宿。」注：一宿曰宿，再宿曰信。徐鮪詩：「漁人迷舊浦。」《詩》：「泛泛楊舟。」殷仲文詩：「獨有清秋日，能使高興盡。」《古樂府》：「秋去春還雙燕子。」曹植詩：「黄鳥得飛飛。」此言漁人當歸而猶泛泛，燕子當去而猶飛飛，然豈可終留住者乎？以况己之客遊不定，即上「孤舟一繫」之意。○《漢・匡衡傳》：元帝初即位，是時，有日蝕地震之變，上問以政治得失。衡上疏，上説其言，遷衡爲光禄大夫、太子少傅。杜爲拾遺，上疏論房琯而被黜。《解嘲》：獨可抗疏，時道是非。陸機詩：「但恨功名薄。」《漢・劉向傳》：向以行修飭，擢爲諫大夫，會初立《穀梁春秋》，徵向受《穀梁》，講論五經於石渠。周弘正詩：「既傷年緒促，復嗟心事違。」蔣云：既前後不相涉，只用二人名，亦莫知其意之所在，落落自可。或謂公以直言失官，又嘗獻三大禮賦，故云。按杜所謂「傳經」只假用，言修文學已。二句俱上四字以古人爲比，下三字嘆己之不遇也。○《史・賈誼傳》：洛陽之人，年少初學。「五陵」，見五古《慈恩浮圖》詩。漢初，徙齊楚大族於長陵，後世世徙二千石、高訾富人及豪杰并兼之家於諸陵[二]，故五陵爲豪俠所聚。《漢・遊俠傳》：長安五陵，諸爲氣節者，皆歸慕之。《論語》：乘肥馬，衣輕裘。此言當時與我少年同學者，今多爲貴顯，不類我之抗疏、傳經，而終至于落莫也。

【原眉批】

蔣云：「燕」對「漁」，是假對。

又云：結語令人酸心，古今同感。

譚云：托意深遠。

【校勘記】

［一］後世世徙二千石、高訾富人及豪杰并兼之家於諸陵：底本作「後世徙二千石、高貲富人及豪杰名家於諸陵」，據《漢書·地理志下》改。

三

蓬萊宫闕對南山，承露金莖霄漢間。西望瑶池降王母，東來紫氣滿函關。以事寫景。**雲移雉尾開宫扇，**羽翣雙開，若彩雲之移動。**日繞龍鱗識聖顔。**衮龍、龍顔、逆鱗裁作一句。**一卧滄江驚**

歲晚，幾回青瑣點朝班。此憶爲拾遺之時也。「幾回」，唐解「無幾」，非也。

「蓬萊」「南山」「承露」，并既見。謝靈運詩：「結念屬霄漢。」○《漢武故事》：七月七日，上齋居承華殿，忽有一青鳥從西來，集殿上。上問東方朔，朔曰西王母欲來。有頃，王母至。《列子》：周穆王命駕遠遊，升昆侖之丘，遂賓於西王母，觴於瑶池之上。按史，玄宗晚年尊老君，朝獻太清，頗修漢武故事，故以爲言。「紫氣」，見排律《度蒲關》詩。○《唐・儀衛志》：天子臨朝，有雉尾障扇四，小團雉尾扇四，方雉尾扇十二。《古今注》：商高宗有雊雉之祥，服章多用翟羽，故有雉尾扇。《韓非子》：龍之爲蟲也，喉下有逆鱗徑尺，人主亦有逆鱗。曹植詩：「遲奉聖顔，如渴如飢。」○任昉詩：「滄江路窮此。」沈約《奏彈王希聃文》：幸齒朝班。蔣云：楊用修謂「點」與「玷」同，古詩多用之。束皙《補亡詩》「鮮侔晨葩，莫之點辱」，左思《唐林兄弟贊》「二唐潔己，乃點乃污」，陸厥《答内兄希叔》詩「既叨金馬署，復點銅駝門」，子美詩正承諸賢用字例也。焦弱侯則謂：若作「玷」字，不得用「幾回」字。王建詩：「殿前傳點各依班，召對西來入詔鑾。」蓋唐人屢用之，亦可證杜詩之不應「玷」矣。余按：「點」即俗語「指點」「點發」之「點」，謂的在朝班也。

徐士彰曰：以下幾詩，但追憶秦中之事，而故宫離黍之感，因寫其中。蓬萊宫闕，言明皇之事。神仙瞿塘峽口，言明皇之事。遊樂昆明池水，言明皇之事。邊功而末，但寓感慨之意。

【原眉批】

鍾云：只就實事賦出，沈壯温厚無不有。

蔣云：因開宫扇，故識聖顔，有映帶法。

鍾云：結語深厚。

四

昆明池水漢時功，武帝借謂玄宗。**旌旗在眼中。**言于今猶見也。**織女機絲虛夜月，石鯨鱗甲動秋風。波漂菰米沈雲黑，露冷蓮房墜粉紅。**二聯皆叙今日荒涼。**關塞極天惟鳥道，江湖滿地**猶言到處。**一漁翁。**

《家語》：旌旗繽紛。徐陵詩：「密意眼中來。」○「織女」「石鯨」，并見排律《昆明池》詩。吴均詩：「夜月窺窗下。」蔡邕《漢律賦》：「鱗甲育其萬類。」○《周禮》：魚宜苽。《西京雜記》：菰米，一名彫胡。生池中，至秋實如米。《本草圖經》：菰又謂之茭白。歲久者，中心生白臺，如小兒臂，謂之茭手。其臺中有黑者，謂之茭鬱。至後結實，乃彫胡米也。李時珍曰：苽結實，長寸許，霜後采之，大如茅針，皮墨褐色，其米甚白而滑膩，作飯香脆。《周禮》供御乃六穀、九穀之数，此云「沈雲黑」，謂茭鬱也。陶潛詩：「昔爲三春蕖，今作秋蓮房。」〇庾肩吾詩：「輦道同關塞。」「鳥道」，既見。

楊用修曰：隋任希古《昆明池應制》詩「回眺牽牛渚，激賞鏤鯨川」，便見太平宴樂氣象。今一變，云「織女機絲虚夜月，石鯨鱗甲動秋風」，讀之則荒煙野草之悲見於言外矣。《西京雜記》：太液池中有彫菰、紫籜、緑節，鳬雛、雁子唼喋其間。《三輔舊圖》云「宮人泛舟采蓮，爲巴人櫂歌」，便見人物遊嬉宮沼富貴。今一變，云「波漂菰米沈雲黑，露冷蓮房墜粉紅」，讀之則兵戈亂離之狀具見矣。杜詩之妙，在翻古語。此與三百篇「牂羊羵首，三星在罶」同。比之晚唐「亂殺平人不怕天」「抽旗亂殺死人堆」，豈但天壤之隔。

【原眉批】

蔣云：玄宗嘗有事邊兵，故借漢用爲言。

鍾云：此詩不但雄壯，取其深寂，中四語誦之，心魂謖謖。

蔣云：「鳥」對「漁」，亦假對。上句極險遠之狀，下句極留滯之狀。

吹笛

夔州作。

吹笛秋山風月清，誰家巧作斷腸聲。風飄律呂相和切，月傍關山幾處明。胡騎中宵堪北走，武陵一曲想南征。故園楊柳今搖落，何得愁中却盡生。此所以巧作斷腸聲。

馬融《長笛賦》序：有雒客舍於逆旅吹笛。江淹詩：「金錽映秋山。」《南史・褚彦回傳》：初秋涼夕，風月甚美。〇《漢・律曆志》：陰陽登降運行，列爲十二，而律呂和矣。《長笛賦》：「律呂既和，哀聲互降。」《樂府解題》：關山月，傷別離也。〇胡騎北走，見五律《胡笳曲》，此借用。王僧達《七夕》詩：「中宵振綺羅。」《季布傳》：北走胡，南走越。崔豹《古今注》：《武溪深》，馬援爲南征之所作，援門生袁寄生善吹笛，援作歌以和之。其曲曰：「滔滔武溪一何深，鳥飛不度，獸不能臨，嗟哉武溪深兮多毒淫。」武溪，謂武陵五溪。〇李延年《橫吹二十八解》中有《折楊柳》一曲。《宋・五行志》：晋太康末，京洛爲《折楊柳》之歌。梁樂府《折楊柳歌》：「上馬不捉鞭，反拗楊柳枝。下馬吹長笛，愁殺行客兒。」《楚词》：「草木搖落而變衰。」

方萬里曰：慷慨悲怨，亦自一種風味。

【原眉批】

譚云：大手筆，聲律極細，然有對意不對詞，對詞不對意者。

黄云：模寫笛聲，似遠實切。

蔣云：出「風」「月」二字，分應首句。

又云：五、六見其聲能斷腸，應第二句。然「北走」「南征」，借以寓意，非特以桓伊善弄已也。

又曰：此以曲名翻意而結，「愁中」字亦與「斷腸」字相應。

鍾云：句句凄遠，咏物絶唱。

閣夜

歲暮陰陽催短景，天涯霜雪霽寒宵。五更鼓角聲悲壯，閣上所聞。**三峽星河影動摇。**閣上所見。**野哭千家聞戰伐，夷歌幾處起漁樵。**蔣云：「聞」，聞野哭也。「起」，起夷歌也。蜀中，華、夷雜處。華人愁，夷人樂。**卧龍躍馬終黄土，人事音書漫寂寥。**回視人間，一無可憑。

《詩》：「歲聿云暮。」張協詩：「歲暮懷百憂。」《太玄經》：一晝一夜，陰陽分索。庾信詩：「短景負餘暉。」《楚詞》：「悲霜雪之俱下。」○「五更」，既見。《晋・載記》：石勒每耕作于野，常聞鼓角之聲。《後漢・禰衡傳》：衡擊鼓爲漁陽參檛，聲節悲壯。《蜀都賦》：「經三峽之峥嶸。」《一統志》：巫峽、西陵峽、歸鄉峽稱三峽。西陵峽，在夔州府城東，即瞿塘峽也。《蜀本紀》：蜀王秀所建三峽：明月峽、巴峽、巫峽。謝朓《七夕賦》：「眷星河兮不可留。」《漢武故事》：時星辰影動摇，東方朔謂民勞之應。《天官書》：天一、槍、棓、矛、盾動摇，角大，兵起。此暗用其事。○《禮記》：孔子惡野哭者。《龜策傳》：可以戰伐攻擊。

《蜀都賦》：「陪以白狼，夷歌成章。」注：白狼夷，在漢壽西界。何遜詩：「予念返漁樵。」〇「卧龍」，既見。夔州城外有孔明廟。《蜀都賦》：「公孫躍馬而稱帝。」公孫述事，見排律《白帝城》詩。夔州城上有白帝祠。「黄土」，既見。《魏武樂府》：「絶人事，遊渾元。」

【原眉批】

鍾云：雄麗。

又云：俯仰今古，殊是凄然。

不曰「星辰」，而曰「三峽星河影」，可見詩詞雍容之妙。

返照

「返照」，既見。此賦雨後晚景，兼自嘆耳。詩既成，摘其中字眼爲題，非專賦返照也。

楚王宫北正黄昏，白帝城西過雨痕。返照入江翻石壁，謂水中影倒。蔣云：應次句，落照搖波，故城西猶明。**歸雲擁樹失山村。**蔣云：應首句，暗雲迷樹，故北宫已昏。**衰年病肺惟高枕，絶塞愁時早閉門。不可久留豺虎亂，**（然而）**南方實有未招魂。**「招魂」應「楚」。

祖孫登《咏風》：「飄颺楚王宫。」古楚宫，在巫山縣西北，楚襄王所遊地。○《列子》：有一人從石壁中出。江淹詩：「緬映石壁素。」傅毅《七激》：「仰歸雲訴流風。」潘岳詩：「歸雲乘幰浮。」范雲詩：「霧失交河城。」庾信詩：「山村落獵圍。」○《楚詞》：「高枕而自適。」《漢書・嚴助傳》：邊境之民爲之早閉晏開。○《楚詞》：「山中不可以久留。」《漢・張耳陳餘述》：據國争權，還爲豺虎。《楚辭》序：宋玉憐哀屈原，忠而斥棄，愁懣山澤，魂魄放佚，厥命將落，故作《招魂》，欲以復其精神，延其年壽。其辭曰：魂兮歸來，南方不可以留。此言豺虎亂矣，吾欲北歸，奈魂放佚南方，未招復也。

劉會孟曰：語不輕易，感恨更多。

【原眉批】

蔣云：此聯字字著意，以「翻」字寫返照，以「失」字寫歸雲，如畫。

黄云：「翻」字峭，「失」字玄，不若今人纖巧。

鍾云：「返照」一聯用六虛眼，工煉無痕，景復如畫。

蔣云：「惟高枕」形容病肺，「早閉門」形容愁時。

登高

風急天高猿嘯哀，渚清沙白鳥飛迴。無邊落木蕭蕭下，應首句。**不盡長江滾滾來。**應二句。**萬里悲秋常作客，百多年病獨登臺。艱難苦恨繁霜鬢，潦倒新停濁酒杯。**

梁簡文詩：「風急旌旗斷。」陶潛詩：「天高風景澈。」《楚辭》：「猿狖群嘯。」鮑照詩：「猿嘯白雲裏。」王褒詩：「對岸流沙白。」《楚詞》：「鳥飛返故鄉。」○蔡琰《胡笳》：「天無涯兮地無邊。」《楚詞》：「風颯颯兮木蕭蕭。」○魏文帝《樂府》：「遠從軍旅萬里客。」《史記》：留侯性多病。曹植賦：「聊登臺以娛情。」○《詩》：「遇人之艱難矣。」《左傳》：險阻艱難，備嘗之矣。《詩》：「正月繁霜。」范雲詩：「但恐鬢將霜。」《子夜歌》：「霜鬢不可視。」嵇康《絶交書》：潦倒粗疏，不切事情。魏文帝《樂府》：「嘉肴不嘗，旨酒停杯。」《絶交書》：濁酒一杯，彈琴一曲。

楊廷秀曰：全以「蕭蕭」「滾滾」喚起精神，見得連綿，不是裝湊贅語。

【原眉批】

蔣云：雖起聯，而句中各自對，老杜中聯亦多用此法。

沈云：起二句對舉之中仍復用韻，格太奇。

黄云：勢若大海奔濤，四疊字振起之。

蔣云：通篇雄悒，結復鄭重。

錢起　闕下贈裴舍人

《唐書》：裴夷直，吴人。仕爲中書舍人。時仲文未第，而欲裴引薦也。

二月黄鸝飛上林，暗謂它登庸者。**春城紫禁曉陰陰。長樂鐘聲花外盡，龍池柳色雨中深。陽和不散窮途恨，霄漢長懸捧日心。**忠厚。**獻賦十年猶未遇，**十年不遇，所以至白髮。**羞將白髮對華簪。**不對則不覺，相對則殊羞，闕下贈之情可見。

蕭子顯詩：「二月春心動。」師曠《禽經》：倉鶊黧黄。注：今黄鶯、黄鸝是也。其色黧黑而黄，故名。吴筠詩：「黄鸝飛上苑。」「上林」「紫禁」，并既見。○「長樂」，見排律《韋舍人早朝》詩。劉孝威詩：「鐘聲猶未絶。」「龍池」，見上。何遜詩：「輕煙淡柳色。」李白有《賦龍池柳色初青》詩。○《始皇紀》：時在中春，陽和方起。《胡笳》：「知是漢家天子兮布陽和。」《吴越春秋》：夫人賑窮途少飯，亦何嫌哉？《晋書》：阮籍卒意獨駕，不由徑路，途窮則哭而返。《魏書》：程昱少時，夢上泰山，兩手捧日。昱以語荀彧，彧白曹操，操曰：「卿當終爲吾腹心。」昱本名「立」，操加以「日」字，更名「昱」也。○「獻賦」，見上《温泉寓目》詩。《漢・張釋之傳》：十年不得調。左思詩：「當其未遇時，憂在填溝壑。」陶潛詩：「聊用忘華簪。」

【原眉批】

鍾云：有情有味有體色，深可觀。

又云：「花外盡」「雨中深」，奇想妙正。

黄云：頷聯猶存盛唐典刑，頸聯遂露中唐面目。

和王員外晴雪早朝[一]

紫微晴雪帶恩光，繞仗偏隨鵷鷺行。雪光兼恩光被人。**長信**西宮。**月留寧避曉，宜春花滿不飛香。獨看積素凝清禁，已覺輕寒讓太陽。**映「恩光」字。**題柱盛名兼絶唱，風流誰繼漢田郎。**田郎盛名，非君誰繼？君又兼以絶唱，誰繼之者？「誰繼」二字深。

梁元帝詩：「柳絮飄晴雪。」江淹詩：「宵人重恩光。」《詩》鄭箋：爲寵爲光，言天子恩澤，光曜被及者也。《北齊樂曲》：「懷黄綰白，鴛鷺成行。」○《三輔黄圖》：漢長信，太后之宫也。宜春下苑在京城東南隅，即曲江芙蓉苑也。○「積素」，既見。劉楨詩：「拘限清切禁。」劉孝綽詩：「輕寒朝夕殊。」《雪賦》：

「太陽曜不固其節。」《晉・天文志》：日者，太陽之宗，人君之象。田郎事，既見。

王敬美曰：錢員外詩「長信」「宜春」句於晴雪妙極形容，膾炙人口。其源得之初唐，然從初，竟落中唐，了不與盛唐相關，何者？愈巧則愈遠也。

【原眉批】

鍾云：形容晴雪，妙絶千古。

黄云：繪月能繪光，寫花能寫香，自是第一神手。

「長信」「宜春」，用名不苟。

【校勘記】

[一]和王員外晴雪早朝：《全唐詩》卷二百三十九作「和王員外雪晴早朝」。

韋應物　**自鞏洛舟行入黄河即事寄府縣僚友**

《酈生傳》：漢兵遁保鞏洛。此韋自鞏縣洛水乘舟而東南入于河也，蓋韋爲洛陽丞時作。《一統志》：洛水源出陝西洛南縣冢嶺山，東流經盧氏、永寧、宜陽、洛陽、偃師、鞏縣入于河也。

夾水蒼山路向東，東南山豁大河通。寒樹依微遠天外，夕陽明滅亂流中。孤村幾歲吳本作「幾處」，似是。**臨伊岸，一雁初晴下朔風。爲報洛橋遊宦侶，扁舟不繫與心同。**

《史記》：楚發兵拒漢，夾水陣。《吳起傳》：殷紂之國，大河在其南。○江淹詩：「白日隱寒樹。」梁簡文詩：「照日乍依微。」謝脁詩：「巉巖帶遠天。」沈約詩：「雲華乍明滅。」謝靈運詩：「亂流趨正絶。」○《漢書》注：河南郡有河、洛、伊，謂之三川。《一統志》：伊水源出河南盧氏縣，經嵩縣、洛陽、偃師縣界入于洛水。按鞏洛至河處與伊水不接，曰「伊岸」，可疑。張正見詩：「終無一雁帶書飛。」王曹詩：「初晴物候凉。」○薄昭書：遊宦事人。賈誼《鵩賦》：「泛乎若不繫之舟。」

【原眉批】

蔣云：瀟灑，不乏法度。

鍾云：無牽合之病。

「一雁」生出寄意。

郎士元　**贈錢起秋夜宿靈臺寺見寄**[一]

靈臺寺，未詳。以詩所言，蓋在廬山。

石林精舍武當作「虎」，唐人避太祖諱。**溪東，夜叩禪扉謁遠公。月在上方諸品**猶言諸塵，謂物物也。**靜，心持半偈萬緣空。蒼苔古道行應遍，落木寒泉聽不窮。更憶雙峰最高頂，此心期與故人同。**

「石林」，既見。或以爲名，不必然。《釋迦譜》：息心所栖曰精舍。蔣云：王觀國爲晋武帝初奉佛法，立精舍，居沙門，以爲始此，非也。佛所居曰「祇園精舍」，晋武因之耳。漢儒立精舍講授，又有立精舍燒香讀道書者，則精舍三教并可用。虎溪，在廬山東林寺側。○《佛經》有上方世界、下方世界。《涅槃經》：帝釋現夜叉身爲雪山童子，説半偈曰：生滅滅已，寂滅爲樂。○《淮南子》：窮谷之汚，生以蒼苔。謝朓詩：「蒼苔依砌生。」王粲詩：「遵古道以遊豫。」「落木」，見上。《詩》：「爰有寒泉。」○庾信詩：「雙峰似畫眉。」按廬山有雙劍峰，元顧謹中詩「倚天雙劍古今閑，三尺高於四面山」，此所謂「雙峰最高頂」，是也。又按四祖道信、五祖弘忍共住蘄州黄梅縣雙峰寺，而六祖慧能所住曹溪亦有雙峰之號，且詩家多以雙峰稱寺，豈亦雙樹、雙林之類耶？皎然《宿吴匡山破寺》詩「雙峰百戰後」，又《山中月夜》詩「雙峰月色秋」，是也。錢起《夜宿靈臺寺寄郎士元》詩：「西日横山含碧空，東方吐月滿禪宮。朝瞻雙頂青冥上，夜宿諸天色界中。石潭倒映蓮花水，塔院空聞松柏風。萬里故人能尚爾，知君視聽我心同。」

【原眉批】

鍾云：「月在」二語，非上智無了了悟。

蔣云：語墜天花，足證妙道。

【校勘記】

［一］贈錢起秋夜宿靈臺寺見寄：《全唐詩》卷二百四十八作「題精舍寺」。

盧綸　**長安春望**

東風吹雨過青山，却望千門草色閑。家在夢中何日到，春來江上幾人還。川原繚繞長連貌。**浮雲外，宮闕參差**互出貌。**落照間。誰念爲儒逢世難，獨將衰鬢客秦關。**

周弘正詩：「東郊草色異。」○范靜妻詩：「遊子夢中還。」○「川原」，既見。《南都賦》：「修袖繚繞而滿庭。」劉孝綽詩：「落照滿川漲。」○謝靈運詩：「一旦逢世難，流落恒羈旅。」庾信詩：「蕭條客鬢衰。」孫萬壽詩：「衰鬢先蒲柳。」

張南史　**陸勝宅秋雨中探韻**［一］

同人永日自相將，深竹閑園偶辟疆。已被秋風教憶鱠，更聞寒雨勸飛觴。歸心莫問三江

水，旅服從沾九月霜。醉裏欲尋騎馬路，蕭條是處有垂楊。目可認。

《易》：同人于野。劉楨詩：「永日行遊戲。」《樂府》：「相將蹋百草。」江洪詩：「閑園有孤鶴。」《世説》：王子敬聞顧辟疆有名園，先不識主人，徑造其家，值顧方集賓友酣燕。顧辟疆，吴郡人，歷郡功曹平北參軍，有名園，東晋時最著。○《晋書》：張翰，字季鷹，吴郡人。齊王冏辟爲大司馬東曹掾，因見秋風起，乃思吴中菰菜、蓴羹、鱸魚鱠，曰：人生貴適意，何能羈宦數千里外以要名爵乎？遂命駕而歸。《南部煙花記》：吴中鱸魚作鱠，菰菜爲羹，魚白如玉，菜黄如金，東南之佳味也。《吴都賦》：「飛觴舉白。」○王正長詩：「邊馬有歸心。」蕭淳詩：「猶有望歸心。」《張翰傳》：翰爲東曹掾，謂同郡顧榮語欲求去意。榮執其手，愴然曰：吾亦與子采南山蕨，飲三江水耳。《吴都賦》注：松江分流，東北入海者爲婁江，東南者爲東江，并松江爲三江。《吴地記》：松江一名松陵江，其源連接太湖。一江東南流，五十里入小湖；一江東北流，二百六十里入於海；一江西南流，入震澤。此三江之口也。鮑照詩：「旅服少裁縫。」《禮記》：季秋之月霜始降。○元行恭詩：「是處來春風。」

高仲武曰：張君中歲感激，苦節學文，數載間，稍入詩境。如「已被」一聯，可謂物理俱美，情致兼深。

【原眉批】

鍾云：三、四物理俱美，情致兼深。

又云：詩忌用巧太過，只宜緣情體物，任其天真，此得之。

【校勘記】

[一]陸勝宅秋雨中探韻：《全唐詩》卷二百九十六作「陸勝宅秋暮雨中探韻同作」。

李益　**鹽州過胡兒飲馬泉**

《唐·地理志》：鹽州五原郡，本鹽州，貞觀二年置。《三體詩》注：鷿鵜泉在豐州城北，胡人飲馬於此。鹽、豐并屬關内道，明山西大同府地。按李益嘗爲幽州都督劉濟營田副使。此詩蓋其時作。

緑楊著水草如煙，舊是胡兒飲馬泉。幾處吹笳明月夜，何人倚劍白雲天。自謂。**從來凍合關山道，今日分流漢使前。莫遣行人照容鬢，恐驚憔悴入新年。**

《胡笳》：「撫抱胡兒兮淚下沾衣。」〇「吹笳」，既見。梁簡文詩：「何如明月夜。」《呂氏春秋》：倚劍而寢其下。宋玉《大言賦》：「長劍耿耿倚天外。」〇謝靈運詩：「石橫水分流。」〇李陵詩：「行人懷往路。」荀濟詩：「咄嗟改容鬢。」《楚詞》：「顏色憔悴。」

【原眉批】

譚云：悲壯。末句極言其清，兼影邊塞氣。

柳宗元

登柳州城樓寄漳汀封連四州刺史[一]

《一統志》：廣西柳州府，唐置昆州，後改柳州，屬嶺南道。漳、汀并福建地，封、連并廣東地。《唐書》：永貞元年，宗元與韓泰、韓曄、劉禹錫、陳謙、凌準、程异、韋執誼皆以附王叔文貶，號「八司馬」。準、執誼皆卒貶所，程异先召用。元和十年，子厚等五人例召至京師，又皆出爲刺史，宗元柳州，泰漳州，曄汀州，謙封州，禹錫連州。

城上高樓接大荒，海天愁思正茫茫。驚風亂颭芙蓉水，密雨斜侵薜荔墻。嶺樹重遮千里目，江流曲似九迴腸。共來百粵文身地，猶自音書滯一鄉。共來邊地，可悲也。所幸音書近達，稍以相慰，而猶阻滯不達轉，更可悲。此正與杜審言《逐臣咏》相類。

《爾雅》：大荒，海外彌廣，無所不連。《吴都賦》：「出乎大荒之中。」注：大荒，謂海外也。《高唐賦》：「愁思無已。」《胡笳》：「胡笳十六拍兮思茫茫。」茫茫，廣大貌。○《説文》：颭，風吹浪動也。《本草》：蓮，其花已發，爲芙蓉。張協詩：「密雨如散絲。」「薜荔」，既見。○梁簡文詩：「星芒侵嶺樹。」「千里目」，既見。司馬遷《書》：腸一日而九迴。梁簡文詩：「悲遥夜兮九迴腸。」○《過秦論》：南取百越之地，以爲桂林、象郡。注：百越，非一種，若今言百蠻也。蔣云：粤與越同，吴越、南越、閩越之總名。《莊子》：越人斷髮文身。越人刺身爲龍鳳紋。《説苑》：越亦天子之封也，不得冀、兖之州，乃處海垂之際，而蛟龍又與我争，是以剪髮文身，爛然成章，以象龍子者，將避水神也。

【原眉批】

蔣云：又下中唐一格。

鍾云：「嶺樹」二聯道得真率，結語鄭重。

【校勘記】

[一]登柳州城樓寄漳汀封連四州刺史：《全唐詩》卷三百五十一作「登柳州城樓寄漳汀封連四州」。

韓愈　**奉和庫部盧四兄曹長元日朝迴**

《唐·百官表》：庫部，郎中、員外郎各一人，掌戎器、鹵簿、儀仗。韓文注：盧四兄汀也。兩省相呼爲閣老，尚書丞郎相呼爲曹長，郎中、員外、御史、遺補相呼爲院長。上可兼下，下不可兼上。唯御史相呼爲端公。退之、盧庫部爲曹長，張功曹爲院長，既上稱兼下。

天仗宵嚴建羽旄，隔夜先設仗。**春雲送色曉鷄號。**已到曉天。**金爐香動螭頭暗，玉佩聲來雉尾高。**昧爽之景。**戎服上趨承北極，儒冠列侍映東曹。太平時節身難遇，郎署何須嘆二毛。**

《唐・儀衛志》：凡朝會之仗，三衛番上，分爲五仗。天子將出前二日，大樂令設宮縣之樂於庭。晝漏之上五刻駕發，前發七刻擊一鼓，爲一嚴，前五刻擊二鼓，爲再嚴，前一刻三鼓，爲三嚴，諸衛各督其隊以吹入陳。《詩》：「建彼旄矣。」張正見詩：「西北春雲起。」○沈約詩：「金爐香不然。」《唐・百官志》：起居郎秉筆隨宰相入殿，夾香案分立殿下，直第二螭首，和墨濡筆，皆即坳處，時號螭頭。《雍録》：殿前螭頭，蓋玉階扶欄上壓頭横石刻爲螭頭之狀也，以横石突兀不雅馴，故刻螭文之。螭，若龍而無角。「玉珮」「雉尾」，并既見。○《左傳》：鄭子産獻捷于晋，戎服將事。《酈食其傳》：賓客冠儒冠來。《漢・丙吉傳》：吉召東曹案邊長史。○董仲舒《雨雹對》：太平之世則風不鳴條。王康琚詩：「昔在太平時。」荀悦《漢紀》：馮唐白首，屈於郎署。《史記》：馮唐爲中郎署長，文帝輦過，問曰：「父老何自爲郎？」唐具以實對。《左傳》：不禽二毛。潘岳《秋興賦》：「余春秋三十有二，始見二毛。」謂頭黑白有二色也。

吴吴山云：題是朝迴，而詩言早朝，無「迴」字，意又止有「春雲」二字，不切元日，并奉和意亦未見。若盛唐人爲之，必不如是矣。

卷之六　五言絶句

始自漢魏樂府，如《白頭吟》《出塞曲》《桃葉歌》《歡問歌》《長干曲》《團扇郎》等篇，皆其體也。六代述作漸繁，入唐尤盛。

題袁氏别業

賀知章

主人不相識，偶坐爲林泉。莫謾愁沽酒，囊中自有錢。不須煩主人。

鮑照《東武吟》：「主人且勿諠。」謝尚詩：「車馬不相識。」《晋・陶潛傳》：或要之以酒，雖不識主人，亦欣然無忤。庾肩吾詩：「置酒對林泉。」《詩》：「有酒湑我，無酒酤我。」「酤」「沽」通。《史・滑稽傳》：王先生懷錢沽酒。《平原君傳》：若錐之處囊中。趙壹詩：「文籍雖滿腹，不如一囊錢。」《樂府古詞》：「有錢始作人。」按此詩乃王子猷過顧辟疆園之意。辟疆事，見七律張南史詩。

【原眉批】

鍾云：善謔。

譚云：隨口道來，便成佳句。

王云：此寫一段胸襟，非必抹倒主人風流。賀季真於是可見。

夜送趙縱

楊炯

詩中「明月」是用實景，故特題曰「夜送」。

趙氏連城璧，由來天下傳。因姓用趙事。**送君還舊府，明月滿前川。**宛是君家連城無恙。

《史·藺相如傳》：趙惠文王時，得楚和氏璧。秦昭王使人遺書，願以十五城請易璧。趙王遣相如奉璧入秦，秦王大喜。相如視秦王無意償趙城，乃使其從者衣褐懷其璧，從徑道亡，歸璧于趙。傅咸《玉賦》：「豈連城之足云。」盧諶詩：「趙氏有和璧，天下無不傳。秦人來求市，厥價徒空言。連城既僞往，荆玉亦真還。」《遯甲開山圖》：禹遊于東海，得玉珪。碧色，圓如日月，以自照，自達幽冥。王建詩：「舊府東山餘妓在。」并謂故鄉也。

【原眉批】

鍾云：借璧喻其才，下句完璧歸矣，幽境可樂。

駱賓王　**易水送别**[一]

《史記》注：易水，出易州，東與滹沱河合。《一統志》：易水，在保定府安州城北，自府境諸水，合流入海。

此地别燕丹，壯士髮衝冠。昔時人已没，今日水猶寒。

《史·刺客傳》：燕太子丹使荆軻西刺秦王，太子送至易水上。高漸離擊筑，荆軻和而歌，爲變徵之聲，士皆垂淚泣。又前而歌云云，復爲羽聲忼慨，士皆瞋目，髮盡上指冠，於是荆軻就車而去。揚縉《荆軻歌》：「壯髮危冠下，匕首地圖中。」馮淑妃詩：「雖蒙今日寵，猶憶昔時憐。」宇云：此詩賦荆軻事，猶樂府《渡易水》耳，非臨易水而送人也。余按本集題作《於易水送人一絶》，蓋設題也，徒以爲賦荆軻事，未是。

蔣春甫曰：前篇用意因人而生，此篇用意因地而生。

【原眉批】

鍾云：似無味，然未嘗不佳。

【校勘記】

［一］易水送別：《全唐詩》卷七十九作「於易水送人」。

陳子昂　**贈喬侍御**［一］

漢庭榮巧宦，雲閣薄邊功。喬蓋有邊功而不巧宦。**可憐驄馬使，白首爲誰雄。**「雄」字係御史，稱白首尚雄，雖雄不用。「爲誰」二字多少感慨。

《史·樊酈傳論》：垂名漢庭。《汲黯傳》：黯姑姊子司馬安，少與黯爲太子洗馬，安文深巧善宦，四至九卿。《閑居賦》序：司馬安四至九卿，而良史題以「巧宦」之目。《漢宮閣疏》：雲閣，秦二世造。此用麒麟閣、凌煙閣畫功臣事，二事并既見。「驄馬」，見排律《和姚給事》。《漢紀》：馮唐白首，屈于郎署。

【原眉批】

鍾云：捷足易獲，樸忠難效，從古爲然。

又云：悲憤雄壯。

譚云：不必含蓄，憤激自見。

【校勘記】

［一］贈喬侍御：《全唐詩》卷八十四作「題杞山烽樹贈喬十二侍御」。

子夜春歌［二］

郭振［一］

樂府題。既見五言古。

陌頭楊柳枝，已被春風吹。别來又逢春。**妾心正斷絶，君懷那得知。**

《劉穆之傳》：晨起出陌頭。梁武帝詩：「陌頭征人去。」《樂府·續曲歌》：「楊柳得春風。」魏文帝詩：「妾心感兮惆悵。」吴筠詩：「春草可攬結，妾心正斷絶。」《古詩》：「從風入君懷。」《世説》：王子敬曰：外人那得知？

【原眉批】

鍾云：「説來自不堪，正不須深意。」

【校勘記】

［一］郭振：《全唐詩》卷六十六作「郭震」。

［二］子夜春歌：《全唐詩》卷六十六作「子夜四時歌六首·春歌」。

盧僎 **南樓望**［一］

去國三巴遠，遠在三巴。**登樓萬里春。傷心江上客，不是故鄉人。**所見皆它鄉人。

顔延之詩：「去國還故里。」去國，謂去京也。盧思道詩：「聊持一樽酒，共尋千里春。」湯惠休詩：「垂情向春草，知是故鄉人。」

【原眉批】

鍾云：平調深情。

【校勘記】

［一］南樓望：《全唐詩》卷九十九作「南望樓」。

汾上驚秋

蘇頲

《唐書》：晉州有臨汾、汾西二縣。明屬山西平陽府。

北風吹白雲，萬里渡河汾。用《秋風辭》語。**心緒逢搖落，秋聲不可聞**。

《漢·揚雄傳》：揚在河、汾之間。注：揚，今河東揚縣。汾水出太原入河。《胡笳》：「去時懷土兮心無緒。」孫萬壽詩：「心緒亂如絲。」「搖落」，既見。庾信詩：「猿聲不可聞。」

【原眉批】

黄云：語簡而情深。

張説　**蜀道後期**

自蜀赴洛也。

客心争日月，若日月之行，晝夜不息。**來往預期程。秋風不相待，先至洛陽城。**

陸機詩：「春芳傷客心。」《屈原傳》：雖與日月争光可也。徐伯陽詩：「即今來往專城裏。」

【原眉批】

鍾云：歸咎秋風，妙，妙。

蔣云：言外意。

張九齡　**照鏡見白髮**[一]

宿昔青雲志，蹉跎白髮年。誰知明鏡裏，形影自相憐。

阮籍詩：「宿昔同衣裳。」唐云：青雲，雜見《史記》及《京房易占續》《逸民傳》等書，其用各别，後世專謂登仕路爲青雲。宇云：「青雲志」只謂高尚之志，不必作仕路。沈約詩：「倶忘白髮年。」《列子》：形動不生形而生影。陸機詩：「形影曠不接。」《吳越春秋》：子胥曰：「同病相憐。」劉琨詩：「花將面自許，人共影相憐。」

【原眉批】

蔣云：子壽以直道黜，故云然。

鍾云：「誰知」二字無限哀感。

譚云：讀過心自茫然。

【校勘記】

[一]照鏡見白髮：《全唐詩》未收。

孫逖　**同洛陽李少府觀永樂公主入蕃**

縣尉稱爲少府。《舊唐·契丹傳》：開元三年，其守領李失活率種落内附，帝封失活爲松漠郡王。明年，失活入朝，封宗室外甥女楊氏爲永樂公主，妻之。

邊地鶯花少，年來未覺新。美人天上落，以美人比花，「天上落」三字尤巧。**龍塞始應春。**

周弘正詩：「將軍天上落。」「龍塞」，見五律《從軍行》詩注。

【原眉批】

鍾云：羞事勉强説得好，其實傷情。

李白　**静夜思**

床前明月光，疑是地上霜。可見愁思，頃不覺月出光。**舉頭望明月，低頭思故鄉。**

《述注》：《静夜思》亦樂府曲名，舊注不存其題意，今無所考。

魏文帝詩：「明月皎皎照我床。」又：「俯視清水波，仰看明月光。鬱鬱多悲思，綿綿思故鄉。」《胡笳》：「舉頭仰望兮空雲煙。」《子夜歌》：「仰頭看明月，寄情千里行。」《史·日者傳》：賈誼伏軾低首。

劉會孟曰：自是古意，不須言笑。

【原眉批】

蔣云：「舉頭」「低頭」，寫出踟躕、躑躅之意。

鍾云：悄悄冥冥，千古旅情，盡此十字。

怨情

美人捲珠簾，深坐嚬蛾眉。只謂簾捲而深坐，非謂故捲也，意在「深」字。**但見淚痕濕，不知心恨誰。**

何遜詩：「珠簾且初捲。」《西京雜記》：昭陽殿織珠爲簾。《詩》：「螓首蛾眉。」注：蛾，蠶蛾也，其眉細而長曲。梁簡文詩：「淚痕未燥詎終朝。」王僧孺詩：「自知心裏恨。」

【原眉批】

鍾云：描出怨情宛然，「不知恨誰」最妙。

秋浦歌

《一统志》：池州府，晋屬宣城，隋初屬宣州，後改爲宣城郡，唐置池州，治秋浦，以地有貴池，故名。

白髮三千丈，幻出太奇。**緣愁似個長。不知明鏡裏，何處得秋霜？**

左思《白髮賦》：「白髮將拔，惄然自訴。稟命不幸，值君年暮。逼迫秋霜，生而皓素。始覽明鏡，惕然見惡。」

【原眉批】

鍾云：興到語絶，有神韻。

蔣云：「似」字出脱上句，最活。

吴云：倏然對鏡，睹此皤然。

獨坐敬亭山

《唐書》：敬亭山，在宣州宣城縣北十里。宣州，見五律題。

衆鳥高飛盡，孤雲獨去閑。相看兩不厭，只有敬亭山。

《九辨》：「衆鳥皆有所登栖。」陶潛詩：「衆鳥相與飛。」《詩》：「有鳥高飛。」陶潛詩：「孤雲獨無依。」十六娘詩：「相看無厭足。」劉楨詩：「於心有不厭。」余謂「相看兩不厭，只有敬亭山」，自是悠然之趣，不必將鳥雲相比爲彼厭此不厭。

【原眉批】

鍾云：胸中無事，眼中無人。

見京兆韋參軍量移東陽

《唐·地理志》：婺州東陽郡有東陽縣，明屬浙江金華府。

潮水還歸海，流人却到吴。相逢問愁苦，問謫來愁苦之狀。**淚盡日南珠。**言舉日南之珠皆我淚也，又言日南之珠將爲淚盡矣，二意相含爲妙。

《楚辭》：「聽潮水之相擊。」《尚書·大傳》：大水小水，東流歸海。《莊子》：不聞夫越之流人乎？《九歌》：「蓀何以兮愁苦。」「淚珠」，見五律《送張子》詩注。陶弘景《寒夜怨》：「愁心絶，愁淚盡。」宇云：此蓋參軍初謫日南之地，而今量移東陽，故喜而勞問也。東陽，吴地，吴江海之際，即取以興。言海潮之來入江，必還歸海流，人之還已到于此，亦必歸朝也。唐《解》太謬。

【原眉批】

譚云：妙在口頭。

王維

臨高臺[一]

漢樂府《鼓吹十八曲》有《臨高臺》，其詞曰：「臨高臺以軒下，有清水清且寒。」此詩送黎拾遺昕作。

相送臨高臺，川原杳何極。自高臺所望。**日暮飛鳥還，行人去不息。**

《史·穰苴傳》：百姓之命皆懸於君，何爲相送乎？《樂府》：「相送勞勞者。」《易》：飛鳥遺之音。陶潛詩：「紛紛飛鳥還。」沈約詩：「鶩麏去不息。」謝朓《臨高臺》詩：「千里常思歸，登臺臨綺翼。纔見孤鳥還，未辨連山極。四面動春風，朝夜起寒色。誰知倦遊者，嗟此故鄉憶。」

【原眉批】

蔣云：景中寓情不盡。

鍾云：「飛鳥還」有一段想望在內。

又云：悠悠我思。

【校勘記】

[一]臨高臺：《全唐詩》卷一百二十八作「臨高臺送黎拾遺」。

班婕妤

樂府題，即《婕妤怨》也。《漢·外戚傳》：班婕妤，彪之姑，美而能文。成帝即位，選入後宫，幸爲婕妤。其後趙飛燕自微賤興，逾越禮制，寖盛於前，譖告婕妤挾媚道祝詛。婕妤恐久見危，求共養太后長信宫焉。婕妤退處東宫，作賦自傷，其辭曰：潜去宫兮幽以清，應門閉而禁闥扃。華殿塵兮玉階苔，中庭萋兮緑草生。

怪來妝閣閉，朝下不相迎。總向春園裏，花間語笑聲。

湯惠休《明妃曲》：「含姿綿視，微笑相迎。」《子夜歌》：「春園花就黄。」又：「語笑向誰道。」按詩用「怪來」怪得，必問而應之。此言人怪倢伃妝閣之閉，乃是一朝之後不復相迎也。不言「召」，而曰「相迎」，蓋謂宫女相引誘。「不相迎」，可見逢妒忌，乃它輩承恩方且向春園之宴語笑于花間矣。一「聲」字見婕妤居閣中獨聞之狀。杜牧《宫詞》：「監宫引出暫開門，随例須朝不是恩。銀鑰却收金鎖合，月明花落又黄昏。」亦是此意。

劉會孟曰：語不刻而近自然。

雜詩

已見寒梅發，復聞啼鳥聲。愁心視春草，畏向玉階生。

《胡笳》：「不知愁心兮説向誰是。」曹植詩：「愁心將何訴。」《西都賦》：「玉階彤庭。」吴筠詩：「玉階行路生細草。」

【原眉批】

鍾云：二十字中，「寒梅」「啼鳥」「春草」，看它運筆之妙。

鹿柴

本集：維别墅在輞川地，奇勝有孟城坳、華子崗、鹿柴、欹湖、柳浪、竹里館、辛夷塢等，與裴迪遊其中，賦詩相酬，各二十絶句。「柴」，本作「砦」，籬落也。《廣韻》：砦，羊栖宿處。唐云：鹿柴，謂鹿所宿處也。余謂疑是鹿麑之藥。《一統志》：輞川别業，在陝西藍田縣西南輞谷，唐王維置。

空山不見人，但聞人語響。返景入深林，復照青苔上。

王粲詩：「百里不見人。」《子夜歌》：「中宵無人語。」《山海經》：「長留之山，其神白帝，主司反景。」注：日西入，則反景東照。劉孝綽詩：「返景入池林。」《楚辭》：「深林杳以冥冥。」張協詩：「青苔依空墻。」

【原眉批】

劉會孟云：無言而有畫意。

鍾云：「復照」妙甚。

竹里館

獨坐幽篁裏，彈琴復長嘯。深林人不知，琴聲、嘯聲，人可知而不知。**明月來相照。**

阮籍詩：「獨坐空堂上。」《楚辭》：「余處幽篁兮終不見天。」《尚書·大傳》：子夏彈琴，以歌先王之風。《楚辭》：「臨深水而長嘯。」

顧華玉曰：二詩清興，適與景合。

【原眉批】

鍾云：令人欲仙。

崔國輔　**長信草**

長信草，樂府題。班婕妤事，見上。《三輔黄圖》：漢長信宮，太后之宮也。

長信宮中草，年年愁處生。時侵珠履迹，不使玉階行。

劉孝綽《長信宮中草》詩：「委翠似知節，含芳如有情。全由履迹少，并欲上階生。」「珠履」，既見。

【原眉批】

鍾云：婉孌清楚，深宜諷味。

翻案孝綽詩，歸咎於草，妙。

孟浩然　**送朱大入秦**

遊人五陵去，寶劍直千金。（臨）**分手脱**（劍）**相贈，**（以見）**平生一片心。**三句一連。

「五陵」，既見。梁簡文詩：「遊人歌吹晚。」《陸賈傳》：寶劍直百金。《論衡》：世稱利劍有千金之價。

【原眉批】

譚云：不外一意，只起止之間，用得不同耳。

春曉

春眠不覺曉，處處聞啼鳥。夜來風雨聲，花落知多少。

王臺卿詩：「處處動春心。」宋子侯詩：「花落何飄颻。」江淹《青苔賦》：「吾孰知其多少。」

劉會孟曰：風流閒美，正不在多。

顧華玉曰：真景實情，人説不到，高興奇語，惟吾孟公。

【原眉批】

鍾云：都是猜境，妙，妙。

洛陽訪袁拾遺不遇[一]

洛陽訪才子，江嶺作流人。**聞道梅花早**，江嶺。**何如此地春**？洛陽。

《西征賦》：「賈生洛陽之才子。」《水經》：「湘水出零陵始安縣陽海山，東北過零陵縣東。」注曰：越城嶠水，南出越城之嶠，即五嶺之西嶺也。秦置五嶺之戍，是其一焉。北至零陵縣，下注湘水。「流人」，見上。梁簡文賦：「梅花特早，偏能識春。」

劉會孟曰：便不着「怨」字，亦自深怨。

【校勘記】

[一]洛陽訪袁拾遺不遇：《全唐詩》卷一百六十作「洛中訪袁拾遺不遇」。

儲光羲　**洛陽道**[一]

[一] 一本云：獻呂四郎中。漢《鼓角横吹》有「洛陽道」「長安道」「關山月」等曲。《樂府遺聲》：都邑三十四曲有《洛陽陌》。

大道直如髮，春日佳氣多。五陵貴公子，雙雙鳴玉珂。

梁元帝《洛陽道》詩：「洛陽開大道，城北達城西。玉珂鳴戰馬，金爪鬥場鷄。」鮑照詩：「馳道直如髮。」《趙奢傳》：平原君於趙爲貴公子。陶潛詩：「翩翩新來燕，雙雙入吾廬。」張華詩：「乘馬鳴玉珂。」「五陵」「玉珂」，并既見。

【原眉批】

唐云：蓋有「世胄躡高位，英俊沉下僚」意。

鍾云：滿肚不平。

譚云：末二句形容洛陽道上，絶佳。

【校勘記】

［一］洛陽道：《全唐詩》卷一百三十九作「洛陽道五首獻吕四郎中」。

長安道

鳴鞭過酒肆，袨服遊倡門。百萬一時盡，含情無片言。

鮑照詩：「鳴鞭乘北風。」鄒陽《書》：「袨服叢臺之下。」注：袨服，美麗之服也。杜審言詩：「袨服鏘環珮。」《宋・武帝紀》：劉毅樗蒲擲百萬。王粲詩：「含情欲待誰？」沈約詩：「含情寄杯酒。」吴筠詩：「片言時見饒。」

【原眉批】

鍾云：難在末句，狀得出氣貌。

譚云：真風流，真意氣。

關山月

《樂府解題》：關山月，傷别離也。相和曲有《度關山》，亦類此。

一雁過連營，繁霜覆古城。胡笳在何處，半夜起邊聲。

張正見詩：「終無一雁帶書飛。」又：「繁火出連營。」《詩》：「正月繁霜。」江淹詩：「西洲在何處。」《樂府》：「嚴霜半夜落。」「邊聲」，既見。

【原眉批】

鍾云：先説苦境，纔説胡笳，更凄。

王昌齡　**送郭司倉**

刺史官屬有司倉參軍。

映門淮水緑，留騎主人心。明月（入潮）**隨良掾**（去），行者之况。**春潮**（浮月）**夜夜深**。居者之情。

《一統志》：淮水，出南陽唐縣桐柏山，東流經承天、德安等，至于淮安入于海。《廣韻》：掾，官屬也。謝朓詩：「夜夜空佇立。」

【原眉批】

鍾云：賢主嘉賓，言外可想。

黄云：清渾。

答武陵田太守

《一統志》：辰州府，漢、晉、宋、齊并爲武陵郡。蓋少伯爲龍標時，爲太守所厚，臨別去，作之也。

仗劍行千里，（臨別）**微軀敢**一言。**曾爲大梁客，不負信陵**比田。**恩**。二句即所「敢一言」。

《刺客傳》：聶政仗劍至韓。「仗」與「杖」通，持也，憑倚也。《汲鄭傳》：鄭莊行千里不賫糧。陸機詩：「不惜微軀退。」《史記》：魏公子曰：「侯生無一言半辭送我。」《魏世家》：魏徙治大梁。《信陵君傳》：公子仁而下士，致食客三千人。

【原眉批】

鍾云：初二句謙得淋漓感慨。

裴迪　**孟城坳**

公自注：遊王維輞川別業同賦。堂道謂之坳，謂有坳垤形也。

結廬古城下，時登古城上。古城非疇昔，今人自來往。

陶潛詩：「結廬在人境。」《禮記》：疇昔之夜。《左傳》注：疇昔，猶前日也。此謂古昔也。陶潛詩：「披草共來往。」何遜詩：「家本青山下，愛上青山上。青山不可上，一上一惆悵。」與此同構語。

【原眉批】

譚云：連用數「古城」字，非大手筆不能。

鹿柴

見上。

日夕見寒山，便爲獨往客。不知猶言「誰知」。**松林事，但有麏麚迹。**松林作砦，如有人事，而所見唯麏麚迹，至寂至幽。

王粲詩：「日夕涼風發。」陶潛詩：「山氣日夕佳。」「獨往」，既見。彭城王勰詩：「松林經幾冬。」《楚辭》：「白鹿麏麚，或騰或倚。」注：麏，麞也。麚，牡鹿也。

顧與新曰：亦自閑悠，右丞便不涉「鹿」字。

【原眉批】

譚云：清淡，三、四獨往之興。

杜甫　**復愁**

萬國尚戎馬，故園今若何？曰「尚」曰「今」，移向結句後看。**昔歸相識少，早已戰場多。**曰

「昔」「已」，今則可知，見得復愁意。

子美族在杜陵，而家于洛。禄山之亂，首陷東洛，是以子美嘗歸，時相識離散，而地已爲戰場矣。爾來寇盜不已，萬國尚被戎馬，則吾故園今果如何也？是所以復愁也。

【原眉批】

徐增云：復愁者，愁將復起也。

絶句

江碧鳥逾白，山青花欲然。今春看又過，只看它鄉春過。**何日是歸年**？

梁元帝詩：「林閑花欲然。」沈約詩：「今春蘭蕙香。」劉孝威詩：「角馬無歸年。」

【原眉批】

譚云：儘刻畫。

崔顥　**長干行**

長干行，樂府題，《都邑三十四曲》之一。《一統志》：金陵五里有山岡，其間平地，民庶雜居，有大長干、小長干，并古地名。《吳都賦》：「長干延屬，飛甍舛互。」注：劉曰：江東謂山岡間爲長干。

君家住何處，妾住在橫塘。不待它言而已自叙，可見情急。**停船暫借問，或恐是同鄉。**言聲氣相似也。

《古詩》：「遥望是君家。」《古樂府·長干曲》：「妾家楊子住。」吳時自江口沿淮築堤，謂之橫塘，在金陵境。《吳都賦》：「橫塘查下，樓臺之盛，天下莫比。」吳均詩：「妾家橫塘北，發艷小長干。」《三秦記》：昆明池，禹嘗停船於此。《莊子》：同鄉而處。王僧孺詩：「我有一心人，同鄉不異縣。」唐云：長干之俗，以販爲事，以舟爲家，此商婦獨居，求它舟之客也。宇云：按本集《長干行》凡四首，其一此詩，其二曰：「家臨九江水，來往九江側。同是長干人，少小不相識。」《解》云：此男子答前篇之詞，言我今家九江，常爲商販往來，是以同土而不相識也。

【原眉批】

劉會孟云：只寫相問語，其情自見。

高適　**詠史**

尚有綈袍贈，應憐范叔寒。感恩則有。**不知天下士，猶作布衣看。**知己則未。

《史記》：范雎，魏人，字叔。先事魏中大夫須賈，從使齊，齊王聞雎辨口，賜金十斤。賈疑之，歸語其相魏齊，齊大怒，笞擊。雎佯死，亡匿入秦，説昭王爲相。後賈使秦，雎微行見賈，賈意哀之，曰：「范叔一寒如此哉！」取綈袍賜之，雎因爲賈御入秦相府。雎先入，賈待良久，問門下，大驚，自知見賣，肉袒膝行，請死。雎曰：「汝罪有三，然所以得無死者，以綈袍戀戀有故人之意耳。」《魯仲連傳》：今日知先生爲天下之士也。

【原眉批】

鍾云：語直意遠。

譚云：知范叔固少憐。范叔者，猶少可慨哉。

田家春望

出門何所見，春色滿平蕪。可嘆無知己，（空作）**高陽一酒徒。**「一」字應「無知己」。

王粲詩：「出門無所見。」江淹詩：「青滿平地蕪。」謂布野之草。陸機詩：「安轡遵平莽。」謝朓詩：「平楚正蒼然。」并此意。《史記》：酈食其欲見沛公，公以儒生不見。酈生按劍曰：「吾高陽酒徒，非儒生也。」明開封府杞縣，漢時爲涿郡高陽縣。

【原眉批】

黄云：骯髒襟懷，俱在言外。

行軍九日思長安故園

岑參

天寶以後，長安數亂。

强欲登高去，無人送酒來。遥憐故園菊，應傍戰場開。

《續齊諧記》：費長房謂桓景曰：九月九日汝家當有大灾，可速去，令家人作絳囊盛茱萸以繫臂，登高飲菊花酒，此禍可消。」景如其言，舉家登山，還見牛羊鷄犬皆暴死。《晉書》：陶潛九日無酒，出宅邊菊叢中坐。久之，見白衣人來，乃刺史王弘送酒也。江總《長安九日》詩：「故園籬下菊，今日爲誰開？」

【原眉批】

蔣云：但點「戰場」二字，輒無限悲愴。

譚云：都是思京，妙，妙。

見渭水思秦川[一]

秦川，見五律《望秦川》詩。

渭水東流去，何時到雍州？憑添兩行淚，寄向故園流。

渭水，出渭源縣鳥鼠山，東流經咸陽、渭南，至華陰入黄河。咸陽，古雍州地。《古詩》：「百川東到海，何時復西歸？」江總詩：「玉筋兩行垂。」

【原眉批】

蔣云：岑詩此等處，令人哭不得，笑不得，是鬼王語。

譚云：憂心切切。

【校勘記】

［一］見渭水思秦川：《全唐詩》卷二百零一作「西過渭州見渭水思秦川」。

王之渙

登鸛鵲樓

《三體詩》注：鸛雀樓，在河中府。前瞻中條，下瞰大河。《一統志》：鸛雀樓，在平陽府蒲州城北。

白日依山盡，黄河入海流。欲窮千里目，更上一層樓。

朱超詩：「落照依山盡。」蒲州東南爲中條山，黄河自龍門而下，歷郃陽，至朝邑，稍折而東，入蒲州境。鮑照詩：「遠極千里目。」宇云：黄河折而東入蒲州境，方有入海之勢，故曰黄河入海流。余謂黄河折處非上樓不見也，一、二句即所窮千里目也，言爲是故登斯樓也。唐《解》謬矣。

胡元瑞曰：對結者，意須盡。如王之渙「欲窮千里目，更上一層樓」，高適「故鄉今夜思千里，霜鬢明朝又一年」，添著一語不得，乃可。

【原眉批】

鍾云：前二句叙樓景，後二句叙登意。

祖詠

終南望餘雪

詠應試賦此題，纔得四句，即納于有司。或詰之，詠曰「意盡」。

終南陰嶺秀，積雪浮雲端。林表明霽色，城中增暮寒。

謝朓詩：「雲端楚山見，林表吴岫微。」費昶詩：「秋氣城中冷。」

【原眉批】

蔣云：已霽猶寒，越見積雪。

鍾云：凜凜猶有寒色。

譚云：肖漢五言風味。

李適之　**罷相作**

天寶初，適之代牛仙客爲左相。朝退，每邀賓客談諧賦詩。曾賦云：「朱門長不閉，親友恣相過。年今將半百，不樂更如何？」後爲李林甫所譖，罷，賦此詩。

避賢初罷相，樂聖且銜杯。爲問門前客，今朝幾個來？

「避賢」「樂聖」，并見七古《八仙歌》。三、四用翟公事，見七古《帝京篇》注。徐謙詩：「不願門前客，看時逢故人。」

【原眉批】

鍾云：寫得厚道，亦難爲人。

蔣云：雀羅之感，發得含蓄。

黄云：「避賢」二字，何其忠厚。

李頎　**奉送五叔入京兼寄綦毋三**

綦毋潛時爲槐里縣令，叔途經此，故寄之。

陰雲帶殘日，悵別此何時。欲望黄山道，無由見所思。

《漢·五行志》：陰雲不雨。陳琳詩：「凱風飄陰雲。」張協詩：「借問此何時。」黄山，在京兆槐里縣，既見七律《奉和春望》詩。曹植《七啓》：「天路長兮往無由。」

【原眉批】

鍾云：平整不傷。

丘爲　**左掖梨花**

左掖，既見。此與王維同賦。

冷艷全欺雪，餘香乍入衣。春風且莫定，吹向玉階飛。

隋煬帝《湖上花曲》：「水殿春寒幽冷艷。」劉孝威《望雨》詩：「風荇散餘香。」梁元帝詩：「梅花乍入衣。」三、四托言，欲己之有薦用也。

【原眉批】

蔣云：寓意在彼。

鍾云：首二句可稱獨步。

又云：只是要説得有情。

蕭穎士　**九日陪元魯山登北城留别**[一]

《唐·卓行傳》：元德秀，字紫芝，河南人。家貧，求爲魯山令。歲滿，笥餘一縑，駕柴車去。天下高其行，不名，謂之元魯山。此詩蓋去魯山歸河南時留别也。《唐·地理志》：汝州有魯山縣。

綿連滍音雉，對鴉。**川迴，杳渺鴉路深**。北城望其所往。**彭澤興不淺，臨風動歸心**。

《水經》：滍水，出南陽縣西堯山。《一統志》：滍水源出魯山，流至葉縣入砂河。《左傳》「楚人與晉師夾滍而軍」即此。王融《曲水詩》序：「窅渺寂寥。」注：窅眇，深遠也。《一統志》：三鴉路，在南陽府北七十里。分二路，東北帶西而行者謂之三鴉路，即西洛之便路也。石川爲第一鴉路口，分水嶺爲第二鴉路口，今在汝州界者第三鴉口也。相傳漢光武北趨河朔，至此失路，得鴉引于馬前，因名。《晉·庾亮傳》：亮曰：老子於此處興復不淺。《古詩》：「臨風送懷抱。」

【原眉批】

蔣云：「九日」便用彭澤常談耳，然于「留别」則切。

鍾云：「留别」非切，切在罷縣令而歸。

【校勘記】

［一］九日陪元魯山登北城留别：《全唐詩》卷一百五十四作「重陽日陪元魯山德秀登北城矚對新霽因以贈别」。

劉長卿　**平蕃曲**

平蕃曲，唐凱曲。

渺渺戍煙孤，茫茫塞草枯。隴頭那用閉，萬里不防胡。

謝朓詩：「蒼江忽渺渺。」《蕪城賦》：「白楊早落，塞草前枯。」虞羲詩：「羌笛隴頭鳴。」「隴山」，見七古《胡笳歌》。

【原眉批】

妝點太平，語意平直，略無婉致。

鍾云：華夷一統境界。

二

絶漠大軍還，平沙獨成閑。空留一片石，萬古在燕山。

孔稚圭詩：「今日絶漠表，飲馬瀚海青。」漠，沙漠，匈奴之南界也。盧詢詩：「支機一片石。」燕山，燕然山，見五律《使至塞上》詩。

【原眉批】

鍾云：「空留」二字有議論。

又云：二句似非此體，反看有味。

錢起　**逢俠者**

燕趙悲歌士，相逢劇孟家。寸心言不盡，前路日將斜。慷慨有餘。

《史記》：項王悲歌慷慨。江淹書：燕趙悲歌之士。《漢書》：劇孟者，洛陽人也，以俠顯。吴楚反，條侯爲大將，得劇孟，喜曰：若得一敵國。《列子》：吾見子之心矣，方寸之地虚矣。沈約詩：「寸心於此足。」《易》：言不盡意。陸機詩：「前路既已多。」陶潛辭：「問征夫以前路。」

【原眉批】

蔣云：末二句從冷淡中逗出俠氣。

江行無題

仲文自秦中歷楚入吴，作《江行》百篇。

咫尺愁風雨，匡廬不可登。祇疑雲霧窟，猶有六朝僧。

《左傳》：天威不違顔咫尺。匡廬，廬山，既見。周威王時，匡谷先生結廬于此，故名。曹植詩：「晨遊泰山，雲霧窈窕。」六朝，謂吳、東晉、宋、齊、梁、陳也，皆都建康。六朝僧，謂惠遠之輩。

【原眉批】

鍾云：雅健。

秋夜寄丘二十二員外

韋應物

懷君屬秋夜，散步咏涼天。山空松子落，幽人應未眠。

阮籍詩：「朔風屬嚴夜。」劉孝威詩：「散步咏漁樵。」陳後主詩：「山空明月際。」《列仙傳》：偓佺以松子遺堯，堯不暇服也，時人受服者，皆至二三百歲。《易》：利幽人之貞。陶潛詩：「鳳隱于林，幽人在丘。」徐陵詩：「思婦高樓上，當窗應未眠。」

【原眉批】

蔣云：淺而遠，自見蘇州本色。

鍾云：幽静。

譚云：清絶。

聽江笛送陸侍御

遠聽江上笛，臨觴一送君。還愁獨宿夜，別後。**更向郡齋聞。**

李陵書：側耳遠聽。阮籍詩：「臨觴多哀楚。」

【原眉批】

蔣云：就中生意。

譚云：一意相關。

聞雁

故園渺何處，歸思方悠哉。未聞雁，先有恁思。**淮南秋雨夜，高齋聞雁來。**

此詩刺滁時作。滁州，古屬淮南。

【原眉批】

蔣云：更不説愁，愁自不可言。

唐云：「方」字有味。

譚云：幽雅。

答李瀚

只是酬信，非必答詩意也。

林中觀易罷，溪上對鷗閑。楚俗饒詞客，何人最往還。

《易》：惟入于林中。《貨殖傳》：楚有三俗。本集凡三首，蓋韋時爲洛陽丞，而李則在楚地也。

【原眉批】

鍾云：閑趣可掬。

皇甫冉　**婕好怨**

見上。

花枝出建章，鳳管發昭陽。承恩者在彼。**借問承恩者，雙蛾幾許長。**

謝朓詩：「花枝聚如雪。」沈約詩：「參差凝鳳管。」「鳳管」，見五律《長寧東莊》詩。「建章」「昭陽」，并既見。范静妻沈氏詩：「雙蛾擬初月。」《洛神賦》：「修眉連娟。」蔣云：漢魏宮人好畫長眉。《古詩》：「相去復幾許。」

【原眉批】

蔣云：從冷處得之。

鍾云：怨不可言。

朱放　**題竹林寺**

在廬山。

歲月人間促，生事雖忙。**煙霞此地多**。賞心有餘。**殷勤**屬意。**竹林寺**，承二句來。**更得幾回過**。承起句來。

《史記》：留侯曰：願棄人間事。胡師耽詩：「煙霞亂鳥道。」司馬遷《書》：接殷勤之餘歡。謝靈運詩：「殷勤訴危柱。」按朱嘗爲江西參謀，蓋其時遊廬山所題也。結句言心願屢到也，唐《解》謬。

耿湋　**秋日**

返照入閭巷，憂來誰共語？古道少人行，秋風動禾黍。

《遊俠傳》：李次，原憲閭巷人也。吴均詩：「無由得共語。」《日者傳》：天新雨，道少人。《詩·小序》：周大夫行役至于宗周，過故宗廟宫室，盡爲禾黍，故作《黍離》詩。箕子《麥秀》詩：「禾黍離離。」

【原眉批】

黄云：感慨有冷致。

鍾云：讀之凄然。

又云：閑雅。

郭云：布景蕭寂，只一句入情，妙，妙。

和張僕射塞下曲

盧綸

塞下曲，既見。

月黑雁飛高，單于遠遁逃。欲將輕騎逐，大雪滿弓刀。

《胡笳》：「雁飛高兮邈難尋。」《漢・匈奴傳》：匈奴舉事常随月，盛壯以攻戰，月虧則退兵。《漢・陳湯傳》：單于必遁逃遠舍，不敢近邊。《淮陰侯傳》：選輕騎二千人。《左傳》：平地盈尺爲大雪。

顧華玉曰：中唐音律柔弱，所謂古樂府者，獨此篇可參盛唐高作。

【原眉批】

蔣云：健。

鍾云：壯語平調。

別盧秦卿

司空曙

知有前期在，難分此夜中。前程有期，不可遲緩，吾亦知之，獨奈不忍此夜遽爾分手。**無將故人酒，不及石尤風。**言君若逢石尤風，則雖前程有期，不得發舟；今對故人酒，徒以有前期辭不留，則是以故人酒不及石尤風也，構意極工。

沈約詩：「分手易前期。」徐陵詩：「卓女紅妝期此夜。」謝朓詩：「山川不可盡，況乃故人杯。」蔣云：石尤風，打頭逆風也。《番禺雜記》以爲颶，颶音具，唐人詩多用此。陳子昂詩：「寧知巴峽路，辛苦石尤風。」戴叔倫詩：「知君未得去，慚愧石尤風。」按宋武帝《丁都護歌》云：「都護北征時，儂亦惡聞許。願作石尤風，四面斷行旅。」唐詩本此。《五雜俎》：相傳石氏女嫁爲尤郎婦，尤出不歸，妻憶之至死，曰：吾當作大風，爲天下婦人阻商旅也。故名石尤風。云亦作石郵。

楊用修曰：語意甚工。

顧華玉曰：情多所以難得。

【原眉批】

鍾云：情語帶嗔，妙，妙。

黄云：情致語動關冷熱。

李益　**幽州**[一]

幽州，見五律《幽州夜飲》詩。

征戍在桑乾，年年（空見）**薊水寒。殷勤**屬情**驛西路，此去向長安。**萬里路通而不得還。

《一統志》：桑乾河，在山西大同府城南六十里，源出馬邑縣北洪濤山下，與金龍池水合流，東南入盧溝河。《漢·地理志》：代郡有桑乾縣。桑乾東南接薊地，薊水疑即謂桑乾河。陳琳詩：「水寒傷馬骨。」

【原眉批】

蔣云：客思在言表見。

鍾云：情思在「此去」二字。

譚云：久戍豈不怨，妙在不言。

【校勘記】

[一]幽州：《全唐詩》卷二百八十三作「幽州賦詩見意時佐劉幕」。

戴叔倫　**三閭廟**

王逸《離騷序》：屈原仕於懷王，爲三閭大夫。三閭之職，掌王族三姓，曰昭、屈、景也。《一統志》：屈原廟在長沙府湘陰縣北六十里。

沅湘流不盡，屈子怨何深。水之不盡兼怨，怨之深兼水。**日暮秋風起，蕭蕭楓樹林**。

《離騷》：「濟沅湘以南征。」《一統志》：沅水在辰州府城西南五里，源出四川，經沅州入常德府界，與湘水相合，故稱沅湘。《屈原傳》：屈原仕懷王，同列譖而疏之，乃作《離騷》。襄王立，復用讒，謫原於江南，原於是作《漁父》諸篇以見志，遂自沈汨羅江而死。《楚辭》：「秋風兮蕭蕭。」《招魂》：「湛湛江水兮上有楓。」

【原眉批】

蔣云：便是騷思。

鍾云：「日暮」字妙。

令狐楚　**思君恩**

思君恩，宫詞。

小苑鶯歌（已）**歇，長門蝶舞**（猶）**多。**已歇猶多，有意可思。**眼看春又去，**承上二句。**翠輦不曾過。**

小苑，即芙蓉苑，既見。《樂府古辭》：「花笑鶯歌咏。」。《三輔黄圖》：長門宫，在長安城。孝武陳皇后擅寵驕貴十餘年，後坐巫蠱事，退居長門宫。煬帝詩：「龍庭翠輦回。」

【原眉批】

蔣云：寫出望幸之情，如怨如訴。

譚云：「束髮守深宫，白首無恩澤。」是此詩注脚。

柳宗元　**登柳州峨山**

《一統志》作鵝山，在柳州府城西，山顛有石如鵝。

荒山秋日午，獨上意悠悠。如何望鄉處，西北是融州。鄉隔不可見。

陶潛詩：「鬱鬱荒山裏。」《詩》：「秋日凄凄。」《列仙傳》：杳然獨上，絶迹玄宫。《詩》：「我心悠悠。」謝朓詩：「有情知望鄉。」《唐・地理志》：融州融水郡，武德四年置。按融在柳州北三十里。宇云：唐《解》云子厚家河東，大錯。子厚，生京，河東乃柳氏之望耳。

劉會孟曰：漸近自然。

【原眉批】

鍾云：語已胸臆隱躍。

劉禹錫　**秋風引**

何處秋風至，蕭蕭送雁群。朝來入庭樹，孤客最先聞。

《晏子》：秋風至兮殫零落。劉向《新序》：梁君出獵，見白雁群。曹植詩：「初秋凉氣發，庭樹微消落。」謝靈運詩：「孤客傷逝湍。」

【原眉批】

蔣云：不曰「不堪聞」，而曰「最先聞」，語意最深。

鍾云：甚得悲秋之景。

呂温　**鞏路感懷**

「鞏」，見七律《鞏洛舟行》注。

馬嘶白日暮，劍鳴秋氣來。慘淒之況。**我心渺無際，河上空徘徊。**

伏知道詩：「胡笳離馬嘶。」曹植《結客篇》：「利劍鳴手中。」《詩》：「我心傷悲。」

【原眉批】

蔣云：意在言外。

譚云：不窮之思，直須會得。

孟郊　**古別離**

古別離，樂府題，《別離十九曲》之一。

欲别牽郎衣，郎今到何處。不恨歸來遲，莫向臨邛去。恐有新愛而棄我矣。《樂府·東門行》：「兒女牽衣啼。」蘇蟬翼詩：「郎去何太速，郎來何太遲。」《司馬相如傳》：臨邛富人卓王孫爲具召客，相如至。酒酣，令請奏琴於相如。是時，王孫有女文君，新寡，好音，相如以琴心挑之，文君竊從户窺，心悦而好之，夜亡奔相如。

【原眉批】

蔣云：寧獨思巧，直是片言有餘。

鍾云：真而切。

賈島　**尋隱者不遇**

松下問童子，（答）**言師采藥去。只在此山中，**（雖然）**雲深不**（可）**知**（其）**處。**

陶潛詩：「班荆坐松下。」《詩》：「童子佩觿。」《後漢・逸民傳》：龐公登鹿門山，因采藥不反。《高士傳》：夏馥入林，慮山中家人，求之，不知處。宇云：下二句，島自述之詞已。

【原眉批】

鍾云：愈近愈杳。

譚云：首尾匀稱。

文宗皇帝　**宮中題**

輦路生秋草，曾無輦過。**上林花滿枝**。曾不遊幸。**憑高何限意，無復侍臣知**。雖侍臣，不得知，人主孤立之情可悲也。

顏延之詩：「陟峰騰輦路。」范静妻詩：「憑高川陸近。」《唐・文宗紀》：太和九年，誅王涯、鄭注。後仇士良專權，帝不樂，往往瞠目獨語，左右莫敢進問。因賦此詩。翌日，觀牡丹，吟罷，嘆息泣下。因命作樂自適，宫人沈翹翹者歌《河滿子》，有「浮雲蔽白日」之句，其聲宛轉，上因欷歔，問曰：「汝知之耶？」此《文選》古詩第一首，蓋忠臣爲奸邪所蔽也。乃賦《金臂環》。

【原眉批】

蔣云：含情無限。

鍾云：説盡囚拘苦情。

于武陵　**勸酒**

勸君金屈卮，滿酌不須辭。花發多風雨，人生足訓「多」。**別離。**及花之未落，人之未别，那得不滿飲。

鮑照《行路難》：「奉君金卮之美酒。」卮，圜器也，一名觛。《夢華録》：御宴酒杯皆金屈卮，如菜碗而有手把子。又李適之有匏子卮，唐昭宗有鸂鶒卮。徐君蒨詩：「滿酌蘭英酒。」《史記》：樊噲曰：臣死不避，卮酒安足辭？

【原眉批】

鍾云：辭婉意長，令人悲悲樂樂矣。

薛瑩　**秋日湖上**

落日五湖遊，煙波處處愁。浮沈寄水以言世興廢。**千古事，誰與問東流。**

五湖，見五律《雲門寺閣》詩。阮籍詩：「千歲再浮沈。」李元操《祭比干文》：九原不作，恨深千古。《楚辭》：「東流不溢。」

【原眉批】

蔣云：吊古遐思。

譚云：不堪再誦。

黄云：對此茫茫，百端交集。

徐云：造語冷甚。

荆叔　**題慈恩塔**

慈恩塔，見五古《登慈恩浮圖》詩。

漢國山河在，秦陵草樹深。暮雲千里色，無處不傷心。

《史記》：洛陽，漢國之大都也。劉孝威詩：「時觀胡騎飲，常爲漢國羞。」《一統志》：秦始皇陵在西安府驪山下。梁武帝詩：「草樹無參差。」《古樂府》：「浮雲多暮色。」劉繪詩：「朝雲萬里色。」蘇武詩：「俯仰内傷心。」

【原眉批】

蔣云：於眺望處生情。

譚云：覽勝紀懷。

蓋嘉運　**伊州歌**[一]

《唐・地理志》：伊州伊吾郡，屬隴右道。貞觀初，伊吾城主舉七城來降，因列其地爲伊西州，置黄花戍。《樂府集》：商調曲，開元中，進前五叠爲歌，後五叠爲入破，蓋嘉運開元中爲西京節度時進此詩。

聞道黄花戍，頻年不解兵。遥想可悲。**可憐閨裏月，偏照漢家營。**閨裏月色偏能到照戍營，它無可達。

江總詩：「聞道艷歌時易調。」《唐・地理志》：平州北平郡有黄花、紫蒙、白狼、昌黎等十二戍。《後漢・楊終傳》：北征匈奴，頻年服役。《漢・食貨志》：匈奴侵擾北邊，兵連而不解。

【原眉批】

蔣云：輕輕説來，轉更沈著。

【校勘記】

[一]伊州歌：實为沈佺期《杂詩三首（其三）》的前四句，见《全唐詩》卷九十六。

二[一]

打起黄鶯兒，莫教枝上啼。啼時驚妾夢，不得到遼西。

《漢・地理志》：遼西郡，秦置，屬幽州。《唐・地理志》：平州北平郡有遼西戍。《一統志》：永平府，秦屬遼西郡。吴均詩：「願逐東風去，飄蕩至遼西。」按唐鄭愔有《咏黄鶯兒》詩，謂新鶯也。

劉會孟曰：恨恨無極。

王元美曰：此與陶弘景「山中何所有，嶺上多白雲。只可自怡悦，不堪持贈君」一法，不惟語意之高妙而已，其篇法圓緊，中間增一字不得，減一字不得。起結極斬絶，然中自紆緩，無餘法而有餘味。

【校勘記】

［一］二：實为金昌緒《春怨》，見《全唐詩》卷七百六十八。

西鄙人　**哥舒歌**

《唐書》：哥舒翰事王忠嗣，署牙將。吐蕃盜邊，翰持半段槍迎擊，所向輒披靡，名蓋軍中。後築神威軍青海上，吐蕃攻破之，更築龍駒島，以二千人戍之。由是吐蕃不敢近青海。唐云：哥舒翰立功西域，邊人歌之，翰後爲禄山所執，此豈未敗時歌歟？《舊唐書》：翰突騎首領，哥舒部落之後也，蕃人多以部落爲姓。

北斗七星高，應兼劍氣高。**哥舒夜帶刀**。**至今**（胡人雖）**窺牧馬，不敢過臨洮**。

北斗，既見。《淮陰侯傳》：好帶刀劍。《過秦論》：胡人不敢南下而牧馬。《漢·地理志》：隴西郡臨洮縣。注：洮水，出西羌中，北至抱罕，東入河。《唐·地理志》：洮水，臨洮郡，屬隴右道。漢爲天水。

【原眉批】

蔣云：爲中國長氣。

譚云：語有斤兩。

太上隱者　**答人**

偶來松樹下，高枕石頭眠。山中無曆日，寒盡不知年。只覺寒盡，不知年回到幾日。

庾信詩：「柏谷移松樹。」《列仙傳》：卓矣，修羊枕石太華。《文帝紀》：歷日縣長。陶潛詩：「雖無紀曆志，四時自成歲。」徐孝穆詩：「立春曆日自當新。」

蔣云：人莫知隱者本末，好事者問其姓名，不答，留此詩。《楊用修詩話》：山魈，一足之怪，自稱太上隱者。時就民間取酒，爲詩云：「酒盡君莫沽，壺乾我當發。城市多囂塵，還山弄明月。」東坡所謂「山中木客解吟詩」即此。

唐云：語有太古風，蓋唐時隱君子如朱桃椎之類，稱木石怪者，誕妄語耳。

【原眉批】

蔣云：意調俱高。

卷之七 七言絶句

古樂府《挾瑟歌》、梁元帝《烏栖曲》、江總《怨詩行》等作，皆七言四句，唐人始穩順聲勢，定爲絶句。

王勃 **蜀中九日**

勃爲沛王府修撰。高宗時，諸王鬥鷄，勃戲爲文《檄英王鷄》，高宗怒曰：「是且交構之漸也！」斥出。既廢，客劍南。此詩以詩意按之，時有登臺置酒而送人者，而王亦與焉，然非爲送别而作也，故止題「蜀中九日」。勃又有《九日登玄武山旅眺》詩。

九月九日（登）**望鄉臺，他席他鄉**言他鄉他席。**送客杯**。**人情已厭南中苦，鴻雁那**訝之之詞。**從北地來**。

《杜詩注》：望鄉臺，在成都之北，隋蜀王秀所築。《史記・滑稽傳》：主人留髡而送客。陳後主詩：「當壚送客去。」王正長詩：「人情懷舊鄉。」謝朓詩：「南中榮橘柚，寧知鴻雁飛。」《禮記》：仲秋之月鴻雁來。注：自北而南來也。唐云：唐人絶句類於無情處生有情，此聯是其鼻祖。

【原眉批】

鍾云：情景相稱，悠柔不迫。兩「他」字好對不板。

吴云：勃此詩與盧照鄰《九日旅眺》同一作法。

佳節登高把酒，固所宜樂。而高則望鄉之臺，酒則送客之杯，何等含情。「他鄉」「他席」亦悲己之無家矣。

杜審言　渡湘江

是杜流峰州時作，事既見。

遲日園林悲昔遊，今春花鳥作邊愁。可見去春花鳥作園林樂。**獨憐京國人南竄，不似湘江水北流。**上五下二句。

《詩》：「春日遲遲。」《毛傳》：舒緩也。魏文帝《與吴質書》：追思昔遊，猶在心目。園林，謂京地園林。宇云：《高祖紀》「遊子悲故鄉」，悲猶思也。此追思在京之昔遊也。「今春」，既見。曹植《王仲宣誄》：表揚京國。鮑照詩：「君王遲京國。」

【原眉批】

鍾云：「作」字妙。

蔣云：與前篇末二句意相似，配偶處不對而對，對而不對，佳。

譚云：初唐七絶之冠。

贈蘇綰書記

書記，見五律《送崔融》詩。

知君書記本翩翩，爲許從戎赴朔邊。紅粉樓中應計日，燕支山下莫經年。

魏文帝《與吴質書》：元瑜書記翩翩，致足樂也。陸厥詩：「書記既翩翩，賦歌能妙絶。」曹植詩：「捐軀遠從戎。」《漢書·叙傳》：長平桓桓，恢我朔邊。張正見詩：「將軍定朔邊。」《古詩》：「盈盈樓上女。」又：「娥娥紅粉妝。」陶潛詩：「計日望舊居。」「燕支」，見五律《秋思》詩。蔣云：紅粉樓，妝樓也，指其室家。「燕支山」，已見。山下多美女，故以室家動之。漢匈奴失此山，歌曰：失我焉支山，使我婦女無顔色。李白《塞上曲》：「燕支落漢家，婦女無花色。」宇云：燕支多美女，未之前聞。燕支山生燕支，可以爲婦人之飾，因以對紅粉耳。

【原眉批】

蔣云：「紅粉」「燕支」，切有映帶。

鍾云：風韻可挹。

一、二才有用於公，三、四情不已於私，何等意況。

戲贈趙使君美人

趙氏使君并映發詩中故事。

紅粉青蛾映楚雲，桃花馬上石榴裙。美人在馬上，故人之所矚先在裙上。**羅敷**指美人。**獨向東方去，謾學**自道。**他家**指趙。**作使君。**

劉鑠《白苧歌》：「佳人舉袖曜青蛾。」吴云：杜子美想像。顰、青蛾皆指眉黛也，紅粉、青蛾俱是裝飾。舊注乃以美貌爲娥，則「青」字何着乎？楚襄王與宋玉遊於雲夢之臺，望高唐雲氣，王曰：此何氣也？玉曰：所謂朝雲者也。詩用「楚雲」本此。《唐書》：天寶中，大宛進汗血馬，其六曰「桃花叱撥」。鮑泉詩：「新落連珠淚，新點石榴裙。」梁元帝詩：「芙蓉爲帶石榴裙。」「羅敷」，見七古《帝京篇》。《樂府解題》：古詞言羅敷采桑爲使君所邀，盛誇其夫爲侍中，即以拒之，故其辭云：東方千餘騎，夫婿居上頭。蕭士贇《李詩注》：呼趙王爲使君者，即君之稱，本於漢。言使君者，猶今言使頭也。宇云：他家指趙使君，非謂他人言。我且學趙而作使君，以邀羅敷，是戲之也。唐《解》誤矣，不知翻轉故事用之也。

【原眉批】

鍾云：裝點得艷，謔得有趣。

崔敏童　**宴城東莊**

一年又過一年春，百歲曾無百歲人。重言不虛，看它造語。**能向花前幾回醉，十千沽酒莫辭貧。**一作「頻」。

《莊子》：人上壽百歲。荀悦《申鑒》：或謂有數百歲人乎？曰聖云仲尼，壽云彭祖。劉孝綽《咏蝶詩》：「出没花中見。」曹植詩：「歸來宴平樂，美酒斗十千。」

王元美曰：後二句與王翰「醉卧沙場君莫笑，古來征戰幾人回」同一可憐意也。翰語爽，敏童語緩，其唤法亦兩反。

崔惠童　**奉和同前**[一]

一月主人笑幾回，相逢相值且銜杯。眼看春色如流水，今日殘花昨日開。

《莊子》：盜跖曰：人上壽百歲，中壽八十，下壽六十，除病、瘦、死、喪、憂、患，其中開口而笑者，一月之中不過四五日而已矣。鮑照詩：「我昔與君始相值。」孔欣詩：「銜杯咏鹿鳴。」《折楊柳歌》：「日月如流水。」謝靈運《鄴中詩》序：歲月如流，零落將盡。魏彥深詩：「映户落殘花。」《史記》：武安曰：吾昨日醉，忽忘與仲孺言。

【原眉批】

前首言人壽之易移而發興花前，此首更説花前昨今之換，其意轉切且字深。

【校勘記】

[一]奉和同前：《全唐詩》卷二百五十八作「宴城東莊」。

劉廷琦　**銅雀臺**

見七古《登鄴城》詩。吴吴山云：廷琦，字里無考，《品彙》但列名初唐。舊注：開元初，與張諤等從岐王範飲酒賦詩，貶雅州司馬。但諤亦無字里世次，未足據也。

銅臺宮觀委灰塵，不見生前樂地。**魏主園陵漳水濱**。只存死後遺丘。**即今西望猶堪思**，後時猶多感慨。**况復當時歌舞人**。同時豈不傷悲。

陶潜詩：「詩書復何罪，一朝成灰塵。」《史·叔孫通傳》：先帝園陵寢廟，群臣莫能習。《漢·外戚傳》：太子舍人求歌舞者五人。

沈佺期　**邙山**

「北邙」，見七古《公子行》詩。

北邙山上列墳塋，萬古千秋對洛城。**城中日夕歌鐘起，山上惟聞松柏聲**。一死一生，明明相照。

《漢・竇嬰傳》：詔右扶風修理融父墳塋。《漢書音義》：塋，冢田也。《西征賦》：「眷鞏洛而掩涕，思纏綿於墳塋。」「歌鐘」，既見。何遜詩：「日暮松柏聲。」

【原眉批】

蔣云：寄感不盡。

黄云：須向鐘鳴漏盡時猛省。

宋之問　**送司馬道士遊天台**

山屬台州，上應台星，故曰天台。

羽客笙歌此地違，離筵數吴本作「散」。然此用薊子訓事，作「數」爲是。**處白雲飛。蓬萊闕下長相憶，桐柏山頭去不歸。**

王子年《拾遺記》：周昭王假寐，夢白雲中一人，服皆羽毛，王求仙術，受絶欲之教，因名羽人。《楚詞》：「仍羽人於丹丘，留不死之舊鄉。」楊素詩：「臨風望羽客。」字云：按《唐・禮樂志》，玄宗詔道士司馬承禎製《玄真道曲》，茅山道士李會元製《大羅天曲》。是知司馬道士善音樂者，「羽客笙歌」可知。《儀禮》：歌《魚麗》，笙《由庚》。鮑照詩：「笙歌待明發。」陸瑜《琴賦》：「引黄鶴兮參離筵。」江總詩：「雲愁數處黑。」《後漢・方術傳》：薊子訓有神異之道，去之日惟見白雲騰起，從旦至暮，如是數十處。「蓬萊」，既見。《古樂府》：「上有加餐飯，下有長相思。」唐崔尚《天台山碑》：此山代謂之天台，真謂之桐柏，高無極，中有洞天，號金庭宮，即王子晉之所處，唐司馬承禎居焉，賜名崇道館。《隱逸傳》：司馬承禎，河内人，事潘師正。傳辟穀、導引術，無不通。嘗遍遊名山，廬天台不出。睿宗召至問道，固辭還山，朝士贈詩者百餘人。《答宋之問》詩曰：「時既暮兮節欲春，山林寂兮懷幽人。登奇峰兮望白雲，悵緬邈兮象欲紛。白雲悠悠去不返，寒風颼颼吹日晚。不見其人誰與言？歸坐彈琴思逾遠。」開元中再被召，卒年八十九。

張説　**送梁六**[一]

巴陵一望洞庭秋，日見孤峰水上浮。聞道神仙不可接，心隨湖水共悠悠。

《九域志》：岳州巴陵郡，治巴陵縣，岷江與洞庭會于此。羿屠巴蛇於洞庭，積骨爲丘，故名。丘遲詩：「野老時一望。」王子年《拾遺記》：洞庭山浮于水上，下有金堂數百間，玉女居之。蔣云：洞庭中有君山，狀如十二螺髻。君山東有艑山，在洞庭涯，相望浮浮，其狀如舟。吴吴山云：孤峰，即指君山。在湖中，故云「浮」。舊注引艑山如舟，贅矣。江淹詩：「海水夢悠悠。」葉弘勛曰：若此詩掩題以觀，有知是送梁六者乎？而末句含情無盡，駱義烏之《易水送别》，張燕國之《送梁六》，用意俱在詩外。作詩必此詩，定知非詩人，繇此二者可以悟矣。

【原眉批】

蔣曰：詩中但言悠遠，而別意自見。美人秋水之思，當是別後意耳。

鍾云：遠望遠神。

【校勘記】

［一］送梁六：《全唐詩》卷八十九作「送梁六自洞庭山作」。

王翰　**涼州詞**

《樂苑》：涼州《宮詞曲》，開元中西涼府都督郭知運所進也。《西域記》：龜茲國王與臣庶知樂者，於大山間聽風水之聲，約節成音，後翻入中國，如《伊州》《涼州》《甘州》是也。涼州於明爲甘肅地。

葡萄美酒夜光杯，欲飲琵琶馬上催。醉卧沙場君莫笑，古來征戰幾人回。不言悲而悲不可堪。

《史記·大宛傳》：宛左右以蒲陶爲酒，富人藏酒至萬餘石。魏文帝書：蒲桃當夏末及秋釀以爲酒，甘於麴蘖。《唐書》：蒲桃酒，西域有之，前代時有貢獻。及太宗破高昌，收馬乳蒲桃實，於苑中種之，并得其酒法，遂造。酒成綠色，芳香酷烈，長安始識其味。《十洲記》：周穆王時，西胡獻夜光常滿杯。杯是白玉之精，光明夜照。冥夕，出杯於中庭，以向天，比明，而水汁已滿於杯中也。張正見詩：「酒泛夜光杯。」江淹《恨賦》：「置酒欲飲。」《釋名》：琵琶本出於胡中，馬上所鼓也。推手向前曰琵，却手向後曰琶。《史記》：高祖貰酒醉卧。顧野王詩：「莫笑人來最落後。」《後漢書》：臧宫從光武征戰。《胡笳》：「疆場征戰無時歇。」

王元美曰：「可憐無定河邊骨，猶是深閨夢裏人」，用意工妙至此，可謂絶唱矣，惜爲前二句所累，筋骨畢露，令人厭憎。「葡萄美酒」一絶，便是無瑕之璧，盛唐地位不凡乃爾。

【原眉批】

蔣云：語意遠，乃得雋永。

鍾云：悲慨在「醉卧」二字。

譚云：又壯又悲。

黄云：至理慘情，偏從醉裏看出。

李白

清平調詞三首

《禮樂志》：房中樂有清調、平調。《通典》：平調、清調、瑟調皆周房中之遺聲。《文章辨體》：漢世謂之三調，總謂相和調。天寶中，白供奉翰林。禁中初重木芍藥，植興慶池東沈香亭。會花開，上乘照夜車，太真妃以步輦從，選梨園中弟子，得樂十六色。李龜年手捧檀板，押衆樂前。上曰：「賞名花，對妃子，焉用舊詞？」命龜年持金花箋宣賜李白，立進《清平調》三章，龜年歌之。太真妃持玻黎七寶杯，酌西凉葡萄酒，笑領歌意。上調玉笛以倚曲，每曲遍將换，則遲其聲以媚之，自是顧李翰林異諸學士。會高力士終耻脱靴，妃重吟前詞，力士曰：「以飛燕指妃子，賤甚矣。」妃頗然之。上嘗三欲命白官，卒爲宫中所捍而止。《李白傳》：白與飲徒醉於市，帝坐沈香亭，於意有所感，欲得白爲樂章，召入而白已醉，左右以水頮面，稍解，援筆成文，婉麗精切無留思。

雲想衣裳花想容，春風拂檻露華濃。若非群玉山頭見，會向瑶臺月下逢。

《楚詞》：「青雲衣兮白霓裳。」《詩》：「有女同車，顏如舜華。」《神女賦》：「煒乎如花。」舊解以爲明皇於武妃薨後思得美人，故云爾，謬矣。此言雲可以想其衣裳，花可以想其容，正謂妃子艷美已。吴本「雲」作「葉」，引梁簡文帝「蓮花亂臉色，荷葉雜衣香」、王昌齡「荷葉羅裙一色裁，芙蓉向臉兩邊開」辨之，似是而非，蓋此詩之妙在變幻流動，如「葉」「花」分配却覺极俗。柳惲《樂府》：「露華光翠網。」《山海經》：「群玉山，西王母所居。《穆天子傳》：穆天子西登昆侖，見王母曰：癸巳至於群玉之上，先王所謂策府也。《楚詞》：「望瑶臺之偃蹇兮，見有娀之佚女。」注：瑶，玉之美者。《吕氏春秋》：有娀氏有二佚女，爲之九成之臺。沈約詩：「白雲自帝鄉，含吐瑶臺月。」

【原眉批】

黄云：聲響調高，神彩焕發。

蔣云：「想」「想」，妙，難以形容也。

又云：陡然令人不知。

郭云：「若非」「會向」，從「想」字來。

二

一枝濃艷露凝香，雲雨巫山枉斷腸。借問漢宫誰得似，可憐飛燕倚新妝。

《説苑》：越使使諸發執一枝梅遺壽王。《子夜歌》：「清露凝如玉。」「雲雨」「巫山」，見七古《公子行》。《襄陽耆舊傳》：赤帝女姚姬，未行而卒，葬於巫山之陽，故曰巫山之女。按蕭士贇以爲妃子曾爲壽王妃，使壽王而未能忘情，是「枉斷腸」矣，此説非也，惟言古之不及今已。《博物志》：盧女年七歲入漢宫。

梁簡文帝詩：「共拂可憐妝。」「飛燕」，見七古《長安古意》詩。陳後主詩：「新妝艷質本傾城。」本集述注：飛燕新妝，似芍藥之凝露，即明皇所謂「妃子醉，海棠睡」同意，皆像其容貌之麗艷耳。余謂漢宮借漢言之，又借飛燕謂妃子，言宮中誰得似妃子已。舊解紛紛，可謂迂矣。倚，自倚其美也，太白詩「自倚顔如花」，僧皎然《明妃曲》「自倚嬋娟望主恩」是也。又葉氏平以首章咏妃子，次章咏花，三章咏明皇，然此詩變幻流動，言花而人，言人而花，不可必拘也。

梅禹金曰：巫山妖夢，昭陽禍水，微文隱諷，風人之旨。

【原眉批】

黄云：有深刺。

「一枝」的比妃子。不爾，牡丹何止一枝？

三

名花傾國兩相歡，常得君王帶笑看。解釋春風無限恨，沈香亭北倚闌干。

《樂府》：「捻香散名花。」《開元遺事》：明皇時，沈香亭前木芍藥一枝二頭，朝則深碧，暮則深黄，夜則粉白，晝夜之内香艷各異。《後漢·章帝紀》：巡狩之制，解釋結冤。庾亮《與郗鑒牋》：故共隱忍，解釋陶公。《晉書》：沈文秀，解釋戎衣，緩服静坐。本集注：沈香亭以沈香爲之，如柏梁臺以柏香爲之也。《樂府·西州曲》：「樓高望不見，盡日闌干頭。」宇云：「倚闌干，不必説求媚。」唐《解》謂求媚，恐恩寵難長，非也。又謂春風易歇，故足恨，是痴人説夢也。

【原眉批】

蔣云：畫出媚態。

客中行

蘭陵美酒鬱金香，玉碗盛來琥珀光。但使主人能醉客，不知何處是他鄉。

《隋書·地理志》：蘭陵郡，開皇初廢，置鄫州及蘭陵縣。大業初，州廢，尋改爲蘭陵。《史記正義》：蘭陵縣，屬東海郡，今沂州承縣有蘭陵山。吴吴山云：按《史記》春申君使荀卿爲蘭陵令，春申封於吴，是蘭陵在吴地，非沂州也。《輿地志》「常州郡有蘭陵城古迹」可證。《唐·地理志》載蘭陵縣隸沂州，亦如穆陵關之在沂水，皆傳訛耳。又按《左傳》：令尹蔿艾獵城沂。杜預注：沂，楚邑。則楚自有沂，豈後人誤爲青、兖之沂耶？《周禮》注：鬱金香草釀秬黍爲酒，築鬱金煮而和之。庾闡《斷酒誡》：椎金罍，碎玉碗。《後漢書》：哀牢國出琥珀。《博物志》：松脂淪入地，千年化爲茯苓，千年化爲琥珀。

【原眉批】

蔣云：下語富。

譚云：全無寒酸氣。

蔣云：乃其本相，故佳。

峨眉山月歌

本集注：峨眉山在嘉州峨眉縣羅目鎮。《一統志》：峨眉山在嘉定州峨眉縣西百里，來自岷山，連岡疊嶂，延袤三百餘里，至此突起二峰，其峰對峙，宛若蛾眉。

峨眉山月半輪秋，影入平羌江水流。夜發清溪向三峽，思君不見下渝州。

虞羲詩：「映見峨眉月。」《一統志》：平羌江在雅州城北，下至嘉州入江。舊傳羌夷入寇，諸葛亮於此平之，因名。清溪廢縣，在成都府内江縣，唐置，宋省入内江，今屬成都府。《楚詞》：「專思君兮不可化。」魏文帝詩：「憂來思君不敢忘。」吴吴山云：思君必有所指，如《詩》所謂「伊人」「豈不爾思」之類。《一統志》：秦滅蜀，置巴郡，唐初爲渝州，本朝改重慶府，有明月峽、温湯峽、石洞峽，又夔州西陵峽、歸鄉峽、巫峽，并稱三峽。葉弘勛云：夜發清溪，始也；向三峽，終也。平羌江，峨眉山渝州中間也。太白之奇，不惟五用地名，又顛倒錯亂，而使人不測。按此詩言夜發清溪入大江，遠看峨眉月影浮江而來，尋乃下渝州而向三峽也。然地理難明，余别有圖説。

王元美曰：此是太白佳境。然二十八字中有峨眉山、平羌江、清溪、三峽、渝州，使後人爲之，不勝痕迹矣，益見此老爐錘之妙。

王敬美曰：談藝者有謂七言律一句不可兩入故事，一篇中不可重犯故事，此病犯者故少，能拈出亦見精嚴，然吾以爲皆非妙悟也。作詩到神情傳處，随分自佳，下得不覺痕迹，縱使一句兩入、兩句重犯，亦自無傷。如太白《峨眉山月歌》，四句入地名者五，然古今目爲絶唱，殊不厭重。蜂腰鶴膝，雙聲叠韻，休文三尺法也，古今犯者不少，寧盡被汰耶？

劉會孟曰：含情凄惋，有《竹枝》縹緲之音。

【原眉批】

黄云：此等神韻，後人不能效顰。

上皇西巡南京歌

天寶十五歲六月，安禄山陷京師，明皇出奔蜀。七月，肅宗即位靈武，尊明皇曰上皇。明年，上皇歸自蜀，因陞蜀郡爲南京。

誰道君王行路難，六龍西幸萬人歡。地轉錦江成渭水，天迴玉壘作長安。

古樂府有《行路難》。《晋書・袁山松傳》：舊歌有《行路難》，山松好之，乃文其辭句，每因酣醉，縱歌之，聽者莫不流涕。《易》：時乘六龍以御天。《東京賦》：「天子乃撫玉輅，時乘六龍。」注：天子駕六馬，馬八尺，曰龍。「錦江」「玉壘」，見七律《登樓》。張華詩：「大儀斡運，天迴地遊。」崔信明詩：「玉壘作長安。」《述注》：隨天子所至，造化亦爲斡旋也。

【原眉批】

蔣云：回護題意，只拈好處説，有體。

譚云：當時明皇奔蜀，崎嶇於劍門道上，見鳥啼花落，無非悲慘，殊不成光景，得此二章，爲之回護，大壯行色。

二

劍閣重關蜀北門，上皇歸馬若雲屯。少帝長安開紫極，雙懸日月照乾坤。

張載《劍閣銘》：「惟蜀之門，作固作鎮，是曰劍閣，壁立千仞。」《述注》：劍閣，重關者，人劍、小劍二山相連三十里，絶險處爲飛閣相通。《書》：歸馬於華山之陽。《肅宗紀》：天寶十五載七月甲子，太子即皇帝位於靈武，至德二載九月復京師，十月復東京，十二月上皇天帝至自蜀郡，而始有「南京」之稱。是詩蓋作於其後，則前篇言在蜀之時，後篇言出蜀之時，故曰「歸馬」。曹植《表》：情注乎皇居，心存乎紫極。《易》：日月麗乎天，重明以麗乎正。蕭士贇云「雙懸日月」者，東漢歌重光、重輪之意也。

【原眉批】

鍾云：二詩冠冕稱題。

蔣云：末句結上皇、少帝，兩意高妙。

聞王昌齡左遷龍標尉遥有此寄〔一〕

《唐志》：沅州有龍標縣。沅州，漢武陵郡地，今屬辰州。昌齡自江寧丞貶此，有詩云：昨從金陵邑，遠謫沅溪濱。

楊花落盡子規啼，聞道龍標過五溪。我寄愁心與明月，隨風直到夜郎西。

梁簡文賦：「春風吹梅畏落盡。」《蜀記》：昔有人姓杜名宇，王蜀，號曰望帝，死化爲子規鳥，常夜啼。《格物總論》：杜鵑，一名子規，大如鵲而羽長，三四月間，夜啼達旦，甌越間曰怨鳥。《後漢·馬援傳》：擊武陵五溪蠻夷。酈道元《水經》：武陵有五溪，謂雄溪、樠溪、酉溪、潕溪、辰溪，皆蠻夷所居。此言過五溪而至龍標也。《列子》：心凝形釋，隨風東西。司馬遷文：今罷三郡之士，通夜郎之途。漢夜郎縣屬牂牁郡，唐屬溱州，又播州界。太白以永王璘事長流夜郎，即此也。按龍標在夜郎東凡一千里，此太白東望向月，而寄與愁心曰：君既東自江寧，西到五溪，願更與月隨風而來此西地也。「與明月」三字兼屬上下，尤見其妙。然本集注「随風」一作「随君」，義雖更明，而不若「随風」之含蓄也。

梅禹金曰：曹植《怨詩》「願作東北風，吹我入君懷」，齊瀚「將心寄明月，流影入君懷」，而白此詩兼裁其意，撰出奇語。

【原眉批】

蔣云：起托興，次賦事，末二句寫情。

【校勘記】

［一］聞王昌齡左遷龍標尉遥有此寄：《全唐詩》卷一百七十二作「聞王昌齡左遷龍標遥有此寄」。

黄鶴樓送孟浩然之廣陵

《唐書·地理志》：揚州廣陵郡，屬淮南道。

故人西辭黄鶴樓，煙花三月下揚州。孤帆遠影（入）碧空盡，唯見長江天際流。

王融詩：「煙花雜如霧。」《樂府古詞》：「陽春二三月，諸花盡芳菲。」又：「聞歡下揚州，相送楚山頭。」朱超道詩：「孤帆漸逼天。」梁簡文詩：「朝光蕩碧空。」曹植《七啓》：眇天際而高居。謝朓詩：「天際識歸舟。」

【原眉批】

蔣云：送別之作，多在個中生意。

吴云：極淺、極深、極淡、極濃，真仙筆也。

陪族叔刑部侍郎曄及中書舍人賈至遊洞庭湖[一]

《六典》：刑部尚書、侍郎之職，掌天下刑法及徒隸、勾覆、關禁之政令。時至謫岳州司馬。

洞庭西望楚江分，水盡南天不見雲。日落長沙秋色遠，不知何處吊湘君。

劉孝綽詩：「日暮楚江上。」《述注》：洞庭以西皆楚地也。本集注：岷江從西來，至岳陽楼前與洞庭之水合而東行潭州。江淹詩：「日落長沙渚，層陰萬里生。」本集注：長沙郡在洞庭上流三百餘里。《楚詞·九歌》有《湘君》，湘旁黄陵有湘君廟。《湘川記》：堯二女妻舜，舜南巡，崩於蒼梧，二妃追之不及，溺死沅湘之間，爲湘水神，世稱「湘君」。

敖子發曰：遊覽詩妙在綴景而略寓懷古之意。此詩綴景宏闊，有吞吐湖山之氣，落句感慨之情深矣。

田子藝曰：太白所長在此，他人自不能及。

【原眉批】

蔣云：與「白雲明月吊湘娥」參看。

【校勘記】

[一]陪族叔刑部侍郎曄及中書舍人賈至遊洞庭湖：《全唐詩》卷一百七十九作「陪族叔刑部侍郎曄及中書賈舍人至遊洞庭五首」。

望天門山

天門山在太平府當塗縣西南，二山夾大江，東曰博望，西曰梁山，對峙如門。又名東梁山、西梁山。《述注》：此太白自宣城下金陵時，曲江中所見也。

天門中斷楚江開，碧水東流至北迴。江水西來北折，歷兩山間而復向東。**兩岸青山相對出，孤帆一片日邊來。**

釋寶月詩：「浮雲中斷開明月。」岑之敬詩：「河渡冰開兩岸分。」

【原眉批】

徐云：説盡目前山水，將孤帆一片影出，「望」字詩中有畫。

鍾云：本色風光，非補凑所及。

早發白帝城

朝辭白帝彩雲間，千里江陵一日還。兩岸猿聲啼不住，言一聲未絶頃也。本集「住」作「盡」。

輕舟已過萬重山。

盛弘之《荆州記》：朝發白帝，暮宿江陵，凡一千二百餘里，雖飛雲迅鳥，不能過也。《九域志》：夔州陸路至江陵九百四十五里。《史·荆軻傳》：騏驥盛壯之時，一日而馳千里。《荆州記》：峽長七百里，兩岸連山，略無絶處，重巖叠嶂，隱天蔽日。常有高猿長嘯，屬引清遠。《胡笳》：「雲山萬重兮歸路遐。」劉繪詩：「出没萬重山。」

【原眉批】

譚云：忽然寫得出。

黄云：非實歷此境定説不出。

沈云：入「猿聲」一句，文勢不傷於直，畫家布景設色，每於此處用意。

秋下荆門

「荆門」，見五古《西山》詩。

霜落荆門江樹空，布帆無恙掛秋風。此行不爲鱸魚鱠，自愛名山入剡中。

蕭撝詩：「霜落候鳴鐘。」《世説》：晋顧愷之爲殷仲堪參軍，在荆門，還，仲堪以布帆借之，至破冢，遭風，與仲堪箋曰：行人安穩，布帆無恙。《左傳》：虞不臘矣，在此行也。「鱸魚膾」，見七律《陸勝宅》詩。《史·張儀傳》：魏無名山大川之限。《樂府》：「經歷名山。」本集注：剡縣隸會稽，多名山水。謝靈運詩：「暝投剡中宿，明登天姥岑。」

【原眉批】

蔣云：「掛」字最得趣。

鍾云：信口拈出，興味自佳。

又云：借景生情。

蘇臺覽古

吴吴山云：荒臺、新柳有可見者，故題曰「覽」，戰士、宮女皆不可見，故題曰「懷」，亦古人下字不苟處。

舊苑荒臺楊柳新，菱歌清唱（愁況）**不勝春。只今惟有西江月，曾照吴王宮裏人。**

《吴越外記》：吴王夫差都蘇州，有桂苑、姑蘇臺，作天池，日與西施爲水戲。越王勾踐滅之。張協《七命》：「榜人奏采菱之歌。」王褒《采蓮曲》：「菱歌惜不唱，須待暝歸時。」陸機《櫂歌行》：「名謳激清唱。」《韓非子》：木枝大，本小，將不勝春風。

【原眉批】

「新」字不苟。

蔣云：結句與衛萬《吳宮怨》同。

譚云：弔古多用此意，語如天花，從空處幻出。

越中懷古[一]

越王勾踐破吳歸，義一作「戰」。**士還家盡錦衣。宮女如花滿春殿，只今惟有鷓鴣飛。**三句直下，末句轉換。

《史記》：越王勾踐伐吳，大破吳。因而留圍之三年，吳王自殺。越王乃葬吳王，而誅太宰嚭。《詩》：「錦衣狐裘。」吳本「義」作「戰」，云越人安得稱義士，注引《左傳》「武王遷九鼎，義士猶或非之」，更無涉。《漢・貢禹傳》：古者宮女不過九人。《神女賦》：「美貌橫生，燁乎如花。」崔豹《古今注》：鷓鴣出南方，鳴常自呼，常向日而飛，畏霜露，早晚稀出，有時夜飛，則以樹葉覆背上。《嶺表録異》：鷓鴣開翅之始，必先南翥，多對啼，形似母鷄自呼。軥輈，格磔者是也。有鳥相似，不爲此鳴者，非也。

蔣春甫曰：前篇傷今思古，此篇思古傷今，其得力處全在「只今惟有」四字。

敖子發曰：前三句賦昔日豪華之盛，落句咏今日凄涼之景。大抵唐人吊古之作，多以今昔盛衰構意，而縱横變化存乎體裁。

【原眉批】

鍾云：末句無限凄涼。

【校勘記】

［一］越中懷古：《全唐詩》卷一百八十一作「越中覽古」。

與史郎中欽聽黄鶴樓上吹笛

一爲遷客去長沙，西望長安不見家。黄鶴樓中吹玉笛，江城五月落梅花。

吴均詩：「一爲别鶴弄，千里淚沾衣。」江淹《恨賦》：「遷客海上。」《後漢・王景傳》：長安耆老皆動懷土之心，莫不眷然佇立西望。沈約詩：「東望不見家。」《西京雜記》：高祖入咸陽府庫，見玉笛長三尺三寸，銘曰：昭華之琯。《樂府解題》：《梅花落》，笛中曲也。自宋鮑照以下常爲之，太白又有《觀吴人吹笛》詩：「吴人吹玉笛，一半是秦聲。十月吴山曉，梅花落敬亭。」

【原眉批】

蔣云：無限羈情，笛裏吹來，詩中寫出。

鍾云：毫無雕刻。

春夜洛城聞笛

誰家玉笛暗飛聲，散入春風滿洛城。此夜曲中聞折柳，何人不起故園情。自「滿洛城」三字來。

江總詩：「曲中唯聞張女調。」「折柳」，見七律《吹笛》詩。

胡元瑞曰：太白七言絶如「楊花落盡子規啼」「朝辭白帝彩雲間」「誰家玉笛暗飛聲」「天門中斷楚江開」等作，讀之真有揮斥八極、凌厲九霄意，賀監謂爲「謫仙」，良不虚也。

【原眉批】

蔣云：看他下字下句，爐錘工妙。

吴云：「暗」字極模夜景，却渾雅不纖。

黄云：唐人作聞笛詩，多有韻致，如此散逸瀟灑者不復見。

王昌齡　**春宫曲**

春宫曲，樂府題，宫詞。

昨夜風開露井桃，未央前殿月輪高。平陽歌舞新承寵，簾外歌舞處。**春寒賜錦袍。**「風開」以下皆話昨夜事也。

沈約詩：「既爲風所開，復爲風所折。」古樂府：「桃生露井上。」無屋曰「露井」。《漢·高帝紀》：蕭何治未央宫，立東闕、北闕、前殿、武庫、太倉。劉孝威詩：「今夜月輪圓。」「平陽歌舞」，見七古《帝京篇》。《易》：在師中吉，承天寵也。何遜詩：「簾外隔飛螢。」宇云：此只賦事，不必失寵者之詞。

敖子發曰：唐人作宫詞，或賦事，或抒怨，或寓風刺，或其人負才賁志，不得於君，流落無聊，托此以自況。如此詩，末二句是言宦家又别用一番人，其特恩異數類如此。

【原眉批】

鍾云：就事寫情寫景，合來無痕，亦在言外，不曾説破。

西宫春怨

西宫春怨，樂府題，怨思二十五曲有《閨怨》《西宫春怨》《西宫秋怨》。吴吴山云：按《三輔黄圖》：長秋宫，漢太后居之。解者謂宫在西，爲秋之象，不知名「長秋」者，猶言長春也，尊如太后，豈得以西偏命意乎？《通靈記》又以太后爲成帝母，則欲實其爲班婕妤所居耳，然《漢書》倢伃求共養太后長信宫，豈即長秋宫耶？按下《長信秋思》云「火照西宫」，則西宫謂長信宫也。

西宫夜静百花香，欲捲珠簾春恨長。懶而不捲。**斜抱雲和深見月，**自簾中見。**朧朧樹色隱昭陽。**

《春秋》：西宫灾。沈約詩：「夜静滅氛埃。」古樂府：「兼送小苑百花香。」《周禮·大司樂》雲和之琴瑟。注：雲和，山名，産美木，用爲琴瑟，其聲清亮。吴均詩：「朧朧樹裏月。」何遜詩：「山煙涵樹色。」宇云：此從簾中看月者爾。唐《解》誤。

【原眉批】

鍾云：妙在不説着自家。

譚云：「斜抱雲和」，以態則至媚，以情則至苦。

西宮秋怨

西宮秋怨，見上。

芙蓉不及美人妝，水殿風來珠翠香。却恨含情掩秋扇，空懸明月待君王。

《西京雜記》：卓文君臉如芙蓉。蔣云：芙蓉本荷花也，拒霜花一名木芙蓉，今止稱荷花，而木芙蓉遂專芙蓉之名。柳惲詩：「天淵臨水殿。」《三輔黄圖》：甘泉宫南有昆明池，池中有靈波殿，皆以桂爲殿柱，風來自香。《洛神賦》：「裁金翠之首飾，綴明珠以耀軀。」注：言黄金、翠羽裝其釵，綴明珠於上，以光耀其首也。《西征賦》：「絡甲乙以珠翠。」注：《漢書·贊》曰：孝武造甲乙之帳，絡以隋珠、和璧。按珠翠有二義，以爲美人飾，則言其香不減芙蓉也；以爲帳飾，則言芙蓉香度於珠翠也。然以第三句按之，爲帳飾似是。《樂府古詞》：「含情出户脚無力。」班婕妤《怨歌行》：「新裂齊紈素，鮮潔如霜雪。裁成合歡扇，團圓似明月。出入君懷袖，動摇微風發。常恐秋節至，凉飆奪炎熱。棄捐篋笥中，恩情中道絶。」何遜詩：「大娣掩扇歌。」王僧孺詩：「風來秋扇屏。」《長門賦》：「懸明月以自照。」《恨賦》：「望君王兮何期？」宇云：芙蓉，無情之物，而其香得遠達；美人，則雖含情，而棄捐如秋扇也。王堯衢云：「掩」言棄捐不用，只得掩却也。余謂此言有情之人，猶如秋扇之見掩，不及無情之芙蓉也。然「掩」字解爲以扇掩面，亦通。「懸明月」三字用《長門賦》語，又自秋扇影出，以己貌己心比之，含蓄尤妙。

【原眉批】

鍾云：語意渾雅，妙語求諸言外。

長信秋詞

樂府題，宫詞。「長信」，見五絶《長信草》。

金井梧桐秋葉黄，珠簾不捲夜來霜。熏籠玉枕無顔色，卧聽南宫清漏長。

戴延之《西征記》：太極殿上有金井闌、金博山，鹿盧、蛟龍負山於井上。魏文帝詩：「梧桐生空井，枝葉自相加。」《三輔黄圖》：北宫中有前殿，珠簾玉户。晋《東宫舊事》：太子納妃，有衣熏籠。《唐音》注：熏籠以竹爲之，所以焚香熏衣也。《拾遺記》：魏明帝檢寶庫中得一玉虎頭枕，檢其頷下，有篆書云：是帝辛之枕，嘗與妲己同枕之。《樂府古辭》：「玉枕龍鬚席，郎眠何處床？」匈奴歌：「失我燕支山，使我婦女無顔色。」

二

奉音捧。**帚平明金殿開，且將團扇暫**一作「共」。**徘徊。玉顔不及寒鴉色，猶帶昭陽日影來。**

柳惲詩：「奉帚長信宫，誰知獨不見。」吴均詩：「奉帚供養長信宫。」《三體詩》注：奉帚，灑掃也。班婕妤賦：「奉共養於東宫兮，托長信之末流。共灑掃於幃幄兮，永終死以爲期。」《楚辭》：「平明發兮蒼梧。」古歌辭：「上金殿，酌玉樽。」「團扇」，見上注。《楚詞》：「焉乃遊以徘徊。」宋玉《神女賦》：「苞温潤之玉顔。」陸機詩：「玉顔侔瓊蕤。」向秀《思舊賦》：「顧日影而彈琴。」

三

真成薄命久尋思，夢見君王覺後疑。火照西宫知夜飲，分明複道奉恩時。

梁簡文帝詩：「真成恨不已，願得路傍見。」《漢書》：許皇后上疏：奈何妾薄命。曹植有《妾薄命篇》。《胡笳》：「尋思涉歷兮多艱阻。」孫萬壽詩：「尋思久寂寥。」古樂府：「夢見在我傍，忽覺在它鄉。」梁簡文詩：「夢見反成疑。」鮑照詩：「寐中長路近，覺後大江遠。」陳後主詩：「當由分別久，夢來還自疑。」《長門賦》：「忽寢寐而夢想兮，魂若君之在傍。惕寐覺以無見兮，魂迋迋若有亡。」此詩正本之。《漢・王莽傳》：漢兵燒莽九廟，火照城中。《詩》：「厭厭夜飲。」陸賈《新語》：聖人懷仁仗義，分明纖微。樂府《續曲歌》：「譬如水上影，分明不可得。」庾信詩：「陪遊愧并作，空見奉恩深。」此言夢後見火照來西宮，知夜飲正闌，因叙夢中事，云吾亦適來奉恩複道中，歷歷分明，如陪夜飲者，是所以疑爲夢、爲覺也。

胡元瑞云：江寧《長信詞》《西宮曲》《青樓曲》《閨怨》《從軍行》皆優柔婉麗，意味無窮，風骨内含，精芒外隱，如清廟朱弦，一唱三嘆。

【原眉批】

黄云：因思而夢，既夢而疑，描寫宫人心事殆盡。

青樓曲

青樓曲，樂府題，宫苑十九曲之一。

白馬金鞍從武皇，少婦之夫。**旌旗十萬宿長楊。樓頭少婦鳴箏坐，遥見飛塵入建章。**白馬金鞍而自長楊還。

古樂府：「白馬金鞍去未返。」武皇，謂漢武。長楊宮，在盩厔縣東南三十里，其地垂楊數畝，本秦離宮，漢因之。李詩：「漢帝長楊苑，誇胡羽獵歸。」「少婦」，既見。《樂府・上聲歌》：「初歌子夜曲，改調促鳴箏。」《風俗通》：箏五弦，築身也。今并、凉二州，箏形如瑟，不知誰所改作也。或曰蒙恬所改造也。《楚辭》：「時仿佛以遥見。」曹植詩：「時雨静飛塵。」「建章」，既見上。此詩叙時輩顯貴，從天子遊幸。而其少婦從青樓望見其意氣揚揚之態也。

顧華玉曰：宮情閨怨，作者多矣，未有此篇與下篇，雍容渾含，明白簡易，絶句中極品也。

【原眉批】

蔣云：影響隱然形聲。

譚云：曰「樓頭」曰「遥見」，絶妙畫筆。

鍾云：似贊而實刺。

二

馳道楊花滿御溝，紅妝漫綰上青樓。金章紫綬千餘騎，夫婿朝回初拜侯。

「馳道」，見五古。「御溝」，見排律。江總詩：「初日照紅妝。」《漢・公卿表》：三公徹侯，并金印紫綬。紫綬，紫絲絛繫印者。

閨怨

閨中少婦不知愁，春日凝妝上翠樓。忽見陌頭楊柳色，悔教夫婿覓封侯。

閨怨，樂府題，見上。

《離騷》：「閨中既以邃遠兮。」顏延之詩：「閨中起長嘆。」劉孝威樂府：「金柝嚴兮翠樓肅。」王瑳《折楊柳詞》：「陌頭藏戲鳥，樓中掩新妝。」樂府《陌上桑》：「東方千餘騎，夫婿居上頭。」《呂氏春秋》：其秀士而封侯之。此篇舊解未明。余謂夫婦仳離既久，焉有「不知愁」「凝妝上樓」之理？故此詩所敘，蓋在夫婿從軍頃發之際。言年少之婦不諳世故，不解離愁，唯勸夫婿冀封侯之貴，冶容自得，而又俄然悲別思悔，正寫得婦女癡情。楊柳當春發色，且所折以送別者，是其所以忽動心歟？

謝君直曰：此本人情而言。唐人有《遠將歸曲》，末句云：「去願車輪遲，回思馬蹄速。但令在家相對貧，不願天涯金繞身。」亦是此意。

【原眉批】

蔣云：「不知」「忽見」「悔教」，有轉折，是章法。

黄云：淺而近，淡而真。

又云：一句一折，波瀾横生。

出塞行

出塞行，樂府題，鼓角横吹十曲之一。

白草原頭望京師，黄河水流無盡時。秋天曠野行人絶，馬首（自）**東來**京師之方。**知是誰。**鄉心引援。

「白草原」，一作「百花原」。舊注：胡地多白草，其高平處，因名。《詩》：「念彼京師。」《公羊傳》：京師者，天子之居也。京者，何大也！師者，何衆也！天子之居，必以衆大之辭言。樂府《木蘭詞》：「但聞黄河流水鳴濺濺。」江淹詩：「秋月麗秋天。」《詩》：「率彼曠野。」《左傳》：晋侯伐秦，荀偃令曰：塞井夷竈，唯余馬首是瞻。欒黶曰：余馬首欲東。乃歸。宇云：馬首東來，不必做狄虜。唐《解》誤。

顧華玉曰：慘淡可傷。又曰：音律雖柔，終是盛唐骨格。

【原眉批】

蔣云：末句出人不意。

郭云：意興自爾凑泊。

從軍行

烽火城西百尺樓，黄昏獨坐海風秋。更吹羌笛關山月，無那金閨萬里愁。

「烽火」，既見。梁元帝詩：「城北達城西。」《樂府・淮南王篇》：「百尺高樓與天連。」陶潛詩：「迢迢百尺樓。」「羌笛」，既見。謝朓詩：「既通金閨籍。」注：列名仕版也。江淹《别賦》：「金閨之諸彦。」湯惠休詩：「金閨流耀，玉牖含英。」此借用指室家也。

【原眉批】

蔣云：三首各用一意結。

鍾云：「更吹」「無那」有轉折。

二

青海長雲暗雪山，孤城遥望玉門關。身遠在關外。**黄沙百戰穿金甲，不破樓蘭終不還。**

《淮南子》：流水就通，合于青海。《唐・地理志》：北庭大都護府西七百里有青海軍，本青海鎮。天寶中爲軍。蔣云：臨羌西有早禾海，謂之青海。唐時，哥舒翰築神威軍於上，近吐谷渾城。《蕪城賦》：「矗似長雲。」謝惠連《雪賦》：「雪山峙於西域。」雪山，即天山。冬夏有雪，故名。陸機詩：「遥望高山陰。」王僧達詩：「黄沙千里昏。」《孫子》：百戰百勝，非善之善者也。蔡琰詩：「金甲耀日光。」《史・大宛傳》：天子發兵伐樓蘭，破之。《漢・西域傳》：鄯善國，本名樓蘭。王治扜尼城，去陽關千六百里。《傳介子傳》：樓蘭數遮殺漢使。介子使大宛，至樓蘭，與其王飲，使壯士刺殺之，持首還漢。

【原眉批】

鍾云：語亦悲壯。

譚云：慘中帶雄。

三〔一〕

秦時明月漢時關，天象地形，千古如是，以叙邊戍之久。**萬里長征人未還**。**但使龍城飛將在**，**不教胡馬度陰山**。

黄家鼎云：「秦時明月」横空盤礴語也。蓋言秦時雖遠征，尚未設關，但在明月之地，猶有行役，不逾時之意。漢則戍守無有還期矣。此説鑿矣，不可取。盧思道詩：「塞外征人殊未還。」「龍城」，見五律《從軍行》。吴吴山云：按李廣爲匈奴所縛，奪馬躍出匈奴，號曰「漢之飛將軍」，則可以「龍城飛將」稱之，非誤用也。

王元美曰：于鱗言：唐人絶句，當以「秦時明月漢時關」壓卷。余始不信，以少伯集中有極工妙者。既而思之，若落意解，當別有所取，若以有意無意、可解不可解間求之，不免此詩第一耳。

【原眉批】

鍾云：起句任是人道不得。

【校勘記】

［一］三：《全唐詩》卷一百四十三作「出塞」。

梁苑

梁苑見五古《宋中》詩。

梁園秋竹古時煙，城外風悲欲暮天。萬乘旌旗何處在，平臺賓客有誰憐？

《九域志》：睢陽郡有梁孝王東苑，中有修竹園。宋玉《諷賦》：「援琴而鼓之，爲《秋竹》《積雪》之曲。」《吴越春秋》：春夏治於城外。王融詩：「如何將暮天，復值西歸日。」《史記》：梁孝王，竇太后少子也。愛之，得賜天子旌旗，出從千乘萬騎，東西馳獵，擬於天子。西苑方二百里，築兔園，園中有雁池、鶴洲、鳧渚，宫觀相連，延亘平臺數十里，日與宫人、賓客弋釣其中。又：孝王招延四方豪杰，自山以東，遊説之士，莫不畢至。

【原眉批】

鍾云：「古時煙」「欲暮天」「何處在」「有誰憐」，曲盡懷古深情。

芙蓉樓送辛漸

《一統志》：芙蓉樓，在鎮江府城上西北隅，與萬歲樓相對。

寒雨連江夜入吴，平明送客楚山孤。雨稍霽，望見楚山之孤出。**洛陽親友如相問，一片冰心在玉壺**。

陸機詩：「親友多零落。」鮑照詩：「清如玉壺冰。」此蓋龍標行旅吴地，而逢辛赴洛，送之也。故因以叙己之心事。

【原眉批】

二句言别情最親。

蔣云：送客有此一法者。

送薛大赴安陸

《漢・地理志》：江夏郡有安陸縣。《唐・地理志》：安州安陸郡，中都護府。《一統志》：湖廣德安府，唐爲安陸郡。

津頭雲雨暗湘山，遷客離憂楚地顔。暗用屈原顔色憔悴事。**遥送扁舟安陸郡，天邊何處穆陵關。**

《後漢・鄧騭傳》：披雲雨之渥澤。《史記》：始皇浮江至湘山祠。注：湘山者，乃青草山。山近湘水，二妃廟在山南。《地理志》：湘山在長沙。謝朓詩：「江上徒離憂。」《史・蔡澤傳》：楚地方數千里。庾信詩：「回頭望鄉淚落，不知何處天邊。」「穆陵關」，見五律詩題。

【原眉批】

蔣云：見得安陸迢遠。

送别魏三[一]

身亦在旅，故曰「送别」。以本集編次考之，疑是流落沅湘時所作。

醉别江樓橘柚香，江風引雨入船涼。憶君遥在湘山月，愁聽清猿夢裏長。

「橘柚」，既見。梁簡文詩：「江風引夜衣。」「湘山」，見上。李白詩：「昨夜巫山下，猿聲夢裏長。」王堯衢云：先從别時而遠憶其至湘山之月夜。余謂以「憶」字考之，解爲己在湘山而憶君義正當。

【原眉批】

蔣云：爲他想出凄其。

【校勘記】

［一］送别魏三：《全唐詩》卷一百四十三作「送魏二」。

盧溪別人

《唐書·地理志》：辰州有盧溪縣。

武陵溪口駐扁舟，溪水隨君向北流。終不能駐舟。**行到荊門上三峽，莫將孤月對猿愁。**

《一統志》：武陵溪在湖廣常德府城西三十里，源出武山，入沅水。《水經注》：武陵有五溪，在今辰州界。「荊門」「三峽」，見上。

【原眉批】

蔣云：當境又下「莫將」二字，其思愈遠。

重別李評事

「評事」，見五律《送劉評事》詩。

莫道秋江離別難，舟船明日是長安。吴姬緩舞留君醉，隨意青楓白露寒。

盧思道詩：「秋江見底清。」魏《碣石篇》：流澌浮漂，舟船路難。邵陵王綸詩：「隨意晚還家。」柳惲詩：「高門白露寒。」宇云：「重别」，再别也。「離别難」，悲别之謂，見於《楚詞》。第二句述道路無難，此相慰之詞。唐《解》太誤。

【原眉批】

蔣云：「緩」字與「随意」照，應是句眼。

少年行

王維

少年行，已見五絶。

出身仕漢羽林郎，初隨驃騎戰漁陽。孰知（此人設令）**不向邊庭苦，**（而雖）**縱死**二字連上句。**猶聞俠骨香。**

鮑照詩：「僕本寒鄉士，出身蒙漢恩。」劉孝勝詩：「少翁俱仕漢。」「羽林」，見七律《餞衛中丞》詩。《史·霍去病傳》：元狩二年，以去病爲驃騎將軍，將五萬騎出隴西。張協詩：「烽火列邊庭。」張華《遊俠曲》：「死聞俠骨香。」宇云：杜子美《垂老别》云「勢異鄴城下，縱死時猶寬」，李太白《俠客行》「縱死俠骨香，不慚世上英」，「縱死」疑是「横死」之對，謂全身而死也。余謂此言少年出身初隨大將赴戰，故爲稱其材曰：此少年不須在邊庭苦戰，設使縱死閭巷，猶能可令其俠骨香也。

【原眉批】

蔣云：少年場中語，太白「縱死俠骨香」正與此同。

九月九日憶山中兄弟[一]

獨在異鄉爲異客，每逢佳節倍思親。曰「倍思」，則平日亦思可知。**遥知兄弟登高處，遍插茱萸少一人。**

沈約詩：「方作異鄉人。」曹植詩：「今日同堂，出門異鄉。」《左傳》：雖從者能戒，其若異客何？此云「異客」者，言不與土俗合也，不爾，則「異」字成衍。《古文苑》陸機有《思親賦》。「九日」「登高」，見五絶《行軍九日》詩。《史・平原君傳》：與門下二十人偕，今少一人。唐云：摩詰作此詩時年十七，詞義之美，雖《陟岵》不能加。史以「孝友」稱維，不虚矣。

劉會孟曰：語無深苦，情厚藹然。

【原眉批】

蔣云：在兄弟處想來，便遠少一人，正應「獨」字。

黃云：自有一種至情，藹然言外。

【校勘記】

[一]九月九日憶山中兄弟：《全唐詩》卷一百二十八作「九月九日憶山東兄弟」。

與盧員外象過崔處士興宗林亭

緑樹重陰蓋四鄰，青苔日厚自無塵。科頭箕踞長松下，應是青苔上坐。**白眼看他世上人。**

梁武帝詩：「緑樹始摇芳。」趙整《琴歌》：「北園有棗樹，布葉垂重陰。」《書》：欽四鄰。《左傳》：四鄰諸侯。《説文》：五家爲鄰。「四鄰」者，除己而四也。江淹詩：「青苔日夜黃。」《漢・王莽傳》：雨水灑道，清靚無塵。《漢・張耳傳》：虎賁之士，跣跔科頭。《後漢・管寧傳》：吾嘗一朝科頭，三晨晏起。注：「科頭」，謂以髮縈繞成科結，不冠也。《漢・張耳傳》：高祖箕踞，嫚駡之。謂伸兩足，其形如箕也。晉阮籍能爲青白眼，見禮俗之士白眼對之，已見。

顧與新曰：亦自有睥睨不冲淡處，句自清雅。

【原眉批】

譚云：有不可一世之態。

送韋評事

欲逐將軍取右賢，沙場走馬向居延。遥知漢使指韋。**蕭關外，愁見孤城落日邊。**

《史·衛青傳》：元朔五年春，漢令車騎將軍青將三萬騎出高闕。匈奴右賢王當衛青等兵，以爲漢兵不能至此，飲酒。漢兵夜至，圍右賢王。右賢王驚，夜逃。漢輕騎校尉郭成等逐數百里，不及，得右賢裨王十餘人。《漢·五行志》：許章走馬上林。曹植詩：「走馬長楸間。」「居延」「蕭關」，見五律《使至塞上》詩。

【原眉批】

蔣云：兩種情思，結做一堆。

一、二封侯之志，三、四遠征之悲。

送沈子福之江南

楊柳渡頭行客稀，罟師蕩槳向訓「於」。**臨圻。唯有相思似春色，江南江北送君歸。**

梁簡文詩：「采蓮渡頭擬黄河。」班婕妤《擣素賦》：「慚行客而無言。」謝靈運詩：「臨圻阻參錯。」注：圻，曲岸頭也。二句言罟師蕩槳於臨圻之處，載沈而渡也。此相别之地，非江水也。李陵詩：「萬里遥相思。」謝靈運詩：「江南倦歷覽，江北曠周旋。」按題曰「之江南」，則非江南人也。「送君歸」，謂送君而及其歸也，言春無不遍，思無不從也。

【原眉批】

蔣云：别景寥落，情殊悵然。

又云：相送之情，隨春色所之，何其濃至。

賈至　**春思二首**

梁蕭子雲《春思》《秋思》，并樂府。

草色青青柳色黃，桃花歷亂李花香。東風不爲一作「肯」。**吹愁去，春日偏能惹恨長。**風吹日長，儘是春令，乃不吹愁而惹恨，何其偏也！

《古詩》：「青青河畔草。」陳後主《烏栖曲》：「陌頭新花歷亂生。」王筠詩：「李花春發彩。」徐陵詩：「偏能傅粉復薰香。」

【原眉批】

蔣云：不去，故惹，句法、字法皆妙。

譚云：説春思全無夾雜。

二

紅粉當壚弱柳垂，金花酒色。**臘酒解酴醾。**臘釀始開，故曰解。**笙歌日暮能留客，醉殺長安輕薄兒。**述它人之樂，而己之不平可見已。

賣酒處累土爲墮，以居酒瓮，形如鍜壚，謂之酒壚。司馬相如臨邛賣酒，着犢鼻褌滌器，令卓文君當壚。辛延年詩：「胡姬年十五，春日獨當壚。」張正見詩：「三陽弱柳垂。」蔣云：蜀地多酴醾花，取以造酒。相傳晉山濤治郫時，用筠管釀酴醾作酒，兼旬方開，香聞百步。故蜀人傳其法。唐《輦下記》：寒食賜宰臣以下酴醾酒，即重釀酒也。《玉篇》：酴醾，麥酒也，不去滓飲。《大招》：「長袂拂面，能留客只。」何遜詩：「逐唱迴纖手，聽曲轉蛾眉。日暮留嘉客，相看愛此時。」盧思道詩：「誰能暫留客。」《漢書》：李寶勸劉嘉且觀成敗，光武聞之，告鄧禹曰：「孝孺素謹，當是長安輕薄兒誤之耳。」沈約詩：「洛陽繁華子，長安輕薄兒。」

【原眉批】

蔣云：前首意在此，後首意在彼，各有巧思。

鍾云：闗合之妙，大費人思。

西亭春望

此幼鄰謫居楚中而作。

日長風暖柳青青，北雁歸飛入窅冥。岳陽樓上聞吹笛，能使春心猶言春愁。**滿洞庭。**北雁歸飛已動春愁，及聞吹笛，殆滿大湖。

《國語》：申胥曰：日長炎炎。江淹詩：「閨中風暖陌上草。」隋煬帝詩：「楊柳青青著地垂。」江總詩：「身隨北雁來。」《詩》：「歸飛提提。」《老子》：窈兮冥兮。《楚辭》：「目極千里兮傷春心。」

【原眉批】

鍾云：有所思。

譚云：警語讀之悠然。

初至巴陵與李十二白同泛洞庭湖[一]

楓岸紛紛落葉多，洞庭秋水晚來波。乘興輕舟無近遠，白雲明月吊湘娥。

吴均詩：「落葉尚紛紛。」《楚詞》：「洞庭波兮木葉下。」《莊子》：秋水時至。梁元帝詩：「若使月光無近遠。」「湘娥」，既見。

【原眉批】

蔣云：末句翻李白案。

鍾云：無聊之甚。此景此地同此人，那得不如此？

黄云：「白雲明月」，正爲不知何處，「吊湘君」下一注脚。

【校勘記】

［一］初至巴陵與李十二白同泛洞庭湖：《全唐詩》卷二百三十五作「初至巴陵與李十二白裴九同泛洞庭湖三首」。

送李侍郎赴常州

隋開皇中，廢晋陵郡，置常州。

雪晴雲散北風寒，楚水吴山道路難。今日送君須盡醉，明朝相憶路漫漫。

王粲詩：「風流雲散，一别如何。」《詩》：「北風其凉。」江淹詩：「落葉下楚水。」《説苑》：「子石登吴山而四望。」江淹詩：「吴山饒離袂，楚水多别情。」樂府《續曲歌》：「欲知相憶時。」《楚詞》：「路漫漫其修遠。」

胡濟鼎曰：以後兩句論之，今日送君不可不醉，以「明朝相憶路漫漫」故也。總四句論之，「雪晴雲散北風寒」，所以「送君須盡醉」；「楚水吴山道路難」，所以「相憶路漫漫」。横竪錯綜，秩然不亂，蓋規矩法度之作。

顧華玉曰：不須深語，自露深情。

【原眉批】

蔣云：「今日」「明朝」，遂爲送別常語。

岳陽樓重宴別王八員外貶長沙

至有《巴陵夜別王八員外》詩云：「柳絮飛時別洛陽，梅花落後在三湘。世情已逐浮雲散，離恨空隨流水長。」蓋幼鄰謫在巴陵時，王貶長沙而過巴陵，遇之，夜爲相別，既又於岳陽樓設筵重別也。

江路東連千里潮，青雲北望紫微遥。莫道巴陵湖水闊，闊遠。**長沙南畔更蕭條。**青雲望遥，逐客之情同也，况君去此更遥於我乎？

謝朓詩：「江路東南永。」陰鏗詩：「潯陽千里潮。」張衡詩：「側身北望涕沾巾。」陸雲詩：「逍遥近南畔。」

【原眉批】

蔣云：情景只在眼前。

岑參

封大夫破播仙凱歌

天寶六載，高仙芝爲安西節度，以封常清爲判官，大破吐蕃勃律王及其屬二十餘國。此詩其破勃律時作歟？「播仙」未考，參嘗從常清軍。「凱歌」，見排律《贈蘇味道》詩。

漢將承恩西破戎，捷書先奏未央宮。天子預開麟閣待，祇今誰數貳師功。

《春秋》：齊侯來獻戎捷。《穀梁傳》：軍得曰捷。「未央」，既見。「麟閣」，見五律《送崔著作》詩。《李廣利傳》：大宛國有善馬在貳師城，匿不與。太初元年，以廣利爲貳師將軍，往貳師城取善馬。宛兵迎擊漢兵，漢兵射敗之，宛兵走入，保其城，漢圍其城，攻之四十餘日。宛貴人謀共殺王，持其頭，遣人使貳師約曰：「漢無攻我，我盡出善馬。」漢軍取其善馬数十匹，中馬以下牝牡二千餘匹，立宛貴人昧蔡爲宛王，罷而引歸，封廣利爲海西侯。張晏曰：貳師，大宛城名也。《陳湯傳》：比於貳師，功德百之。

【原眉批】

蔣云：借漢爲比，故下三句俱用漢事。

鍾云：「預開」「誰數」四字，何等力氣。

譚云：取其壯而切。

二

日落轅門鼓角鳴，千群面縛出蕃城。洗兵魚海雲迎陣，秣馬龍堆月照營。

《周禮》：設車宮轅門。《穀梁傳》：置旃以爲轅門。注：昂車以其轅表門。《項羽紀》：項羽召見諸侯將入轅門。《尉繚子》：出國門之外，期日中，設營表，置轅門。庾信詩：「絡鐵本千群。」《左傳》：許男面縛銜璧。注：面縛，縛其手於後，惟見其面也。《説苑》：武王伐紂，風霽而乘以大雨。散宜生曰：「此非妖與？」王曰：「非也，天洗兵也。」左思《魏都賦》：「洗兵海島，刷馬江洲。」梁簡文詩：「洗兵逢驟雨，送陣出黃雲。」「魚海」，見五律《秦州雜詩》。徐陵詩：「雲陣上祁連。」陳子良詩：「嶺雲朝作陣，山月夜臨營。」《漢·西域傳》：樓蘭最近漢，當白龍堆。贊曰：西域近有龍堆，遠則葱嶺。《郡國記》：敦煌，正西關外，有白龍堆沙，匈奴地，形如土龍，身無頭有尾，高大者二三丈，卑者丈餘，皆東北向，謂之龍堆。

【原眉批】

鍾云：邊景如畫，氣雄色鮮。

郭云：整静而不譁，畫出凱旋氣色。

苜蓿烽寄家人〔一〕

唐云：天寶中，嘉州嘗從封常清西征而出玉關。今《凱歌》以下諸詩，大抵皆西征時所作。

苜蓿烽邊逢立春，葫蘆河上淚沾巾。閨中只是空相憶，不見沙場愁殺人。

唐三藏《西域志》：塞上無驛亭，又無山嶺，止以烽火爲識。玉門關外有五烽，苜蓿烽其一也。胡蘆河上狹下廣，洄波甚急，深不可渡。上置玉門關，即西域之襟喉也。《一統志》：葫蘆河在大同府蔚州城北，其水上槽狹，下流闊，有似葫蘆。然發源自廣靈縣豐水而來，下流入定安縣西界。梁武帝詩：「閨中花如綉。」樂府《讀曲歌》：「相憶獨眠度三陽。」《古詩》：「白楊多悲風，蕭蕭愁殺人。」葉弘勛云：閨中相憶無所不至，而於沙場之苦想象不來，以非親歷不意若此之可愁，故曰「空相憶」。舉閨中，則它人可知。

敖子發曰：實歷苦語。

【原眉批】

蔣云：他人只説閨思已足，此更深一層。

譚云：不堪讀。

【校勘記】

［一］苜蓿烽寄家人：《全唐詩》卷二百零一作「題苜蓿峰寄家人」。

玉關寄長安李主簿

東去長安萬里餘，故人那惜一行書。玉關西望腸堪斷，況復明朝是歲除。

何遜詩：「欲寄一行書，何解三秋意。」《詩》：「蟋蟀在堂，歲聿其莫。今我不樂，日月其除。」

【原眉批】

蔣云：又添一意，益復深長。

鍾云：凄楚在末句。

逢入京使

故園東望路漫漫，雙袖龍鍾淚不乾。馬上相逢無紙筆，憑君傳語報平安。

《史·吕不韋傳》：東望吾子，南望吾夫。祖孫登《咏風》詩：「飄香雙袖裏。」《琴操卞和歌》：「空山歔欷涕龍鍾。」余謂此以淚比竹，言多下也。蓋「龍」通「籠」，「鍾」，聚也，謂叢篁也，既見七古《寄杜拾遺》詩。王褒詩：「惟餘馬上曲，猶作出關聲。」陶潛詩：「雖有五男兒，總不好紙筆。」《漢書·外戚傳》：數往來傳語。古樂府：「問客平安不。」

劉會孟曰：辭達。

【原眉批】

譚云：人人有此事，從來不曾寫出，後人蹈襲不得，所以可久。

磧中作

《北邊備對》：漠者，沙磧廣莫，望之漠漠然也。漢以後史家變稱爲磧，磧者，沙磧也，其義一也。

走馬西來欲到天，辭家見月兩回圓。今夜不知何處宿？平沙萬里絶人煙。

《漢·張敞傳》：走馬章臺街。陸機詩：「辭家遠行遊，悠悠三千里。」庾信詩：「御史府中何處宿？」

【原眉批】

鍾云：馬上真境，未嘗行邊者不知此苦。

又云：「兩回圓」，見離家久；「何處宿」，見離鄉遠。

陳眉公云：第三句與權德輿語同，權落句韻，岑落句慘。

虢州後亭送李判官使赴晋絳得秋字

「虢州」，既見。《唐・地理志》：晋州平陽郡、絳州絳縣，皆屬河東道。《一統志》：絳州屬山西平陽府，春秋晋之故絳。

西原驛路掛城頭，客散江亭雨未休。行日值雨，庶幾臨發，有晴而不晴也。「未」字有情。**君去試看汾水上，白雲猶似漢時秋**。

王臺卿詩：「君去戍萬里。」《漢・地理志》：太原郡有汾陽縣，汾水所出。《説文》：汾出太原晋陽山，西南入河。《一統志》：汾河在太原府城西二里。蔣云：汾水源出岢嵐州，在汾州南，歷絳州等處，注於黄河。「汾水」「白雲」，漢武帝事，既見。

敖子發曰：末二句蓋以洞視萬古之意寬之，使其如盛衰相尋於無窮，榮華轉眼如一夢，何必以區區得失交戰於中？

【原眉批】

蔣云：放到日用事生意，「猶」字用力。

徐云：塵視千古，胸懷曠然。

送人還京[一]

匹馬西從天外歸，揚鞭只共鳥争飛。送君九月交河北，君歸而吾不得歸。**雪裏題詩淚滿衣。**

阮籍詩：「長劍出天外。」江總詩：「揚鞭向柳市。」「交河」，在土魯番西，源出祁連山。唐爲交河縣，在長安八千里外。庾信詩：「俱來雪裏看。」

【原眉批】

蔣云：二句畫出歸心。

譚云：結有深意。彼歸京得意，其行太疾，吾留滯之苦，不能堪也。

【校勘記】

［一］送人還京：《全唐詩》卷二百零一作「送崔子還京」。

赴北庭度隴思家

西向輪臺萬里餘，也知鄉信日應疏。隴山鸚鵡能言語，爲報家人數寄書。

「輪臺」，西域地名，在車師國西北千餘里。《漢·西域傳》：桑弘羊奏言：「故輪臺以東有溉田五千頃。」《唐·地理志》：北庭大都護有輪臺縣。《古詩》：「去者日以疏。」「隴山」，既見。《一統志》：隴山多鸚鵡。《鸚鵡賦》：「命虞人於隴底。」《山海經》：黄山有此鳥，其狀如鴞，青羽赤喙，人舌，能言。《易》：家人有嚴君焉。釋寶月詩：「有信數寄書。」

【原眉批】

蔣云：無中生有。

黄云：因所見想出語頭。

鳥在隴山語，家人安得聞？自是風人情語。妙！妙！

酒泉太守席上醉後作

「酒泉」，見七古《飲中八仙歌》。

酒泉太守能劍舞，高堂置酒夜擊鼓。胡笳一曲斷人腸，坐客相看淚如雨。

《漢·趙充國傳》：上拜酒泉太守辛賢爲破羌將軍。《詩》：「擊鼓其鏜。」魏武帝詩：「生民百遺一，念之斷人腸。」劉峻《廣絶交書》：坐客恒滿。

【原眉批】

題云「醉後作」，不苟也。蓋醉後而悲淚，何等苦況。

送劉判官赴磧西[一]

火山五月行人少，看君馬去疾如鳥。都使行營太白西，角聲一動胡天曉。

「火山」，在陝西山丹衛城北，其上土色多紅。按本集中《使交河郡》詩云「暮投交河城」，注：郡在火山東脚，其地苦熱，無雨雪。又《經火山》詩云：「火山今始見，突兀蒲昌東。」又《火山雲歌》云：「火山突兀赤亭口，火山五月火雲厚。」此與《神異經》《述異記》所載火山異矣。《九域志》：太白山在鳳翔郿縣。《録異記》：金星精墜於漢南圭峰之西，號爲太白，其精化爲白石。《水經注》：太白山在武功縣，去長安二百里，俗云武功、太白去天二百里，於諸山爲秀杰，冬夏積雪，望之皓然。然余謂此詩於火山送赴磧西，何與鳳翔太白山有涉？此似謂太白星。古樂府：「遥望辰極，天曉月移。」

【原眉批】

蔣云：又用「揚鞭只共鳥争飛」句。

葉云：只言角動天曉，不言後此何事，而其意已伏於次句中，此含蓄之法。

【校勘記】

［一］送劉判官赴磧西：《全唐詩》卷二百零一作「武威送劉判官赴磧西行軍」。

山房春事

咏梁園古迹。

梁園日暮亂飛鴉，極目蕭條三兩家。庭樹不知人去盡，春來還發舊時花。

「梁園」，見上。《西都賦》：「原野蕭條，目極四裔。」

【原眉批】

鍾云：何等幽然。

又云：「不知」「還發」，多少婉轉。

儲光羲　**寄孫山人**

儲，魯國人，蓋孫與同鄉，而客遊新林也。

新林二月孤舟還，水滿清江花滿山。借問故園隱君子，時時來往住人間。稱其獨往。

《一統志》：新林浦在應天府西南二十里。一名新林巷。謝朓有《新林白板橋》詩。《史記》：老子，隱君子也。《孫登傳》：時時遊人間，所經家或設衣食者，一無所受。

【原眉批】

鍾云：真而淺。

又云：畫意。

杜甫

贈花卿

本集注：花卿名敬定，劍南節度。

錦城絲管日紛紛，半入江風半入雲。此曲祇應天上有，人間能得幾回聞？

《華陽志》：蜀郡名錦城。《益州記》：錦城在州南，張儀所築。漢靈帝《招商歌》注：絲管，琴瑟簫笛之屬。《古詩》：「誰能爲此曲？」第三句暗用鈞天樂事，見排律《送朝集使》詩。《宣室志》：玄宗夢仙子十輩，御雲而下，列於庭，各執樂器而奏之。其度曲清越，殆非人世也。及樂闋，有一仙子前曰：「陛下知此樂乎？此神仙紫雲之曲也。」《列子》：耳目所觀聽，皆非人間之有。

楊用修曰：唐人樂府多唱詩人絶句。杜子美七言絶近百，錦城妓女獨唱其《贈花卿》一首。蓋花卿在蜀頗僭用天子禮樂，子美作此諷之，而意在言外，最得詩人之旨。當時伎女獨以此詩入歌，亦有見哉。子美詩諸體皆有絶妙者，獨絶句本無所解，而近世乃效之，而廢諸家，是其真識冥契，猶在唐世妓人之下乎？

胡元瑞曰：杜《少年行》：「馬上誰家白面郎，臨門下馬坐人床。不通姓名粗豪甚，指點銀餅索酒嘗。」殊有古意。然自是少陵絶句，與樂府無干，惟「錦城絲管」一首近太白。花卿，蓋歌伎。「此曲祇應天上有」，本自目前語，而楊復以措大語釋之，抑何杜之不幸也？

唐云：楊用修曰：花卿在蜀頗僭用天子禮樂，子美作此諷之，意在言外，最得詩人之旨。胡元瑞云：

花卿，歌妓之名，「此曲衹應天上有」，本自目前語，而用修以成都猛將當之，且謂僭天子禮樂，何也？按杜集有《花將軍歌》，亦稱花卿，則此爲敬定無疑。且上聯極言絲管之盛，良非一歌妓所能似，况少陵語不輕造，意必有托，若以「天上」一聯爲目前語，有何意味耶？元瑞復以用修解爲措大語，是不知解者。漢人叙《三百篇》作諷刺者，十居七八，孰非措大語乎？

重贈鄭鍊

蓋鍊新羅郡縣官，而之襄陽省親也。

鄭子將行罷使臣，囊無一物獻尊親。江山路遠羈離日，裘馬謂行路所逢富貴者。**誰爲感激人。**誰能感激佑鄭者乎？

《楚辭》：「歷吉日乎吾將行。」《後漢·范式傳》：當拜尊親，見孺子焉。《古詩》：「路遠莫致之。」范雲詩：「裘馬悉輕肥。」劉琨詩：「鄧生何感激，千里來相求。」

【原眉批】

鍾云：忠孝廉潔語。末句照應第二句。

奉和嚴武軍城早秋[一]

武幕中作。時武破吐蕃於當狗城。

秋風嫋嫋動高旌，玉帳分弓射虜營。已收滴博雲間戍，欲奪蓬婆雪外城。

《楚詞》：「嫋嫋兮秋風。」虞羲詩：「蔽日引高旌。」《抱朴子·外篇》：軍在太乙玉帳之中，不可攻也。後人謂將軍帳曰「玉帳」，本此，兵書有《玉帳經》。《後漢·班超傳》：班超遂將吏士往奔虜營。《困學紀聞》：的博嶺在維州，見《韋皋傳》。蓬婆山在柘州，見《元和郡縣志》。本集注：「滴博」，西山城名。「雲間」，以言其高也。高適上疏：所謂在窮山之巔。公《西山》詩「轉粟上青山」是也。「蓬婆」乃吐蕃城名，在雪山之外，故云幾欲奪之矣。

【原眉批】

譚云：「已收」「欲奪」，説得雄偉。

【校勘記】

[一]奉和嚴武軍城早秋：《全唐詩》卷二百二十八作「奉和嚴大夫軍城早秋」。

解悶

本集有十二首，是其三也。

一辭故國十經秋，每見秋瓜憶故丘。今日南湖采薇蕨，何人爲覓鄭瓜州。

顔延之詩：「故國多喬木。」庾信詩：「秋瓜不值錢。」蔣云：秦時邵平種瓜長安東門，甫長安人，故感秋瓜而懷故鄉。本集《夔府咏懷寄鄭審》詩：「南湖日扣舷。」又有《秋日寄題鄭監湖上亭》詩。舊注審有宅在夔南湖，未考。巫山縣有天池，豈謂此耶？《梁書》：阮居士曰：昔周德雖興，夷、齊不厭薇蕨。公自注：鄭瓜州，鄭秘監審。《品彙》注：鄭審，大曆初爲秘書監，三年出爲江陵少尹。本集注：瓜州，金陵之別號，即今揚州瓜州鎮也。按《本草》有瓜州之大瓜，則其地蓋以瓜名也。此詩率讀難解，言吾流落蜀地既久矣，每感時物，鄉心轉切，然南湖之上，與故人俱，猶足以慰愁矣。而今則獨爲采薇之人，遠隔於故人，何得覓而遇之耶？無聊之甚也。蓋或有與鄭嘗同食瓜，而鄭今適爲瓜州，偶思及之，自然語意，凑合如此。

書堂飲既夜復邀李尚書下馬月下賦

湖月林風相與清，殘尊下馬復同傾。久拌野鶴如雙鬢，杜詩：「黄鵠高於五尺童，化爲白梟似老翁。」與此同句法。**遮莫鄰鷄下五更。**

「拌」字見七律《曲江對酒》詩。《晋·忠義傳》：嵇紹若野鶴之在鷄群。樂府《續曲歌》：「雙鬢如浮雲。」蔣云：「遮莫」猶言儘教，蓋唐人俚語，故當時有「遮莫爾古時五帝，何如我今日郎」之説。太白詩：「遮莫枝根長百尺，不如當代多還往。遮莫親姻連帝城，不如當代自簪纓。」吴吴山云：「遮莫」語，晋世已有之。《搜神記》：張華命犬試狐，曰：遮莫千試萬試，慮其能爲患乎？《記》爲干令升作，亦是晋人。庾肩吾詩：「鄰鷄聲已傳。」《洞冥記》：有司夜鷄，一更爲一聲，五更爲五聲，亦曰五時鷄。

【原眉批】

蔣云：二句甚得當日之意。第三句倒裝法。

譚云：風神骨力俱奇。

黄云：鍾情自道，氣味宛然。

常建　**塞下曲**

題見前。

玉帛朝回望帝鄉，烏孫歸去不稱王。烏孫奉玉帛來朝，回望帝鄉而心服也。**天涯静處無征戰，**

兵氣銷爲日月光。此首言朝廷之功成。

《書》：肆覲東后，五玉三帛。注：玉帛，所以爲贄而見者。棗據詩：「玉帛徵賢良。」《莊子》：乘彼白雲，至於帝鄉。「烏孫」見七古《烏孫佩刀》詩。《孔子世家》：吴楚之君自稱王。《後漢·方術傳》：京師當有兵氣。

【原眉批】

譚云：太平頌聖奇語。

二

北海陰風動地來，明君祠上望龍堆。髑髏盡是長城卒，日暮沙場飛作灰。言作灰飛也。此首言兵卒之多亡。

《莊子》：蛇謂風曰：今子蓬蓬然起於北海。謝脁詩：「切切陰風暮。」《古詩》：「迴風動地起。」石崇《王明君辭序》：明君者，本是昭君，以觸文帝諱改之。蔣云：按今大同府有王昭君墓，疑墓傍有祠。「龍堆」，見上。《莊子》：莊子之楚，見空髑髏。《史·蒙恬傳》：秦已并天下，乃使蒙恬將三十萬衆北逐戎狄，收河南，築長城。陳琳詩：「飲馬長城窟，水寒傷馬骨。」陸機《從軍行》：「苦哉遠征人，北戍長城阿。」《越絶書》：吴王岔公孫聖，使人提於秦餘杭之山，虎狼食其肉，野火燒其骨，東風至，飛揚汝灰。

【原眉批】

唐云：上篇言修文之美，此篇見耀武之非。第三句承「望」字，第四句承「風」字。

送宇文六

花映垂楊漢水清，微風林裏一枝輕。花將飛之狀。**即今江北還如此，愁殺江南離别情。**

《莊子》：焦鷯巢於深林，不過一枝。謝靈運詩：「江南倦歷覽，江北曠周旋。」此言一片花飛減春，江北既已如此，則江南春盡之花萬點愁人，即離情可知矣。

【原眉批】

譚云：「微」字、「一」字、「輕」字，盡洗累氣。

鍾云：直而深。

三日尋李九莊

雨歇楊林東渡頭，永和三日蕩輕舟。只假「永和」，言追蘭亭之遊已。**故人家在桃花岸，直到門前溪水流。**

庾信詩：「雨歇殘虹斷。」王羲之《蘭亭記》：永和九年，歲在癸丑，暮春之初，會于會稽山陰之蘭亭，修禊事也。《續齊諧記》：秦昭王三日置酒河曲，見有金人出，奉水心劍，曰：令君制有西夏。乃因其處立爲曲水。《文選》有《三月三日曲水詩序》。《左傳》：齊侯與蔡姬乘舟于囿，蕩公。注：蕩，摇也。《慕容熙載記》：蕩輕舟於曲光之海。《莊子》：夫子出于山，舍于故人之家。江淹詩：「樹下即門前。」

【原眉批】

鍾云：直直説來，不曾翻案，只覺清健。

高適 **九曲詞**

郭茂倩《樂府集》注：《新唐書》：天寶中，哥舒翰攻破吐蕃洪濟、大莫等城，收黃河九曲，以其地置隴西郡。適由是作《九曲詞》。

鐵騎橫行鐵嶺頭，西看邏逤取封侯。青海只今將飲馬，黃河不用更防秋。進取邏逤，則可以飲馬青海已，豈止防秋于黃河上乎？

《一統志》：「鐵嶺」在盧氏縣北四十里，山極險隘，古設關于此。又：遼東鐵嶺衛在都司城北二百四十里，古有鐵嶺城，在今衛治東南五百里，接高麗界。此所云蓋指盧氏北者。邏逤，吐蕃都城名。《唐書》：吐蕃號君長曰贊普，贊普居跋布川，或邏娑川。「逤」與「娑」同。又《薛仁貴傳》：吐蕃入寇，命爲邏娑道總管。《漢·李廣傳》：廣之軍吏及士卒，或取封侯。「青海」，見上《從軍行》。「黃河」，見七律題。匈奴每以秋至，故曰「防秋」。

【原眉批】

邏，郎佐、魯何二反。逤，蘇個反。

除夜作

旅館寒燈獨不眠，客心何事轉凄然。故鄉今夜思千里，霜唐《解》作「愁」。**鬢明朝又一年。**

謝靈運詩：「旅館眺郊岐。」江總詩：「寒燈作花羞夜短。」陶潛詩：「不眠知夕永。」《漢·外戚傳》：

漢王心淒然憐薄姬。梁武帝詩：「一年漏將盡，萬里人未歸。」三、四句思遠而感時也，或以爲故鄉親友思我，誤矣。

顧華玉曰：此篇音律稍似中唐，但四句中意態圓足自别。

敖子發曰：此詩自爲問答。首句固自淒然，後二句又説出「轉淒然」之情，客邊除夕怕誦此詩。

徐子擴曰：「獨」者，他人不然。「轉」者，比常尤甚，二字爲詩眼。

胡濟鼎曰：「轉」之一字唤起後二句，唐絶句謹嚴，一字不亂下，此類可見。

【原眉批】

蔣云：無數宛曲。

塞上聞吹笛[一]

雪净胡天牧馬還，月明羌笛戍樓間。

借問梅花何處落，塞上原無梅花，故因曲而問之。**風吹一夜滿關山。**暗以雪比梅。

《過秦論》：胡人不敢南下而牧馬。魏武帝詩：「月明星稀。」庾信詩：「戍樓鳴夕鼓。」吴均詩：「風吹承露臺。」

【原眉批】

蔣云：此篇却似中唐。

鍾云：咏「吹」字透切。

「滿」字言梅花，而雪月聲情皆蓄其中矣。

【校勘記】

［一］塞上聞吹笛：《全唐詩》卷二百一十四作「和王七玉門關聽吹笛（一作塞上聞笛）」。

別董大

《李頎集》有《聽董大彈琵琶》詩。《品彙》以爲董庭蘭，疑此即其人也。

十里黃雲白日曛，北風吹雁雪紛紛。莫愁前路無知己，天下誰人不識君？

《楚詞》：「雪紛紛而薄冰。」《四愁詩》：「欲往從之雪紛紛。」秦宓詩：「林麓無知己。」

【原眉批】

蔣云：慷慨悲壯。

鍾云：落句太直。

孟浩然　**送杜十四之江南**

荆吴相接水爲鄉，君去春江正淼茫。日暮孤舟何處泊？天涯一望斷人腸。都從「正淼茫」生。

《墨子》：南則荆、吴之王。《漢·諸侯年表》：東帶江河，薄會稽，爲荆吴。陸機詩：「余固水鄉士。」李善注：水鄉，謂吴也。徐幹詩：「君去日已遠。」《江賦》：「狀滔天以淼茫。」《楚詞》注：淼，滉漾無涯也。

【原眉批】

蔣云：不勝岐路之泣。

鍾云：明净無一點塵氣。

李頎

寄韓鵬

蓋韓爲臨汾縣令。

爲政心閑物自閑，朝看飛鳥暮飛還。見得神明風況。**寄書河上神明宰，羡爾城頭姑射山。**斯人也而有斯山也，所以羡也。

王融詩：「心閑地能隙。」張方詩：「但見飛鳥還。」《管子》：夫鳥之飛，必還山集谷也。《史記》：季布寄書諫竇長君。張正見詩：「路遠寄書空織錦。」范雲詩：「寄書雲間雁。」《司馬穰苴傳》：燕侵河上。正義：河上，黄河南岸，即滄德二州北界。《晋·陸雲傳》：雲補浚儀令，一縣稱爲神明，去官，百姓思之，圖畫形像，配食縣社。《唐·地理志》：晋州平陽郡臨汾縣有姑射山。《一統志》：山西平陽府，秦漢皆爲河東郡地，城西五十里有姑射山，即莊子所謂「有神人居焉」者。《莊子》：藐姑射之山，有神人居焉，肌膚若冰雪，綽約若處子，不食五穀，吸風飲露，乘雲氣，御飛龍，而遊乎四海之外。

【原眉批】

鍾云：首句至理，次句只得如此輕接。

譚云：「心閑物自閑」，幽人妙境，寫入爲政中，夢想不到。

又云：「羡爾」二字不淺不深，妙。

崔國輔　**九日**

國輔坐王鉷舊親，貶竟陵司馬，蓋其時作。

江邊楓落菊花黄，少長登高一望鄉。佳節携家少長登高，而望鄉之情且未已。**九日陶家雖載酒，三年楚客已沾裳。**「陶家」「楚客」，皆以自道。

何遜詩：「雲霧江邊起。」《月令》：季秋之月，菊有黄花。《蘭亭記》：少長咸集。「登高」，見上。「陶家」事，見五絶《行軍九日》詩。《漢·揚雄傳》：好事者載酒肴從遊學。《詩》：「自我不見，于今三年。」江淹詩：「楚客心悠哉。」《四愁詩》：「側身西望涕沾裳。」

【原眉批】

鍾云：一字不能移易。

張謂

題長安主人壁[一]

按正言《贈喬琳》詩云「去年上策不見收，今年寄食仍淹留」，末云「丈夫會應有知己，世上悠悠安足論」，似當與此詩并看，而主人或即喬也。

世人結交須黄金，黄金不多交不深。縱令然諾暫相許，終是悠悠行路心。蓋恨主人，然諾而不遂也。

《新語》：世人莫睹其兆。《史記》：燕太子曰：願因先生得結交於荆卿。阮籍詩：「人知結交易，交友誠獨難。」《史·張耳傳》：不侵爲然諾。江淹詩：「季布重然諾。」江總詩：「分手路悠悠。」《晉書》：王導曰：吾與元規休戚是同，悠悠之談，宜絶。此言猶行路相遇，悠悠無定也。

【原眉批】

蔣云：譏切世情。

鍾云：亦嬉笑，亦怒駡。

黄云：直截説破。

【校勘記】

［一］題長安主人壁：《全唐詩》卷一百九十七作「題長安壁主人」。

送人使河源［一］

《漢·張騫傳》：騫使大夏之後，窮河源。《西域傳》：河有兩源，一出葱嶺，一出于闐。于闐在南山下，其河北流，與葱嶺河合，東注蒲昌海。蒲昌海，一名鹽澤者也，去玉門、陽關三百餘里。隋煬帝初置郡，李靖伐吐谷渾，經積石、河源，即此。

故人行役向邊州，匹馬今朝不少留。長路關山何日盡？滿堂絲竹爲君愁。絲竹不樂而却愁。

《詩》：「嗟予子行役。」相如《大人賦》：「宅彌萬里兮，曾不足以少留。」蔡琰詩：「臨長路兮捐所生。」曹植詩：「收淚即長路。」《蜀都賦》：「羽爵執競，絲竹乃發。」

【原眉批】

鍾云：四語韻勝，有龍標手段。

【校勘記】

[一]送人使河源：《全唐詩》卷一百九十七作「送盧舉使河源」。

王之渙　**涼州詞**

涼州詞，説已見。

黄河遠上謂上流。**白雲間，一片孤城萬仞山。羌笛何須怨楊柳，春光不度玉門關。**玉關斷春色，羌笛奏楊柳，各自淒楚情況，乃復相構成一段。語意極深，詞極婉，所以尤妙也。

沈約詩：「置嶺白雲間。」《列子》：太行、王屋二山，高萬仞。庾信《終南山銘》：立壁千丈，横峰萬仞。

沈約詩：「春光發隴首。」

王敬美曰：于鱗選唐七言絶句，取王龍標「秦時明月漢時關」爲第一。于鱗意止擊節「秦時明月」四字耳。必欲壓卷，還當于王翰「葡萄美酒」、王之渙「黄河遠上」二詩求之。

【原眉批】

王云：言渺遠無際，如掛在白雲間者。

又云：春光不過玉門，則玉門關外安得有任怨之柳？

九日送別

薊庭蕭瑟可悲。**故人稀**，可悲。**何處登高且送歸**。至是悲不可勝。「何」字猶「今夕何夕」之「何」。**今日暫同芳菊酒，明朝應作斷蓬飛**。

沈約詩：「送歸顧慕泣淇水。」魏文帝《與鍾繇書》：九月九日，惟芳菊紛然獨菲。薛道衡詩：「明朝轉蓬征。」魏文帝詩：「田中有轉蓬，隨風遠飄揚。」

蔡希寂[一]

洛陽客舍逢祖咏留宴

綿綿漏鼓洛陽城，見居靜宵長，正是留宴情況。**客舍平**一作「貧」。**居絶送迎**。見唯君足以邂逅。**逢君買**一作「貰」。**酒因成醉，醉後焉知世上情**。

《詩》：「綿綿瓜瓞。」綿綿，不絶貌。《史・商君傳》：商君欲舍客舍。費昶詩：「長安客舍門。」謝靈運詩：「貧居晏里閈。」《史・酷吏傳》：寧成側行送迎。《漢・高帝紀》：高帝常從王媪、武負貰酒，時飲醉卧。注：「貰」，賒也，音世。

【校勘記】

［一］寂：底本訛作「叔」，據《全唐詩》改。

吴象之　**少年行**

少年行，已見。

承恩借獵小平津，使氣常遊中貴人。一擲千金渾是膽，家徒一作「無」。**四壁不知貧。**

《後漢·靈帝紀》：讓、珪等復劫少帝、陳留王走小平津。注：小平津，在今鞏縣西北。蔣云：平津鄉，漢屬故高城縣，今滄州鹽山縣界。公孫弘以宰相封平津侯，即此。吴均詩：「鷄鳴上林苑，薄暮小平津。」梁元帝詩：「西接長楸道，南望小平津。」《李廣傳》：使中貴人從廣。服虔曰：内臣之貴幸者。梁昭明詩：「一擲黄金留上客。」《宋書·武帝紀》：劉毅樗蒲，一擲百萬。《蜀·趙雲傳》：先主曰：子龍一身都是膽也。《史·司馬相如傳》：家貧，徒有四壁，更無資産。

【原眉批】

蔣云：妙在「渾是膽」三字。

鍾云：妙在「不知貧」。

張潮　**江南行**

江南行，樂府題。

茨菰葉爛别西灣，蓮子花開猶未還。妾夢不離江上水，只夢相别處。**人傳郎在鳳凰山。**乃悲夢路亦不可通。

茨菰，生水田中，五月間白花，至冬葉死而根可食，有無花者，其根佳，江南多有之。江淹詩：「采蓮南塘秋，蓮花過人頭。低頭弄蓮子，蓮子青如水。」鳳凰山，南北有數十處，不必泥其所指，然「鳳凰」字亦有情。

【原眉批】

吴云：「妾夢」二句，最能狀閨人之貞静，蓋目之所接，夢止此耳。

黄云：「妾夢」「人傳」，總非實境。

嚴武　**軍城早秋**

昨夜秋風入漢關，朔雲邊月滿西山。更催飛將追驕虜，莫遣沙場匹馬還。

《史·匈奴傳》：冒頓悉復收秦所使蒙恬所奪匈奴地者爲漢關。曹攄《感舊賦》：「胡馬仰朔雲。」「飛將」，見上《從軍行》。匈奴遺漢書，自稱「天之驕子」。《宋·恩倖傳》：徐爰之議曰：儻有自送，可使匹馬不反。

田子藝曰：氣概雄壯，武將本色。

【原眉批】

鍾云：壯氣與秋風齊高。

二句見邊地氣候別。

李華　**春行寄興**

宜陽城下草萋萋，澗水東流復向西。芳樹無人（見）花自落，春山一路鳥空啼。蓋天寶亂後之景。

《史記》注：宜陽，即韓城也，在洛州。《漢·地理志》：弘農郡有宜陽縣。《一統志》：河南府宜陽縣，後魏爲宜陽郡。劉琨詩：「泠泠澗水流。」《詩》毛傳：山夾水曰澗。江總詩：「孤關一路平。」

【原眉批】

鍾云：情致俱幽。

劉長卿　**重送裴郎中貶吉州**

《唐·地理志》：吉州，廬陵郡，屬江南道。於明江西吉安府。

猿啼客散暮江頭，人自傷心水自流。同作逐臣君更遠，青山萬里一孤舟。苦甚。

徐陵詩：「猿啼知谷晚。」隋煬帝詩：「暮江平不動。」蔣云：唐人屢用「一孤舟」連字，如孟浩然「風鳴兩岸葉，月照一孤舟」；賈至「江邊數杯酒，海内一孤舟」；劉昚虚「滄溟千萬里，日夜一孤舟」；岑參「澧上一孤舟」；杜牧「萬山深處一孤舟」。惟加「一」字，益覺孤舟之凄楚。宋人病其爲復，非知詩者。

【原眉批】

蔣云：兩「自」字，有情無情之别，最佳。

沈云：時文房亦貶爲南巴尉。

鍾云：此詩獻之朝堂，縱無賜還之望，當亦深惜别之悲。

送李判官之潤州行營

潤州，明鎮江府。

萬里辭家事鼓鼙，金陵驛路（自）**楚雲西。江春不肯留行客，草色青青送馬蹄。**

此蓋在南巴送之也，故曰「楚雲西」。《禮記》：君子聽鼓鼙之聲，則思將率之臣。《説文》：鼙，騎鼓也。

【原眉批】

蔣云：「送」字佳。江春不留，草色以送，殆難爲情。

譚云：立意高達。

唐云：不言行客不留，而言江春不肯留，正翻弄法。

錢起　**歸雁**

瀟湘何事等閑回，何不住此而北飛耶？**水碧沙明兩岸苔**。極言瀟湘風土之佳。**二十五弦彈夜月，不勝清怨却飛來**。所以北飛，豈以是耶？皆設言也。

雁至衡陽而回，既見前。《湘川記》：湘水出自陽朔，至清，深五六尺餘，下見底了然，石子若樗蒲，白沙如霜雪，赤岸如朝霞。《封禪書》：黄帝使素女鼓五十弦瑟，瑟聲悲，故破爲二十五弦，瑟中有《歸雁操》。鮑令輝詩：「鳴弦慚夜月。」仲文嘗有《湘靈鼓瑟》詩，爲時所稱，此詩亦以瑟有《歸雁操》而托湘妃靈言之也。湘妃事，見上《泛洞庭湖》詩。

【原眉批】

鍾云：奇幻。

吴云：情與境會，觸緒牽懷，爲比爲興，無不妙合。

韋應物　**登樓寄王卿**

踏閣攀林恨不同，楚雲滄海思無窮。數家砧杵秋山下，一郡荆榛寒雨中。

謝靈運詩：「攀林搴落英。」《史・張湯傳》：吾使生居一郡。「砧杵」，見五古《子夜吴歌》。潘岳詩：「荆棘成榛。」《淮南子》：叢木曰榛。

劉會孟曰：如此開合，野興甚濃，正是絶意。復增兩聯，即情味不復如是。

【原眉批】

蔣云：登樓愁思，宛然下淚。

譚云：字字有恨。

酬柳郎中春日歸揚州南郭見別之作

郭，一本作「國」，非。

廣陵三月花正開，花裏逢君醉一迴。南北相過殊不遠，暮潮歸去早潮來。

《史·貨殖傳》：廣陵，東楚也。注：廣陵，揚州也。王融詩：「花裏寄春情。」《貨殖傳》：合肥受南北潮。何遜詩：「暮潮還入浦。」梁簡文詩：「可憐淮水去來潮。」按此柳將歸揚州南郭，與韋別于蘇州，有詩，而韋酬之也。廣陵佳地，柳詩蓋有欲邀共遊之意，故韋應之云：蘇與揚南北不遠，旦暮去來，正當春花盛開之時，幸往逢君一醉于花裏也。韋時爲蘇州刺史。

【原眉批】

鍾云：只是一自然，便極幽迥。

皇甫冉　**送魏十六還蘇州**

《唐·地理志》：蘇州，吴郡，屬江南道。

秋夜沈沈此送君，陰蟲切切不堪聞。歸舟明日毗陵道，回首姑蘇是白雲。

顔延之詩：「陰虫先秋聞。」謝朓詩：「切切陰風暮。」又：「天際識歸舟。」《漢・地理志》：毗陵，季札所居。《越絶書》：毗陵，故爲延陵，即今常州府。王粲詩：「回首望長安。」《一統志》：蘇州府，秦會稽郡，晋、宋、齊、梁皆爲吴郡，隋開皇中改曰蘇州，因姑蘇山爲名。宇云：茂正，潤人，進士，授無錫尉，避難居陽羡。大曆中，河東節度使王縉鎮徐州，辟爲掌書記。此詩曰「明日毗陵」，則非徐州明矣。而其居潤與在無錫不可知也。「回首姑蘇是白雲」，言故鄉易望也。回首，猶言矯首也。余謂舟中不必東向坐，何妨曰回首？古人語不苟。

【原眉批】

蔣云：意在言外。

曾山送别

《一統志》：曾山在浙江遂昌縣，一名西山，又名文筆峰。唐屬括州。

凄凄遊子若飄蓬[一]**，明月清樽祗暫同。南望千山如黛色，愁君客路在其中。**

《白頭吟》：「凄凄重凄凄。」曹植詩：「轉蓬離本根，飄飄隨長風。類此遊客子，捐軀遠從戎。」古樂府：「清樽發朱顔。」謝朓詩：「春夜别清樽。」《嶺南異物志》：海中有二島如黛。鮑照書：半山以下，純爲黛色。

【原眉批】

蔣云：遂從去路得境，落句用助語入詩。

譚云：婉至。

【校勘記】

［一］若：底本訛作「苦」，據《全唐詩》卷二百五十改。

韓翃 **寒食**

《荆楚歲時記》：清明前二日謂之寒食。《鄴中記》：并州爲介子推斷火，冷食三日。《漢・周舉傳》：太原一郡舊俗，以介子推焚骸，每冬輒一月寒食。魏武帝令：太原、上黨，冬至後百有五日，皆絶火。蔣云：唐時，京城寒食火禁極嚴，以鷄羽入灰有焦者皆罪之。清明日乃取榆柳火以賜近臣。燭，所以傳火。元稹詩「特敕宫中許然燭」是也。《五雜俎》：先王之制，鑽燧改火，雖云節宣天地之氣，然亦迂矣。寒食禁火，以爲起介子推者，固俗説之誤，而以爲龍星見東方，心爲大火，懼火之盛而禁之，則尤迂之迂也。《唐史遺事》：德宗時，制誥闕人，上批曰：「與韓翃。」時有同姓名者，中書再具二人同進。上書翃《寒食》詩，末批云：「與此韓翃。」

春城無處不飛花，寒食東風御柳斜。日暮漢宫傳蠟燭，青煙散入五侯家。可見五侯先賜得新火。

《荆楚歲時記》：江淮間寒食日皆折柳插門。《後魏書》：世祖南伐，劉義恭獻蠟燭。唐《輦下歲時記》：清明日，取榆柳之火以賜近臣。《漢·宦者傳》：桓帝封單超等五人爲縣侯，世謂「五侯」者，是權歸宦者，朝政日亂。唐自肅、代以來，宦者權盛，政之衰亂侔漢矣。此詩蓋諷也。

【原眉批】

鍾云：自然壯麗。

送客知鄂州

《唐·地理志》：鄂州江夏縣，屬江夏郡。《一統志》：湖廣武昌府，楚熊渠封其子紅爲鄂王，始名鄂。吴置武昌郡，隋平陳，改置鄂州，唐因之。

江口千家帶楚雲，江花亂點雪紛紛。春風落日誰相見，青翰謂鷁。**舟中有鄂君。**

《吴越春秋》：越王將選死士，出三江之口。梁簡文詩：「相將渡江口。」蘇武詩：「相見未有期。」左克明《古樂府》引《説苑》：鄂君子晳乘青翰之舟，越人擁楫而歌曰：今夕何夕兮，放舟中流。今日何日兮，與子同舟。於是鄂君乃以揄袂行而擁之，舉綉被而覆之。鄂君，楚王母弟也。

【原眉批】

蔣云：自相唤應。

譚云：句句點綴。

鍾云：輕巧。

宿石邑山中

《韓非子》：董安于爲趙上地守，行石邑山中，澗深峭如墻，深百仞。《一統志》：真定府獲鹿縣本戰國趙之石邑縣，有西屏山，高數百丈，爲一郡奇景。此詩疑指此山。

浮雲不共此山齊，言山之高。**山靄蒼蒼望轉迷，**言山之深。**曉月暫飛千樹裏，**深中有高。**秋河隔在數峰西。**高中有深。

《古詩》：「西北有高樓，上與浮雲齊。」鮑照《舞鶴賦》：「曉月將落。」《貨殖傳》：燕秦千樹栗。謝朓詩：「秋河曙耿耿。」○片孝秩云：暫，忽卒也，言山靄蒼蒼，望迷方程，忽睹月行，而及秋河，始得認東西也。極言山之深邃。

胡元瑞曰：高華明秀而古意内含，非初非盛，直是梁、陳妙語而行以唐調者。

【原眉批】

鍾云：中唐此絶不可多得。

譚云：道得真率，棁爾流利。

唐云：「暫飛」「隔在」，四字奇絶。

李端　**送劉侍郎**

幾人同入謝宣城，未及酬恩隔死生。唯有夜猿知客恨，嶧陽溪路劉所經路。**第三聲。**似相知有喚，一「第」字可見促得客淚。

宣城，見五律題。《宋書》：宣城太守，晋武帝太康元年分丹陽立。沈約詩：「驥老心未窮，酬恩豈終畢。」梁武帝詩：「與君隔死生。」梁元帝詩：「三聲悲夜猿。」《書》：嶧陽孤桐。注：嶧，山名，在鄒縣。陽者，山南也。《一統志》：葛陂山，在邳州城西北六里，古文以爲嶧山。此詩舊注以爲劉曾居宣城，賓客多從遊者。余謂謝宣城或别有所指，「隔死生」三字亦必有事實，然不可考，姑闕疑耳。

張繼

楓橋夜泊

《一統志》：楓橋，在蘇州府城西七里，面山臨水，南北往來必經於此。《豹隱紀談》：楓橋，舊作「封橋」，王郇公居吴時書張繼詩刻石作「楓」字，相承至今，蓋因詩中「江楓」字而訛也。天平寺藏經多唐人書，背有「封橋常住」四字朱印。翁逢龍亦云寺有藏經，題「至和三年曹文乃寫施封橋寺」，作「楓」者非。

月落烏啼霜滿天，江楓漁火對愁眠。姑蘇城外寒山寺，夜半鐘聲到客船。江楓，一作「江村」，非。

沈約詩：「月落宵向分。」庾肩吾詩：「江楓拂岸遊。」葉弘勛云：楓橋，有小橋，號江村橋，有小山，號愁眠山，皆由此詩傳會也。「姑蘇」，見七古《吴宫怨》。寒山寺，在蘇州城西一十里。《甯戚歌》：「從昏飲牛薄夜半。」《左傳》：季札將宿于戚，聞鐘聲嗚。余謂「月落烏啼」叙爾時實景，非云天曉。「霜滿天」亦謂霜候已。「江楓漁火對愁眠」，愁中不睡着也，「月落烏啼」乍疑天曉，而猶爾聞半夜之鐘，其倦夜惆悵之狀可見矣。吴吴山云：按僧寺夜鐘往往有之。許有功謂此地名「無常鐘」，又後人有以「愁眠」爲山名者，皆屬傳會。且解者紛紛以爲此篇與韋蘇州《西澗》詩皆非事實，不知捨真景必無佳語也。吴又曰：宋歐陽永叔云：滁無西澗，北有一澗，淺不勝舟，春潮不通。今按六合水口即通江潮，去滁不遠，安知唐宋州境必無廣狹不同？況高谷深陵，九河且失故道，又安知唐時之滁無西澗而不勝舟、不通潮耶？余謂吴山斯説破元瑞之論，太有理，故備録之。又按于鵠詩「遥聽維山半夜鐘」，白樂天詩「半夜鐘聲後」，皇甫冉詩「夜半隔山鐘」，温庭筠詩「無復松窗半夜鐘」，陳羽詩「隔水悠揚午夜鐘」，李洞詩「月落長安半夜鐘」，唐人詩多用此，而歐陽永叔以爲語病，蓋當時無有夜半鳴鐘，而唐時有之，明矣。

【原眉批】

蔣云：顧不言，難爲聽。

顧況　**聽角思歸**

《説文》：角長五尺，形如竹筒，本細末大。《樂志》：按古軍法有吹角者，此器俗名拔邏迴，蓋胡虜警軍之音。《車服儀》：角本出羌胡，以驚中國之馬。《晉書》：蚩尤氏帥魑魅與黄帝戰于涿鹿，帝乃命吹角爲龍鳴以禦之。

故園黄葉滿青苔，夢後分明是故園夢。**城頭曉角哀。此夜斷腸人不見，起行殘月影徘徊。**

「徘徊」字屬人屬月并通。

《魏書》：武帝征烏桓，軍士思歸，乃減角爲中鳴，其聲尤悲。謝朓詩：「故心人不見。」《詩》：「載起載行。」梁元帝詩：「月中含桂樹，流影自徘徊。」

【原眉批】

蔣云：此結真可斷腸，足見無聊之態。

鍾云：欷歔感慨，有懷土之思。

宿昭應

「昭應」，見七古《畫馬引》注。天寶六載，改温泉宮名「華清宮」，又於其間起老君殿，左朝元閣，右長生殿。

武帝祈靈太乙壇，新豐樹色繞千官。那知今夜長生殿，獨閉空山月影寒。

太乙壇，在陝西臨潼縣東南驪山上。《史·孝武紀》：亳人薄誘忌奏祠泰一方，曰：天神貴者泰一，泰一之佐曰五帝。古者天子以春秋祭泰乙東南郊，曰太牢，具七日，爲壇，開八通之鬼。於是天子令太祝立其祠長安東南郊，常奉祠如忌方。蓋玄宗信田周秀言，祀老子於朝元閣，猶漢武信誘忌言祀太乙，故假武帝稱之。驪山，古之驪戎國。秦爲驪邑，漢祖徙豐民實之，命曰新豐。山之麓，温泉所出，唐玄宗天寶初，析置會昌縣於温泉，尋改曰昭應，省新豐入焉。長生殿，在温泉宫内。程大昌《雍録》：長生殿，齋殿也，有事于朝元閣，則齋沐於此殿。柳惲詩：「月影入蘭臺。」《貴妃别傳》：七月七日夜，明皇御長生殿，執貴妃手密相誓曰：願世世爲夫婦。

顧華玉曰：諷意高。

【原眉批】

蔣云：不勝古今之感，「那知」字、「獨」字皆切要。

鍾云：凡吊古詩俱要得此體格，方爲真切。

湖中

青草湖邊日色低，黄茅瘴裏鷓鴣啼。丈夫飄蕩今如此，一曲長歌楚水西。

《方輿勝覽》：青草湖，一名巴丘湖，北連洞庭，南接瀟湘，東納汨羅。每夏秋泛，與洞庭爲一水，涸則此湖先乾，青草生焉。《番禺雜編》：嶺外二三月爲青草瘴，四五月爲黄梅瘴，六七月爲新木瘴，八九月爲黄茅瘴。《樂府》：「梅花飄蕩落南家。」徐陵詩：「戰氣今如此。」

【原眉批】

鍾云：景色蕭條。

黄云：「一曲長歌」，不失「丈夫」故步。

戴叔倫　**夜發袁江寄李潁川劉侍郎**[一]

自注：時二公流貶在此，戴時在曹王皋江西幕府。《一統志》：袁江，源出袁州府萍鄉縣瀘溪，至臨江府南十里入清江。《唐書·地理志》：河南道有潁川郡。

半夜回舟入楚鄉，月明山水共蒼蒼。孤猿更叫秋風裏，不是愁人亦斷腸。況我愁人。

徐陵詩：「迴舟隱去檣。」左思詩：「山水有清音。」又：「山暝孤猿吟。」

【原眉批】

蔣云：淺淺語轉覺思深。

譚云：全於「夜發」處着想。

【校勘記】

〔一〕夜發袁江寄李潁川劉侍郎：《全唐詩》卷二百五十作「夜發沅江寄李潁川劉侍郎」。

包何　**寄楊侍御**

一官何幸得同時，包嘗與楊同仕在廷。**十載無媒獨見遺。**爾後楊進而包不達。**今日莫論腰下組，請君看取鬢邊絲。**彈冠之心，至此既灰。

《莊子》：知郊一官。何遜詩：「一官乃任真。」《史・相如傳》：上曰：朕獨不得與此人同時哉！鮑照詩：「十載學無就。」組，印綬也，長一丈二尺，繞腰以繫印。金印紫綬，銀印青綬，銅印黃綬，各有差等。陶潛詩：「鬢邊早已白。」

【原眉批】

鍾云：深入世味。

李益

汴河曲

與劉禹錫《楊柳枝詞》皆歌亡隋之曲。

汴水東流無限春，隋家宫闕已成塵。行人莫上長堤望，風起楊花愁殺人。

汴水，源出滎陽縣大周山，合京、索、須、鄭四水，東經開封府城，又東合蔡河，注泗州，下入于淮。《西漢志》：永平十二年修汴渠，王景築堤，自滎陽至于東海口，千餘里。《隋書》：煬帝大業元年，自長安至江都置離宫四十餘所，自板渚引河，達于淮河，謂之御河。河畔築道樹柳，名曰隋堤，在汴河故道。《古詩》：「白楊多悲風，蕭蕭愁殺人。」

【原眉批】

鍾云：説得亡隋景象不堪，令人不敢爲樂矣。

聽曉角

邊霜昨夜墮關榆，吹角當城片月孤。無限塞鴻飛不度，秋風吹入小單于。

梁武帝詩：「邊城應早霜。」《漢・枚乘傳》：秦北備榆中之關。《一統志》：榆關在永平府撫寧縣東二十里，一名臨閭關。秦蒙恬破胡，植榆爲塞，故塞下多榆木。周趙王詩：「關塞榆葉不成錢。」「吹角」，見上。《樂府》：唐大角曲有大單于小單于，唐人詩又有「一曲單于暮風起，扶蘇城上月如鈎。新月高城三百雉，角聲吹徹小單于」。按「不勝清怨却飛來」「聞聲一半却飛回」「不待天明盡北飛」，并與此詩皆言雁之驚音而却飛也。結句假用小單于曲名，謂雁之却入胡天已。

【原眉批】

鍾云：無限凄其。

黄云：意佳句更渾涵，必如此方是作者。

夜上受降城聞笛

《唐・地理志》：豐州九原郡有東受降城、中受降城、西受降城，景雲三年，朔方軍總管張仁愿築。《一統志》：東受降城在廢東勝州北八里，中受降城在大同府城西北五百里，西受降城在古豐州西北八十里。

回樂峰前沙似雪，受降城外月如霜。不知何處吹蘆管，一夜征人盡望鄉。

《舊唐・地理志》：靈州大都督府有迴樂縣，其峰未詳。蔣云：回樂峰，在山西大同府西五百里。《拾遺記》：蓬山有浮筠之簳，下有砂礫，細如粉，暴風至，竹條翻起，拂細砂如雪。《漢・武帝紀》：遣因杅將軍公孫敖築塞外受降城。「蘆管」，即笳，既見。

王元美曰：元和以後，絶句李益爲勝，韓翃次之。「回樂峰」一絶，何必王龍標、李供奉？

【原眉批】

蔣云：此首顯説。

鍾云：此章的堪與李、王二公競美。

從軍北征

天山雪後海風寒，横笛偏吹行路難。磧裏征人三十萬，一時回首月中看。

「行路難」，見《上皇西巡歌》。「磧」，見上。《史・蒙恬傳》：乃使蒙恬將三十萬衆北逐戎狄。江總詩：「會逐姮娥戲月中。」結句「看」字，蔣以爲望鄉，唐以爲看吹笛之人，余謂此唯形容聞笛起情之狀，不必偏推。

【原眉批】

蔣云：此首隱説。

楊柳枝詞

劉禹錫

楊柳枝詞，説見上《汴河曲》。

煬帝行宫汴水濱，數株楊柳不勝春。晚來風起花如雪，飛入宫墻不見人。只是無人之意。

《吴都賦》：「行宫之基。」注：天子行所立名行宫。江總詩：「風高暗緑凋殘柳。」王緝之《柳花賦》：「颺零花而雪飛。」

【原眉批】

蔣云：吊古都不出此意。

與歌者何戡

一作「自貶所歸京聞何戡歌」。《盧氏雜説》：何戡，樂工也。謝叠山謂爲歌妓者，非。

二十餘年別帝京，重聞天樂即謂何戡所奏之樂。**不勝情。舊人唯**「唯」字可見二十年間人多銷亡。**有何戡在，更與**（我）**殷勤唱《渭城》**。「更」字可見奏它樂罷，又故唱《渭城》，以久別之後聞送別之曲，愈益不勝情，可知也。

按禹錫以貞元二十二年貶朗州司馬，居十年，召還京師，復出爲連州刺史，又十四年，入爲主客郎中。梁鴻《五噫》：「顧視帝京兮噫。」何妥詩：「天樂非鐘鼓。」《漢·王嘉傳》：小人不勝情。唐人餞別多唱《渭城》，即王右丞「渭城朝雨浥輕塵」詩也，每句皆再唱，而第一句不叠，故曰「陽關三疊」。

浪淘沙詞

浪淘沙詞，樂府題。

鸚鵡洲頭浪颭沙，青樓春望日將斜。銜泥燕子争歸舍，獨自狂夫不憶家。

鸚鵡洲，見七律《黄鶴樓》詩。江淹詩：「望郎上青樓。」傅玄《陽春賦》：「燕銜泥於廣庭。」《詩》：「狂夫瞿瞿。」

【原眉批】

蔣云：人情祗在口頭。

鍾云：觸景含情，幽恨難寫。

譚云：後兩句亦足愧人之流蕩忘返者。

自朗州至京戲贈看花諸君子[一]

《唐·地理志》：播州，播川郡，本朗州，貞觀十三年更名。在明湖廣常德府。

紫陌紅塵拂面來，無人不道看花回。玄都觀裏桃千樹，盡是劉郎去後栽。

王容詩：「東風拂面來。」江淹詩：「不知誰家子，看花桃李津。」《雍録》：玄都觀在朱雀街西。《一統志》：玄都觀，在陝西西安府城内崇業坊。正元二十一年，禹錫爲屯田員外郎時，此觀未有桃花。是歲，坐王叔文黨，貶朗州司馬。居十年，宰相憐其才，召至京師，人人皆言有道士手植仙桃滿觀，如紅霞，遂賦此詩。其意以譏新貴滿朝也。時論以爲輕薄，又黜。後十年召還，重遊此觀，蕩然無復一樹，惟兔葵、燕麥動搖春風耳。因再題云：「百畝庭中半是苔，桃花凈盡菜花開。種桃道士歸何處？前度劉郎今又來。」時益薄之。

敖子發曰：風刺時事，全用此體。

【原眉批】

鍾云：敘得清爽。

【校勘記】

［一］自朗州至京戲贈看花諸君子：《全唐詩》卷三百六十五作「元和十一年自朗州召至京戲贈看花諸君子」。

張籍　**涼州詞**

「涼州」，見上題。

鳳林關裏水東流，白草黃榆（爲中國地者僅）**六十秋。邊將皆承主恩澤，無人解道取涼州。**

《唐書·地理志》：河州安昌郡有鳳林縣，縣北有鳳林關。《一統志》：鳳林關，在臨洮府蘭縣黃河側。

「白草」「黃榆」，并見上。涼州，本明皇所開，其後六十年而陷於吐蕃。《後漢書》：許曼謂馮緄曰：三歲之後，君當爲邊將。《漢書·武五子傳》：主恩不及下究。周成王《神鳳操》：「賴先人兮恩澤臻。」

十五夜望月[一]

王建

中庭地白樹棲鴉，冷露無聲濕桂花。今夜月明人盡望，不知秋思在誰家。恐無如我。

《西都賦》：「列鐘虡於中庭。」《詩》：「無聲無臭。」宇云：見鴉棲樹，月光透明，夜深景幽也。露元無聲不須言，而言無聲者，以其多而疑有聲也，語意新奇，妙，妙。

【原眉批】

鍾云：形容情景，妙絶千古。

【校勘記】

[一]十五夜望月：《全唐詩》卷三百零一作「十五夜望月寄杜郎中」。

武元衡

送盧起居[一]

唐制起居舍人屬中書，起居郎屬門下，天子有命則臨階俯聽，退而書之，以爲起居注。

相如擁傳有光輝，何事闌干淚濕衣。舊府東山餘妓在，重將歌舞送君歸。

《史記》：司馬相如者，蜀郡成都人。漢武帝時，邛、筰之君長聞南夷與漢通，請吏，比南夷。乃拜司馬相如爲中郎將，馳傳至蜀，太守以下郊迎，縣令負弩矢先驅，蜀人以爲寵。劉孝威詩：「更憶相如乘傳歸。」《胡笳》：「嘆息欲絶兮淚闌干。」闌干，淚流貌。《晋書》：謝安放情丘壑，每遊賞必以妓女從後，雖受朝任，然東山之志始未曾渝。宇云：此蓋盧奉使適其鄉，故用相如比之。歸者謂其復歸朝也。余謂舊府謂故鄉，楊炯詩「送君歸舊府」是也。

【原眉批】

道周云：起得新，結得妙。

【校勘記】

[一]送盧起居：《全唐詩》卷三百一十七作「重送盧三十一起居」。

嘉陵驛[一]

《一統志》：嘉陵驛，在四川保寧府廣元縣西二十里，唐利州。《舊唐書》：元和二年，元衡以平章事充劍南西川節度使。此入蜀時作。

悠悠風旆繞山川，山驛空濛雨作煙。路半嘉陵頭已白，蜀門西更上青天。

謝朓《觀朝雨》詩：「空濛如薄霧。」注：空濛，雨微貌。《漢·地理志》：武都郡有嘉陵道。《北史》：邢巒表云：自軍度劍閣以來，鬢髮中白。張載《劍閣銘》：惟蜀之門。《說苑》：危如纍卵，難於上天。李白《蜀道難》：「蜀道之難，難於上青天。」

【原眉批】

鍾云：即景亦悲，即事亦苦。

【校勘記】

[一]嘉陵驛：《全唐詩》卷三百一十七作「題嘉陵驛」。

張仲素　**漢苑行**

回雁高飛太液池，新花低發卑枝花當晚，而亦已發。**上林枝。年光到處皆堪賞，春色人間總未知。**

《封禪書》：建章宫其北治大池，漸臺高二十餘丈，名曰泰液池，中有蓬萊、方丈、瀛洲、壺梁，象海中神山。《關輔古語》：漢太液池，在長安故城西，建章宫北，未央宫西南，其間鳧雁充滿，及鷫鵝、鵁鶄之屬，動輒成群。太液者，言其津潤所及廣也。「上林」，既見。盧元明詩：「晼晼年光麗。」陰鏗詩：「上林春色滿。」

【原眉批】

鍾云：才情飄逸。

塞下曲

塞下曲，已見。

三戍漁陽再度遼，可見是諳鍊武夫。**騂弓在臂箭横腰。**强矯之態。**匈奴似欲知名姓，休傍陰山更射雕。**

舜分冀東北爲幽州，青東北爲營州。秦以幽州爲遼西郡，營州为遼東郡，漢因之。《漢・宣帝紀》：烏桓反，以范明爲度遼將軍，言當渡遼水往擊之，故以爲官號。《詩》：「騂騂角弓。」《史記》：項羽曰：書足以記名姓而已。「射雕」，見五律《觀獵》詩。吴吴山云：「三戍」「再度」，久于塞下，故匈奴射雕者欲知名姓而斂避，首尾正相迴映。余謂此正用斛斯光事，言匈奴以其「三戍」「再度」，故頗屬目，欲知名姓，慎勿以射雕技觀之，使渠逾益窺識也。射雕亦應第二句。引李廣事解之者謬。

【原眉批】

黄云：起得便雄偉。

又

朔雪飄飄開雁門，平沙歷亂捲蓬根。二句無「風」字而見風。**功名耻計擒生數，直斬樓蘭報國恩。**子美「擒賊須擒王」同意。

鮑照詩：「胡風吹朔雪。」《漢·地理志》：雁門郡，秦置，屬并州。《一統志》：太原府代州北有雁門關。《晏子》：譬之猶秋蓬也，孤其根而美枝葉，秋風一至，根且拔矣。王僧達詩：「孤蓬捲霜根。」「樓蘭」，見上《從軍行》。《後漢·朱歷傳》：榮寵過厚，不念報國恩。

【原眉批】

鍾云：猛氣横飛，剛風畢露，武弁氣象當如此雄壯。凡作此詩者，若欠激卓，便非名筆矣。作者宜學此二首。

秋閨思

碧窗斜月藹深輝，愁聽寒螿淚濕衣。夢裏分明見關塞，不知何路向金微。

秋閨思，樂府。

《子夜歌》：「凉夜開窗寢，斜月垂光照。」謝惠連詩：「烈烈寒螿啼。」螿，小寒蟬也。《後漢·竇憲傳》：右校尉耿夔等擊北虜於金微山，大破之。《通典》：羈微州有金微山，隸振武軍。蔣云：金微，山名，在韃靼國中，去塞外七千餘里。沈約詩：「夢中不識路，何以慰相思？」

胡元瑞曰：江寧之後，張仲素得其遺響，《秋閨》《塞下》諸曲俱工。

【原眉批】

蔣云：道破深隱。

羊士諤　郡中即事

羊以監察御史出刺資州。

紅衣落盡暗香殘，葉上秋光白露寒。越女會情已無限，莫教長袖倚闌干。

庾信詩：「蓮浦落紅衣。」又：「秋光麗曉天。」《史·楚世家》：莊王左抱鄭姬，右抱越女。《韓子》：長袖善舞。按此詩托言婦女之情，蓋《采蓮曲》類也。

登樓

槐柳蕭疏繞郡城，夜添山雨作江聲。秋風南陌無車馬，獨上高樓故國情。

崔鴻《前秦録》：苻堅滅燕趙之後，自長安至諸州皆夾路樹槐柳。張正見詩：「山雨濕苔碑。」沈約詩：「秋風吹廣陌。」

【原眉批】

鍾云：先説景，後説情。

柳宗元　**酬浩初上人欲登仙人山見貽**[一]

《摩訶般若經》：若菩薩一心行菩提，心不散亂，是名上人。「仙人山」，在柳州武宣縣西四十里，上有石，形如仙人。

珠樹玲瓏隔翠微，病來方外事多違。仙山不屬分符客，一任凌空錫杖飛。

「珠樹」，見五古《感遇》詩。「翠微」，見七律《秋興》詩。《莊子》：彼遊方之外者也。《淮南子》：真人馳于方外。沈約詩：「江海事多違。」《漢書》：文帝二年初，與郡守爲銅虎符、竹使符。張晏曰：符以代古之圭璋，從簡易也。師古曰：與郡守爲符者，謂分其半，右留京師，左以與之。《唐書》：高祖入長安，罷隋竹使符，頒銀菟符，後改爲銅魚符。易守令則給之。沈約詩：「瑶軷信凌空。」《天台山賦》：「應真飛錫以躡虚。」《高僧傳》：有神僧，飛錫凌空而行。

【校勘記】

［一］酬浩初上人欲登仙人山見貽：《全唐詩》卷三百五十二作「浩初上人見貽絶句欲登仙人山因以酬之」。

歐陽詹　**題延平劍潭**

在延平府南平縣東，建寧、邵武二水合流之所。晉雷煥得二劍於豐城，以一與張華，留一自佩。華死，失劍所在。其後，煥子佩劍渡延平津，劍忽於腰間躍出墮水，但見兩龍，各長數丈，因名劍津，亦名劍潭。

想像精靈欲見難，通津一去水漫漫。空餘千載凌霜色，長與澄潭白日寒。

《楚辭》：「思舊故以想像。」江淹詩：「精靈歸妙理。」謝瞻詩：「頹陽照通津。」沈約詩：「歸海流漫漫。」謝惠連《柑賦》：「性耿耿而凌霜。」虞騫詩：「澄潭寫度鳥。」

【原眉批】

鍾云：二語神雋。

元稹　　**聞白樂天左降江州司馬**[一]

《唐書》：白居易，字樂天，其先太原人，後徙華州下邽。貞元十四年，擢進士第，元和對策，爲翰林學士。因事貶江州司馬。會昌初，以刑部尚書致仕，卒。與元稹友善，相唱和，世號「元白體」。凡官以陞爲右職，以降爲左遷。《唐・地理志》：江州潯陽郡，本九江郡，天寶元年更名。明爲九江府。

殘燈無焰影幢幢，此夕聞君謫九江。垂死病中驚坐起，暗風吹雨入寒窗。

紀少喻詩：「殘燈猶未滅，將盡更揚輝。」幢幢，不明貌。李元操詩：「愁人當此夕。」陸機詩：「聞君在高平。」何遜詩：「霏霏入窗雨。」

洪景廬曰：樂天云：此句他人尚不可聞，况僕哉？夫嬉笑之怒甚於裂眦，長歌之悲過於慟哭。此語誠然。

【原眉批】

蔣云：悲惋。

黄云：唐人交道最古，可同休戚，可托死生。誦此詩，元白之交情可見矣。

吴云：一「驚」字抵多少痛惜感憤。

【校勘記】

［一］聞白樂天左降江州司馬：《全唐詩》卷四百一十五作「聞樂天授江州司馬」。

張祜　胡渭州

胡渭州，商調曲，蓋嘉運所製，與《雙帶子》《蓋羅縫》《水鼓子》皆絶句，述邊戍行旅之懷，與題全無干涉。

亭亭孤月照行舟，寂寂長江萬里流。鄉國不知何處是，雲山漫漫使人愁。

陶潛詩：「亭亭月將圓。」《文選》注：亭亭，高貌。左思詩：「濯足萬里流。」梁武帝詩：「鄉國曠音徽。」

【原眉批】

鍾云：清空一氣如話。

又云：行色慘深。

周云：三用疊字，悲澹。

雨淋鈴[一]

明皇所製曲。

雨淋鈴「鈴」通「零」用。**夜却歸秦，猶是張徽一曲新。長説上皇垂淚教，月明南内更無人。**

《明皇别録》：帝幸蜀，南入狹斜谷，屬霖雨彌旬，於棧道中聞鈴聲，與雨相應。帝既悼貴妃，因采其聲爲《雨淋鈴曲》以寄恨。時獨梨園善觱篥樂工張徽從帝，以其曲授之。洎至德中，復幸華清宫，從官嬪御皆非舊人，帝於望京樓令張徽奏此曲，不覺凄愴流涕。其曲後入法部。傅玄《苦相行》：「垂淚適他鄉。」《唐書》：興慶宫，在皇城東南，玄宗爲太上皇嘗居之。此詩言玄宗入蜀，既逢霖雨，傷懷，及其却歸秦，蓋亦時逢夜雨，淋零可悲，乃其聲寫入張徽之曲，每一奏，蒙塵辛艱之懷更復凄然，故曰「猶」曰「新」。三、四徽言上皇之教我斯曲也，悲愴流涕，不勝百感，而爾時南内凄凉，惟有「月明」這一段，堪成後來哀話，故曰「長説」。又按玄宗之授徽曲也，當在蜀時。然今以斯詩語勢，似謂於南内教之，或既授而復有教習也。又時以蜀爲南京，此南内豈謂南京之内耶？又疑《别録》以雨淋鈴事爲帝入蜀時事，而此詩或以爲歸秦時事耶？紀傳有差誤，亦未可知也。

【校勘記】

［一］雨淋鈴：《全唐詩》卷二十七作「雨霖鈴」。

虢夫人［一］

又見杜集，一題作「集靈臺」。

虢國夫人承主恩，平明騎馬入宮門。却嫌脂粉污顔色，淡掃蛾眉朝至尊。

《楊妃外傳》：妃有三姨，韓國、秦國、虢國三夫人，并承恩，出入宮掖。又《明皇雜録》：虢國常乘駿馬入禁。《史·佞幸傳》：孝惠時，侍中皆傅脂粉。《楊妃外傳》：虢國夫人不施朱粉，自有美艶，常素面朝天。

【校勘記】

［一］虢夫人：《全唐詩》卷五百一十一作「集靈臺」。

溝河。

《一統志》：桑乾河，在山西大同府城南六十里，源出馬邑縣北洪濤山下，與金龍池水合流，東南入盧溝河。

渡桑乾

賈島

客舍并州已十霜，歸心日夜憶咸陽。無端更渡桑乾水，又去并州而北二百餘里。**却望并州是故鄉。**

《周禮》：正北曰并州。《唐書·地理志》：太原府本并州，開元十九年爲府。十霜，十年也。《古樂府》：「延年壽千霜。」謂千年也。謝靈運詩：「日夜念歸旋。」《三輔黄圖》：咸陽在九嵕山、渭水北，山水俱在南，故名咸陽，即長安也，唐都此。曹植詩：「無端獲罪尤。」

王敬美曰：一日偶誦賈島《桑乾》絶句，見謝枋得注云：旅寓十年，交遊歡愛，與故鄉無異，一旦別去，豈能無情？渡桑乾而望并州，反以爲故鄉也。不覺大笑。余謂此閬仙自思鄉作，何曾與并州有情？其意恨久客并州，遠隔故鄉，今非惟不能歸，反北渡桑乾。還望并州，又是故鄉矣。并州且不得住，何况得歸咸陽？此閬仙意也，謝注有分毫相似否？

【原眉批】

蔣云：遠而不可見，故曰「憶」；近而可見，故曰「望」，妙在二字。

譚云：思鄉之情，筆上抽出。

王表　**成德樂**

成德樂，唐曲。

趙女乘春上畫樓，一聲歌發滿城秋。疑當作「愁」。**無端更唱關山曲，不是征人亦淚流。**況征人乎？

《南都賦》：「齊童唱兮列趙女。」梁簡文帝詩：「一聲一轉煎心。」

【原眉批】

蔣云：與戴叔倫《夜發袁江》作句法絕相似，看「更」字、「不是」字、「亦」字。

李商隱

漢宫詞

青雀（向）**西飛**（去）**竟未回，君王長在集靈臺。**猶爾望仙不已。**侍臣最有相如渴，不賜金莖露一杯。**言憑虚不施實也，徒好方術，而少恩于臣民，何哉？亦悲己之不遇也。

《漢武故事》：七月七日，上齋居乾承殿，忽有青鳥西來，集殿前。上問東方朔，朔曰：此西王母欲來也。有頃，王母至。及去，許帝以三年後復來。後竟不來。蔡琰《琴賦》：「青雀西飛，别鶴東翔。」《三輔黄圖》：「集靈臺」「望仙宫」，俱在華陰縣界。《漢書》：司馬相如有消渴疾。「金莖露」，已見。

【原眉批】

吴逸一云：唐憲宗服金丹暴崩，穆宗復循舊轍。義山此作，深有托諷意。

鍾云：事不妄引，情無牽合。

夜雨寄北

應是爲東蜀節度判官時，詩蓋寄内人也。

君問歸期未有期，巴山夜雨漲秋池。何當共翦西窗燭，却話巴山夜雨時。

陶潛詩：「奄去靡歸期。」蘇武詩：「相見未有期。」《一統志》：四川保寧府有大巴嶺，在通江縣東北五百里，與小巴嶺相接。世傳「九十里巴山」是也。又：陝西漢中府亦有巴山。

【原眉批】

蔣云：又翻出一層。

鍾云：口頭語趣甚。

寄令狐郎中

嵩雲李所居。**秦樹**令狐所居。**久離居，雙鯉迢迢一紙書。休問梁園舊賓客，茂陵秋雨病相如。**

李白詩：「盧橘爲秦樹。」《詩》：「正大夫離居。」《古詩》：「儂歡獨離居。」《古樂府》：「尺素如殘雪，結成雙鯉魚。要知心裏事，看取腹中書。」楊用修曰：據此詩，古人尺素結爲鯉魚形，即緘也，非如今人用蠟。《文選》「客從遠方來，遺我雙鯉魚」即此事。下云「呼童烹鯉魚，中有尺素書」亦譬況之言，非真烹也。

《夷白齋詩話》：魚腹中安得有書？古人以喻隱密耳。蓋魚沉潛之物，故云。五臣及劉履謂古人多於魚腹寄書，引陳涉罾魚倡禍事爲證，謬。《古詩》：「迢迢牽牛星。」《晉書·劉弘傳》：得劉公一紙書，賢于十部從事。《司馬相如傳》：嘗客遊梁，後以病免官，居茂陵，卒。按商隱本傳：令狐楚鎮河陽，以商隱少俊，深禮之，令與諸子遊。楚已卒，子綯以商隱附王茂元，尤惡其無行。後柳仲郢鎮東蜀，辟商隱爲節度判官，罷還鄭州，未幾病卒。鄭州，在嵩山東。此詩以嵩雲起，又以相如家居茂陵自比，則其病在鄭州時作也明矣。「梁園舊賓客」，指在河陽幕中時也。梁苑地亦屬河陽。又按綯爲郎中時，商隱爲桂州判官，不當有此作。郎中，疑是侍郎之誤，商隱在鄭時，綯爲兵部侍郎。

敖子發曰：落句以相如自況，此是用古事爲今事，用死事爲活事。如「短衣匹馬隨李廣」「爲報惠連詩不惜」「但用東山謝安石」「自保曹參不殺人」「憑誰説與謝玄暉」，皆此法。

【原眉批】

徐云：落句用古事爲今事，于鱗七絶多此句法。

按：義山，學杜詩者，此起句蓋自「渭北」「江東」句得來。

許渾　**秋思**

琪樹西風枕簟秋，楚雲湘水憶同遊。高歌一曲掩明鏡，高歌所以遣悶。**昨日少年今白頭。**

《山海經》：昆侖之墟，北有玗琪樹。《天台山賦》：「琪樹璀璨而垂珠。」《圖經》：建康府寶林寺有琪樹，蓋謂樹緑如玉也。吴吴山曰：按李紳《新樓二十咏》有《琪樹》詩，序云：琪樹垂條如弱柳，結子如碧珠，三年子可一熟，每歲生者相續，一年緑，二年碧，三年者紅，綴于條上，璀錯相間。《説苑》：西風則草靡而東。謝朓詩：「枕簟夏寒清。」《擣素賦》：「對秋風而掩鏡。」阮籍詩：「朝爲媚少年，夕暮成醜老。」蔣云：「掩」字有意，恐見髮而驚感耳。落句憶少年如昨，而傷今之白頭，與太白《將進酒》「君不見高堂明鏡悲白髮，朝如青絲暮如雪」同意。

【原眉批】

鍾云：「掩」字□□人應自會。

趙嘏　**江樓書感**[一]

獨上江樓思渺然，月光如水水連天。同來與上「獨上」字反對。**玩月人何處？風景依稀似去年。**

江淹詩：「眇然萬里遊。」《三輔黃圖》：影娥池，武帝鑿以玩月。

【原眉批】

譚云：隻言片語，不盡欷歔。

鍾云：妙在三句。

徐云：「獨」「同」二字，小巧妙對。

【校勘記】

[一]江樓書感：《全唐詩》卷五百五十作「江樓舊感」。

温庭筠　**楊柳枝**

館娃宫外鄴城西，遠映征帆近拂堤。繫得王孫歸意切，不關春草緑萋萋。柳絲能繫，王孫之歸則不須它。「春草」，翻用《楚詞》語。

館娃宫，在靈巖山上，前臨姑蘇臺。吴人謂美女爲「娃」，蓋以西施得名。何遜詩：「無由下征帆。」楚詞：「王孫遊兮不歸，春草生兮萋萋。」

【原眉批】

鍾云：「王孫」「春草」字用得媚。

黄云：推開春草，爲楊柳立門户。

蔣云：即古「折楊柳枝」義也。白居易有愛妓小蠻，善舞，乃作《楊柳枝詞》以托意。此自是爲白氏楊柳枝而作。今人渾爲一題，謬甚。

段成式　**折楊柳**

折楊柳，樂府題，鼓角横吹曲有《折楊柳枝詞》，相和大曲有《折楊柳行》。

枝枝交影鎖長門，嫩色曾沾雨露恩。鳳輦不來春欲盡，空留鶯語到黄昏。

《焦仲卿妻》詩：「枝枝相覆蓋。」「長門」，見五絶《思君恩》詩。《文子》：水之道，上天爲雨露。《唐書》：天子輦有七，一曰大鳳輦。蔣云：謝注謂此詩即《長門怨》。按漢宫人失寵者，皆出居長門。武帝時，陳皇后坐巫蠱事罷，居此。

【原眉批】

蔣云：首二句托喻少年曾承恩寵。鳳輦不來，空留鶯語，隱然見孤處寂寞，無人共訴之意。曰「春盡」曰「黄昏」，又隱然見老之將至。

鍾云：怨而不激，大是宫體。

司馬禮　**宮怨**

柳色參差掩畫樓，曉鶯啼送滿宮愁。年年花落無人見，空逐春泉出御溝。

樂府《前溪歌》：「花落逐水去。」梁簡文帝詩：「曾是無人見，何用早紅妝？」庾信詩：「春泉下玉溜。」蔣云：末句與前首同調。李建勛却説「却羡落花春不管，御溝流得到人間」。余謂「空逐」二字見其悲，終自棄遠，此勝李建勛「却羡」語。

張喬　**宴邊將**

一曲涼州金石清，邊風蕭颯動江城。坐中有老沙場客，横笛休吹塞上聲。

「涼州曲」，見上。《莊子》：曾參歌聲，若出金石。王僧達詩：「仲秋邊風起。」

【原眉批】

黄云：老沙場客惡聞邊聲，厭兵可想。

鍾云：雄整。

李拯　**退朝望終南山**

《舊唐書》：黄巢之亂，拯避地平陽，僖宗還京，召拜尚書郎，轉考功郎中，知制誥。僖宗再幸寶鷄，拯扈從不及，在鳳翔。襄王僭號，逼爲翰林學士。拯既污僞署，心不自安。後朱玫秉政，百揆無叙，典章濁亂，拯嘗朝退，駐馬國門，望南山而吟云云，吟已涕泣。及王行瑜殺朱玫，襄王出京，拯爲亂兵所殺。

紫宸朝罷綴鵷鸞，三字在「朝罷」上看。**丹鳳樓前駐馬看**。直接下句。**唯有終南山色在，晴明依舊滿長安**。

「紫宸」，見七律題。吴均詩：「當須晏朝罷。」「鵷鸞」，既見。丹鳳樓，在含元殿南。庾信詩：「逢春駐馬看。」《唐·高祖紀》：申明舊制，依舊策試。

敖子發曰：亂後還朝，惟有山色如舊，凡甲第文物異昔時矣。悲慨之詞，寫得穠麗。

【原眉批】

蔣云：「唯有」「依舊」四字是詩眼。

崔魯　**華清宮**

華清宮，即驪山温泉宮。唐太宗建，天寶六年，玄宗如驪山，改名華清。

草遮回磴絶鳴鑾，雲樹深深碧殿寒。明月自來還自去，更無人倚玉闌干。

《楚詞》：「鳴玉鑾之啾啾。」劉孝威詩：「雲樹交爲密。」《長安志》：華清宮有九龍、長生、明珠等殿。《六韜》：何以知敵壘之虚實？自來自去。費昶詩：「玉欄金井牽轆轤。」《楊妃別傳》：明皇與貴妃夜倚玉欄，自誓世世爲夫婦。

胡元瑞曰：崔詩「明月自來還自去，更無人倚玉闌干」，李詩「解釋春風無限恨，沉香亭北倚闌干」，同咏玉環事也，崔則意極精工，李則語由信筆，然不堪并論者，直是氣象不同。

【原眉批】

鍾云：寫盡當時寂寞荒凉之景。

韋莊　**古離別**

一作「送別」。

晴煙漠漠柳毵毵，是江南春色。**不那離情酒半酣。**酒酣，而愁却甚。**更把玉鞭雲外指，斷腸春色在江南。**春在而人去。

謝朓詩：「生煙紛漠漠。」毵毵，柳絲貌。任昉詩：「將乘不忍別，欲以遺離情。」《杜陽雜編》：代宗幸興慶宮，於壁間得寶匣，匣中獲軟玉鞭，即天寶中異國所獻，光可鑒物，屈之則頭尾相就，舒之則勁直如線。張華詩：「妾在江南陰。」

【原眉批】

蔣云：結有餘恨。

李建勛　**宫詞**

宫門長閉舞衣閑，君王久不幸。**略識君王鬢已斑，**君王亦已老，愈無由望幸。**却羨落花春不**

管，御溝流得到人間。自棄語。

《漢・佞幸傳》：漏盡宮門閉。何承天詩：「志氣衰沮玄鬢斑。」此詩上言君王既老，下言羡花流出，宜少渾厚之風也。

【原眉批】

蔣云：御溝紅葉，唐人固有此事。

王云：此詩流于蕩，而收渾厚之風矣。

郭云：「春不管」三字，佳處在此，病處亦在此。

張子容　**水調歌第一疊**[一]

《樂苑》：水調，商調曲，煬帝所製。曲成，奏之，聲韻怨切。王令言聞之，謂弟子曰：但有去聲而無回韻，帝不反矣。果如其言。蔣云：按唐曲凡十一疊，前五疊爲歌，後六疊爲入破。此以下三首，吴吴山本削「張子容」作「古樂府」，曰：按《品彙》，《水調三首》作古樂府，或作無名氏，舊本作張子容，無據。蓋《水調》《涼州》《大和伊州》《蓋羅縫》《水鼓子》等曲，多是集初、盛名家所作。

平沙落日大荒西，隴上明星高復低。孤山幾處看烽火，戰士連營候鼓鼙。

「大荒」，見七律《登柳州樓》詩。鮑照詩：「抱鍤壠上餐。」「隴」即隴山，既見。《詩》：「明星有爛。」《唐・地理志》：薊州漁陽縣有孤山陂。《一統志》：孤山寨，在延安府綏德州東北。《史記》：李牧居雁門，厚遇戰士。劉遵詩：「日暮返連營。」「鼓鼙」，見上。

【原眉批】

蔣云：以下三詩賦事，而其情自見。

【校勘記】

［一］水調歌第一疊：《全唐詩》卷二十七作「水調歌第一」，作者爲無名氏。

梁州歌第二疊［一］

《宮調曲》，開元中西凉府都督郭知運所進。前二疊爲歌，後二疊爲排遍。按《樂府雜録》曲調有大遍、小遍，曲遍繁聲，謂之「入破」。

朔風吹葉雁門秋，萬里煙塵昏戍樓。征馬長思訓「悲」**青海上，胡笳夜聽隴山頭。**

陰鏗詩：「戍樓因嵁險。」「雁門」「青海」，并見上。

【原眉批】

鍾云：平平語却又悲人。

【校勘記】

[一]梁州歌第二疊：《全唐詩》卷二十七作「凉州歌第二」，作者爲無名氏。

水鼓子第一曲[一]

説見張祜《胡渭州》詩。

雕弓白羽獵初回，薄夜牛羊復下來。夢水河邊青草合，黑山峰外陣雲開。

《詩》：「敦弓既堅。」毛曰：敦弓，畫弓。「敦」與「雕」同。徐陵詩：「薄夜迎新節。」《詩》：「日之夕矣，牛羊下來。」《胡笳》：「牛羊滿野兮如蜂蟻。」「夢水河」，唐云無考，蔣云「夢水」「黑山」并在肅州衛北沙漠中。《一統志》：黑山，在大同府城西北四百五十里，古豐州境，與雲内州夾山東西相連。又陝西肅州衛亦有黑山，在沙漠中。沈約詩：「君訝漁陽少陣雲。」

【校勘記】

［一］水鼓子第一曲：《全唐詩》卷二十七作「水鼓子」，作者爲無名氏。

陳祐　**雜詩**

吴本去陳祐名，作「才調集」。

無定河邊暮笛聲，赫連臺畔旅人情。函關歸路千餘里，一夕秋風白髮生。由笛而生。

無定河，一名奢延水，又名銀水。《輿地廣記》：唐立銀州，東北有無定河，即圁水也。後人因潰沙急流，深淺不定，故更今名。在今延安府青澗縣，南入黄河。赫連臺，今寧夏衛城東南河岸側，晋時赫連勃勃所築。《晋書》：勃勃僭稱天王，國號大夏，自言帝王者係天爲子，是爲徽赫，實與天連，今改姓曰赫連氏。《唐・地理志》：幽州范陽郡有赫連城。函谷關，在河南靈寶。老聃西度，田文東出，皆此。傅咸《梧桐賦》：「息旅人之行肩。」吴質箋：白髮生鬢。

【原眉批】

蔣云：只一句寫愁。

鍾云：一字一淚。

無名氏　**初過漢江**

《一統志》：漢江源出隴西嶓冢山，至襄陽府東南大別山入於江。此詩載《篋中集》。

襄陽好向峴亭看，人物蕭條屬歲闌。爲報習家多置酒，習家蓋有所指。**夜來風雪過江寒。**

《唐·地理志》：襄州襄陽縣有峴山。《一統志》：峴山亭在襄陽府城南峴山上。《史·貨殖傳》：太公通魚鹽，則人物歸之。《襄陽記》：峴山南有習家池。後漢襄陽侯習郁，穿此中築釣臺，楸竹夾植，蓮芡覆水，是遊宴名處。《晉書》：山簡鎮襄陽，唯酒是耽。諸習氏，荆土豪族，有佳園池，簡每出嬉遊，多之池上，置酒輒醉，名之曰高陽池。江淹詩：「停艫望極浦，弭棹阻風雪。」

【原眉批】

蔣云：此等用事乃得趣。

胡笳曲

胡笳曲，已見。此詩載《唐音》。

月明星稀霜滿野，毡車夜一作「下」。**宿陰山下**。即聞笳處。**漢家自失李將軍，單于公然來牧馬**。此笳聲所以益多。

魏武帝詩：「月明星稀，烏鵲南飛。」「陰山」，見上《從軍行》。《史·李廣傳》：元狩四年，廣從大將軍青擊匈奴，出東道，軍亡導，或失道，後大將軍。大將軍急責廣對簿。廣謂其麾下曰：廣結髮與匈奴大小七十餘戰，今失道，豈非天哉？且廣年六十餘矣，終不能復對刀筆之吏。遂引刀自剄，一軍皆哭。百姓聞之，知與不知，無老壯皆爲垂涕。《過秦論》：胡人不敢南下而牧馬。「單于」，見五律《秋思》詩。

【原眉批】

蔣云：直而爽。

王烈

塞上曲

塞上曲，樂府題，征戍十五曲之一。

紅顔歲歲老金微，沙磧年年卧鐵衣。白草城中春不入，黄花戍上雁長飛。春不入，故雁不得更北，所以長飛戍上。

路喬如《鶴賦》：「啄沙磧而相歡。」樂府《木蘭辭》：「寒光照鐵衣。」《唐·地理志》：武州，蕭關縣治也。樓城，神龍元年置。白草軍，在蔚茹水之西。又平州北平郡有黄花、紫蒙、白狼、昌黎等十二戍。

【原眉批】

蔣云：對法好。

鍾云：「鐵衣」「金微」對得天然。

又云：「老」字、「卧」字俱映得好。

唐云：上聯見征戍之久，下聯見風土之惡。

又

孤城夕對戍樓間，回合青冥萬仞山。明鏡不須生白髮，言不待鏡照而後知。**風沙自解老紅顔。**

《楚詞》：「據青冥而攄虹兮。」注：青冥，雲也。

【原眉批】蔣云：塞上曲多矣，此二首爲最酸楚。

張敬忠　**邊詞**

五原春色舊來遲，二月垂楊未掛絲。即今河畔冰開日，正是長安花落時。

《唐書·地理志》：靈州五原郡下都督府，後没入吐蕃。《一統志》：廢五原郡在大同府城西北四百二十里。又：五原城，在延安府神木縣。非此所言。江總詩：「二月柳争梅。」鮑照詩：「河畔草未黄。」岑之敬詩：「河渡冰開兩岸分。」

【原眉批】

蔣云：説得苦寒出。

張諤　**九日宴**

秋葉風吹黄颯颯，晴雲日照白鱗鱗。歸來得問茱萸女，蓋是歌妓輩。**今日登高醉幾人**？己登高不得樂，而得問它家作樂。「得」字有態。

何遜詩：「幾經秋葉黄。」《楚辭》：「風颯颯兮木蕭蕭。」沈約詩：「上林晚葉颯颯鳴。」鮑照詩：「鱗鱗夕雲起。」注：鱗鱗，雲貌。題曰「九日宴」，而下曰「歸來」，則可知是登高之宴，而首二句即登高所看也。然慘淡物狀，蓋是張君行旅漂泊之况，故生下二句。

樓穎　**西施石**

見七律《五日觀妓》詩。

西施昔日浣紗津，石上青苔思殺人。一去姑蘇不復返，岸傍桃李爲誰春？·三字及西施身後言之。

李白《浣紗石》詩：「桃李新開映古查，菖蒲猶短出平沙。昔時紅粉照流水，今日青苔覆落花。」宇云：按《吴越春秋》，勾踐入臣于吴，夫人哀吟，曰：「離我國兮去吴。」此詩曰「去姑蘇」，語與此同。

盧弼　**和李秀才邊庭四時怨**

八月霜飛柳遍黄，蓬根吹斷雁南翔。隴頭流水關山月，泣上龍堆望故鄉。

張協《七命》：「風厲霜飛。」魏文帝詩：「群燕辭歸雁南翔。」《秦州記》：隴頭郡一百六十里爲隴山，秦人西役，上此莫不回首悲泣，爲《隴水歌》，歌曰：隴頭流水，鳴聲嗚咽。遠望秦川，肝腸斷絶。《古樂府》：「遥望故鄉，鬱鬱纍纍。」

【原眉批】

譚云：兩作音調頓挫，唐之稱矯健者。

又

朔風吹雪透刀瘢，飲馬長城窟更寒。夜半火來知有敵，一時齊保賀蘭山。

《水經》：余至長城，其下往往有泉窟可飲馬，古詩《飲馬長城窟行》信不虛也。注：始皇二十四年，使太子扶蘇與蒙恬築長城。起自臨洮，至于碣石，東暨遼海，西并陰山，凡萬餘里。今其下往往有泉窟可飲馬，問之，皆秦築城卒取水處也。陳琳詩：「飲馬長城窟，水寒傷馬骨。」《涇陽圖經》：賀蘭山，在縣西九十三里，今寧夏衛地，山草多白，遥望青白如駁。北人呼駁爲「賀蘭」，鮮卑因山谷爲氏族云。

謝茂秦曰：盧弼《和邊庭四時怨》，極似太白絶句。

胡元瑞曰：四詩語意新奇，韻格超絶，此盛唐高手無疑。

附記前二首：「春衣昨夜到榆關，故國煙花想已殘。少婦不知歸未得，朝朝應上望夫山。」「盧龍塞外草初肥，雁乳平蕪曉不飛。鄉國近來音信斷，至今猶自着寒衣。」

王周　**宿疏帔驛**

帔，一作「陂」。驛名未考。王周，五代魏州人，蓋定州敗後之作。

秋染棠梨葉半紅，荆州東望草平空。誰知孤宦天涯意？微雨瀟瀟古驛中。

《晉書》：閻贊上書，選寒門孤宦以學行自立者。

【原眉批】

鍾云：自然寂寥。

又云：如怨如慕。

釋皎然　塞下曲

塞下曲，已見。

寒塞無因見落梅，胡人吹入笛聲來。勞勞亭上春應度，夜夜城南戰未回。

李白詩：「胡人吹玉笛，一半是秦聲。」《一統志》：勞勞亭，在應天府治西南，吴時建，一名臨滄觀，古送別之所。李白詩：「天下傷心處，勞勞送客亭。春風知別苦，不遣柳條青。」又：「金陵勞勞送客堂，青草離離生道傍。古情不盡東流水，此地悲風生白楊。」按勞勞亭蓋指相別處，當春思之也。「夜夜」只對「勞勞」。舊注云：地志無考。豈有以夜夜爲城名者乎？「夜夜」二字蓋自笛聲寫來。不爾，戰何徒以夜夜言？

【原眉批】

蔣云：閑處着緊。

鍾云：不説悲愁而悲愁已寓。

釋靈一　僧院[一]

虎溪閑月引相過，或同遊相引，或月影相引，并通。**帶雪松枝掛薜蘿。無限青山行欲盡，白雲深處老僧多。**始到僧院也。一「多」字足見別成個世界。

「虎溪」，見七律《宿靈臺寺》詩。此不必在廬山，借謂將到僧院之路口也。劉禎詩：「松枝一何勁。」

【原眉批】

蔣云：分明畫出。

譚云：寫盡院景，使我入山之志頓深。

【校勘記】

［一］僧院：《全唐詩》卷八百零九作「題僧院」。